Et nous nous enfuirons sur des chevaux ardents

SHANNON PUFAHL

Et nous nous enfuirons sur des chevaux ardents

roman

Traduit de l'américain
par Emmanuelle Vial

TERRES D'AMÉRIQUE

ALBIN MICHEL

« Terres d'Amérique »

Collection dirigée par Francis Geffard

Retrouvez toute l'actualité de Terres d'Amérique et de ses auteurs sur la page Facebook officielle de la collection :
www.facebook.com/Terres.Amérique

Édition originale américaine parue sous le titre :
ON SWIFT HORSES
Publiée par Riverhead Books, une division de
Penguin Random House LLC, New York, États-Unis

Pour Dorthy Figgs, ma grand-mère,
joueuse de cartes de premier ordre.

« La déclaration d'amour est le passage du hasard au destin,
et c'est pourquoi elle est si périlleuse,
si chargée d'une sorte de trac effrayant. »

Alain Badiou, *Éloge de l'amour*[1]

« Les jeux honnêtes ont toujours été d'une extrême rareté. »

Herbert Asbury,
Sucker's Progress: An Informal History of Gambling in America[2]

---

1. Nouvelle édition, avec Nicolas Truong, Flammarion, 2016. (*Toutes les notes sont de la traductrice.*)

2. Dood, Mead & Company, 1938 (littéralement : « La Loi du pigeon : Une histoire informelle du jeu en Amérique », non traduit en français).

I.

1

La mer

Au Heyday Lounge, les férus de courses hippiques s'imaginent qu'ils sont les seuls à parier. Ils entrent tous les matins à la queue leu leu, avec leurs chaussures crottées et leurs poches remplies de pièces tintinnabulantes, comme des paroissiens. Ils s'asseyent dans un coin sombre, sous un ventilateur à pale unique, une relique du temps des plantations qu'on a transportée depuis la maison du patron quelque part dans le Sud jusqu'à cette ville balnéaire située à une cinquantaine de kilomètres du Mexique. Ce ventilateur au-dessus d'eux ressemble à une épave mais ne fait pas de bruit, et quand bien même il écarte les mouches des visages, des nuques et des cocktails matinaux, personne ne le remarque.

Les hommes viennent tous les jours de la semaine. Ils parlent librement, convaincus que le propriétaire des lieux est simple d'esprit – ce qui est vrai – et que Muriel, la serveuse qui s'occupe d'eux durant ces longues matinées, est naturellement incapable, étant une femme, de mémoriser quoi que ce soit ou de mener une réflexion complexe. Le fait qu'elle soit jeune et qu'elle ressemble aux prairies désolées dont elle est originaire, plates et amples et tristes, n'arrange rien à l'affaire. Lee et elle, qui se sont mariés, récemment et vivent à San Diego depuis à peine quelques mois apprennent lentement à devenir modernes. Elle a toujours travaillé, mais on peut comprendre que les parieurs la prennent pour une femme d'intérieur que la vie a forcée à trouver un emploi. Ils n'auraient pas pu deviner, à voir ses épaules larges, sa taille épaisse et sa modestie campagnarde, qu'elle avait pris le car toute seule depuis le Kansas, qu'elle savait jouer aux cartes et conduire une voiture, et qu'elle avait quitté une maison dont elle était propriétaire pour venir ici.

Ils l'interpellent d'un signe de la main, l'appellent « chérie » depuis l'autre bout de la salle et passent leurs commandes en articulant bien, comme si elle était dure d'oreille. Elle mémorise non seulement leurs consommations, mais aussi la forme de leurs moustaches et leurs regards vagues, cerclés de rouge, tout en prenant soin de noter les commandes sur un carnet et de tendre ensuite le papier au barman. Les turfistes sont des entraîneurs à la retraite de l'hippodrome de Del Mar ou des bookmakers qui travaillent pour les gens riches installés sur les collines du bord de mer. Certains d'entre eux sont d'anciens jockeys, épuisés et en surpoids, qui se demandent ce que la vie peut encore leur offrir. Ils parlent comme le font les hommes, sûrs d'eux et gentiment querelleurs, évoquant la journée de courses à venir, les chevaux qui ne mangent pas, les jockeys qui ont un ver solitaire, la courbe et la fermeté de la piste. Ils élaborent des pronostics à long terme, en débattent.

Durant plusieurs mois, Muriel écoute. Elle consigne toutes leurs spéculations secrètes, commence à faire un lien entre les mots et ce qu'ils désignent. Quand son service se termine, à quatorze heures, elle marche vers la mer et déjeune dans le restaurant où elle travaille tous les soirs pour compléter ses revenus. Elle choisit un box dans un coin, étudie ses notes et consulte le programme des courses de la veille. Parfois elle s'absente pour aller longer la ligne turbulente des vagues. Elle pense aux chevaux, à sa mère, au jour où elle s'est mariée. Tout en marchant, elle ramasse des coquillages et des débris de verre qu'elle glisse dans la poche de son gilet. Avant de rebrousser chemin pour aller travailler, elle retourne sa poche pour faire tomber ces mêmes objets sur la plage, et tout ce qu'il en reste c'est un petit fond de sable dans la couture. À vingt-deux heures, Lee arrive au restaurant après avoir quitté l'usine située à quelques rues de là, et ils rentrent ensemble en se tenant le bras comme de jeunes amants – et non comme des gens mariés, parce qu'ils ne se connaissent pas très bien.

Un jour, au début du mois de décembre, Muriel a une soirée de congé, mais elle dit à Lee qu'elle travaille au restaurant. Dans le magasin en face du Heyday Lounge, elle achète une paire de lunettes de soleil qu'elle trouve ridicule. Celle-ci couvre ses sourcils et la moitié de son nez et la fait paraître beaucoup plus âgée, lui donnant l'air d'une femme fortunée ou infidèle. Elle s'achète un chapeau et un foulard léger avec un imprimé fleuri. Elle enlève son gilet malgré la crainte d'exhiber ses bras nus, de les brûler sous le soleil bas de l'hiver et de perturber son sommeil. Elle prend le bus jusqu'au champ de foire de Del Mar. Au bout de vingt minutes, le bus se met à zigzaguer sur Jimmy Durante Boulevard et elle aperçoit par les vitres la grande entrée qui donne sur la piste, les haies imposantes et les drapeaux qui flottent au vent. Une statue de Bing Crosby, fondateur et mécène de l'hippodrome, brille de tous ses feux dorés dans la lumière de l'après-midi. À San Diego, à l'époque, on disait que Crosby se servait de l'hippodrome pour impressionner Grace Kelly, qui détestait les chevaux mais adorait les hommes. Sur le chemin du retour, Muriel se laisse porter par le bus qui serpente jusqu'à Camino del Mar et descend prendre un café dans un restaurant du bord de mer. Elle fume en scrutant les alentours comme si elle attendait quelqu'un. Elle a chaud aux épaules, et à cause des lunettes la sueur perle sur l'arête de son nez. La mer est calme et semble froide. Depuis la plage, ils sont plusieurs à observer une femme qui s'enfonce dans l'eau, vers les brisants, puis s'immobilise. Muriel pense à sa mère et à la manière qu'elle avait d'évoquer Gavelston, sur la côte, où elle était allée une fois avec un homme dont Muriel savait qu'il n'était pas son père. Sa mère lui avait raconté que l'océan, brun et étale, ressemblait à un lac, et qu'aux dires de certains il regorgeait de méduses. Muriel regarde la femme dans l'eau qui se retourne, lève une main vers son front et semble observer la rive comme si elle envisageait de partir définitivement. Quelle chose curieuse que d'être mariée : Muriel devrait considérer l'excursion insolite de cet après-midi comme une action accomplie en leurs deux noms, une aventure à partager avec Lee d'une manière ou d'une autre. Elle avait cru qu'il serait difficile de lui mentir, mais la chose s'était avérée plus aisée que la litanie quotidienne de la vérité. Elle s'était attendue à jouir de ce pouvoir que sa mère attribuait aux hommes. Mais souvent, le regard de son mari lui semble embarrassant.

Elle finit par se lever et remonte la rue du bord de mer jusqu'à Durante Boulevard. Elle dépasse les grandes haies et les hautes grilles, puis le club hippique et les pistes de course. Arrivée au tourniquet, elle se glisse aux côtés d'une femme accompagnée de deux hommes. Le gardien dans sa cabine leur fait signe de passer. Elle grimpe les escaliers à leur suite, les laisse se disperser dans les tribunes. De son poste en hauteur, elle regarde autour d'elle. Elle s'étonne du nombre de personnes dans l'hippodrome et du nombre de gens ivres dans le lot. Les marins attroupés se donnent des tapes dans le dos. Leurs pantalons épais et blancs traînent par terre et ils rient en repoussant en arrière leurs vigoureuses chevelures. Il y a des hommes avec des chaussures déchirées, des jeunes garçons en nœud papillon et aussi beaucoup de femmes, à la satisfaction de Muriel. Elle prend place sous le balcon du premier étage, à l'ombre, et met son foulard sur sa tête.

Vus des tribunes, les chevaux ne ressemblent pas à ce qu'elle avait imaginé. Ils sont grands, récalcitrants, à peine contrôlables. Une douzaine d'entre eux sont guidés avec précaution pour aller s'aligner derrière les barrières. Le terrain est entouré d'un premier cercle d'herbe, puis d'un de sable. Une troisième piste, plus petite, aménagée pour les courses de trot, est visiblement désaffectée. De l'autre côté, les écuries sont élégamment disposées et, de cette hauteur, Muriel peut distinguer nettement l'ombre des palmiers projetée sur les marcheurs et les stalles aux toits aplatis. L'odeur de terre et d'écurie, le parfum de blé qui se dégage de l'herbe malgré un vent séditieux venu de la mer lui sont familiers. Elle a pris un cocktail à base de gin et étudie le programme des courses en pensant aux mots des turfistes, aux noms des entraîneurs et des jockeys. Elle regarde les hommes qui font la queue devant les guichets le long de l'allée. Pendant un bon moment, elle ne voit aucune femme s'approcher de la vitre et s'inquiète à l'idée de ne pas être autorisée à parier. Les chevaux ruent dans leurs stalles. Les brides cognent contre les grilles, ça sonne comme aux vêpres. Et soudain, le coup de feu. La course démarre. Les hommes dans les tribunes hurlent des ordres aux chevaux énormes et sombres dans un langage violent mâtiné de tendresse – *chauffe, attaque, tu vas les gauler, défonce-les, poulette.* La poussière et le bruit sont excitants, et Muriel reste là, l'esprit vide, à observer les chevaux tourner autour de la piste, le décalage entre le martèlement de leurs sabots et leur célérité agile. Quand la course se termine, les hommes se lèvent et donnent des coups de poing en l'air puis déchirent leurs tickets en deux avant de les jeter par terre.

Après quoi, la foule s'apaise. Muriel s'approche des guichets. Le caissier ne lève pas les yeux, et quand elle s'adresse à lui il n'a pas l'air surpris. Elle mise deux dollars dans la course suivante, sur un cheval nommé Pastoral que les hommes du bar jugeaient rusé et ombrageux. La cote est à un contre six, et lorsque le cheval franchit la ligne d'arrivée avec une longueur d'avance, elle a gagné douze dollars. Elle peine à y croire. Elle rend son ticket à l'homme derrière la vitre et, cette fois, il sourit en comptant les billets. Elle boit un second cocktail sans que personne ne fasse attention à elle. Elle laisse passer la course suivante puis se lève et sort par le tunnel. Elle reprend le bus pour le centre-ville avec l'argent plié et bien tassé au fond de son sac à main. Lee vient la chercher à vingt-deux heures et ils rentrent ensemble à la maison. Les effets de l'alcool se sont dissipés, elle est fatiguée, sa robe est salie par l'air marin et les gaz d'échappement. Le vent venu de l'océan s'engouffre dans les ruelles et la fait frissonner.

« Tu aurais dû prendre un gilet », dit Lee.

Elle se blottit contre lui. La solidité qui émane de son mari est une réalité tangible, une contrepartie de la possession. Il l'entoure de son bras et elle pense au foulard dans son sac à main, qui la réchaufferait. Il ne remarquerait rien mais elle ne veut pas qu'il le voie ; ce foulard est trop lié à la journée qu'elle vient de passer.

De l'autre côté de la rue, dans un salon de coiffure fermé mais encore allumé, un homme balaie le sol, et, dans la lumière fluorescente, son profil muet ressemble à une image sur un écran. Près de la porte du salon, un garçon de sept ou huit ans, encore dehors malgré l'heure tardive, lance des petits cailloux dans la rue déserte selon les règles d'un jeu de sa propre invention. En les apercevant il s'approche, main tendue. Lee regarde sa femme puis indique d'un geste au gamin qu'il n'a pas de monnaie. L'enfant se tourne vers Muriel, qui décèle le renard malin en lui. Il en est conscient. Il commence par se balancer d'avant en arrière et se met à danser. Ses poches pleines de gravier font un bruit de dés qui s'entrechoquent. L'homme au balai disparaît à l'arrière du salon, les lumières s'éteignent et ils se retrouvent soudain seuls avec le garçon. Dans la rue sombre, il lève haut les genoux et les frappe de ses petites paumes ; il semble sur le point de se mettre à chanter et fixe Muriel du regard. Elle rit, soulève son sac à main, en sort une pièce de vingt-cinq *cents* et la lui tend. Lee fait un geste vers son bras mais ne l'arrête pas. L'enfant prend la pièce et lance un regard appuyé à Lee, qui se tourne vers Muriel : « Oh, par pitié » – une exclamation embarrassée qu'aurait pu prononcer sa mère luthérienne, s'il l'avait connue. Le gamin repart en dansant vers son poste au bord du trottoir. Muriel se dit qu'elle s'en souviendra longtemps comme du témoin heureux de sa bonne fortune.

Dans le hall d'entrée de leur pension de famille, Lee décide d'appeler son frère depuis le téléphone commun. D'habitude il ne parvient pas à le joindre, mais ce soir si. Muriel écoute sa voix paisible, son rire puis son ton implorant, cette façon singulière qu'il a de parler désormais chaque fois que le nom de Julius est prononcé, fût-ce incidemment – on le dirait frappé d'une antique malédiction fraternelle dictant la jalousie de l'aîné envers la liberté du cadet, mais aussi la conviction que ce dernier en pâtira. Cette même voix qu'il avait dans la rue et qu'il prendrait à nouveau en s'adressant à elle, s'il savait. Mais si elle l'emmenait à l'hippodrome il ne comprendrait pas, il froncerait les sourcils devant les hommes débraillés et devant les chevaux, leur odeur puissante et leurs renâclements.

À San Diego les matins ont un piquant particulier, les effluves des pétroliers adoucissant l'air océanique. Muriel et Lee font partie de ces milliers de gens qui débarquent tous les mois – des maris et des épouses, mais surtout des hommes de retour du Pacifique, galvanisés par les promesses de la Californie et leur propre survie. Une ville foncièrement masculine, se dit Muriel, avec ses marins, ses bateaux noirs et ses tourbillons de pétrole dans les ports. Les collines du bord de mer forment une crête dentelée sur l'horizon. L'immense figuier dans Balboa Park déploie ses racines semblables à une multitude de serpents.

La nuit, quand les contours s'effacent et qu'elle se sent fatiguée, Muriel prend souvent la surface mouvante de la baie pour un champ de blé, et elle préfère le blé, cette évocation sourde et oblique des Grandes Plaines. Les jours où ils sont tous les deux en congé, ils parcourent la ville à pied en ramassant au fil des rues des boîtes de conserve et des bouteilles pour le ferrailleur. Au sud de Balboa Park perce l'autoroute chargée de grues, de décapeuses et d'une centaine d'hommes qui travaillent au quotidien sur les charpentes métalliques. Souvent ils restent ensemble à les observer longuement tandis que Lee raconte l'histoire du tracé de l'autoroute via La Jolla et Oceanside jusque tout là-bas dans l'Oregon. Une deuxième grande route croise la première et part vers l'est, jusqu'à l'Ohio, à travers les vastes plaines sauvages qu'ils ont laissées derrière eux. Ces routes isoleront du reste de la ville la base navale, la zone portuaire et le quartier mal famé près de la gare de triage où se retrouvent les marins en permission. Pour les gens du coin c'est une bénédiction, l'anéantissement d'une chose confuse et invisible qui n'a pas sa place dans le futur.

À l'intérieur de ce nouveau quadrillage, la ville s'étend en hauteur comme en largeur vers les collines du littoral et vers les mesas désertiques au nord, avec tout un réseau de lotissements jusqu'à Birdland. Lee veut acheter une vingtaine d'ares dans Mission Valley, au bord de la San Diego River, où ils pourront construire une maison avec trois chambres et planter des arbres fruitiers. Il a accroché la publicité au-dessus de la fenêtre de leur petite cuisine. Quand Muriel et lui veillent tard en fumant et en jouant aux cartes, il lui parle de cette vallée étroite, habitée autrefois par des missionnaires puis par des cultivateurs de noix et des producteurs de lait, aujourd'hui répartie en lots, nivelée et désherbée. Parfois il se lève, se dirige vers la petite fenêtre et passe la main sur les maisons couleur pastel, sur les longues ramures des cyprès, et même s'il soupire exagérément et sourit, Muriel sait qu'il ne plaisante pas. Elle sait qu'il l'imagine, elle, dans une vraie cuisine et dans un vrai lit. Il croit dur comme fer qu'un avenir radieux les attend dans ce nouveau paysage pavillonnaire. Ils pourraient bâtir cet avenir s'ils vendaient la maison de la mère de Muriel dans le Kansas, mais Muriel ne veut pas encore y consentir. Quand Lee l'interroge, elle répond qu'elle n'est pas prête, et s'il s'inquiète de ses motivations il n'en dit rien. En vérité, il n'a pas besoin de sa permission mais il veut l'avoir.

Nous sommes en 1956 et Muriel a vingt et un ans – un âge avancé pour fonder une famille. Il faut dire qu'elle a attendu presque un an avant d'épouser Lee et avait déjà refusé ses avances durant une année tout entière avant ça. Muriel croyait pouvoir vivre comme sa mère avait vécu, et puis sa mère était morte. Elle avait été la première femme du comté de Marshall à posséder une voiture, une Chevrolet à huit cents dollars gagnée dans une tombola de supermarché. Elle était catholique mais refusait d'assister à une messe où les femmes n'avaient pas le droit de porter des pantalons, ce qui réduisait son choix à une église au nord de Topeka. Chaque week-end, elles abandonnaient le beau-père de Muriel et parcouraient cent soixante kilomètres en voiture pour pouvoir écouter la messe en pantalon. Elles passaient le samedi soir dans un motel près de l'autoroute, lavaient leurs visages et leurs foulards dans l'évier et se levaient tôt le lendemain matin. Après la messe elles mangeaient dans un restaurant de poisson appelé Lucky's, de l'autre côté de la rue. Quand l'eau remplissait les caniveaux, elles sautaient de la rue au trottoir dans leurs chaussures du dimanche à talons plats et restaient une nuit de plus en attendant que les intempéries se calment. Plus tard, la mère de Muriel avait été la première femme du comté à obtenir un diplôme universitaire, et la première à divorcer. Elle était morte à trente-six ans, un mois avant les dix-neuf ans de sa fille. Quand le journal avait publié l'avis de décès, ils avaient écrit qu'elle était mariée et qu'elle était morte chez elle, et ni l'un ni l'autre n'étaient vrais.

À Noël cette année-là, Lee était revenu avec son frère, qu'elle n'avait encore jamais rencontré. Les deux hommes devaient une année supplémentaire à l'US Navy et ils étaient convenus de mettre leurs soldes en commun pour construire une maison en Californie quand tout serait fini, mais Lee avait quitté l'armée quand elle le lui avait demandé. Elle ne lui avait pas écrit pendant des mois, pourtant elle avait reçu des lettres presque toutes les semaines. Elle ne savait pas vraiment ce qu'elle attendait de lui. Lee et son frère avaient débarqué à Long Beach et voyagé cinq jours en car à travers les montagnes enneigées pour arriver le dernier dimanche de l'Avent. La mère de Muriel était morte exactement quatre mois plus tôt.

Le jour de leur arrivée, Muriel et Lee avaient fait l'amour sur le dessus de lit au son de la radio et du bulletin météo. C'était un hiver doux, pluvieux, quasi dépourvu de neige, et ils transpiraient dans leurs sous-vêtements malgré le chauffage éteint et l'air qui s'infiltrait par les fenêtres. Elle lui avait demandé de mettre un préservatif – un tube en peau d'agneau acheté la semaine précédente, à la fois lourd et doux, comme un gant de femme du monde – et il lui avait à nouveau demandé de l'épouser, elle, la jeune fille catholique et rationnelle qui vivait seule dans la maison de sa défunte mère.

Alors qu'ils étaient tous les deux déjà couchés, Julius était rentré d'une course en ville. En pénétrant dans la cour, il avait aperçu les rideaux tirés et les vitres embuées. Il avait ôté son épais manteau, ses bottes et sa chemise et s'était allongé dans l'herbe humide sous leur fenêtre. Muriel l'avait ouverte pour fumer tandis que Lee se rinçait le visage et les cheveux dans la salle de bain au bout du couloir, et elle avait découvert Julius allongé là, torse nu, fixant la fenêtre au-dessus de lui. Elle avait sursauté mais, étant une femme qui n'avait généralement pas peur des hommes, elle avait penché la tête vers lui avec curiosité. Il avait levé la main pour lui faire un drôle de petit signe.

« Jette-m'en une », lui avait-il dit.

Muriel avait hésité, mais son attitude réceptive suggérait qu'il était simplement intrigué. La cigarette avait atterri mollement sur son épaule. Il avait esquissé un geste pour la saisir sans prendre la peine de se redresser et l'avait coincée entre ses lèvres, puis avait fait semblant de tâter les poches de son manteau en tapotant son torse nu.

« Et maintenant, une allumette », avait-il dit.

Muriel s'était mise à rire, puis s'était couvert la bouche pour que Lee n'entende pas. Elle avait jeté la boîte par la fenêtre, Julius l'avait attrapée, avait allumé sa cigarette, et la fumée avait commencé à s'échapper en volutes le long du mur. Il était allongé, fumant et souriant, et de sa main libre il avait tenté de lui renvoyer les allumettes. Elles étaient retombées à chaque fois sur le sol d'une façon comique.

« Je crois bien qu'il va falloir attendre un peu avant que je te les rende », avait-il dit.

Ils avaient échangé un long regard et Muriel s'était sentie soudain embarrassée. Elle avait écrasé sa cigarette sur le rebord de la fenêtre avant de retourner à l'intérieur.

Cette nuit-là, ils avaient veillé tous les trois en s'accompagnant d'une bouteille de liqueur de riz et Julius avait raconté des blagues sur Eisenhower et sur les protestants. Ni lui ni Muriel n'avaient fait allusion à son torse nu, à la pluie sur sa peau. Il leur raconta la Corée, les paysages qu'il avait vus brûler là-bas, comme des tableaux superposés, de sorte que les montagnes brûlaient à travers d'autres montagnes et que les rivières se fondaient en vagues océaniques, s'élevant dans les airs comme une chevelure, et il affirma que c'était sûrement ainsi que le monde avait commencé. Passablement soûls, ils étaient sortis et avaient marché jusqu'aux champs de blé fauchés au ras du sol, puis ils s'étaient allongés sous le ciel hivernal. C'était le soir de Noël. Les hommes avaient évoqué leur père et la Californie, et entre eux Muriel se sentait partie d'un tout fondé sur une compréhension mutuelle. Plus tard, alors que Lee s'était endormi, elle avait joué aux cartes avec Julius. Ils avaient parlé, et même s'ils avaient rapidement été trop ivres pour rester tout à fait cohérents, elle se souvient du claquement des cartes sur la table et de sa conscience aiguë de sa proximité avec l'esprit de sa mère. Julius lui avait parlé d'un homme qu'il avait connu plusieurs années auparavant, avant l'armée et avant la guerre, et qui vendait des lapins en ville. À l'en croire, l'homme les élevait dans un clapier attaché au plateau de son pick-up, et toutes les nuits il s'arrêtait quelque part près d'un parc ou d'une zone boisée afin que les animaux, en dormant, puissent entendre le son de leurs congénères, de leur pays natal. Recroquevillé dans la cabine du véhicule, l'homme dormait sous des couvertures en peau de lapin. *C'était l'homme-lapin*, avait dit Julius, *il voulait être l'un d'entre eux. Il avait les cheveux les plus épais que j'avais jamais vus, et un petit nez de lapin avec de grands yeux bruns.*

L'homme se déplaçait partout en ville, dans les foires, dans les cours d'école et au marché aux puces du centre, faisant varier le prix des bêtes à chaque endroit en fonction de ce qu'il ressentait pour elles. *Des fois, quand on le croisait, il serrait dans ses bras un lapin de trois livres qu'il vendait quinze* cents, *et le jour suivant ça montait à cinquante, parce que l'animal avait soutenu son regard pendant une minute entière d'une façon qu'il jugeait romantique, et puis un beau jour ce même lapin invendu avait fait une chose terrible, comme griffer son bras ou se battre avec un autre lapin, et le prix redescendait à presque rien. C'était son affection qui régissait cette économie particulière, tu vois, et du coup il gagnait si mal sa vie qu'il a dû vendre son pick-up et tous ses lapins, et j'ai entendu dire qu'il a fini employé dans une station-service, comme le premier venu. Mais bon Dieu, il était toujours aussi beau.*

Julius s'était penché sur la table avec un amusement feint, il souriait en laissant voir sa dent manquante, et Muriel lui avait rendu son sourire. Il y avait une forme de reconnaissance dans cet échange de regards, même si Muriel ne comprenait pas le sens de l'histoire. Elle n'avait jamais entendu aucun homme parler d'un autre homme de cette manière. Elle avait l'impression qu'on lui posait une devinette.

« Il n'avait nulle part où habiter ? demanda-t-elle.

– Il vivait dans ce pick-up.

– Comment tu l'as connu alors ? »

Julius n'avait pas répondu. Il s'était contenté de tendre la main pour prendre la sienne un moment, puis l'avait tournée, paume ouverte, avant de la laisser retomber. Elle repensait à son torse qui se soulevait et s'abaissait, à la pluie sur sa peau, à la façon dont il avait levé les yeux vers elle. Puis soudain il attrapa les cartes, les battit et les distribua, et ne dit plus grand-chose après ça.

Le lendemain matin, Lee fit du bruit dans la cuisine avec les tasses et entreprit de réparer des choses dans la maison qu'elle ne savait pas réparer, et elle consentit finalement à l'épouser. Parce qu'elle était orpheline et seule, mais aussi à cause de Julius, qui lui avait fait pressentir que le monde était plus vaste qu'elle ne l'avait imaginé, et parce que Lee, qui aimait son frère, en était devenu à la fois plus intéressant et plus fort. Elle savait que sa mère n'aurait pas cautionné cette union, mais sa mère n'était plus dans les parages pour le lui dire. Elle vendit d'abord la voiture, puis les meubles. Elle laissa les vêtements de sa mère dans un carton sur la véranda pour les bonnes œuvres. Elle acheta le ticket de car et paya les impôts pour l'année, et avec le peu d'argent qui restait elle dédommagea le fils Carter, à l'autre bout de la rue, afin qu'il isole la tuyauterie, tonde la pelouse et la recouvre de gravier pour empêcher l'herbe de repousser. Elle renvoya le garçon chez lui avec les plantes d'intérieur de sa mère en espérant que tout aille pour le mieux. Elle informa Lee qu'ils garderaient la maison parce que c'était ce qu'aurait voulu sa mère, et il ne la contredit pas. Qu'elle puisse arriver en Californie et ne pas y retrouver Julius ne lui avait pas traversé l'esprit.

La première fois, c'est une transgression. La deuxième, c'est une stratégie. Après le travail, Muriel déjeune rapidement en bas de la rue et sort du restaurant transformée, sa robe roulée dans son sac à main, affublée d'un nouveau pantalon flottant, d'une chemise de Lee à plastron rayée, du chapeau à large bord enfoncé sur la tête et des grosses lunettes de soleil. Elle descend du bus un arrêt plus tôt et parcourt à pied les huit cents derniers mètres jusqu'à Del Mar. Elle fait ça une fois par semaine, puis deux. Selon ce qu'elle a entendu ce matin-là, elle parie un couplé gagnant, ou un trio, ou un simple placé, d'abord sur une seule course, puis sur trois ou quatre. Elle ne gagne pas toujours. Il lui arrive de miser délibérément sur un cheval dont les connaisseurs disaient qu'il était boiteux ou perturbé, ou sur un jockey surpris la veille en train de boire du rhum avec des demoiselles. Quand elle perd ces courses-là, elle se sent investie d'un pouvoir qu'elle ne ressent jamais quand elle gagne, parce que le fait de perdre prouve la justesse de son jugement. L'autre avantage, c'est la dissimulation. Tant qu'elle n'est pas repérée par les hommes du bar – lesquels ne l'ont d'ailleurs jamais regardée en face et ne la reconnaîtraient pas même si elle se présentait à eux –, elle a l'impression qu'elle peut être soupçonnée de tout sauf de tricher.

Ça lui vient naturellement. Elle apprend des turfistes un vocabulaire fait d'expressions idiomatiques et de doubles sens – les casaques, les fourreaux de muserolles, les attachelangues, un cheval sur la main – et le reste, elle l'acquiert à l'instinct. Elle apprend ce que signifient un terrain léger, un cheval nerveux ou fourbu. Elle se familiarise avec l'anatomie des chevaux, la croupe et l'encolure, le museau, le canon, le jarret et les reins, si bien qu'elle a le sentiment d'avoir palpé chacun de leurs membres pour en connaître les particularités. Elle se met à considérer les éléments du paysage différemment, comme si c'étaient les chevaux eux-mêmes qui leur avaient donné leurs noms. Les collines et la zone de marnage sont alezanes, gris pommelé. Les troncs arrondis et nus des palmiers sont couleur bai dans la lumière du littoral, une lumière suspendue dans le ciel sans nuages au-dessus d'une mer couleur rouan, et qui passe du bai-cerise à la robe isabelle selon le temps qu'il fait.

Un sentiment poignant la saisit parfois au travail ou le matin au réveil. Un sentiment qui ressemble au bonheur, mais qui se déploie avec tant de lenteur et de gravité qu'elle pourrait aisément le confondre avec le chagrin. Elle sait, sans pouvoir l'expliquer, que ce sentiment est lié au fait de cacher quelque chose à Lee – ce qu'elle a toujours eu l'impression de faire, d'une certaine manière, avant même d'avoir un secret à garder. Il est lié à l'endroit où se trouve Julius, quel que soit cet endroit, et à ce que sa mère aurait pensé de tout ceci. Eût-elle été une autre, elle se serait peut-être demandé si l'amour était toujours ainsi, s'il pouvait exister dans la distance qui sépare les gens, ces espaces dérobés au regard d'autrui. Elle glisse l'argent dans une enveloppe blanche qu'elle scotche sous le plateau tournant de la table – un endroit où son mari ne regardera jamais et dont il ne connaît peut-être même pas l'existence.

Quelques jours avant Noël, ils empruntent la Lincoln du patron de Lee pour aller admirer les illuminations à Del Mar. Ni l'un ni l'autre n'en ont jamais vu. Sur le champ de foire elles s'étendent sur des kilomètres : guirlandes lumineuses en forme d'arbres et de montagnes enneigées irradient l'espace autour d'eux jusqu'à l'horizon, dans toutes les directions. On dirait que la ville est devenue atomique. Les voitures s'agglutinent, tous feux éteints, pour se faufiler dans le nouveau monde. Ceux qui ont une radio règlent la fréquence sur une station qui diffuse des chants de Noël. Lee tourne son large visage vers Muriel alors qu'ils attendent derrière les autres véhicules pour passer. Son expression trahit un pur émerveillement ; ses yeux sont brillants et fixes, comme à chaque fois qu'un événement ordinaire et anodin le rend heureux. Si elle n'avait pas entendu ses histoires de guerre et de privation durant l'enfance, elle pourrait le prendre pour un savant, ou pour un innocent, une personne habituée à la souffrance ou totalement étrangère à elle. La mer et la ville semblent ne pas l'avoir changé. Elle sait que même les inconnus repèrent en lui cette immuabilité, qu'ils jugent héroïque. L'espace d'un instant elle envisage de lui parler des chevaux, parce que sa joie dérisoire lui fait envie. Elle imagine qu'il ne se préoccupera pas de la façon dont elle a gagné cet argent, seulement de son existence.

« Et dire que l'an dernier, à cette époque, on était dans le Kansas », dit Lee.

Les lumières du champ de courses sont éteintes, mais elle aperçoit les palmiers sombres qui se dressent au-dessus des écuries, juste un peu plus loin. Lee se penche au-dessus de la banquette et du sac à main de Muriel pour l'embrasser.

Tout est arrivé si vite, se dit-elle. Sur les ondes, l'orchestre de Jackie Gleason joue « I'll Be Home for Christmas » à la manière d'un chant funèbre. Les klaxons bêlent derrière eux, Lee rit et s'écarte pour redémarrer. La silhouette grise des palmiers se balance contre le ciel d'hiver. Il n'y a pas de neige, bien sûr, mais les lumières projettent au sol des ombres circulaires et métalliques qui font illusion. Muriel ne savait pas que les arbres seraient aussi jolis dans la nuit, ni que le champ de courses serait si proche.

« Tu sais, reprend Lee, c'est pas comme si on devait l'attendre, si c'est ça que tu penses.

– Tu l'as déjà dit. »

Il secoue la tête.

« C'était votre projet de venir ici, votre projet à tous les deux, poursuit-elle.

– Mais il n'y a plus que nous, maintenant.

– Il prend un peu de bon temps, voilà tout. Vous êtes restés longtemps là-bas, à l'autre bout du monde.

– Ce n'est plus vraiment une permission, à ce stade.

– Ça fait à peine quelques mois. »

Lee soupire. La musique s'arrête brusquement pour laisser place à des grésillements, puis une autre station émet une musique de fanfare trop forte qui met fin à la conversation. Il éteint le poste, pose sa main sur le genou de Muriel et recommence à avancer.

De retour chez eux, ils s'embrassent longuement, puis Lee s'allonge et la regarde avec douceur avant de poser ses mains sur ses bras. Il attend. Muriel juge cette partie de l'acte d'amour étouffante et vulgaire, sans savoir exactement pourquoi. Elle ignore s'il attend l'expression de son consentement ou celle de son désir, mais dans les deux cas elle a envie de se refuser à lui, pour la simple raison qu'il demande. Elle détourne le regard tout en sachant qu'il prendra ce geste pour de la pudeur. Il embrasse sa nuque, l'entoure à nouveau de ses bras. Le secret de Muriel la rend plus sensible à sa déférence. Elle pense à la sensation qu'elle éprouvera dans quelques minutes lorsqu'il sera en elle, et à quel point cette sensation est simple et franche. Elle aimerait déjà y être. Derrière l'épaule de Lee, le mur parfait et lisse de la chambre saisit leurs ombres. Par la fenêtre ouverte, le bruit de la circulation, des autres amoureux, des travaux et des enfants et des cuisines est celui d'une ville qui se révèle à elle-même. Un homme crie le nom de leur rue et d'une rue perpendiculaire. Un autre lui répond. Ces hommes ne sont pas dans la chambre, bien sûr, ni même visibles depuis la fenêtre, mais leurs voix, tout comme les voitures et les oiseaux et les pelleteuses, se mêlent à leurs ébats, et Muriel se dit qu'elle apprécie peut-être ce bruit, et le sentiment de protection qu'il procure.

Ils restent allongés un long moment après ça. L'heure du dîner est passée, la ville est devenue silencieuse. Le téléphone du couloir sonne interminablement et Lee finit par se lever pour aller décrocher. Muriel l'entend souhaiter un joyeux Noël à son frère, lui dire qu'ils devraient être ensemble et que Julius devrait venir les voir bientôt. Elle se lève et s'approche de la fenêtre qui donne sur l'allée séparant leur immeuble du bâtiment jumeau. Elle sent sur sa peau nue le froid du dehors. Elle allume une cigarette, ouvre la fenêtre à guillotine ; la lumière de la rue éclaire le sol et les briques sèches. Quelques oiseaux, doux et rapides, traversent le perron en projetant sur le mur des ombres en forme de mains minuscules. Elle se souvient d'un petit ami de sa mère, vers le milieu des années 1940, qui vendait des ampoules au porte-à-porte. Pour convaincre les femmes au foyer et les veuves, il faisait surgir des silhouettes de papillons, de lapins et d'hommes en hauts-de-forme sur leurs murs. Après le dîner, durant ces quelques mois où sa mère avait été amoureuse, cet homme lui avait appris à transformer ses doigts en joyeuses créatures. Il était gentil et frêle. Les ampoules qu'il vendait émettaient une lumière bleutée qui transperçait la chair de ses mains. Elle imagine, l'espace d'un instant, cet homme assis quelque part contre le mur de l'allée, occupé à former des oiseaux avec ses doigts. Dans le couloir, elle entend Lee demander à son frère s'il a besoin d'argent et lâcher ensuite un profond soupir.

C'est le Nouvel An, et le climat se fait plus rigoureux. Muriel ajoute à ses pourboires une part de plus en plus importante de ses gains, en prétextant un surcroît d'activité lié à la saison des fêtes ou à l'afflux des derniers soldats rentrés de Corée. Lee plie les billets en huit et les range dans une boîte à café comme s'il les mettait en gage. Tous les dimanches soir, il les compte. Puis les lumières de Noël disparaissent du champ de foire le long de l'hippodrome et, à l'approche du printemps, les parieurs se mettent à perdre – Muriel aussi. Dans le bar, les hommes restent assis tard dans la journée, l'air mécontent. Ils se demandent s'ils n'ont pas perdu la main. Ils s'inquiètent d'avoir mal interprété tous les signes. L'instinct de la course s'est volatilisé, peut-être sont-ils punis pour leur arrogance. Ils n'ont plus d'intuitions, qu'il s'agisse des jockeys ou des conditions de la piste, plus aucune joie ne les envahit quand ils pensent aux chevaux. Ils crachent par terre et enchaînent les cigarettes à un rythme tel que le ventilateur du plafond ne déplace plus la fumée que d'avant en arrière, comme une machine à faire des vagues.

Ils ont déjà eu toutes ces conversations avant, mais Muriel ne le sait pas. Cette nouvelle réalité la rend téméraire, elle parie des sommes conséquentes sur des grands favoris en gagnant peu, juste pour retrouver le plaisir du gain. Elle se console en pensant qu'elle a résolu le problème de sa malhonnêteté. Sous le plateau tournant, il reste moins de deux cents dollars : elle peut encore gonfler son salaire pendant quelques semaines, et puis tout aura disparu. Elle semble décidée à tout perdre, en guise de châtiment ou pour retrouver une forme d'ordre un peu étrange. Elle pense à ce mot, « ordre », en s'imaginant ranger la cuisine ou repasser une robe.

Et voilà que l'hippodrome ferme ses portes pendant deux semaines. Quand il ouvre à nouveau, la pelouse est regarnie, aussi soyeuse qu'une chevelure. On a racheté des chevaux, certains viennent de Santa Anita plus au sud et d'autres des circuits canadiens. Les jockeys sont reposés et ont fait des efforts pour maintenir leur poids idéal. Le jour de Mardi gras, les courses se prolongent dans l'après-midi. Muriel boit trop. Elle gagne deux fois d'affilée et ses joues s'empourprent. Pourtant elle ne parvient pas à se détendre. La foule se resserre autour d'elle. Il fait plus chaud qu'à l'ordinaire, et l'hippodrome est décoré de banderoles et de feuilles de palmier nouées en forme de cœurs, dont les ramilles font penser à des mains.

La dernière course est une course principale et la foule a grossi tout au long de la journée. Les femmes s'éventent à l'aide de palmes et se tapotent les tempes avec des glaçons. Muriel se tient à côté d'une femme qui n'est pas d'ici. Celle-ci dit à son mari quoi parier avec un fort accent. Comme elle, Muriel a misé assez gros sur un cheval nommé Flood et elles discutent de ses chances tandis que les jockeys se mettent en place. Les turfistes l'ont sélectionné, même s'ils considèrent qu'il est trop jeune et aussi effarouché qu'une vierge. La course commence, la femme venue d'ailleurs effleure de ses doigts le bras de Muriel et lui fait un clin d'œil.

« C'est à nous », dit-elle en hochant la tête vers la piste.

Les chevaux s'élancent et un peloton de tête se forme. À côté de Muriel, la femme se lève sur la pointe des pieds. Lorsque Flood gagne d'une longueur, elle se tourne, pose une main sur son épaule et l'embrasse légèrement sur la bouche. L'incongruité de ce baiser fait rire Muriel. En riant, sa bouche s'ouvre et ses dents cognent contre celles, grandes et bien alignées, de la femme – des dents de cheval, se dit Muriel, et elle rit de plus belle. La femme rit en chœur et Muriel sent l'odeur de menthe et de whisky sur ses lèvres. A-t-elle prononcé tout haut ces mots, « dents de cheval » ? Elles s'écartent l'une de l'autre. La femme grimace tout en la fixant, puis son regard se fait plus doux, elle baisse la tête, relève son verre, secoue la glace et la menthe et dit : « L'heure du repentir. » Elle passe la langue sur ses lèvres, les essuie avec ses doigts. Les chevaux se reposent, la chaleur de leurs corps imprègne l'air et le bruit de la piste redevient perceptible. Le mari évente sa femme à l'aide de son chapeau et lui demande s'ils ont gagné. Elle ne répond pas mais regarde à nouveau Muriel, qui ne sait comment réagir. La femme se tourne alors vers son mari, lui tend son ticket et effleure encore une fois le bras de Muriel avant de s'éloigner. Muriel prend garde à ne pas la regarder, même si elle aimerait la voir en pied, apercevoir la forme de ses jambes.

Ce désir l'accompagne sur le chemin de l'arrêt de bus et jusqu'au centre-ville, puis en compagnie de Lee, dans les rues, le long de la mer étale et des maisons colorées. Ils s'arrêtent pour boire un verre dans un pub, s'en servent un autre une fois rentrés chez eux. Ils laissent la radio allumée pendant qu'ils font l'amour, le visage émerveillé de Lee à côté du sien sur l'oreiller, son relief délicat dans la faible lumière. Son homme si solide, vaincu. Il dit : *Muriel, on devrait avoir un enfant.* Il murmure dans ses cheveux : *Muriel, ne me quitte jamais.* Elle s'y attendait, après ces mois passés ensemble, comme elle s'attend à sa déférence, alors elle le laisse chuchoter tout en caressant du bout du doigt ses tempes et ses sourcils épais jusqu'à ce qu'il s'endorme. Elle est alors comme un parent, non pas irritée mais protectrice. Le tic-tac du réveille-matin résonne sur la table de nuit et les draps forment des petites vagues au bord du matelas.

Lorsqu'il est complètement endormi, elle sort l'argent de l'intérieur de ses chaussures et le glisse dans l'enveloppe sous le plateau tournant. Il y en a trop, soudain. Elle a récupéré moins du tiers de ce qu'elle avait perdu, mais a le sentiment d'une grande prospérité. Un sentiment qui plairait certainement aux hommes du bar, elle le sait. Ils diraient qu'elle a fait ses classes. Que dans le jeu il y a un plateau, une période pendant laquelle la progression s'interrompt et l'épuisement s'installe, et qu'ensuite la chance tourne.

On gagne et on reprend vie. Elle pourrait jouer encore un mois ou même plus si la chance demeure de son côté.

Plus tard le téléphone sonne et la réveille, et comme personne ne décroche Muriel se lève du lit et s'engage en silence dans le couloir pour répondre.

Quand Julius entend sa voix, il éclate d'un rire si aigu qu'elle doit écarter le combiné de son oreille. Puis elle le rapproche, prononce son nom et se surprend à sourire dans l'obscurité. Elle lui demande quand il les rejoindra, et il répond : « Oh, bientôt maintenant, dans pas longtemps.

– C'est vrai ?

– Et comment ! »

Elle lui demande à quoi ressemble Santa Barbara, ou Ventura, quel que soit le nom de cette ville où il se trouve, et il répond : « Ma belle, tu ne me croirais pas », puis il se met à chanter une chanson qui parle des Badlands du Dakota du Sud et de leur noirceur persistante dans la lumière du matin. Chez lui, une sirène s'enclenche, et quand elle s'arrête, Muriel l'entend qui continue à chanter. Elle l'écoute jusqu'à ce qu'il s'interrompe parce qu'il a oublié les paroles, lui demande s'il mange correctement et quel temps il fait et s'il y a une adresse à laquelle ils pourraient lui écrire. Il lui demande en retour si elle a gagné aux cartes, et quand elle lui répond qu'elle a essayé d'apprendre à Lee à jouer à la dame de pique, il dit : « Pas de jeux de levées, il n'est pas assez brutal pour ça. Mieux vaut s'en tenir à la bataille. »

À travers le mur, elle entend Lee ronfler. De la musique country passe à la radio dans la petite cuisine. Elle sourit dans sa main et se laisse glisser le long du mur pour s'asseoir par terre, les jambes étirées devant elle. Ses pieds nus, tendus vers le couloir, disparaissent dans l'obscurité. Quel étrange miracle que de parler au téléphone sans raison particulière. Ils discutent dix minutes, puis vingt, et Muriel s'inquiète de la monnaie que Julius doit insérer pour maintenir la communication. Elle lui dit de ne pas gaspiller son argent et il répond que ce n'est pas du tout du gaspillage, mais soudain il semble se souvenir de la raison de son appel et demande à parler à son frère.

« Il dort, et je suis dans le couloir avec ma main sur le combiné. »

Silence sur la ligne, suivi d'un bruit de chargement et de voix masculines dans le lointain.

« On espérait vraiment que tu serais déjà avec nous maintenant.

– Mon frère espère beaucoup de choses. »

Muriel hoche la tête dans le noir.

« Tu ne crois pas que ce serait bizarre ? demande-t-il. Tous les trois ensemble ?

– C'est ce que veut Lee en tout cas.

– C'est vrai, dit Julius, d'une voix qui fait comprendre à Muriel qu'il n'en est pas sûr.

– Je veux... », commence-t-elle, mais elle s'interrompt par crainte de formuler la suite, sans savoir vraiment en quoi elle consiste. Le couloir sombre est silencieux et, dehors, elle entend le cliquetis des feux de signalisation. Aucun des deux ne parle pendant un moment.

Finalement, Julius dit : « Il peut y avoir plein de façons différentes d'aller quelque part. »

Elle repense au soir de Noël et à l'histoire des lapins. Ses intonations sont les mêmes ; il cherche son approbation, pour une raison ou pour une autre. Elle aimerait retrouver ce sentiment de reconnaissance qu'elle avait éprouvé cette nuit-là. Du coup elle rit. La ligne lui renvoie son rire en écho, et Julius l'interroge : « Bon, très bien, et toi, qu'est-ce que tu en penses alors ?

– Ne le prends pas mal Julius, c'est juste la façon dont tu l'as dit.

– Peut-être bien que je vais devoir venir finalement, histoire de te remettre les idées en place. »

Son ton est plus léger mais pas vraiment gentil, et quand elle se remet à rire il dit : « Tu ne m'en crois pas capable.

– Tu ne l'as pas encore fait », répond-elle, et il rit à son tour. Ses joues sont brûlantes et elle a envie d'un verre. Peu importe la vérité sur Julius, se dit-elle : il aime son frère, et de ce fait il leur est redevable – à elle autant qu'à lui. Elle le savait déjà avant son long voyage vers l'Ouest. Et si Julius prenait conscience de la vie qu'elle menait ou de leur vie sans lui, il finirait peut-être par les rejoindre. Alors elle lui raconte les turfistes, et les notes qu'elle a prises, et comment elle a appliqué ou ignoré leurs conseils pour vérifier si ça fonctionnait. Il ne dit rien. Elle craint que la douceur de cette conversation ne se dissolve dans l'air qui les sépare. Puis il se remet à rire et lui demande d'une voix taquine sa préférence en matière de chevaux. Il suppose qu'elle préfère les hongres. Son intention est touchante, mais elle est déçue. Elle sent qu'il ne la croit pas. Dit tout haut, c'est à peine croyable.

« Il n'y a pas de hongres là-bas, Julius, dit-elle.

– Jolie magouille pour une nana, faut avouer.

– Oh, c'est juste un caprice, répond-elle pour atténuer la tension.

– Fais gaffe quand même. Ça pourrait bien être le genre de choses auxquelles on devient accro », dit-il, mais c'est juste pour la taquiner encore. L'opérateur sonne à nouveau et demande une autre pièce de dix *cents*. Julius fouille ses poches, sans résultat. La ligne est coupée. Muriel reste longtemps assise avec le combiné sur les jambes et la tonalité qui résonne dans le vide. Elle entend toujours Lee ronfler, les tuyaux faire du bruit dans le mur, et dans la cuisine la radio diffuse « Walking the Floor over You », puis « Goodnight Irene ».

2

Le Golden Nugget

Quelques jours plus tard, Julius joue au poker fermé dans une arrière-salle à Torrance. Il amasse tellement d'argent, et pendant si longtemps, qu'un attroupement se forme. Dans cette foule il y a des hommes qu'il connaît et d'autres qu'il ne connaît pas. Tous sont de solides buveurs, qui ont tendance à reporter la faute sur autrui et se réjouissent de cette chaude journée de printemps.

Un homme s'exclame : « Chapeau quand même ! » lorsque Julius étale une couleur qui manque la quinte royale à une carte près.

Il joue contre deux habitués ainsi qu'un novice et un jeune gars qui bluffe trop souvent. Les hommes sont tellement serrés contre les murs que la cendre des cigarettes qu'ils tiennent suspendues en hauteur tombe dans leurs cols et leurs poches de chemise. La fumée au-dessus de la foule se répand joliment. On entend au-dehors le bruit des marteaux-piqueurs et des épandeuses d'asphalte, et du bar à l'avant parvient le son étouffé du juke-box. Tout cela résonne dans l'arrière-salle comme dans un cabinet de dentiste. Julius est arrivé dans ce coin de la ville par erreur : il a été obligé de passer par Del Amo Boulevard à cause de l'effondrement d'une poutrelle au milieu de 190th Street, qu'il longeait en direction de la mer tout en pensant à son frère. Depuis une semaine voire plus, il ne trouve pas de travail. Mais voilà qu'il vient de rafler deux cents dollars et le plus gros tapis de la table, et il n'a nulle part où aller, ni personne pour le surveiller. Depuis la guerre, ou même avant, jamais il n'a eu autant de chance.

« Tu devrais emporter ce jeu dans le désert », lance un homme près de lui.

Un autre crie : « Mets donc une pièce dans ta poche, ça porte bonheur, et on verra de quoi tu es vraiment capable.

– J'y suis allé, dans le désert, ça vaut pas grand-chose, lâche un autre.

– Tout ce qui est légal te défrise, Freddy.

– Notre Freddy national fait des crises d'urticaire quand on ose lui dire la vérité.

– Et même si tu perds, tu peux regarder leurs fameuses bombes gratos.

– J'y crois pas, pas de flics de toute la nuit et des droits d'entrée à vingt dollars.

– On dirait la Corée. Enfin, les bons côtés. »

Une voix surgie du fond de la pièce demande ce qu'ils veulent dire avec leurs bombes, et plusieurs hommes se mettent à expliquer en même temps. Julius n'entend que le nom de l'endroit et de certains hôtels pas chers, puis une affirmation selon laquelle le climat là-bas est maudit. La foule boit et trinque avec lui, mais il commence à ressentir l'anxiété inhérente à la chance. Quelques-uns savent qu'il est un voleur occasionnel mais certainement pas un tricheur, et la plupart ne savent rien du tout. Le long du mur du fond, trois hommes discutent en l'observant. Un autre, près de la porte, entend son nom et l'interpelle. Avant que ses gains ne deviennent dangereusement élevés, il prend un billet de cinq dollars sur la table en contreplaqué qu'ils ont choisie pour le jeu et offre une tournée générale. Il gagne deux mains, puis bluffe sur une autre juste pour perdre, et se couche à la suivante.

Ça lui fait mal de tourner le dos à la chance, mais il faut toujours miser sur le long terme. Il est en Californie depuis tout juste six mois et il connaît déjà un homme qui s'est fait assassiner à la sortie d'un club de Rosewood. La police avait fait deux descentes dans des bars réputés pour leur bienveillance envers les hommes et les lumières tamisées. Ces rafles imposaient de faire tourner les prostitués toutes les semaines, comme les lettres sur les panneaux d'église tous les dimanches. Il réfléchit à l'essence même de la triche et à ses liens avec la dignité, puis il remonte ses manches, paie une nouvelle tournée, empoche soixante dollars en billets de un et de cinq, et laisse filer le reste dans une quinte basse désespérée qui coule la banque. Il se retire et un autre prend sa place, mais quand il quitte le bar les trois hommes du fond le suivent jusqu'à 203rd Street. La nuit tombe et résonne du chant des oiseaux. Derrière les immeubles, à l'ouest, la ligne bleue du crépuscule semble donner à la ville plus d'importance qu'elle n'en a. Les types le rattrapent dans l'allée et le poussent entre eux comme une boule de flipper. Julius incarne à leurs yeux quelque chose de détestable mais aussi d'effrayant : il est facile de tendre l'argent pour essayer d'y mettre fin, et par chance ça fonctionne. De retour dans sa petite chambre, il s'allonge sous les couvertures sans se déshabiller et ne ferme pas l'œil de la nuit.

Quelques jours plus tard, il reçoit une lettre de sa belle-sœur qui le supplie de venir dans le Sud. Muriel a glissé dans l'enveloppe trois billets de vingt dollars neufs et bien pliés, et en guise de signature elle a écrit : *Il est grand temps que tu t'éloignes un peu de Los Angeles.* Julius le prend comme un présage. Il la revoit, au cours de ce Noël dans le Kansas, descendant les marches du perron en tenant dans son poing l'ourlet de sa jupe à mi-cuisse pour contrer le vent, et il songe au bonheur de son frère. Il serait presque disposé à croire cette histoire de chevaux qu'elle lui a racontée, même s'il lui est difficile d'imaginer une femme seule se comportant ainsi. Il avait promis de les rejoindre, mais ni la lettre ni l'argent ne semblent lui intimer l'ordre de le faire. Il attend une journée, puis se décide à fourrer deux chemises roulées et son couteau dans ses bonnes bottes, qu'il prend sous chaque bras comme des sacs à provisions, et le voilà dans le train pour Las Vegas.

Fremont Street est un kaléidoscope d'hommes, de lumières, de papiers épars, de pièces de monnaie tombées par terre, de voix qui s'élèvent et de la pluie torrentielle qui s'abat cet après-midi-là. Julius se rend à pied et sans détour de la gare au Binion's, où il s'inscrit à la salle de poker. Il attend longtemps avant d'être appelé et, le moment venu, se retrouve à une table occupée par de jeunes gens en costume-cravate. Il échange un des billets de vingt de Muriel contre un tas de jetons et perd tout en dix mains de mercenaire.

Il retraverse le casino, dépasse les machines à sous, les tables de craps et les gens amassés autour des chanceux. Dehors dans Fremont Street, il pourrait aussi bien être vingt-deux heures, minuit, ou quelques minutes avant l'aube. C'est exactement comme on le lui avait décrit : les trottoirs sont pleins de gens de L.A., de vieux gangsters, et de danseuses de revue vêtues de plumes de la croupe à la nuque. Julius marche quelque temps dans ce vacarme moderne, à travers le paysage aride, et personne ne le remarque ni même ne le regarde. Il a beau porter ses bottes dans les bras, arborer dans la rue illuminée un jean poussiéreux d'indigent, il passe pour un homme parti faire fortune dans l'Ouest comme tant d'autres avant lui. Il retourne au Binion's et s'assied au bar, pose ses bottes debout sur un tabouret libre et commande un verre. Derrière lui, les machines à sous émettent un bruit sourd et les pièces tombent dans les réceptacles métalliques. Un peu plus loin, les costumes-cravates et autres gens chics se pressent autour des tables de craps. Le bar est ouvert toute la nuit. Il boit, avec le sentiment d'être là où il doit être.

Un homme s'installe à côté de lui et Julius entame la conversation. Il vient de l'Iowa, c'est un représentant de commerce venu à Las Vegas pour une foire, sa taille est étroite, ses ongles sont mal taillés, ses poignets fins et blancs. Julius s'ébouriffe les cheveux et allonge sa jambe sur le repose-pieds du tabouret sur lequel l'homme est assis, de telle façon que leurs genoux se touchent et que l'inconnu se trouve pris entre le comptoir du bar et le corps de Julius. Il lui parle d'un ranch au nord de la ville, à Indian Springs, dans lequel un Mexicain borgne propose à des gens comme eux de participer à la capture de mustangs sauvages pour cinquante dollars. Il lui demande s'il aimerait y aller avec lui et Julius comprend aussitôt l'objet véritable de cette conversation. Il répond qu'il ne connaît presque rien aux chevaux mais qu'il veut bien apprendre et, lorsqu'il se penche en avant, l'homme se tourne vers le comptoir, se glissant dans l'enceinte que forme le corps de Julius.

Ils finissent passablement ivres et titubent sur un peu moins d'un kilomètre après Fremont Street pour atteindre la limite de la zone des enseignes au néon, où ils règlent en liquide une chambre double au Squaw Motel. Ils partagent une nouvelle bouteille de whisky et parlent longuement des plats pays où ils sont nés, s'étonnent de la terre rouge de l'Ouest et chantent de mémoire quelques bribes de chansons. Julius raconte à cet inconnu qu'il vient de Los Angeles, qu'il a pu voir la ville se transformer sous ses propres yeux, et celui-ci répond : « C'est comme ça maintenant. Même dans l'Iowa, tu aurais un mal fou à trouver un boulot ailleurs que dans l'asphalte. » Ils s'allongent chacun sur un lit et, à distance, lorsque Julius lui demande s'il est marié, l'homme répond : « Bien sûr.

– Depuis combien de temps ?

– Pas longtemps. »

Julius tend la bouteille entre les deux lits, l'homme la saisit, se redresse légèrement et la vide. Puis il la rend à Julius et se tourne vers lui. Il sourit, mais son sourire est destiné à quelqu'un d'autre.

« Mon frère vient de se marier lui aussi, dit Julius.

– C'est chouette.

– Oui. Mais aussi un peu bizarre.

– Je suis fatigué maintenant, mon pote.

– On n'est pas obligés de continuer à parler.

– Si ça t'embête pas. »

Peu après, Julius prend conscience du sommeil profond de l'homme, et même si l'occasion est manquée il n'est pas malheureux. Lee disait que la meilleure nuit de sommeil de sa vie avait eu lieu à Long Beach, lors de leur dernière permission de Noël, quand Muriel lui avait enfin écrit pour lui annoncer le décès de sa mère et lui demander de rentrer. Lee et Julius avaient fait le voyage ensemble sur le navire *Bryce Canyon* et s'étaient installés au Royal Hotel. Ils étaient restés si longtemps en mer que même leurs bottes étaient encore en état de servir, et la guerre avait beau être finie depuis un bout de temps, ils devaient encore un an chacun à l'US Navy. Ils s'étaient posés au bar de l'hôtel, Lee lui avait montré la lettre de Muriel, ils avaient parlé des projets qu'ils avaient imaginés ensemble et Lee avait dit que ça ne changeait rien. Le matin suivant, ils avaient attrapé le premier car en partance pour l'Est.

Un an plus tard, Julius débarquait sur le même quai à Long Beach, mais tout semblait différent. Une femme vêtue d'une robe de quaker lui tendit un exemplaire d'*Isaïe* emballé dans du papier bleu. Il encaissa la moitié de sa solde et prit un bus pour le centre-ville, s'installa au comptoir d'un *diner* et se mit à lire la brochure. Il avait tout oublié du *Livre d'Isaïe*, oublié combien chaque homme, bon ou mauvais, était extraordinaire dans la Bible, et il décida de ne pas rejoindre son frère à San Diego. Il l'avait sans doute décidé depuis un moment déjà. Il erra toute la nuit dans la ville en pensant aux dragons, aux roseaux et aux papyrus, aux eaux jaillissantes et au mariage de son frère, et il vit que parcs et bars étaient remplis d'hommes. Il se sentait emporté par ce grand déferlement, comme s'il était mort. Cet après-midi-là, il paya six dollars pour une chambre avec fenêtre, dormit toute la journée et celle d'après, et pour la première fois il dormit comme Lee semblait l'avoir fait pendant sa meilleure nuit de sommeil.

À l'aube, Julius est réveillé par l'homme de l'Iowa qui sanglote dans l'oreiller au point de s'étouffer ; ses pleurs sont si puissants que ses frêles épaules s'arc-boutent et se rejoignent au milieu du dos comme un pli. Julius se lève, s'approche du lit et pose une main sur son dos jusqu'à ce que les sanglots se calment. La lumière crue du désert pénètre à travers la fenêtre du motel et l'homme lève la tête vers Julius : « Je suis désolé. C'est juste l'alcool. »

Julius lui dit de ne pas s'en faire. L'homme s'allonge sur le dos en regardant le plafond un moment tandis que Julius reste assis au bord du lit. Aucun des deux ne parle, et ils entendent la climatisation goutter dehors sur la chaussée. L'homme prend la main de Julius dans la sienne et la balance doucement d'avant en arrière comme pour une poignée de main un peu ridicule, puis il laisse tomber leurs deux mains sur le couvre-lit. Il se lève pour aller dans la salle de bain. Julius s'allonge à sa place et replonge dans un sommeil brumeux. Quand il se réveille, l'homme a disparu. Il trouve un billet de cent dollars sous un gobelet en plastique, une cigarette à demi consumée dans le cendrier, et toutes les serviettes de bain trempées et chiffonnées sur le sol. C'est beaucoup d'argent. Julius sait qu'il a été payé non pas pour la chambre, ni pour l'alcool, mais pour sa discrétion. « J'aurais préféré que tu ne fasses pas ça », dit-il à voix haute, comme s'il s'adressait aux murs, puis il plie consciencieusement le billet en quatre et le glisse dans sa botte. S'il revoit l'homme il lui rendra la coupure, moite et sentant les pieds.

Il sort. L'après-midi baigne le désert de lumière brune. Il trouve une salle de jeux où on joue au poker fermé, mais la partie est lente et insipide, si bien qu'il décide de retourner au Binion's tenter le pharaon. Une bonne heure durant, il gagne plus qu'il ne perd, et il encaisse ses gains avant que la chance ne tourne pour aller les miser en bas de la rue, à El Dorado. Là, il joue à un jeu appelé high-low, à un dollar la mise, et en sort largement gagnant. Au Lucky Strike, l'hôtel est plein, même chose à l'Apache, et au Binion's c'est dix dollars l'entrée pour les célibataires. Julius repart aux limites de la ville, vers le Squaw Motel. Le réceptionniste le guide vers la même chambre que la veille. Les draps n'ont pas été changés, juste bordés aux coins du matelas, le couvre-lit négligemment jeté sur les oreillers. Il tente vainement de dormir dans un des lits, puis dans l'autre, soulève la couverture pour secouer les cendres, puis la laisse retomber par terre. Il s'allonge sur une moitié de couverture et rabat l'autre moitié sur lui. Le lendemain matin, au réveil, il a soixante-quinze dollars, une pile de jetons à encaisser et le billet que lui a donné l'homme de l'Iowa. Il se douche, se rase et sort dans la lumière vive du jour. Il demande au réceptionniste une chambre simple et règle une semaine d'avance.

Depuis les fenêtres de leurs chambres d'hôtel, les visiteurs de ce Las Vegas en pleine expansion peuvent assister à deux miracles qui se disputent l'affiche. Le lac Mead s'étend à la surface du désert, recouvrant la vallée brune. Deux années consécutives de fortes neiges dans les montagnes en ont gonflé les rives, et l'après-midi les touristes se rassemblent en haut du barrage Hoover pour observer ceux qui actionnent les valves d'évacuation. Certains disent que les remblais de l'ouvrage ont été consolidés avec les squelettes de mules et d'hommes, sans doute aussi avec de la corde, se dit Julius, des kilomètres et des kilomètres de cordage. Et des dents. Et des cafetières vides. Et des ongles rongés qu'on aurait jetés là.

Mais la véritable attraction se trouve dans le ciel, à l'ouest du barrage. Des nuages en forme de champignon attirent les visiteurs venus de lieux moins prospères – les villes bondées de l'Est ou les communes agricoles du Nord et de l'Ouest. Sur les toits, des hommes en smoking sirotent des cocktails Atomic tandis que leurs femmes soupirent. Ils fument des cigares de contrebande en ignorant superbement les nouvelles de Washington et les mises en garde contre les effets de la radioactivité, et au fond de leurs yeux on peut lire une étrange émotion, comme une écorchure. Après tout, ces bombes ne sont pas censées les blesser. Des panneaux de fortune, plantés au milieu du bric-à-brac tapageur de la ville, précisent leurs noms : Diablo, Chapeau Magique, Bonhomme en Sucre. Les jours de bombe, les chefs de salle poussent les joueurs dehors, tôt le matin, avant que le soleil du désert n'apparaisse et ne blanchisse l'horizon là où l'explosion va écumer, parfois jusqu'à une heure tardive. Ces matins-là, les casinos sont calmes, le silence se propageant tel l'écho inversé du formidable séisme de la bombe atomique au-dehors.

Dans cet environnement, Julius n'incarne pas un type d'individu en particulier. Il n'est pas un de ces hommes en smoking, ni leur amant, et le fait de jouer au poker ou au 21 dans les salles sans fenêtres n'attire aucun soupçon. Au petit matin, la rue est encore animée. Ici il n'est coupable de rien – ce qui n'était pas le cas à Los Angeles, Ventura ou Long Beach. Partout ailleurs où il a dormi, joué aux cartes ou rencontré des hommes, il devait parfois sortir par une porte dérobée, ou patienter dans une ruelle, mais pas ici. Il se dit que les néons, l'argent et les bombes sont la marque d'une ville très en avance sur son temps. Les touristes jouent mal, Julius les rince et après ils lui serrent la main et le remercient. Les flics sont assis à la même table, leurs cravates dénouées. Il dort la journée et mange quand il en a envie.

Et donc il reste. Deux semaines passent. Il garde sa chambre au Squaw, à huit cents mètres de Fremont Street. Il joue au pharaon jusqu'à midi dans un casino qu'on dit tenu par des mormons du coin, et entasse ses gains à l'intérieur d'une chaussette roulée qu'il planque dans le faux plafond de sa chambre. Les mormons dirigent aussi un bar sympathique mais personne ne sait s'ils existent vraiment. Julius a entendu dire qu'ils vivent en dehors des limites de Las Vegas, sur un terrain protégé par des barrières de trois mètres de haut et agrémenté d'une piscine traitée au sel pour imiter le grand lac puant que Dieu leur a donné. Il s'arrête parfois à la gare, sort une pièce de dix *cents* en pensant à son frère et à Muriel, mais il ne les appelle pas, et il finit par s'écouler tellement de temps qu'il a peur qu'ils lui en veuillent, voire qu'ils l'aient oublié, et il redoute ce moment imaginaire, le silence après qu'il aura prononcé le nom de son frère.

Un matin, alors qu'il émerge du casino dans le jour naissant, il regarde l'horizon face à lui et voit une boule de feu se soulever de terre et se dissoudre en fumée. C'est à quelques kilomètres de distance et le son lui parvient plusieurs minutes après – une détonation sourde, comme une pierre projetée violemment contre la façade d'une ferme –, et cela lui rappelle son frère qui, quand ils étaient enfants, accrochait un pouce à l'intérieur de sa joue et le retirait vite pour produire un « pop », indiquant par ce geste une action réussie. Depuis les toits des casinos monte une acclamation singulière, assourdie et même retenue, et Julius lève les yeux pour voir les têtes minuscules des hommes et des femmes en équilibre contre les installations, certains tendant même le cou dans l'entrelacement des lettres au néon géantes. Le ciel s'éclaire soudain, comme si la bombe avait accéléré l'aube en délavant les immeubles et les panneaux clignotants au point qu'ils semblent avoir disparu. On dirait que tout a gelé, qu'ils ont tous été renvoyés dans le désert, libérés de l'anxiété et du langage, réduits à leur essence, les visages dissous dans la lumière crue, indiscernables, chacun tourné vers l'horizon avec la même expression ahurie, tendue à l'extrême. Parmi ces gens, il éprouve pour la première fois un sentiment d'appartenance.

Cette nuit-là, il grimpe sur le toit du Binion's et s'assied au bord, tenant une cigarette au-dessus du vide. Il n'a jamais vraiment été seul avant, et ici la chose semble facile. La ville en pleine croissance opère sa transition avec soin dans cette longue soirée typique des terres de l'Ouest : d'abord les rapaces nocturnes, les voitures qui commencent à se taire, puis le bref coup de vent avant le coucher du soleil et les rues qui s'allument, et dans certains intervalles silencieux Julius peut entendre le bourdonnement caractéristique du désert. Le nuage de la bombe est encore visible, telle une pâte grise à la surface de la lune basse, désormais aplati et étiré sur cent cinquante kilomètres. Il tend le bras vers le vide et balade sa main. Il a grandi sur un pauvre ranch décati et a ensuite quitté cet endroit pour s'enrôler dans la marine, où il n'a jamais pu passer une seule nuit au-dessus du sol. À cette hauteur, la ville semble n'appartenir qu'à lui. Il se remémore un après-midi de son enfance, quand Lee et lui avaient découvert un silo ouvert, rempli d'eau de pluie accumulée pendant des années. Ils avaient grimpé l'échelle pour regarder dans le trou depuis le bord, à trente mètres de hauteur. Le reflet de leurs têtes dans l'eau se découpait au centre d'un cercle de lumière, et ce cercle était devenu noir comme un négatif à la surface de l'eau, bordé d'un liseré satiné. On aurait dit qu'ils se tenaient debout à l'intérieur d'une éclipse. L'espace d'un instant, son frère lui manque, tout comme l'avenir qu'ils avaient imaginé ensemble. Il tourne la tête vers l'étendue du désert en pensant à ce silo, et ce souvenir se superpose à l'image de la lune et de la bombe qui s'évanouit à la manière de morceaux de film en surimpression – la noirceur de cette eau et la lumière émanant d'elle qui s'élève à travers les montagnes nues – ; à observer ce paysage il peut éprouver l'infinité du temps. Il jette d'une pichenette son mégot de cigarette, qui décrit un arc dans les airs avant d'atterrir dans le passage. Lorsqu'il relève la tête, la vision a disparu. Son frère n'est jamais venu ici et ne va pas venir le chercher, et s'il arpente Las Vegas à l'aube il n'y a personne qui s'en soucie, personne qui l'attend au fond d'une allée pour récupérer ce qu'il a volé. Un homme comme Julius peut s'asseoir aux tables de jeu avec son argent bien en vue. Ici il y a des règles, elles sont connues, et on peut gagner cinquante dollars avec une quinte basse à la loyale, pas d'entourloupe, juste de la chance. Quel luxe de jouer contre la banque et non contre des hommes.

Quelques jours plus tard, Julius entre au Golden Nugget et s'assied à côté de deux hommes installés le long du bar lisse et brillant, qui fument des cigarettes aux épices. Ils parlent un moment de tout et de rien jusqu'à ce que Julius apprenne quel est leur métier. Cela fait des semaines maintenant qu'il observe la façon dont les chefs de table et de salle gèrent les espaces de jeux et les guichets de paris sportifs – des hommes aux yeux perçants qui le regardent et comptent ses jetons alors qu'il ne leur a jamais adressé la parole. Il demande aux deux fumeurs comment on décroche ce genre de boulot, lesquels lui demandent en retour quelles compétences il a à offrir. Julius est sidéré qu'on lui pose la question.

« Je sais comment les gens volent, dit-il. Et je sais aussi pourquoi ils le font. »

Les deux hommes se ressemblent tant qu'ils pourraient être jumeaux. Ils tournent tous deux la tête vers le miroir suspendu derrière le bar, comme s'ils cherchaient un message dans le verre poli, puis pivotent de nouveau vers lui. Ils lui rappellent les deux chattes qu'ils avaient à la maison dans son enfance, des sœurs impossibles à différencier qui se déplaçaient en parfaite symétrie comme seuls les animaux savent le faire, s'installaient sous le chêne près de la cabane et attrapaient les oiseaux au vol. En observant les deux fumeurs, il se remémore les têtes oblongues de ces chattes, leurs profils aux yeux globuleux et transparents.

« Mais toi, tu ne voles pas », lance le type le plus proche de lui.

Il observe Julius par-dessus ses doigts joints, ses mains formant une espèce de tente devant son visage. Julius se penche vers lui, le bras posé à plat sur le comptoir. Il a déjà bu quelques verres et a des jetons plein les poches.

« Si je sais comment les gens volent, c'est en partie parce que j'ai volé moi-même, pour être honnête avec vous, dit-il. Mais il me semble qu'ici c'est pas un endroit pour voler, et j'aimerais autant être du bon côté. »

Les deux hommes réfléchissent. Ils notent la silhouette mince de Julius, ses bottes usées jusqu'à la corde et crottées, la longueur de ses cheveux. Julius a le sentiment réconfortant d'être reconnu, d'être vu par eux non pas comme un voleur ni comme un marin, mais comme un individu promis à un destin meilleur.

« On t'a déjà vu dans le coin, dit l'un.

– Tu joues franc jeu et ça nous plaît », ajoute l'autre.

Sur ce, ils lui proposent un poste de surveillant de salle et Julius accepte. Puis il serre la main des deux hommes avec fermeté et attend d'être à quelques rues de Fremont Street, presque au niveau de son motel, pour sourire.

Il retourne au Golden Nugget ce soir-là et grimpe un escalier étroit jusqu'aux combles au-dessus de la salle. Cet escalier mène à des passerelles qui courent le long des murs et traversent les combles pour se rejoindre de façon légèrement excentrée au-dessus de la salle du casino. Elles sont bordées de baliveaux et placées si haut que les cheveux de Julius effleurent le plafond. Tous les trois mètres, un miroir à double face est incrusté dans le plancher pour que celui qui marche sur la passerelle puisse voir les joueurs en dessous. De gros ventilateurs à chaque extrémité envoient un vent chaud. Julius s'avance vers le centre et observe une table de craps en bas. Il ne voit que les mains des joueurs, certains ont des doigts boudinés et poilus, avec des ongles négligés, et d'autres des doigts fins et gracieux. Un homme en bout de table se penche en avant pour s'emparer de la mise, lève un instant les yeux, et Julius a un mouvement de recul. Mais la grande plaque de verre sombre est convexe, courbée vers le bas et vers l'extérieur, de sorte que l'homme qui a levé la tête voit non pas le regard silencieux de Julius mais son propre visage déformé et inversé, comme s'il fixait le dos arrondi d'une cuillère. Julius avait bien repéré ces miroirs depuis la salle du bas, mais tout en devinant qu'on le surveillait il n'avait pas réfléchi plus avant à la présence au-dessus de lui d'un réseau de voies et de passerelles destinées à la surveillance. L'ensemble paraît si ingénieux qu'il se retient d'éclater de rire.

Une heure durant, il marche d'un miroir à l'autre en observant les mouvements au craps et au blackjack. Il ne remarque rien d'anormal, même si vues d'en haut les parties semblent différentes, morcelées en séquences de triche et de fraude potentielles que le joueur lui-même ne jugerait pas suspectes ni répréhensibles. Regarder le jeu de cette façon l'impressionne. À Los Angeles, on ne ferait jamais confiance à un homme comme lui pour ce type de boulot.

En avançant vers le centre de l'échafaudage, il aperçoit une silhouette sombre à plusieurs mètres de lui. Julius s'immobilise et attend. La silhouette se rapproche, et dans la lumière qui monte de la salle il découvre ses bottes, puis son pantalon déguenillé.

« T'es nouveau », dit l'homme, désormais tout près de lui.

Julius hoche la tête. Ils s'observent au-dessus du miroir éclairé. L'homme est grand, il a les cheveux foncés et le même âge que Julius, ou bien quelques années de moins.

« Henry », se présente-t-il.

Julius se présente à son tour et tend la main. Celle de l'homme est rugueuse mais son geste est léger, rapide. Son autre bras pend le long de sa jambe, et dans la lumière pâle Julius remarque qu'il est bardé de cicatrices.

« C'est ta première fois ? demande-t-il.

– Exact, répond Julius.

– Alors, qu'est-ce que t'en penses ? »

Henry n'a pas l'air cruel, même si son apparence pourrait laisser penser le contraire, et Julius lui dit le fond de sa pensée.

« Tu joues ? demande-t-il ensuite.

– Parfois.

– Ceci explique cela, hein ?

– Oui, répond Henry. Regarder un jeu de cette façon, c'est un peu comme se regarder faire l'amour. »

Julius s'esclaffe, hoche la tête et couvre sa bouche pour étouffer son rire et cacher sa dent manquante, qui lui fait soudain honte.

« Instructif, dit Julius à travers sa main.

– Mais un peu destructeur, dit Henry.

– C'est vrai. »

Il laisse tomber sa main et le dévisage longuement. Il soutient son regard jusqu'à ce que Henry éclate de rire. Julius se joint à lui, puis le rire s'amenuise et s'éteint. Dans le silence qui suit, Julius se sent à nouveau embarrassé, détourne les yeux vers le sol, puis vers sa propre main posée sur la rambarde. Henry dit « Ouaip », et repart à l'autre bout des combles.

Toutes les deux ou trois heures, Julius et lui se croisent là où les échafaudages traversent la salle. Henry lève la main ou esquisse un salut rapide. Au centre, le courant d'air se rafraîchit et s'évanouit. Les tables en bas sont peu à peu désertées. Au troisième passage, Henry s'arrête un instant pour faire une blague à propos d'une femme à la table de craps dans un coin. Il suggère à Julius de jeter un œil à sa robe, et celui-ci répond qu'il le fera.

À quatre heures du matin, Julius descend l'escalier et coche une pointeuse dans l'arrière-salle remplie de boîtes d'allumettes aux couleurs du casino et de sacs de banque entassés derrière un grillage. Cette pièce est elle aussi couverte de miroirs à double face, et une porte en fer équipée d'une barre latérale de sécurité mène à une autre salle. Il poinçonne sa carte, et un type en costume de crêpe entre en claquant vite la porte. Le verrou est remis de l'autre côté. L'homme en costume capte le regard de Julius et le soutient longuement, puis ses yeux semblent devenir distants et opaques, comme un miroir à deux faces – comme si quelqu'un d'autre se cachait en lui, observant Julius. C'est sûrement le chef de salle, se dit-il. L'homme s'éloigne sans rien dire.

Dehors, une lueur jaune annonce l'aurore. Julius marche jusqu'au bout de Fremont Street. La gare grouille de monde. Derrière, la plaine brune et granuleuse s'élève en une crête de montagnes. Julius entre dans une cabine téléphonique, déniche une pièce de cinq *cents* et compose le numéro de son frère. Ça sonne longtemps dans le vide. Il écoute la tonalité et une pensée lui vient. Il songe à la bombe qu'il a vue et à son nouveau boulot. Il veut en informer Lee, sans trop savoir par où commencer. Mais l'existence même de son frère paraît soudain indispensable pour confirmer que sa propre voix est attendue et reconnue. Il se souvient de la dernière fois qu'il a vu Lee, à Okinawa ; un doute le paralyse un instant, s'évanouit et se transforme en envie, puis en peur. Il raccroche avant la sonnerie suivante.

De retour au motel, il reste allongé un bon moment en se remémorant les parties de cartes qu'il a vues, les mains des hommes assis en dessous de lui, leurs différentes formes, les lunules des ongles attrapant la lumière des néons et puis cet homme, Henry, et son bras scarifié, jusqu'à ce que la lumière du jour transperce les rideaux.

Les casinos font oublier à certains joueurs les complications inhérentes à l'argent. En parcourant la passerelle, Julius examine ces alcôves sombres, les dollars échangés pour des jetons ou des plaques, l'absence d'horloges dans toutes les salles de jeux d'argent ou de jeux de cartes : rien ne ferme et rien ne change, des buffets de petit-déjeuner sont dressés au milieu de la nuit. Autant de stratégies pour distordre le temps, pour briser le lien entre causes et effets. Mais désormais, résister à tout cela, c'est le travail de Julius. La plateforme sous les combles lui donne du recul ; il l'arpente à la recherche des poivrots, des escamoteurs, des pipeurs de dés, de tous les tricheurs. Il passe le plus clair de son temps au-dessus des tables de blackjack – le seul jeu qui permette au joueur de gagner contre la banque, raison pour laquelle il attire toutes sortes de tricheurs. Ceux qui marquent les cartes et ceux qui les cachent dans leurs manches, des hordes de joueurs passifs qui feignent la crétinerie pour glisser les bonnes cartes à leurs partenaires, ou éliminent de meilleurs joueurs qui s'attendent à une livraison. De toute évidence, ils savent que Julius les regarde. Autour des tables, ils écoutent le bruit de ses bottes au-dessus d'eux, essaient d'évaluer la distance avant d'escamoter un as ou de refiler une reine, et c'est ainsi qu'il devient partie prenante des jeux et des méthodes des tricheurs.

Chaque nuit, entre vingt heures et quatre heures du matin, Julius est leur maître d'hôtel. Il se considère comme tel. Son boulot consiste à observer les joueurs, rien de plus. Il n'administre pas de punition, il se contente de spéculer, de rapporter ce qu'il croit avoir vu. La plupart du temps, il regarde leurs mains. Ceux qui ont des mains carrées, courtes ou maladroites peuvent gagner, mais ne peuvent pas dissimuler les cartes. Ils ne sont pas faits pour ça. Ceux qui ont de longs doigts fins et nus, des ongles courts, polis et pâles, des manchettes épaisses qui montent au creux de leurs paumes – si ceux-là se mettent à perdre, Julius reste au-dessus d'eux bien plus longtemps que pour les autres. Pour les meilleurs, perdre est une stratégie en soi. Avec toute la diligence requise, il fait part de ses soupçons aux deux hommes à tête de chat et touche sa paye en fin de semaine. Avec ça il règle sa chambre et ses mises, mange du steak au petit-déjeuner, et déjà le mois de mars est sur le point de s'achever. Il dort pendant les après-midi de plus en plus doux et se réveille avec le sentiment d'avoir un but.

Ensuite, au début du mois d'avril, la chaleur s'installe et recouvre la ville d'une lumière scintillante. Il fait si chaud dans le grenier du casino que Julius sent son cœur battre douloureusement contre son thorax. La sueur goutte de son nez, de son front, du bout de ses doigts tandis qu'il arpente la passerelle. Au bout d'une heure, il enlève ses bottes et ses chaussettes, défait sa chemise, humidifie une serviette et l'enroule autour de son cou. Il boit à petites gorgées une flasque de whisky et fume pour se distraire.

Juste avant de croiser Henry, Julius mouille à nouveau la serviette avec un bol d'eau déjà tiède. Il laisse sa chemise ouverte, rentre les pans dans l'arrière de son jean et se dirige vers l'autre côté la passerelle. Henry s'avance lentement vers lui et le salue mollement de la main sans un mot. Il est torse nu lui aussi, couvert de sueur, son visage et son cou ruissellent. Julius le regarde approcher. Il n'y a pas un souffle d'air et le verre bombé semble graissé par la chaleur. Henry s'arrête au croisement pour se reposer un instant contre l'échafaudage. Il fait un geste vers lui, une main sur la rampe et l'autre soudain pressée contre la poitrine de Julius, la paume étalée au milieu de ses côtes. Puis il tourne son regard vers lui. Il fait « oh » et tombe à genoux, les coudes appuyés sur les cuisses de Julius et les pouces agrippés aux os plats de ses hanches. Il penche la tête vers sa taille, la joue posée contre la fermeture en cuivre de son jean, et pour l'empêcher de tomber Julius agrippe ses épaules. Ses doigts glissent et il se penche tant qu'il peut vers l'arrière, appuyé contre l'échafaudage. Il bredouille : « Allez, arrête. » Les mains de Henry retombent, il se tourne pour se pencher par-dessus la rampe, pris d'un haut-le-cœur, mais Julius ne l'attend pas, ne lui offre pas de réconfort ; il tourne les talons. Tandis qu'il s'éloigne dans la direction opposée, il peut encore sentir la paume de Henry sur son torse, comme une trace de pas émergeant lentement des éteules dans un champ moissonné.

Quand sa ronde se termine, il guette le bruit des pas de Henry dans la cage d'escalier, puis attend encore de longues minutes après que la porte a claqué en bas. Il est quatre heures et quart lorsqu'il récupère enfin ses bottes.

En frappant les talons sur le sol pour faire déguerpir les araignées, il retrouve le billet de cent dollars du gars de l'Iowa. Il est humide et, quand il l'étire, ça sent la sueur et la cigarette. Il le replie et le coince à nouveau dans sa botte. Arrivé au rez-de-chaussée, il pointe mais note dans la marge que le dernier quart d'heure ne doit pas être pris en compte.

Dehors, une pluie rafraîchissante a nettoyé les rues et les néons se reflètent dans de petites flaques au bord des trottoirs. Julius prend la direction du motel et s'éclipse dans une ruelle adjacente lorsque Henry le rattrape.

« Tu vas quand même pas rentrer chez toi, lui lance ce dernier.

– Tu veux dire dans ma chambre, ou dans mon pays ? »

Henry éclate de rire. « Ton chez-toi de maintenant, imbécile.

– Ben c'est ce que je comptais faire.

– Fait trop chaud pour rester cloîtré.

– Beaucoup plus frais maintenant.

– Je te dois un verre après ce qui s'est passé. »

Il semble si sincère, si profondément embarrassé par son moment de faiblesse que Julius sait qu'il ne peut refuser sans se trahir. Il se rappelle la forme de ses épaules là où il l'a touché, lesquelles paraissent désormais carrées et ordinaires sous la chemise. Ils marchent ensemble dans les rues détrempées, trouvent un bar à touristes et commandent l'unique bière proposée sur la carte. Julius reste à l'affût des chefs de salle ou de quiconque pourrait les reconnaître et les soupçonner de complicité – voire pire. Ils discutent un moment du temps qu'il fait, de la nuit au casino et des tristes paysages de leur enfance. Henry vient de Central Valley et il a passé plus d'un été dans les vergers des environs.

« J'ai choisi Henry parce que personne ne savait prononcer Javier », explique-t-il.

Julius lui demande pourquoi il est venu à Vegas et depuis combien de temps il travaille dans les combles, et Henry répond, en levant son bras blessé : « Faut croire qu'ils ne me voient pas comme un tricheur potentiel.

– Non, t'es sans doute pas le roi de l'empalmage.

– Je suis le roi de rien du tout. »

Henry sourit et Julius perçoit en lui quelque chose de nouveau.

« Mais je suis sûr que pour ce qui est de jouer, tu te démerdes pas si mal.

– Si tu veux dire par là faire le guignol, ou l'imbécile, alors oui, je n'ai jamais rien fait d'autre.

– J'aimerais vraiment bien qu'il y ait plus de poker, et pas seulement dans les salles dédiées, dit Julius.

– Ça n'intéresse pas le casino. T'as déjà joué à l'étranger ? »

Julius hoche la tête : « C'est quoi, ton jeu préféré ?

– Le 21.

– Ah ouais. »

Henry baisse les yeux.

« Je sais ce qu'on pense des joueurs de blackjack.

– T'as vu combien de tricheurs à ce jeu depuis le grenier, rien que ce mois-ci ?

– Le blackjack présente des avantages, c'est vrai. »

Henry le dévisage un long moment, Julius soutient son regard et chacun se remémore la nudité de l'autre. Pour Julius, ce souvenir est un fantôme entre eux.

« T'as de la famille ? demande-t-il.

– Oh, un peu par-ci par-là », répond Henry.

Julius hoche la tête. Derrière le bar, le long miroir accroche les cercles orangés des spots au-dessus d'eux.

« En fait je suis censé être à San Diego, dit Julius.

– Pourquoi ça ?

– Avec mon frère. On l'avait prévu comme ça, quand on était en Asie. Il voulait plus ou moins m'avoir à l'œil. Mais faut admettre que le climat là-bas est agréable, et à San Diego tu peux te construire une maison dans la vallée pour trois fois rien.

– Je connais la Californie.

– Je m'en doute.

– Pourquoi t'es pas là-bas alors ?

– Trop compliqué à expliquer.

– Tu pourrais essayer de me l'expliquer à moi. »

Henry sourit et Julius lui rend son sourire. Il repense à la maison de Muriel dans le Kansas et au bonheur de son frère. À ce Noël, quand ils parlaient de tout et de rien dans les champs de blé. La dernière fois qu'ils s'étaient retrouvés ensemble sur terre.

« Trop compliqué à raconter », répète Julius. Henry sourit, hausse les épaules et laisse le moment se dissiper dans le silence.

Peu après, ils quittent le bar pour le Moulin Rouge. Henry s'élance sur la piste de danse comme s'il était invité à un mariage, un mariage longtemps reporté et finalement célébré sous la contrainte. Ses jambes esquissent un mouvement traînant qu'il a sûrement appris dans les granges de son enfance, mais sa joie et son soulagement ont beau être perceptibles, Julius sent qu'il se retient. Il est seul au début, puis, à la faveur d'une chanson plus lente, il déniche une partenaire à l'écart de la foule. Julius boit et observe. La joue de Henry effleure le front de la femme qu'il tient dans ses bras, de manière si intime et si répétée que Julius ne peut s'empêcher d'imaginer la sensation que ce frôlement procure, ses cheveux imprégnés de l'odeur du tabac, de la sueur et du bois brut des combles. Il sait ce qui va se passer ensuite et il n'est pas sûr de vouloir le revivre. Il se lève et sort. L'aurore vient de laisser place au jour, la chaleur commence déjà à monter. Il y a encore beaucoup de gens dans la rue. La liasse de billets humides au fond de sa botte l'irrite et, pour faire quelque chose de ses mains tremblantes, il retire sa chaussure pour la réajuster. Peut-être n'a-t-il jamais vraiment aimé que ces moments où l'amour est incertain, ces moments où il peut être dans la séduction pure, dans un lit, ou à moitié nu, ou la main posée nonchalamment sur un bouton de braguette, ou alors, dans un passé plus lointain, quand il s'appuyait contre le chambranle d'une porte, ou quand il sortait d'un recoin pour traverser la rue en direction d'un homme immobile, les œillades échangées alors qu'il avançait, ces moments où il pouvait encore changer d'avis, la certitude intime, érotique, d'être la cible du regard insistant d'un autre homme. Il se souvient, des mois ou des années plus tôt, de ces soldats, de ces hommes qui quittaient la ville en hâte et de ceux qui tombaient amoureux d'une femme. Il repense au gars de l'Iowa, à son dos secoué de spasmes, aux bribes de chansons qu'ils avaient entonnées ensemble. Son dégoût est édifiant, salvateur. Pas besoin de s'inquiéter de sa propre faiblesse quand tant d'autres sont à ce point évidentes.

Henry sort enfin, regarde d'un côté et de l'autre, l'aperçoit et lui fait signe. Julius remet sa botte, la chaussette bien tassée dans le fond, le jean à moitié rentré dans la tige, et il marche ainsi jusqu'à sa chambre au Squaw après avoir envoyé Henry se cacher à l'autre bout du parking. Il se déshabille en laissant la porte déverrouillée pour lui donner la possibilité de scruter les environs avant d'entrer. Mais Henry n'attend pas, et Julius n'a pas fini de retirer sa chemise qu'il surgit dans l'embrasure de la porte, saisit le coude de Julius pour lui faire face et l'embrasse.

3

La vallée

Les jours que Muriel préfère sont ceux où il n'y a pas de courses et où les turfistes racontent leurs fiascos et leurs magouilles. Un après-midi, dans le bar, elle entend parler d'une course à réclamer au cours de laquelle, quelques années plus tôt, un cheval de six ans a pulvérisé un record sur l'hippodrome de Del Mar avant de s'écrouler raide mort. Ou l'histoire de ce petit rouquin originaire de Montréal dont on avait harnaché la jambe cassée à la sangle de sa selle pour qu'il puisse concourir. Ou encore celle du Paint Horse ventru appelé Gingersnap qui était instantanément devenu ami avec un taureau nommé Angus, au point que les deux animaux ne pouvaient plus être séparés et qu'on avait dû les transporter collés-serrés dans une remorque spécialement agrandie pour eux.

Ou, mieux encore : profitant de leur temps libre, les parieurs évoquent des événements qui ne peuvent pas se produire, qui ne se produiront assurément pas. Il n'y aura plus jamais de cheval comme Seabiscuit, non pas parce que c'était une créature divine, comme le prétendaient les journaux et les entraîneurs, mais parce que l'univers n'autorise qu'une certaine dose d'improbabilité. Plus jamais non plus de bijou comme Quashed, la pouliche demi-sang qui avait battu d'une courte tête un gagnant de la Triple Couronne après quatre interminables kilomètres. Même chose pour les bêtes mythiques d'une autre époque, National Velvet et Sergeant Reckless, des chevaux de combat engagés pendant la Seconde Guerre mondiale sur le front de l'Est, créatures surgies d'un rêve partagé, puis oublié, par une culture tout entière.

Durant le mois de mars 1957, Muriel joue aux courses de fin d'après-midi, par tranches de dix dollars. Les gains sont limités par les enjeux, mesquins et provinciaux, et bien qu'elle connaisse désormais le nom des écuries, les jockeys et poulains fraîchement entrés au haras, chaque nouveau détail l'excite, semblable à une forme familière dans l'obscurité. Les vrais enjeux ne démarrent qu'au printemps, et la plupart du temps les hommes, assis loin des tables, jambes écartées, boivent davantage et plus longtemps tout en soupesant leurs chances.

« Attention, les gars. Dans quelques semaines on aura de vrais dollars en jeu, dit l'homme à la moustache.

– Pensez à la course du Lakes and Flowers au printemps dernier à Hollywood Park, dit un autre.

– Dieu que c'était sublime.

– C'était comme regarder un coucher de soleil, mais en plus rapide.

– Ce sont les mêmes cavaliers qui viendront à Del Mar, et presque les mêmes chevaux, mais sans Misrule ni Porterhouse, ce qui veut dire que la partie sera pour nous aussi douce que du miel.

– On verra bien comment les cotes évoluent. Huit courses, je veux bien manger mon chapeau s'il n'y en a pas au moins une qui rapporte le jackpot. »

Le vieux jockey appelé Rosie, adepte des métaphores aquatiques, déclare : « Quand la marée monte, elle apporte de bonnes nouvelles.

– Depuis quand la marée apporte ça ? demande la moustache.

– Ça s'appelle une image, mon ami », rétorque Rosie d'un ton sombre, mais tous les hommes rient ; l'avenir est si prometteur.

À la maison, Muriel est distraite. Un soir elle brûle la viande, puis le pain, et quand Lee effleure son bras elle pousse un cri – elle avait oublié son existence, perdue dans ses pensées. Lee penche la tête mais ne dit rien. Ensemble ils vont dîner au restaurant du coin de la rue. Muriel éprouve une sensation d'invisibilité reposante au milieu des autres clients qui mangent et parlent et ne se préoccupent absolument pas de chevaux, ni de progrès, ni du temps qui passe. Lee commande une part de tarte et, quand la serveuse la lui apporte, il la coupe en deux, fait glisser la plus petite moitié sur sa soucoupe, pousse le reste sur la table et Muriel fait semblant d'avaler quelques cuillères puis d'être rassasiée. Il finit son morceau en buvant une troisième tasse de café et elle repousse vers lui l'assiette à peine touchée. Il lui fait un clin d'œil et appelle la serveuse pour redemander du café mais celle-ci l'ignore. Alors il prend sa tasse et attend un bon moment debout au comptoir. La radio derrière le bar émet une musique sirupeuse. Il tient sa tasse comme un mendiant et la femme finit par le resservir. De retour à la table, il déclare : « Une tarte ne se mange pas sans café », comme s'il s'excusait de la situation, tant pour la serveuse que pour lui-même.

Ils rentrent chez eux une fois le repas terminé et, en traversant le hall de l'immeuble, ils entendent la sonnerie du téléphone. Lee ouvre la porte d'un coup de coude avant de traverser le couloir en trois longues enjambées. Muriel écoute sa réaction. Il attend un instant avant de raccrocher. Puis il se tourne vers elle et croise les mains derrière sa tête. Il prétend qu'une voix rauque vient de lui offrir la vie éternelle.

« C'est ce qu'elle a dit. » Sa posture fait penser à un homme en route vers un avenir terrifiant. « Au téléphone, carrément. »

À l'intérieur de l'appartement, l'odeur de pain brûlé est crayeuse, désagréable. Muriel ouvre la fenêtre au-dessus de l'évier.

« Ça fait combien de temps ? demande-t-elle.

– Un mois, maintenant.

– Ça a déjà duré aussi longtemps ?

– Pas que je me souvienne. »

Par la fenêtre ouverte on entend les bruits de la rue, les voitures qui se garent, les voix qui montent du trottoir, et au milieu de ce vacarme le cri aigu des mouettes qui font un dernier tour avant la pleine obscurité. Lee ouvre une canette de bière, s'assied à table, se sert un verre.

« Il se débrouille très bien tout seul et ça où qu'il soit, j'en suis certain. À Los Angeles ou ailleurs. »

Il soulève la boîte en fer, lui jette un regard entendu par-dessus le couvercle, et comme elle ne répond pas, il se lève et s'adosse au plan de travail.

« J'ai l'impression que tu ne me crois pas, dit-il.

– Je ne sais pas ce que je crois. »

Et c'est vrai : elle ne sait pas. Elle se souvient de la voix de Julius au téléphone et de ce qu'elle lui avait dit au sujet des courses de chevaux. Elle se sent idiote, consciente de ne pas avoir été crue. Julius n'a pas rappelé depuis. Lee la regarde, espérant qu'elle en dise plus, qu'elle le soulage de sa propre inquiétude et de sa propre amertume, mais elle reste silencieuse. Puis elle s'approche, lui prend la bière, boit une gorgée, la lui rend. Elle aime bien ces moments, ces gestes simples qui évoquent une destinée commune, une intimité facile.

« Je te l'avais bien dit, il disparaît depuis toujours, même avant la mort de notre vieux père », dit-il. Il lui tend la canette. Elle la secoue pour évaluer le contenu et boit en laissant la dernière gorgée.

« Tout s'est bien fini jusqu'à présent, dit-elle.

– Mais ça se reproduisait toujours. »

Il croise les bras et prend appui sur le plan de travail. Muriel ouvre une autre bière, la donne à Lee et en attrape une pour elle.

« On est ici depuis presque sept mois, reprend Lee. Je ne suis pas sûr de pouvoir faire plus. »

Il ferme les yeux, les rouvre. Muriel repense à ce fameux Noël et aux projets des deux frères. Allongé près d'elle dans la chambre de sa mère, Lee lui avait dit qu'il prendrait toujours soin de Julius. Il avait prononcé ces mots comme un homme faisant la cour, ou implorant un sursis face à son propre malheur. Elle sait que l'absence de son frère pèse sur sa capacité à s'exprimer.

« Ce n'est pas de ta faute, insiste-t-elle.

– Faudrait dire ça à notre vieux père. Remarque, t'aurais même pas pu le lui dire quand il était vivant. »

Muriel hoche la tête d'un air absent. Elle pose la tête sur l'épaule de Lee et soupire gentiment, malgré le décalage entre son odeur, son contact et ses propres pensées. « Je t'ai déjà raconté la fois où j'ai surpris Julius dans un bar de Kansas Avenue, celui que les gars de Del Monte fréquentaient pour jouer au pharaon ? demande-t-il.

– Je ne crois pas.

– Notre père n'était pas encore mort, mais pas loin. Je devais avoir dix-huit ans à l'époque, parce que peu de temps après j'ai pris l'initiative de nous enrôler tous les deux, même si Julius était trop jeune. J'étais parti à sa recherche dans les bars autour de l'usine, et je l'ai trouvé dans le troisième ou quatrième, il était là, en salopette, en train de laver des fonds de verre. L'endroit était d'une saleté incroyable. Et il s'est avéré qu'il travaillait pour rembourser une dette et qu'il ne voulait pas me le dire, parce qu'il avait tapé dans la caisse pour participer à leur foutu jeu de cartes. »

Dans le couloir, le téléphone sonne à nouveau mais Lee ne bouge pas. Quelqu'un d'autre décroche d'une voix querelleuse.

« Je ne suis pas sûr de l'avoir compris à l'époque, mais je l'ai compris peu après : mon frère savait des choses que je ne savais pas, il avait ses propres passions », dit-il avec une grimace. Elle songe à l'histoire de Julius sur l'homme-lapin, et à la façon dont il avait si longtemps soutenu son regard de l'autre côté de la table. Elle ne partage pas le ressentiment fraternel de Lee, mais elle se sent trahie – et traîtresse, aussi. Elle avait révélé son secret à Julius, lui avait envoyé cet argent, et il avait disparu. Elle se demande si cette confidence n'a pas induit une vague permission, comme le bluff peut créer une forme de connivence.

Lee prend une cigarette, l'allume et souffle la fumée vers la fenêtre ouverte. Il dit : « Tu sais, après avoir été démobilisé ici, à San Diego, je n'ai pas pu lui mettre la main dessus pendant deux semaines. Il était revenu depuis un mois déjà. J'étais sûr de la date parce que j'avais un ami dans le même équipage, et il me l'avait assuré. Deux semaines. » Lee brandit deux doigts accusateurs. « Puis il a fini par trouver mon numéro quelque part et il m'a appelé. Il avait dépensé tout le fric qu'il avait et m'a demandé d'en transférer dans un motel de Palm Desert. C'était avant que t'arrives ici, t'étais probablement dans le car, en Arizona ou ailleurs. »

Muriel le regarde un moment sans parler. Il lui tend la cigarette mais elle refuse d'un geste, attrape le paquet et s'en allume une pour elle.

« Pourquoi tu ne me l'as pas dit ? demande-t-elle.

– Je ne voyais pas en quoi ça pouvait t'intéresser.

– Je pensais que vous étiez tous rentrés en même temps. » Elle se détourne en soufflant sa fumée dans la pièce.

« Eh bien non. »

Elle sait qu'il voudrait en dire plus mais ne veut pas l'entendre. Elle ne veut pas en savoir plus qu'elle n'en sait déjà. Elle pense au temps qui passe et à l'inquiétude de Lee. Elle voit qu'il a davantage besoin d'elle à cause de tout ça. Elle s'avance, l'embrasse, et avant qu'il puisse parler à nouveau le pousse vers la chambre, défait son premier bouton, espère sa puissance et sa fougue.

Le lendemain, Muriel est debout à l'extrémité du bar avec devant elle les mots croisés d'un journal soigneusement plié, occupée à griffonner des notes dans la marge. Dans une semaine la saison s'ouvrira, avec les épreuves préliminaires, puis les paris du lundi, qui sont gros, avec de bons chevaux et des jockeys connus pour leur sens du spectacle. En attendant la piste est prête, le temps est magnifique et les hommes spéculent à voix haute. Rosie réfléchit aux chances d'un nouveau venu, Willie Declan, qui de toute évidence montera le favori.

« Vous connaissez l'histoire, de l'eau partout et rien à boire. C'est pour ça que Declan monte California Star, lâche-t-il.

– Ça n'a pas beaucoup d'importance, vu le contexte. Entouré de tous ces excellents cavaliers, il sera aussi paumé qu'une fillette », fait un autre en vidant son verre.

Muriel prend note : « W.D. », « perdu en mer ». Mais les turfistes n'en ont pas fini avec Willie Declan.

« C'est une brique de ciment, dit la moustache. Bien sûr, tu peux l'ajuster à ta main, mais tu ne peux pas vraiment l'améliorer. » Il lance un regard à travers la table.

« Sauf pour cent mille dollars, dit Rosie, qui défend toujours les jockeys.

– Dans la course de San Anita à cent mille dollars, il montait Bitty King, le cheval de Whittleman, un très bon duo. Bitty aurait pu être montée par un tank et courir dans la gadoue, elle aurait quand même gagné.

– N'empêche, vous pouvez pas dire que Declan n'est pas prêt pour une grande course comme celle-ci. »

C'est Rosie qui parle, et en guise de réponse quelques-uns lui envoient en riant des baisers de loin.

« Peut-être pas. Mais il faut bien admettre qu'il est un peu fragile depuis sa grippe, et avec les progrès de Roustabout ces dernières semaines, celui qui voudra le défier sera au premier rang pour admirer le perdant.

– J'attends le numéro de corde. S'il a la stalle six, Declan pourrait rester en deuxième épaisseur, surtout si Sayonara se retrouve avant la stalle cinq, et il pourrait se faufiler. C'est comme ça que je le monterais, je naviguerais vers le port intérieur », dit Rosie d'une voix plus basse. Rosie a cinquante ans, il est encore en forme, mais il émane de lui une tristesse qui perturbe les autres.

« Je suis sûr que t'aimerais bien ça, mais ça veut pas dire que tu peux le faire », dit la moustache, qui se penche au-dessus de la table pour envoyer une pichenette sur le menton de Rosie.

La conversation se poursuit sur le même ton. À ce stade, les cotes fluctuent. S'il tombe une pluie d'arrière-saison due à El Niño, les entraîneurs refuseront de faire courir les bons chevaux dans la boue, ce qui entraînera un ou deux changements dans l'ordre de départ. Quiconque jetterait un coup d'œil aux notes de Muriel y verrait un ensemble de noms, de numéros et de termes d'argot codés dans sa propre sténographie : *Si 'Nara avant la 5, voir W.D. – Whittle sur le fil si piste inégale – Trop jeunes si 4-8 – Roust au centre écrase 'Nara.*

La semaine passe. Les cotes commencent à se figer, puis un cheval tombe malade, un jockey est blessé et un autre disparaît en ville pendant deux jours. Les hommes râlent et remettent leurs compteurs à zéro. Le temps chaud et clair provoque une étrange sensation de néant : pas de papillons de nuit contre les moustiquaires, pas de bourdonnement d'insectes, et des marées de mortes-eaux qui restent silencieuses toute la nuit. En contrepartie un bleu omniprésent, comme l'intérieur d'un œil. La chaleur fait sortir les gens des maisons, des magasins et des arrière-salles. Le long des rues étroites du quartier, des ouvriers charrient fleurs, caisses et monceaux de glace blanche. Dans les minuscules jardins, des femmes déversent l'eau de lavage dans de petits parterres de géraniums à peine sortis de terre. Des enfants en salopette et tee-shirt à manches courtes s'échappent des perrons et des coins de rue, baignés par le soleil du littoral qui les nimbe d'une aura divine en cette période exempte de travail et de danger. Les mères transpirent sur leurs lessives, vêtues de robes couleur de pêche pas encore mûre.

En ville on trouve des joueurs de dés, des fumeurs de cigarettes et des hommes en pantalon serré, chemise déboutonnée jusqu'au nombril. Marcher de la maison au travail équivaut à passer d'un monde à un autre. Un après-midi, Muriel reste longtemps devant une vitrine à penser aux courses de chevaux. Derrière elle un vendeur de journaux et deux hommes en veste de jean projettent leurs reflets dans la vitrine. Ils sont jeunes, elle sent l'odeur de leurs cigarettes et de leur eau de Cologne. Elle regarde la vitrine du magasin pour échapper à leur attention. Elle se souvient de sa mère, l'été, qui cuisinait des côtelettes et des oignons en sous-vêtements tandis qu'un homme assis à table, tout habillé, la regardait. Elle se rappelle cette différence entre eux, elle nue, lui habillé, et la façon dont cette différence semblait confirmer ce que sa mère pensait de l'amour : la vulnérabilité n'existait que dans l'asymétrie, deux personnes ne pouvaient être vulnérables à l'unisson. Sa mère pensait que si elle donnait aux hommes ce petit avantage, elle ne serait pas lésée.

Dans la vitrine une grande télévision diffuse un jeu. Un homme sur un plateau, posté dans une cabine de verre, regarde intensément vers l'extérieur pendant qu'une horloge égrène les secondes dans un coin de l'écran. Muriel pense à Julius, à l'endroit où il pourrait se trouver et à la raison pour laquelle il n'est pas venu. Le show fait place à une publicité pour Convair ; une femme debout, valise à la main, observe un avion qui décolle. Bien qu'elle ne puisse pas entendre le son de la télévision, Muriel prend conscience qu'elle entend un avion, alors elle lève les yeux et en aperçoit un dans le ciel, qui se reflète dans la vitrine. Elle se tourne et le suit des yeux tandis qu'il survole la ville en direction de l'est. Cette concomitance ressemble à de la chance, à une confirmation, à quelque chose de mystique. Lorsqu'elle pivote vers la télévision l'avion a disparu, mais le vrai a toujours son reflet dans la vitrine, comme s'il avait quitté l'écran pour se retrouver dans le ciel. Elle l'imagine survolant les bâtiments disparates, au-dessus du marchand ambulant et des fumeurs et des mères en robe à collerette. Filant par-delà les montagnes qui bordent Central Valley, puis vers l'est, à travers le désert, par-dessus la broussaille épaisse, mentholée, suffisamment dense pour cacher un enfant, au-delà des cercles d'irrigation, des motels fatigués de sa jeunesse, puis descendant vers la prairie infinie et la maison de sa mère. L'avion disparaît dans cette direction et le bruit s'évanouit ; il n'y a plus que les hommes et la traînée de condensation réfléchie par la vitrine.

Cette nuit-là, après que Lee s'est endormi, elle compte son argent et réfléchit aux cotes. Elle fait des calculs sur le rabat de l'enveloppe. Elle pense à l'histoire de Lee, à Julius en salopette travaillant pour rembourser une dette, à sa démobilisation. Elle s'inquiète de les avoir mal compris tous les deux. Elle pense à Lee, resté si longtemps au comptoir avec sa tasse de café en attendant que la serveuse la remplisse. Elle étudie ses petits calculs. Elle n'est pas sûre de savoir à quoi pourrait servir cet argent, mais elle sait qu'elle en a besoin, que le fait de gagner prouverait quelque chose d'essentiel, quelque chose qu'elle ne peut pas prouver autrement et que personne d'autre ne peut voir.

Ce week-end-là, Lee emprunte à nouveau la Lincoln de son patron et les emmène au centre-ville, puis de l'autre côté de la rivière pour aller voir l'autoroute. Dans un an elle sera terminée. Elle longera Mission Valley et ils peuvent désormais apercevoir sa structure surélevée, les hommes suspendus au-dessus d'eux, la poussière noire des piliers. Il gare la voiture le long du trottoir et ils regardent ensemble les grues, les pans de cages d'armature et les silhouettes des ouvriers attachés par des cordes et des harnais. À l'époque, le sentiment général est qu'une telle merveille est méritée, comme le sont les merveilles de l'Ouest tout entier.

Ils poursuivent leur route, passent devant les vergers de citrons, d'oranges et d'avocats cachés au cœur de la ville, comme blottis dans sa paume. Les arbres sont cernés de tous côtés par un réseau de culs-de-sac et de terrains gravillonnés. Muriel regarde par la vitre les rangées d'arbres s'évanouir, entrecoupées de parcelles de terrains défrichés, des visions fugaces de la rivière à demi asséchée et de nouvelles voies attendant d'être pavées. Elle se tourne vers Lee : dans cette lumière, il a l'aspect chromé d'une photographie, le regard fixé droit devant lui sur ces scènes fantomatiques. Ils dépassent un pré à vaches, un appentis rempli d'œufs sur une route transversale, un panneau qui vante la production locale d'olives, avant de repasser dans une zone de friche.

Muriel sait où ils vont, et bien qu'elle le sache elle se sent trahie. Un kilomètre plus loin, la route redevient gravillonnée et s'incurve vers le sud jusqu'à la rivière. Lee gare la voiture, ils sortent et se postent au bord du terrain. Lee se tourne vers Muriel et sourit. Il traverse la parcelle délimitée par de la ficelle et des piquets, entre lesquels de petits drapeaux sont plantés dans le sol. L'arrière du terrain disparaît dans un enchevêtrement de branches de frêne noir et de buissons rabougris, et en dessous de cette frontière invisible un petit promontoire descend jusqu'à la rivière, qu'ils peuvent entendre de là où ils se trouvent. Lee prend sa main dans la sienne.

« Ce terrain est le meilleur, deux mille pour le lot et les formalités, je te parie qu'on pourra construire pour six mille de plus. Presque rien, si on considère le potentiel que ça peut avoir.

– Quel potentiel ?

– La vitesse à laquelle toutes ces terres vont partir. Ce que ça vaudra dans un an. »

Lee élève la voix pour marquer son insistance. Il la dévisage et elle se tourne vers lui. Ils ont tous deux à l'esprit la maison de la mère de Muriel dans le Kansas.

Lee dit : « On pourrait obtenir au moins six mille dollars pour cette maison, tu le sais aussi bien que moi. Et on a déjà deux cents dollars. »

Elle soutient son regard jusqu'à ce qu'il se détourne pour observer le terrain en direction de la rivière en contrebas.

Finalement, elle dit : « Mais tu as promis à ton frère que vous feriez ça ensemble.

– Et tu le vois quelque part ? »

Lee semble blessé. Il lui tient la main juste assez longtemps pour lui offrir son pardon, mais pas sa reddition, puis il lâche prise.

Il ajoute : « Cet endroit, la Californie, est insensible au passé. Tout, les gens, et les villes, et l'océan, tout ça. » Il agite un bras pour signifier l'immensité. « Tous ces soldats qui rentrent, et les usines, et les gens qui traversent la frontière. Encore un an et il n'y aura plus rien à acheter, et à ce moment-là on sera où ? On devra refaire tout le chemin dans l'autre sens. »

Muriel ne répond pas. La lumière du soleil se découpe à l'intérieur des arbres secoués par le vent. La poussière s'envole et dérive au-dessus de leurs cimes. Lee passe un bras autour de son cou et, sentant qu'elle se raidit, il serre légèrement, puis laisse sa main retomber. Comme pour remédier à ce geste raté, il raconte : « Tu sais, la dernière fois qu'on s'est vus, Julius et moi, sur la base d'Okinawa, on avait deux jours de permission et on s'est retrouvés dans le village vers lequel tout le monde convergeait en arrivant de la gare. C'était l'année dernière, en mai, et là-bas il fait encore si froid en cette saison qu'on s'est assis recroquevillés l'un contre l'autre, même à l'intérieur du bar. On entendait le vent dehors. Je pensais qu'il se comportait de façon étrange, mais je ne comprenais pas pourquoi, et puis on a rencontré un autre gars de sa base militaire et les choses sont devenues vraiment bizarres à partir de là. »

Lee s'interrompt, jette un regard vers elle puis détourne les yeux. Muriel n'a jamais entendu cette histoire avant. Il fixe le paysage, croise les mains sur sa ceinture, balaie un peu la terre du bout du pied avant de se décider à raconter la suite.

« Julius a battu ce type comme plâtre et on s'est fait foutre dehors. Après, on a marché un bon kilomètre dans le froid, il était tremblant et silencieux. Puis on s'est assis dans la gare et on a attendu le matin, et c'est là que j'ai compris que Julius avait des ennuis. On l'avait surpris dans la caserne avec un autre homme. En train de fumer de l'herbe ou de jouer aux cartes, c'est ce que j'ai supposé, mais quelques semaines plus tard, alors qu'il ne lui restait que quelques mois à tirer, ils l'ont renvoyé sur le *Saratoga*. Une fois à Long Beach ils lui ont remis une décharge et réglé une demi-solde, mais rien pour les congés qu'il n'avait pas pris. C'est le cousin de l'ami en question qui me l'a dit. Je ne sais pas ce qu'il a fait, évidemment, mais c'était sûrement pire que de jouer au poker.

– Pourquoi est-ce que tu me racontes ça maintenant ? demande Muriel.

– Tu sais ce qu'il a dit, quand il a finalement appelé ? Que c'était bien que je t'épouse. Il a dit : Cette fille triste, elle a besoin de quelqu'un pour lui dire quoi faire. »

Muriel croise les bras. Elle ne veut pas voir Lee, son regard implorant. Il aimerait être pardonné sur-le-champ pour ce qu'il vient de dire, il veut qu'elle comprenne qu'il n'est qu'un messager. Pourtant elle capte dans l'inflexion de sa voix un soulagement farouche. Il ne pouvait pas abandonner son rôle de protecteur, mais il pouvait s'en trouver dépossédé. Peut-être est-il content de la disparition de son frère, après tout. Elle ne s'en doutait pas, et ça lui fait peur.

Muriel se détourne, repart vers la route et attend. Lee descend vers la butte pour admirer le paysage. Il se penche pour toucher le piquet de bois puis la corde qui y est attachée. Ses doigts l'effleurent comme s'il retrouvait un souvenir tactile. Il avait été un enfant pauvre et connaissait la valeur des choses. La colère de Muriel s'apaise un instant tandis qu'elle repense à son indigence passée.

Quand il se retourne il a reconquis sa dignité et agite la main en signe de renoncement. Ils montent dans la Lincoln en silence. Lee conduit lentement sur la route pour empêcher le gravier de ricocher et d'écailler la peinture de la voiture de son patron. Lorsqu'ils passent le panneau des olives, Muriel demande à s'arrêter. Lee s'engage dans la cour poussiéreuse et se gare sans couper le moteur.

Elle sort de la voiture, gravit les marches, frappe à la porte – aucun mouvement à l'intérieur. Au bout d'un moment elle toque à nouveau, mais personne ne vient. Elle s'éloigne en haussant les épaules à l'intention de Lee, mais n'est pas encore prête à remonter dans la voiture. Elle veut mener son projet à bien. Elle pivote sur ses talons et contourne la maison par l'arrière, en direction des dépendances. Derrière un corral vide elle aperçoit une petite grange. La porte est ouverte, l'intérieur bien rangé. Une lumière vacille, Muriel comprend qu'il y a quelqu'un à l'intérieur. Elle appelle pour signaler sa présence.

Une jeune femme en salopette d'homme rayée, les revers glissés à l'intérieur de ses bottes, surgit sur le seuil. Elle lève une main en l'air et sort dans la cour poussiéreuse, à pas rapides, comme une enfant.

« Vous êtes perdue ? » demande-t-elle.

Des poules s'approchent et s'alignent en rang d'oignons derrière la barrière en se trémoussant, les yeux rivés sur Muriel. Leur mouvement synchrone et inopiné a quelque chose de comique. La femme sourit et se tourne pour les faire taire.

« On dirait des chiens de garde, lance Muriel.

– Les chiens ont plus d'humour que ça », répond la femme.

Muriel fait un pas vers les poules qui reculent un peu, se séparent comme si une ligne avait été tracée en leur milieu et s'éparpillent dans le petit enclos caillouteux. Elles s'éloignent en se dandinant et tournent leurs petites têtes avec un air de défiance.

« Je vois ce que vous voulez dire », dit Muriel. Elle pense aux chevaux qui s'élancent tous de front depuis les stalles de départ puis se dispersent au fur et à mesure que la course se décante. Les animaux sont étranges, se dit-elle, avec leurs similitudes, leur unicité. La femme demande à Muriel ce qu'elle peut faire pour elle.

« Votre panneau », dit celle-ci en pointant le pouce vers la route.

La femme marmonne en guise de réponse. Muriel remarque sa silhouette frêle. Elle a la peau sombre, elle est petite, c'est sûrement quelqu'un d'ici – le genre de femme que sa mère aurait pu rencontrer quand elle faisait le ménage dans les bureaux, une collègue avec qui elle aurait pu partager un café ou des sandwiches.

« C'est le panneau de García, la maison juste à côté. »

Muriel songe à s'excuser mais la femme s'avance vers la maison à grandes enjambées et fait un signe avec le bras.

Muriel la suit et, malgré sa confusion, trouve un certain plaisir dans cette soumission fortuite aux ordres d'une étrangère, après la conversation avec Lee. Sur les marches, à l'arrière de la maison, la femme retire ses bottes et tient la porte moustiquaire pour la laisser entrer. À l'intérieur, Muriel ne perçoit aucun signe d'une autre présence. Les murs sont nus, les pièces séparées par des rideaux fins comme des draps, et des piles de livres de différentes hauteurs sont posées à même le sol. Une lampe éclaire un angle où est disposé un fauteuil, mais le reste de la pièce est dénué de mobilier. Elle ne peut pas voir derrière les rideaux, vers les pièces du fond, mais elle a l'impression, intuitivement, que celles-ci sont vides.

« Pas très douée en décoration », dit la femme en embrassant d'un geste la pièce nue, la maison dans son ensemble et les chrysanthèmes séchés alignés le long de la véranda. Muriel se voit un instant telle qu'elle apparaît aux yeux de cette femme, et à ceux de Julius, selon toute probabilité : quelqu'un de simple, d'embarrassé, de facile à manipuler. Elles pénètrent dans une cuisine lumineuse qui fait face à la route. Par la fenêtre Muriel peut voir Lee dans la voiture, les yeux fermés dans le soleil, et au-delà la rivière, les champs et les parcelles jalonnées en contrebas. La femme regarde par-dessus son épaule ; Muriel l'observe en train de fixer la voiture qui tourne au ralenti et la silhouette carrée de son époux.

« Vous regardez les terrains », dit la femme. Maintenant qu'elles sont à l'intérieur Muriel remarque sa voix grave, dotée d'un léger accent.

« Oui, répond-elle.

– C'est le bon moment, à ce qu'on dit. »

Muriel devine dans son ton un léger ressentiment et comprend alors qu'elle a été perçue non pas comme une fille du Midwest, ni comme une serveuse, mais comme une autre catégorie d'étrangère : une étrangère avec une belle robe et une grosse voiture, qui débarque de la ville. Elle s'en défend et sa perception d'elle-même se trouve modifiée par les présupposés de la femme.

« Mon mari aimerait que ce soit vrai », dit-elle. La femme se détourne du garde-manger et regarde Muriel. « Il est là-bas, en train de bouder. »

Elle ne semble pas offusquée. Elle ramasse simplement un bocal et le donne à Muriel.

« C'est le fait de chercher un terrain qui le contrarie, ou autre chose ? » demande-t-elle. Elle glisse les deux mains dans la poche avant de sa salopette.

Muriel essaie d'ouvrir le couvercle, sans succès. « Il a toutes sortes de problèmes », dit-elle en tendant le bocal.

La femme la regarde. « Et vous croyez que vous pouvez les résoudre avec des olives ?

– Je ne sais pas, je n'en ai jamais mangé, mais je me suis dit que j'allais tenter le coup. »

La femme libère ses mains et reprend le bocal. « C'est admirable de votre part. »

Elle l'ouvre avec effort. Un silence pesant s'installe entre elles dans la cuisine lumineuse. Muriel n'a jamais appris l'art de la conversation. Sa mère savait qu'il fallait inviter les gens au dialogue, et qu'un petit silence pouvait changer le cours d'une vie. *Ne demande jamais à un homme de te raconter sa journée*, disait-elle souvent. Et parce qu'elle ne le faisait jamais, les hommes lui racontaient des tas d'autres choses, leurs secrets, leurs honteuses terreurs.

Une petite paire de ciseaux est posée à côté de l'évier. Une seule tasse à café sur la table en pin, à côté d'un miroir à main. Les cheveux de la femme sont coiffés en deux nattes dont les pointes sont aussi raides et sombres que les poils d'une brosse à ongles. Il est facile de l'imaginer penchée sur l'évier, de se figurer l'entaille des ciseaux et les cheveux qui tombent sur le rebord. Muriel sent évoluer sa perception ; elle envie soudain la détermination solitaire de cette femme. Bien que Lee n'ait pas ouvert les yeux, elle se déplace vers le côté de la fenêtre, là où il ne peut pas la voir.

« On raconte une histoire à propos de cette vallée », finit par reprendre la femme. Elle attend un signe d'intérêt de la part de Muriel, qui le lui offre. « Vous avez sûrement vu les vergers. Avant, c'étaient des oranges, des citrons et des noix qu'on expédiait dans l'Ohio ou je ne sais où. Ils disparaissent aussi, remplacés par des pavillons, mais ce n'est pas le sujet. Ce que je veux dire, c'est qu'il n'y a pas si longtemps, vous auriez aussi vu des oliviers. Les oliviers ont des feuilles fines comme des doigts, vert vif d'un côté et pâles sur le dessous, qui semblent trop petites comparées aux troncs tordus et larges, donc un olivier c'est comme deux éléments rassemblés en un. Je dis ça parce que si vous n'avez jamais vu d'olive, vous n'avez probablement jamais vu d'olivier non plus, ou alors sans le savoir. »

La femme s'interrompt. Muriel se remémore avec plaisir le ton chaleureux et brusque des gens de la campagne, après tant de temps passé en ville. Elle hoche la tête pour l'inciter à poursuivre.

« Et donc voilà. Avant, cette vallée en était pleine, dit la femme. On dit que lorsque les Espagnols sont arrivés, ils ont contemplé les lieux depuis les Laguna Montains, et en voyant les feuilles qui virevoltaient ils ont cru que la terre changeait de couleur. Même s'ils savaient ce qu'étaient les olives, cette vision était tellement étrange qu'il leur a fallu un certain temps pour oser descendre jusqu'ici. »

Elle retire le couvercle, glisse un doigt à l'intérieur du bocal et dépose une olive dans sa paume. « Si seulement ils étaient restés là-haut à se contenter de regarder, mais dans ce cas je ne serais pas là, faut croire », dit-elle. Elle tend l'olive à Muriel, qui la prend et la met dans sa bouche. Le goût est salé, la texture est charnue, un peu déconcertante, et en dépit de la salinité on dirait une prune ; c'est généreux comme de la confiture.

« Il y a un noyau », avertit la femme.

Muriel le trouve et le crache au creux de sa paume.

« Qu'est-ce que j'en fais ?

– D'habitude, je les jette dans la cour.

– Mais dans ce cas il pourrait faire pousser un arbre. »

La femme rit comme si Muriel avait enfin réussi à l'étonner. « Ce ne serait pas la fin du monde », dit-elle.

À cet instant la voix de Lee s'élève au-dehors, et elles se détournent l'une de l'autre. La femme rend le bocal à Muriel ainsi que le couvercle. Elle ouvre la porte et sort pieds nus sur la véranda. Muriel la suit. Lee recule pour se poster sur les marches.

« On pourrait aussi avoir besoin d'œufs, si tu es partie pour faire des courses, dit-il à Muriel.

– J'en ai. Pondus ce matin et encore chauds », répond la femme. Elle appuie son épaule contre la balustrade. Muriel cache le bocal derrière son dos. Le noyau d'olive s'incruste dans la chair de sa paume comme un pouce. Lee fait un signe de tête et la femme passe devant lui dans la cour ensoleillée. Elle attrape une boîte d'œufs dans la petite cabane près de la clôture et revient vers eux.

« Qu'est-ce qu'on vous doit, du coup ? demande Lee.

– Oh. Je ne peux pas vous vendre les olives, ça c'est sûr. Ce n'est pas vraiment moi que vous cherchiez », dit-elle.

Elle se tient maintenant devant eux et lève la main vers son front pour se protéger du soleil.

« Alors on doit vous donner davantage pour les œufs », dit Muriel.

Lee s'empare de la boîte et retourne à la voiture. Une fois qu'il a dépassé la femme, celle-ci regarde Muriel avec un air de pitié. Muriel plonge la main dans le bocal, prend une autre olive et la mange. Elle crache le noyau par-dessus la balustrade. « Vous avez compris maintenant », dit la femme très doucement.

Muriel referme le bocal et lui tend un dollar, puis s'engouffre dans la voiture dont le moteur tourne toujours. La femme les observe faire marche arrière dans l'allée, bifurquer sur la route et disparaître.

Le temps qu'ils rendent la Lincoln et regagnent leur appartement à pied, le soleil est descendu dans le ciel ; les bâtiments et les lignes électriques baignent dans une pénombre cendrée. Muriel cuisine un dîner rapide et fait cuire la moitié des œufs. Le temps de finir de manger et de préparer leurs vêtements de travail pour le lendemain, l'ambiance s'est adoucie entre eux. Lee allume la radio et leur sert à chacun un verre de bière. Ils jouent trois parties de gin-rami. Muriel le laisse les gagner toutes.

Plus tard, allongée sans pouvoir dormir, elle repense à la femme et à sa maison bien rangée. Elle songe aux arbres, si grands au bord de la rivière. Elle se souvient de l'histoire que Julius a racontée ce Noël-là, celle des tableaux enflammés en Corée, puis elle pense aux funérailles de sa mère. Elle avait été enterrée sans service religieux dans le cimetière protestant à un kilomètre de leur maison. Il n'y avait pas eu de collecte, ni d'éloge funèbre, rien que les deux hommes qui portaient le cercueil et quelques amis de sa mère. On était presque en septembre mais la chaleur de l'été se prolongeait de façon importune. Tout semblait suspendu. Pas de pluie ; la poussière s'accumulait dans l'air sans retomber. Dans les champs avoisinants, les machines laissaient des sillons qui s'étendaient sur un kilomètre. La chaleur se concentrait dans les intervalles lumineux entre les arbres, oiseaux et écureuils s'y faufilaient à toute vitesse comme dans un feu de paille. Le cercueil descendait et Muriel admirait ce paysage flamboyant. Le soleil se couchait dans la poussière suspendue ; sa lumière rougeâtre projetée vers le ciel ondulait comme une flamme. C'était la fin d'une époque.

À côté d'elle, Lee dort profondément. Elle perçoit sa chaleur dans la chambre. Elle se rappelle l'air grave de Julius quand il avait raconté l'épisode des tableaux incendiés, ses mains jointes comme en signe de prière. *Que peut-on reprocher à un paysage peint ?* disait-il. *C'est ça que je ne peux pas accepter.* Puis son large sourire. Quand il téléphonera enfin, se dit-elle, je lui demanderai de me raconter cette histoire à nouveau.

Quelques jours plus tard, Muriel quitte le Heyday dans une robe ample, un pull jeté sur les épaules, les cheveux retenus par des lunettes de soleil. Elle prend le bus jusqu'à 12th Street et fait le reste du chemin à pied. Presque tout son argent est soigneusement rangé dans un morceau de papier brun qu'elle a coincé dans la ceinture élastique de sa robe. Elle pense que les cotes vont encore évoluer, mais pas beaucoup. À en juger par le temps clair, la répartition des stalles et les derniers indices des turfistes, elle a un bon numéro de corde pour le cheval bai dans la septième course, et pour plusieurs autres dans les précédentes. Un gain aléatoire dans les cinq premières plus un peu de chance pour ses paris suivants et la journée se finirait très bien, à condition que les cotes se maintiennent et que les rapports soient proches des pronostics des connaisseurs. Elle a calculé chaque gain pour rester sous le seuil imposable. Elle n'a pas réfléchi à ce qu'elle pourrait faire de ses profits. L'argent est devenu une entité abstraite, résolument étrangère. En le portant sous sa robe, elle croit ressentir ce qu'un saint peut éprouver ; elle est garante d'un secret qui s'apparente à de la piété, à une forme de bonté qui serait remarquée à sa juste valeur. Elle pourrait perdre toutes les courses cette saison, elle aurait encore assez pour recommencer.

L'hippodrome est envahi par la fine fleur des parieurs, les femmes en chapeaux raffinés et les hommes en costume de lin, des gens pour qui les chevaux incarnent une tradition et un statut social. Ceux-là connaissent les noms des propriétaires comme des chevaux et sauront quels étalons ont intégré le haras. Au milieu de cette foule elle ne risque pas de se faire remarquer ; elle est insignifiante. Muriel gagne les deux premières courses, ce qui ne la surprend pas, et avant la troisième elle s'offre un verre et parie à la fois sur le simple gagnant et sur le jumelé placé, ce qui laisse davantage de place au hasard mais garantit aussi de meilleurs gains. Quand la course prend fin, le sang palpite dans ses oreilles, l'alcool se répand doucement dans ses veines. Elle remet un ticket au guichet situé au sud et l'autre au guichet de l'est pour que personne ne puisse deviner combien elle a gagné. Elle garde la moitié des billets, plie étroitement les autres en quatre et les glisse dans le papier brun. Elle s'offre un nouveau verre et parie moins que prévu sur un jeu gagnant-placé, mais gagne une fois de plus. Cette décision de dernière minute, influencée par une victoire improbable dans la course précédente, lui fait craindre d'attirer l'attention. Elle envisage de ne pas participer à la cinquième. La journée est chaude, la foule tapageuse et imprévisible, et Muriel ignore ce qu'elle ressent précisément. Derrière elle, un peu plus haut, un homme et une femme trop jeune pour être son épouse s'abritent dans l'ombre, jambes entrelacées. En dessous d'eux se tient un petit groupe de marins, leurs cheveux en désordre leur tombant dans les yeux. Tout autour de la piste les gens affichent cette même outrance. Pourtant elle se sent isolée de tout et ça l'apaise. Ne restent que la chaleur du jour, l'odeur des chevaux et le caractère concret de sa présence ici. Soudain elle peut faire tout ce qu'elle veut. Elle se lève et mise sur un simple gagnant et sur un autre jumelé gagnant, puis se dirige rapidement vers un siège vide à côté d'une rangée de couples. Parmi eux, elle sera invisible, et le siège attenant sera présumé appartenir à son mari, parti au snack ou au guichet des paris.

Elle gagne cette course-là et la suivante. Le paquet de billets est devenu trop épais pour être plié à nouveau, alors elle en soustrait un quart sans les compter ; elle est capable d'en deviner le montant. La prochaine course est celle qu'elle attendait. Avec tout cet argent dans les mains, elle décide de repenser sa stratégie. Miser toute la somme impliquerait des gains trop élevés ; elle en emporte donc un tiers au guichet de l'est, un autre tiers au sud et le reste au rez-de-chaussée, à l'avant du bâtiment, misant ainsi sur trois paris distincts, sélectionnés en fonction des propos des experts et de sa propre interprétation. Au total, une mise de deux mille dollars. Elle sait que cette prudence est un risque en soi : n'importe quel observateur trouverait un tel comportement suspect, et un autre joueur usant de la même tactique pourrait la remarquer. Elle ne peut toutefois se résoudre à énoncer la somme totale à un guichetier. Plus qu'un acte d'orgueil face à un étranger, cela relèverait à ses yeux d'un inquiétant aveu de liberté. Elle ne peut décemment pas confier un tel montant à l'improbabilité pure.

Elle attend encore quinze minutes que la course démarre. La foule est électrique. Une brise venue de l'océan, imprégnée de l'odeur subtile et vigoureuse du littoral, envahit la ville. Voici enfin Willie Declan sur le grand bai California Star qui s'avance en sixième position. Sayonara, l'air sombre, est en troisième. Elle vérifie une dernière fois les cotes, bien qu'elle les connaisse par cœur. Autour d'elle la foule s'est calmée et, lorsque les chevaux entrent dans les stalles, elle éprouve une sensation étrange de dédoublement ; les cavaliers et leurs montures alignés derrière la grille de départ, les spectateurs disposés en rangs pour regarder. Une impression de tremblement. Les chevaux s'élancent alors d'un seul tenant et se précipitent vers l'intérieur de la piste. Comme les turfistes l'ont prédit, Declan atteint la lice et repousse Sayonara derrière lui. La course s'étale en largeur, Declan garde une longueur d'avance sur Sayonara, puis une demi-longueur, et c'est le coude à coude avant que Sayonara n'amorce une percée et se laisse finalement distancer de nouveau. La course se poursuit sans changement ni événement particulier, et lorsque Declan gagne avec deux longueurs d'avance, Muriel demeure sans réaction. Sayonara est deuxième, et le rouan aux pattes tondues est troisième, loin derrière. Elle a gagné chacun de ses paris.

De l'autre côté de la ligne d'arrivée, les chevaux se détendent au trot, puis gagnent la sortie et redeviennent de simples animaux ; ils sont tenus de près et soufflent en longeant les lices extérieures. Elle repense soudain, sans raison, aux poules et à leurs mouvements coordonnés dans la maison de cette femme rencontrée dans la vallée. Elle pense au moment qu'elle a imaginé sans le voir, à cette femme penchée en arrière, une natte rabattue sur son épaule pour être taillée. Quelque chose dans cette scène la rend furieuse, l'étourdit. Elle calcule rapidement ses gains et s'en alarme. Autour d'elle les gens retrouvent leur calme, certains se lèvent et d'autres s'asseyent d'un air résolu, un groupe d'hommes âgés se concertent en s'éloignant de la piste. Elle attend que quelqu'un la remarque. Tandis qu'elle patiente, elle agrippe la couture intérieure de son sac à main et se met à la gratter avec ses ongles jusqu'à ce que la fine doublure s'ouvre. Sans baisser les yeux, elle tire sur la couture pour creuser une sorte de poche. Elle y insère les billets pliés, cache le renflement sous le journal qu'elle a apporté et comprime le tout avec son gilet roulé en boule.

Son visage et ses bras sont froids, pourtant elle transpire abondamment. Aucune des courses n'a été remarquable. Elles n'entreront pas dans la légende et on n'en parlera pas, ou alors seulement dans quelques années, au hasard d'une anecdote personnelle, quand quelqu'un se souviendra de cet après-midi de 1957 à Del Mar parce qu'il était en congé, ou parce que c'était avant l'arrivée des enfants, ou parce que c'était son anniversaire.

Quand l'énergie de la foule a enfin diminué, et que l'attention des gens est de nouveau tournée vers la pelouse ou vers leur partenaire, Muriel recommence ses détours prudents vers les différents guichets. Elle enfouit la moitié de ses gains dans la fausse poche de son sac à main et l'autre moitié à l'intérieur de sa robe. Le problème maintenant consiste à rentrer chez elle. Elle ne restera certainement pas pour les dernières courses. Elle ne s'est pas fait remarquer mais elle sait qu'une femme qui sort toute seule de l'hippodrome, un jour comme celui-ci, est une cible facile. N'importe qui aurait pu la surveiller. Elle se faufile derrière un couple qui passe rapidement les tourniquets et les suit jusqu'au parking, qu'elle traverse à bonne distance. Lorsqu'ils s'éloignent pour regagner leur voiture, elle se hâte vers un autre groupe arrêté au passage piéton. Le feu passe au vert, le groupe s'ébranle et traverse une bande de pelouse pour s'engager dans Via de la Valle.

La voici seule. Elle s'éponge le front et le cou avec son foulard et le porte à ses yeux comme si elle allait pleurer dedans. Pourtant elle n'a pas envie de pleurer. Elle n'est pas du genre à guetter des signes ou des présages dans les situations inhabituelles, mais elle pressent malgré tout qu'un voile entre deux mondes a été très légèrement soulevé, et elle se tient là, vulnérable, au coin de cette rue envahie par les mauvaises herbes. De l'autre côté de l'artère il y a du monde devant les bars, et des morceaux de tickets et de bulletins de course voltigent dans la brise. Il est sept heures du soir. Elle sait qu'elle doit se diriger vers la gare routière pour ne pas manquer le bus de dix-neuf heures quinze qui passe par le centre-ville et risquer de se retrouver bloquée pendant une heure au milieu de la foule.

Elle se dirige lentement vers l'arrêt et attend d'apercevoir le bus pour s'y réfugier d'un pas décidé. Pendant les vingt minutes de trajet, elle reste aux aguets, vigilante. La ville défile derrière les vitres. Le quadrillage des rues, les terrains en friche qui s'étalent dans la lumière du jour finissant. Le balancement des palmiers. Elle repense à son voyage depuis le Kansas, cinq jours à travers les Grandes Plaines et les Rocheuses, jusqu'aux vastes vallées de Californie, et tous ces jeunes gens en route vers les chantiers navals, puis vers le Japon, qui vomissaient par les fenêtres du car, malades avant même d'avoir vu l'océan. Elle pense au jour de son mariage, en présence du seul greffier du tribunal, parce que Julius n'était pas venu. Elle aurait dû le savoir dès ce moment-là. Elle aurait pu changer d'avis. Les choses s'étaient succédé avec la même fluidité que l'eau qui va du pichet au verre. Tout était arrivé si vite.

Elle descend quelques arrêts plus tôt et s'installe sous un auvent, ne sachant que faire. Elle est loin de l'hippodrome désormais, mais elle a toujours le sentiment que n'importe qui, en la regardant, pourrait deviner précisément ce qui s'est passé. De l'autre côté de la rue, un pâté de maisons plus loin, elle aperçoit le Radford Hotel, quatre étages sans style mais décent, tout comme le quartier. Elle marche jusqu'au feu, traverse au passage piéton puis descend la rue en longeant les vitrines des magasins, dans l'ombre des immeubles. Le soleil est bas maintenant, près de disparaître. À la réception, elle signe le registre de son nom de jeune fille et reçoit une clé pour une chambre au troisième étage. Une fois à l'intérieur elle ferme la porte, verrouille le pêne dormant et l'entrebâilleur en laiton.

Puis elle soulève le bas de sa robe, prend l'argent, retire le reste de la doublure de son sac à main et en fait un tas sur le lit avant de s'asseoir. Près de dix mille dollars – elle connaît la somme au centime près. Elle allume une cigarette et scrute la fenêtre qui donne sur la rue, puis le mur, comme si elle cherchait une fissure ou un défaut. Elle est surprise de voir un téléphone sur la table de nuit. Elle pourrait appeler Lee et lui dire qu'elle a accepté des heures supplémentaires – elle pourrait dormir ou rester jusque tard dans la nuit, mais il risquerait de vouloir passer la chercher. Sur le lit, l'argent a l'air effrayant et bien réel. Elle aurait dû s'arrêter après la troisième ou la quatrième course. Elle finit sa cigarette et en allume une autre. Après quoi elle soulève le combiné et demande à l'accueil une communication avec l'extérieur, et quand la tonalité retentit elle compose un numéro à Los Angeles, celui qui leur avait servi à joindre Julius la fois précédente. Après une douzaine de sonneries, une voix masculine répond.

« Julius ? dit-elle, bien qu'elle sache déjà que ce n'est pas lui.

– Peut-être bien, lui répond-on sur le ton menaçant qu'utilisent les hommes pour charmer les femmes. Ça dépend de ce que vous cherchez. »

Elle comprend soudain que ce qui l'effraye n'est pas sa bonne fortune, mais l'existence tangible de la chance elle-même. Malgré tout son travail de préparation, malgré l'expertise des turfistes, malgré sa prise en compte de la météo et des cotes, seule une veine insensée avait pu conduire à ce résultat. Et si la bonne fortune existait dans ce monde, si elle pouvait excéder sa propre capacité d'action et ses propres connaissances, alors la mauvaise fortune pouvait exister aussi, tout comme le hasard. Elle a été identifiée, accueillie en son sein par la chance, et elle veut sortir de sa ligne de mire.

« Qu'est-ce qui se passe, ma chérie, t'as besoin d'un conseil ? » demande l'imbécile au téléphone.

Elle raccroche sans répondre et s'allonge sur le côté, face à la fenêtre. La maison et la tombe de sa mère sont à cinq jours de route, et si elle appelait le jeune Carter il ouvrirait les fenêtres et nettoierait les gouttières sans problème, mais que ferait-elle ensuite, elle l'ignore. Elle pourrait faire tout ce qu'elle veut à présent mais elle ne sait pas en quoi cela consiste. Sa déception est indescriptible et elle ne voit pas du tout qui cela pourrait intéresser.

Elle ferme les yeux, reste allongée un bon moment. Elle pense à la maison de sa mère la veille de Noël. Dans son souvenir, la nuit s'épaissit au-dessus du champ de blé, ils sont assis dans la cuisine, Julius et elle, en train de jouer aux cartes. Ils ont bu tout le vin de la réserve. Julius est en train de retourner les cartes et de les commenter. Il dit qu'il a connu un homme qui chantait si bien que les autres en pleuraient encore plusieurs jours après. Il lui parle de l'homme-lapin, et d'un autre qui avait mémorisé les noms scientifiques de toutes les fleurs – et tous ces hommes lui semblent si différents de ce qu'elle a connu jusque-là. Ils sont comme lui, compréhensifs et charmants et déracinés. Pas comme les amants ou les flirts de sa mère – des hommes complètement différents.

« Mais où dégottes-tu des gens pareils ? demande-t-elle.

– Oh, partout, partout », répond-il, levant les bras au-dessus de sa tête et les ouvrant comme s'il dirigeait une symphonie. Elle veut une réponse plus précise mais ne sait pas comment l'obtenir. Dans son geste orchestral, elle devine les contours rudimentaires d'un autre univers.

Julius mélange les cartes et distribue. Il dit : « C'est la reine au bâton » en désignant la dame de pique qui lève résolument son sceptre orné de joyaux. Puis il retourne le roi de cœur : « Et voici le souverain suicidaire. » Il lui demande ce que ça fait d'être amoureuse et elle répond qu'elle n'en a aucune idée, avant de se rendre compte de ce qu'elle vient de dire. Mais il se contente de rire. Puis son visage s'assombrit, et il se met à parler très sérieusement : « Si la prochaine carte que je sors est un carreau ou un sept, nous construirons la maison sur une colline pour pouvoir voir l'océan ». Il retourne le huit de trèfle, qu'ils regardent tous les deux en silence. Il le jette d'une pichenette par-dessus la table et retourne la carte suivante, et la suivante, jusqu'à ce qu'ils obtiennent le valet de carreau.

Lorsqu'elle s'était réveillée le lendemain matin, il était toujours attablé dans la cuisine en train de jouer au solitaire avec la radio en sourdine, et elle était restée longtemps dans la pièce voisine à l'écouter chantonner. Des mois durant, elle s'était levée du lit de sa mère, avait fait sa toilette, préparé du café, était allée au travail et avait attendu le courrier. Elle se réveillait souvent en ayant rêvé d'oiseaux. Et malgré cela elle ne comprenait toujours pas ce qu'elle était censée faire ensuite. Lorsqu'elle était enfin entrée dans la cuisine, Julius avait souri et lui avait souhaité un joyeux Noël, mais son visage ne trahissait rien de ce qu'ils avaient partagé. Il essayait peut-être de se comporter correctement, peut-être que l'alcool en se résorbant avait fait taire les sentiments entre eux, et voilà. Mais aujourd'hui avec le recul, elle sait qu'il l'a trouvée triste, dénuée d'ambition, trop naïve pour saisir le sens de ses paroles. Le lendemain soir les hommes étaient repartis au Japon par bateau. Elle n'avait parlé qu'une seule fois à Julius depuis lors et il n'avait jamais répondu à sa lettre. Quand elle lui avait parlé des chevaux, il ne l'avait même pas crue.

Les bruits de la ville, assourdis et dénués de sens, lui parviennent maintenant à travers les murs de l'hôtel, et la vie qui palpite au-dehors ne laisse échapper que de petits tapotements, des sons réguliers, indifférenciés. Elle se relève sur les coudes, s'assoit en tailleur, prend la pile d'argent et entreprend de classer les billets par coupures. Elle les ajuste et les empile de façon bien nette. Puis elle compte les billets, d'abord les gros, puis les petits. Elle trouve un bloc de papier à en-tête de l'hôtel et en arrache trois feuilles, puis elle divise les billets en trois piles, deux grandes et une troisième plus petite, et les plie à l'intérieur en rabattant les bords de chaque feuille pour faire une sorte d'enveloppe. Elle les glisse ensuite dans la fausse poche de son sac à main et presse soigneusement le tissu sous la couture. Puis elle quitte la pièce, emprunte un escalier étroit pour redescendre et sort par une porte latérale qui donne sur une allée. Elle parcourt les huit pâtés de maisons qui la séparent de chez elle, son regard vague capte à la périphérie de sa vision les silhouettes des passants et des commerçants et elle sent le poids de l'argent comme on sent l'arrivée imminente de la pluie.

En arrivant à la maison elle croise le regard inquiet de Lee sur le seuil et lui raconte l'histoire d'un bus manqué, un long trajet à pied depuis le restaurant pour attraper, le crépuscule venu, une autre ligne, celle qui tournicote dans le quartier de Stingaree, et elle lui parle des hommes qu'elle a vus jouer aux dés devant les façades de brique, à travers les vitres du bus. Elle savait qu'il allait s'inquiéter pour elle, seule dans ce quartier inconnu, mais maintenant la voici en sécurité, et ils peuvent en rire, et elle a besoin de ce rire, de cette détente après le danger, pour se calmer. Il ne lui vient pas à l'esprit qu'elle cherche à faire du mal à Julius ; pourtant son absence est devenue une légitimation, et pour elle ce jour et ce qu'elle accomplira par la suite doivent demeurer un secret, inavoué et intimement personnel comme tout secret se doit de l'être.

Le lendemain les parieurs se retrouvent au bar plus tard que d'habitude. Ils portent des costumes noirs trop grands ou trop petits, selon l'âge et la corpulence de chacun. Une personne de leur connaissance est morte – Gerald, disent-ils, mais Muriel n'a jamais entendu ce nom – et plutôt que d'évoquer les grandes courses de la veille, ils parlent de l'enterrement dont ils reviennent. Trois jours plus tôt, la police des mœurs a fait une descente en pleine nuit vers la gare de triage, a nettoyé les rues et envoyé des hommes en prison, ou pire. L'homme qu'ils pleurent était impliqué d'une manière ou d'une autre, bien que personne ne dise comment. Muriel remarque que le jockey Rosie est absent.

« Les hommes comme lui doivent s'y attendre », dit quelqu'un.

Au-dessus d'eux, le vieux ventilateur balaie l'air de cette journée anormalement chaude.

« Il y aura toujours un connard pour dire : *Au moins il n'a pas souffert*. Et moi je répondrais : Alors c'est que vous ne connaissiez pas Gerald, parce que s'il a jamais existé un souffre-douleur, c'est bien lui – et ce n'est pas dire du mal des morts, vu qu'on parlait tous de lui comme ça quand il était vivant. »

Les hommes parlent tout bas, comme si cette perte était un secret différent de ceux qu'ils se racontent habituellement.

« Rosie doit être affreusement triste, mais il ne peut en vouloir qu'à lui-même. Pareil pour Gerald. Et comme dit la Bible, *quiconque s'y laisse tromper n'est pas sage*, déclare l'homme à la moustache.

– Et qu'est-ce qui va se passer avec le Chester Hotel, vous croyez ? demande quelqu'un d'autre.

– La même chose que pour n'importe lequel de ces endroits dégénérés. Ça recommencera… ou pas.

– Vous pensez que tous ces gars ont couru vers la mer pour s'enfuir ?

– Le Chester est en bas, près de la plage ? » demande un gars plus jeune. Ricanements sourds dans l'assistance. La moustache lui lance : « Tu veux dire que t'aimerais bien savoir, hein ? »

Le jeune homme lève le menton, fronce les yeux et ne dit rien de plus. Un autre lance : « Ça va recommencer. Ce bâtiment a plus de cent ans, et je parie que ces gars-là y sont depuis aussi longtemps, voire plus. »

Les tables à l'entrée du bar sont vides. Trois types s'installent au comptoir, à un tabouret de distance, comme des étrangers dans un cinéma. L'un d'eux lit le journal et les deux autres parlent politique, tournés vers le siège vide qui les sépare. Le sac à main de Muriel est caché sous le bar. Elle aimerait bien que les turfistes évoquent les courses et qu'ils disent s'ils ont gagné autant qu'elle, mais en même temps elle est soulagée qu'ils ne le fassent pas. Elle déchire un bulletin de course et inscrit le nom de l'homme et celui de l'hôtel, puis *Rosie* et enfin *cent* et *bord de mer*, comme si elle prenait des notes pour le travail du lendemain. La matinée s'est écoulée lentement, les clients ne semblent pas disposés à s'en aller, et Muriel attend. Elle se dit qu'attendre est peut-être la seule chose qu'il lui reste à faire.

Elle pense aux funérailles de l'homme et se demande si des chevaux ont tiré le convoi funèbre, si les cyprès de Monterey étaient ornés de rubans de dentelle pour que la mort ressemble à ce qu'elle est : un retour vers le passé. Dans son imagination, le cercueil renferme cet inconnu, Gerald, dans l'état où il était dans sa jeunesse – maigre, vif, déterminé. Elle plie le bulletin de course en quatre et le glisse dans son sac à main, avec l'argent, comme un geste pour la postérité.

Lors de sa pause-déjeuner, elle prend le bus pour se rendre dix rues plus loin vers le nord et descend près d'une station-service située un peu en retrait de la rue. À l'intérieur, elle achète une friandise puis fait le tour par l'arrière pour gagner des toilettes sombres dans lesquelles elle entre discrètement. Elle y enfile à nouveau pantalon, chemise rayée et chapeau à large bord, en prenant soin de ne toucher ni les murs ni le lavabo sale. Ses mouvements s'accompagnent d'un frisson quasi érotique, certaines parties de son corps se dévoilant peu à peu tout en demeurant à distance de ce qui l'entoure, comme si elle se déshabillait avec l'espoir d'être vue par quelqu'un tout en le lui interdisant.

À la banque elle fait la queue avec celles et ceux qui sautent le déjeuner pour vaquer à leurs emplettes. Quand arrive son tour, elle glisse sous la vitre deux des feuilles repliées de l'hôtel, demande un chèque de banque de sept mille dollars à l'ordre de George Lee Sims et Muriel Sims, et dit qu'elle aimerait que le chèque soit postdaté de dix jours. La guichetière obéit. Muriel laisse tomber ses mains de la sangle de son sac et se détend. Marqué du seul nom de l'établissement et de l'adresse de son siège imprimé dans un coin, le chèque est tel qu'elle l'avait espéré. Puis elle en demande un autre, libellé cette fois à l'ordre du bureau des taxes foncières du Kansas. Elle étale une douzaine de billets de vingt dollars sur le comptoir en se disant que cette jeune guichetière ne peut pas deviner ce qu'elle veut, ni la raison pour laquelle elle est ici, ni qu'elle a perdu sa mère par un bel après-midi sans gloire.

Elle met les deux chèques dans son sac avec les reçus et s'apprête à partir. Elle attend d'être dehors et d'avoir dépassé la devanture de plusieurs mètres avant d'accélérer le pas jusqu'à un bureau de poste. Elle se dit qu'elle a eu raison à propos de l'argent liquide : il n'appelle pas de questions, parce qu'il peut venir de n'importe où, et ne signifie jamais autre chose que lui-même. Une fois à l'intérieur, elle achète trois enveloppes sécurisées et un carnet de timbres. Elle rédige un petit mot à l'administration fiscale en indiquant que le chèque est un règlement anticipé pour cette année et la suivante. Puis une autre note aux Carter, leur demandant d'isoler les fenêtres et de purger les robinets, agrémentée de quatre billets de vingt dollars soigneusement pliés, pour couvrir une autre année d'entretien. Elle inscrit les adresses sur les enveloppes et colle les timbres. Puis elle place le chèque de sept mille dollars dans la doublure de son sac à main, en prenant soin de ne pas le corner ni le froisser. Dans la dernière enveloppe elle range le reste de l'argent liquide, le bulletin de course et le reçu du bureau de poste, et elle dissimule le tout au même endroit. Plus tard elle recoudra la poche, et lorsque tout sera réglé elle trouvera une bonne cachette.

Une fois dehors, elle enlève son gilet et s'assied à un arrêt de bus. Elle prend un œuf dur dans son sac, le roule doucement contre le banc pour briser sa coquille et l'écale. Dans quelques semaines elle aura le reçu du bureau des impôts et elle utilisera cette enveloppe pour le gros chèque, afin de faire comme si tout était authentique. Elle imagine le moment où elle le remettra à Lee, au soulagement qu'il éprouvera. Ils auront bientôt une belle pelouse, un rôti pour le dîner et une gentille conversation pendant le repas. Son mari et elle mèneront la vie tranquille qu'ils n'ont jamais eue quand ils étaient plus jeunes, célibataires, encore logés chez leurs parents dans ces bourgades oubliées. Peut-être sont-ils simplement venus dans l'Ouest en quête d'un passé qui leur a été refusé, et non pour un avenir synonyme de liberté.

Muriel tente vainement d'imaginer ce que sa mère aurait pensé de cette supercherie. Elle aura toujours la maison et son propre argent, mais elle renonce à quelque chose de plus essentiel, et sa mère l'aurait vu. Muriel a eu beaucoup de chance et elle s'en trouve désormais redevable, ce qui la plonge dans une profonde solitude. Si elle s'en sort, elle ne retournera jamais à Del Mar. Elle se le promet. Et si enfin Julius appelle, elle ne mentionnera ni les tableaux ni les chevaux, pas plus qu'elle ne prononcera son nom.

4

La prairie

Henry sous le spectre des néons, entre le passage et la rue. La nuit, dans la pâle lumière des combles, ses cheveux et ses yeux si sombres qu'ils disparaissent. Quand il approche de l'endroit où les passerelles se croisent, on ne perçoit que les boutons brillants de sa chemise et le reflet d'un de ses ongles. Henry le matin, au Squaw Motel, blotti dans le temps d'un rêve, et Julius éveillé qui le regarde, conscient de devoir partir bientôt, avant que le jour ne les surprenne. Certaines nuits, une tendresse si grande qu'il est impossible de toucher Henry avec suffisamment de douceur, et d'autres rugueuses, muettes et sans sommeil.

Chaque matin, Julius quitte la chambre plein d'une joie particulière qu'il doit réprimer avant le début de la journée. Une fois sorti, il traverse la file des voitures garées, tourne sur 2nd Street et prend le chemin le plus long vers le centre-ville en longeant le quadrillage de terrains à bâtir, dénués d'arbres. Il est merveilleusement seul. C'est ainsi qu'il perçoit l'amour. Comme s'il pouvait enfin toucher l'enveloppe extérieure de lui-même, comme s'il était collé aux limites de son corps, singulier et complet. L'aube naissante, comme saupoudrée sur la ligne d'horizon, est d'un blanc éclatant ; des années plus tard, chaque fois qu'il pensera à ce paysage, chaque fois qu'il le reverra, il se sentira précipité vers cette époque de sa vie, et la lumière particulière de ces ciels lui rappellera à jamais l'amour.

Leur liaison se poursuit jusqu'à la fin du printemps et tout au long de la mousson. La nuit, les combles se rafraîchissent si vite que le froid les surprend parfois en bras de chemise, piquant leur peau. Puis vient l'amer été, ils marchent pieds nus entre les puits de lumière, les cheveux trempés de sueur. Une nuit début juillet, Julius observe d'en haut un joueur qui gagne une main sur deux au blackjack et perd deux fois de suite de temps à autre, mais rarement. Il l'examine longuement. Tout en l'observant il essaie d'identifier un signe qui le trahirait – il y a toujours quelque chose que les gens ne parviennent pas à dissimuler. Un jour il a vu un homme se lever et partir après une nuit fructueuse, pour le surprendre une heure plus tard en train de partager des jetons avec le donneur. Il a vu des joueurs se pencher en arrière sur leur chaise et révéler des as cachés dans leur ceinture. Une fois, deux cow-boys – si fraîchement débarqués du train qu'ils jouaient au 21 avec leurs sacs de voyage sous les pieds – sont restés une heure entière avant que Julius ne repère ce qu'il cherchait : non pas le schéma de leur tricherie mais son interruption. Un des cow-boys a fait une erreur de marquage qui a mis son ami hors jeu, et celui-ci a plissé ses yeux vipérins en direction du premier de façon si fugitive que Julius a compris exactement ce qu'ils tramaient.

Il étudie en dessous de lui les gestes du joueur, pour déceler toutes les tricheries possibles – celles auxquelles il s'attend, empalmages, jeux de manches et marquages, mais aussi toutes celles auxquelles il ne s'attend pas. La triche est en art en constante évolution. Au cours d'une main, le croupier retourne un neuf et un des hommes se lève. Une autre fois il retourne la reine, et le même homme attaque effrontément et gagne. Ensuite, pendant que le croupier bat le jeu, le joueur se penche en arrière et Julius capte son battement de paupières en direction d'un type assis à la table située juste derrière le croupier. Ce dernier porte une bague en turquoise tournée sur le côté, de sorte que la pierre tombe de son auriculaire et repose sur le feutre. Lors de la main suivante, Julius observe le croupier, le voit marquer le coin de sa carte cachée et lancer un coup d'œil vers le type à la bague. Il est nouveau et Julius sait qu'il s'agit d'amateurisme, non pas d'une véritable arnaque – les nouveaux ont souvent besoin de pratique dans la vérification des cartes cachées. On procède à une autre donne et le premier homme attend. Lorsque le croupier soulève sa carte, l'autre type la voit et tourne sa bague à moitié. Le joueur double la mise et abat un sept redoutable. Il remporte la manche. Au tour suivant, le type avec la bague ne bouge pas, le joueur checke et perd. Des partenaires, pense Julius. Une ruse inédite mais indiscernable. Au fil des autres mains, Julius étudie leur comportement pour confirmer ce qu'il pressent. Un signe de tête du type à la bague et le joueur partage le pot, puis à la main suivante la bague est à nouveau tournée, le joueur tire à seize avec le quatre de trèfle et rafle la mise. C'est trop facile, pense Julius.

Comme souvent, il se dit qu'il pourrait aller trouver l'homme à la bague un peu plus tard, se glisser à ses côtés et lui expliquer à l'oreille quel est son rôle au casino. Dans une ruelle, à l'aube, le type pourrait lui glisser un billet pour son silence, ce qui lui assurerait une autre source de revenus qui rentabiliserait doublement son risque et son investissement. Mais il ne cherche plus à prendre de risques. Ou plus exactement, son boulot consiste désormais à repérer de telles prises de risques. Il quitte donc son poste, descend l'escalier vers la salle remplie de sacs et de casiers de la banque, et frappe à la lourde porte. Lorsqu'elle s'ouvre, Julius se tient en retrait et décrit rapidement la supercherie à l'un des hommes au visage de chat postés à l'intérieur, puis il remonte dans les combles. Une telle escroquerie est difficile à prouver et les individus sont autorisés à poursuivre leur petit jeu, mais quelques heures plus tard, à la fin de son service, le chef de salle le croise près de la porte, presse deux billets de dix dollars dans sa paume et le remercie pour sa diligence.

Cette nuit-là, Julius raconte à Henry la supercherie déjouée au casino, et les billets qu'on lui a donnés. Ils sont emmêlés dans les draps et l'heure tardive baigne la chambre d'un halo grisâtre à travers les rideaux tirés.

« Mais tu as songé à les prévenir, ces joueurs de blackjack ? » demande Henry.

Il dégage sa main pour atteindre la table de nuit, où se consume une cigarette. Il la porte à ses lèvres de cette manière étrange qui plaît tant à Julius, comme s'il touchait un endroit doux, marqué par un baiser ou une blessure.

« Peut-être bien », dit Julius.

Il tend deux doigts pour que Henry lui passe la cigarette.

« Moi je préviens toujours. Réfléchis-y, franchement. Tu l'as déjà fait ?

– Nan, nan, répond Julius. Trop de soucis.

– Ce serait facile.

– Mieux vaut ne pas scier la branche sur laquelle on est assis, voilà ce que je pense », se défend-il.

Il n'avait jamais été un voleur philosophe. À vrai dire, il n'avait pas de philosophie, il ne croyait pas qu'un ensemble de règles puisse rendre le vol légitime, ou l'élever au-dessus du simple commerce. Des opportunités se présentaient et il s'agissait simplement de les identifier. Une fois, à L. A., il avait dérobé le portefeuille d'un étranger, et malgré cela il avait passé toute la nuit à boire avec lui. Lorsque la note du bar était arrivée, l'homme avait voulu montrer sa générosité, et Julius avait cherché avec lui sous les tables et les tabourets puis avait haussé les épaules en souriant. Si tant est qu'il fût soupçonné, à ce stade il était également très apprécié. Mais il ne veut plus de ce genre de choses maintenant. Ce qu'il veut, c'est un travail honnête, et des nuits à jouer aux cartes avec un salaire honnête, dans des chambres éclairées qu'aucun flic n'a jamais fouillées.

« Tu penses... », commence Henry. Il écarte le drap et se met debout, nu, près du lit. Cette interruption trahit sa volonté de séduire. Julius se retourne pour enfouir à moitié son visage dans l'oreiller. Henry sourit et pivote pour exhiber ses fesses rebondies. Il fait deux pas dans la pièce et termine sa phrase : « ... qu'on est toujours la même personne, peu importe où on se trouve et en compagnie de qui ?

– Il y a une expression pour ça. Ça s'appelle jouer double jeu. »

Julius s'assied, regarde Henry se diriger vers le bureau et se tourner vers lui. Face à son visage lumineux, Julius est envahi par un dégoût enfantin, ce sentiment cruel et familier qu'on ressent après le sexe. Henry n'a pas demandé directement, parce que demander directement constituerait une forme d'aveu. Mais Julius sait ce qu'il veut. Henry s'empare sur la commode d'un paquet de Lucky Strike froissé et prend la dernière cigarette.

« Attends, mettons que tu aies averti ces joueurs. C'était ton boulot de les repérer dès le départ. On est là-haut toutes les nuits à regarder des mecs faire exactement ce qu'on fait quand on n'est pas là-haut.

– Je ne triche pas et je ne compte pas m'y mettre, alors je ne sais pas de qui tu parles, mais pas de moi.

– Attends, je ne parle pas de tricher, c'est pas ça. Envisage-le de manière plus positive.

– Si tu veux dire qu'il n'y a pas de différence entre tricher et ne pas tricher, je dirais que tu es cinglé.

– Ce que j'essaie de t'expliquer, si seulement tu m'écoutais, c'est qu'ici tu peux prendre l'argent d'un autre en un claquement de doigts et devenir riche, mais tu peux aussi dénoncer des tricheurs, t'offrir une fille et regarder une bombe exploser, tout ça dans la même journée. C'est exactement le genre d'endroit où la frontière devient floue.

– Entre le bien et le mal ?

– Exactement. Ou entre le réel et l'irréel. Ou entre le vrai et le faux.

– Je maintiens que c'est différent. »

Henry fume pensivement.

« J'ai jamais vu cette triche-là, mais j'en ai entendu parler. Tu sais comment ils appellent ça? » demande-t-il.

Julius secoue la tête.

« L'épouvantail. C'est bien vu, non ? »

Julius hoche la tête mais ne sourit pas, contrairement à ce que souhaiterait Henry. Il pense à ceux qui arborent des cravates à la mode épinglées sur leur chemise blanche, à d'autres qui portent des bottes avec des talons de huit centimètres en peau de serpent teintée. À la grande variété d'hommes qu'il a connus ou observés. Tous désireux de se distinguer par un attribut censé définir leur place dans le monde – un chapeau borsalino incliné vers l'arrière, des manchettes relevées. De nos jours, se dit-il, on parle sans cesse de notre propre identité, réelle ou souhaitée, et ces conversations dénotent une ambition farouche : il n'y a rien de plus important ou de plus intéressant que soi. Julius est au courant des nuits que Henry passe à jouer au 21 avec d'autres types, et de l'argent qu'il gagne à ces tables. Il le sait depuis le début. Henry se dirige vers le lit d'une démarche aguicheuse dans l'intention visible de lui faire perdre son sang-froid, puis s'assied au bord.

« Pourtant tu as de la famille, dit Henry, comme si ça avait un lien.

– De quoi tu parles, là ?

– Tu en as bien une, non ?

– Juste mon frère et sa femme.

– C'est suffisant. Et ils t'aiment à coup sûr, ils se demandent où tu es.

– Je ne vois pas où tu veux en venir, mon vieux.

– Je dis qu'ils te connaissent.

– Ils ne savent rien.

– Ils en savent plus sur toi que n'importe qui sur moi. Je suis mort depuis belle lurette, t'as qu'à demander à mon père ou aux bons citoyens de Maricopa. »

Julius fait une grimace.

« Eh bien mon pauvre, dit-il. C'est vraiment dommage pour toi.

– Ça l'est. C'est dommage pour moi, répète Henry.

– Écoute, mon pote, tu me fais tourner en bourrique. L'idée, si tu veux mon avis, c'est qu'on se doit d'être réglo ici. Jouer aux cartes toute la nuit si on veut, mais rester dans les clous quoi qu'il arrive. Qu'est-ce que la femme de mon frère ou ton amour-propre ont à voir avec ça ? »

Henry éclate d'un rire moqueur. Il tend la main, saisit une mèche de cheveux de Julius, l'attire vers lui et l'embrasse.

« Ce que j'essaie de dire, c'est que certaines nuits, je regarde le jeu en bas à travers ce miroir et je m'attends presque à me voir », dit Henry.

Il se rapproche de Julius, tire le drap sous lui. Julius roule sur le côté pour se dégager, Henry se glisse dans le lit et ils se retrouvent dans la même position qu'avant.

Henry murmure dans la nuque mal rasée de son amant : « Comment ça serait, de se voir à l'extérieur ?

– Ça pourrait être bon. Ça pourrait être décevant.

– Peut-être que tu as eu raison de dénoncer ces tricheurs, mais peut-être aussi que ça n'a pas d'importance. Peut-être que nos efforts pour faire le bien ou pour être réglo, c'est juste une corvée qu'ils ont inventée pour nous détourner de ce qui importe vraiment. »

Julius veut amener la conversation sur un autre terrain. Il sort une bible du tiroir de la table de chevet et l'ouvre au hasard. Henry s'écarte, le drap se tend entre eux. Sans regarder le texte, Julius cite un verset de mémoire, les yeux pieusement tournés vers le plafond.

« *Qui veut protéger sa vie prend garde à sa conduite.* Tu vois, Henry, le Seigneur dit qu'on doit aller dans une direction et pas dans l'autre.

– Je ne suis pas sûr que tu devrais traiter la Bible de cette façon. Ça porte la poisse.

– Il me semble que chance et malchance se situent bien au-delà des Gédéons[1].

– Comment se fait-il qu'un croyant comme toi n'ait jamais rien à faire le dimanche matin ?

– Écoute-moi bien : tu devrais varier les plaisirs et trouver un autre jeu que le 21, sinon les chefs de salle vont croire que tu as une spécialité.

– Mais j'ai une spécialité », rétorque Henry en souriant.

Julius tire le drap sous le corps noueux et abîmé de Henry, et les deux hommes font l'amour comme on peut le faire après une dispute d'une certaine importance demeurée irrésolue.

Plus tard, alors que Henry s'est endormi, Julius se lève, prend une douche, remet la bible dans le tiroir et sort fumer sur le parking obscur. Il aimerait prendre ses bottes, son billet de cent dollars et sa prime, descendre à la gare et attendre le premier train du matin. Mais quitter Henry signifierait perdre son vrai travail et l'avance sur l'hôtel, et aussi ce sentiment de plénitude qui est le sien. De l'autre côté du parking, les réverbères clignotent sur l'horizon coloré et lumineux, semblable à une veine bleue qui se détache des montagnes et des lumières de la ville, même

1. Organisation chrétienne évangélique fondée en 1899 aux États-Unis, qui distribue des bibles dans les hôtels, les écoles, les hôpitaux, les bases militaires et les prisons.

dans la nuit la plus noire. Il traverse le parking sans se retourner et passe les premières heures du jour à jouer nonchalamment au slow stud avec quelques touristes. Il ne dort pas de la nuit et, quand le jour se lève, il sait que Henry s'est réveillé seul. Il quitte la table en donnant un pourboire au croupier. Dans les toilettes du Frontier il s'asperge le visage dans le lavabo, puis avale un petit-déjeuner léger et se rend au Binion's Horseshoe où ils ont réservé une table pour une partie de 2-7, ce qui lui donne l'impression de quitter la ville sans la quitter.

Le lendemain matin, après le travail, il joue au stud à sept cartes au bar tenu par les mormons et perd sa prime en quatre mains rapides. Il tente à nouveau sa chance au Binion's et gagne un peu, mais il est trop agressif. En fin d'après-midi son argent s'est envolé, alors il erre dans les bars du centre-ville, sans repérer aucun homme ni aucune femme seuls ou simplement avenants. Il reste assis dix minutes au Lucky Strike mais personne ne s'intéresse à lui. Lorsque le barman commence sa tournée en se dirigeant vers lui, Julius se lève et sort dans le jour doublement éclairé par les lumières des néons sur Fremont Street et par le soleil couchant en toile de fond. Depuis le centre-ville il parcourt plusieurs pâtés de maisons pour atteindre les bars interlopes où se retrouvent dealers, homos et truands. Le chapelet de petits bâtiments a des allures de caserne, et ça lui déplaît. Mais il cherche une présence à ses côtés qui ne soit pas compromettante ; il veut, pour quelques heures, n'être l'amant de personne.

À hauteur d'une vieille taverne appelée The Cave que fréquentent les militaires, Julius bifurque dans la rue étroite.

En poussant la porte, il projette une lumière miroitante dans la pièce. À l'intérieur se trouvent une demi-douzaine d'hommes qui ne le connaissent pas vraiment mais qui l'ont déjà croisé, et le long des murs sombres il y a beaucoup de monde. Julius se glisse à côté d'un type plus âgé qui boit seul, vêtu d'un uniforme de vigile, le col encore boutonné jusqu'en haut. Julius ne le regarde pas. Il commande une bière et, quand le barman l'apporte, il lance une pièce de cinq *cents* sur le comptoir ; le vigile réagit au mouvement et au bruit puis détourne les yeux. Julius, assis, laisse son attention dériver jusqu'à ce que son voisin prononce les mots qu'il attendait.

« On dit que boire seul est le premier signe qu'on a un problème. Dommage pour nous. »

Julius lui lance un regard oblique, comme s'il était réticent à l'idée de renoncer à son intimité, mais il répond, aussi piteusement que possible : « État habituel – ce soir ou un autre.

– Tu devrais rentrer chez toi, alors. Comme nous tous.

– Je ne suis pas sûr d'y être franchement le bienvenu.

– Oh mais si, j'en suis sûr.

– J'étais dans la marine, ça m'a rendu inapte à la vie dans le Kansas. »

Il y a un peu de fierté dans cet aveu partiel ; s'il voulait dire la vérité, une telle affirmation pourrait convenir. Il sait ce qui va se passer ensuite : l'homme va lui offrir deux ou trois bières, et Julius lui offrira sa compagnie en retour. À Los Angeles, il buvait de cette façon chaque fois que ses poches étaient vides.

« Sans blague. Moi, c'était l'armée de terre. Une autre guerre que la tienne, cela dit, enfin j'imagine, commente l'homme.

– La Corée. En passant par le Japon, comme tout le monde.

– Oh, si c'est ça, écoute plutôt, ça va te plaire », lance-t-il, et il oriente son tabouret vers Julius qui se retourne pour lui faire face. Amitié facile des endroits paumés, des petits matins.

« Voilà l'histoire : il y a deux nuits, j'étais au Desert Inn, et dans la salle du club ils avaient débarrassé toutes les tables sauf une, pour installer quelque chose avec des tuiles, comme des dominos.

– Pai gow, dit Julius.

– Dans le mille, mais ne gâche pas l'histoire. »

Julius fait un signe de tête et plonge le nez dans son verre d'un geste théâtral. L'homme rigole.

« C'est ta dernière pièce de cinq *cents* ? demande-t-il en faisant un mouvement de tête vers le comptoir.

– À peu de chose près. »

L'homme fait signe au barman, qui tire deux autres bières, et il les paie. Après avoir descendu la moitié de sa pinte et s'être essuyé la bouche, il poursuit : « Je suis donc au bar en train d'attendre mon tour au stud à cinq cartes. Je ne suis pas un vrai joueur de cinq, mais personne ne joue vraiment bien au stud à sept cartes ici, tu l'as peut-être remarqué.

– Ce matin encore, j'ai assisté à une vingtaine de mains déprimantes au Binion's, dit Julius.

– C'est sûr, il faut être un peu marteau pour jouer au Binion's. Quoi qu'il en soit, arrive une bande de Chinois en costard, et ils s'assoient un moment pour jouer à ce pai gow. On m'appelle pour une place au poker, je joue et j'oublie plus ou moins tout ça. Mais quelques heures plus tard, alors que j'étais en train de partir… » L'homme regarde Julius d'un air entendu et celui-ci devine sa petitesse, son emphase, il devine ce qui va suivre inévitablement, une histoire sur sa grandeur d'âme, noyée dans les détails. « J'ai tiré une vraie quinte flush, rien que ça, j'avais de la chance à cette table – et qui se pointe ? Les Chinois. J'entends que c'est la fin du jeu dans la salle de cartes, avec le bruit de toutes ces tuiles qu'on ramasse et le raclement des pieds de chaises. J'ai peut-être même entendu un gong, je te jure. »

L'homme fait une pause et lève deux doigts pour commander une autre tournée. Julius sait déjà que ce genre de personnage exige un peu de résistance, offerte avec légèreté. Il est grand, nerveux, avec des pommettes hautes et rouges jusqu'aux tempes, assez âgé pour être son père. Julius compte mentalement le nombre de bières que l'homme pourrait avaler et soustrait ce nombre au prix de la solitude.

« Alors je m'arrête et je les regarde passer, et avec eux il y a trois durs à cuire, des types du casino, tu vois, et ils se comportent de façon presque obséquieuse, et donc je me dis : Que peut bien fabriquer une bande de Chinois dans une de nos plus belles cathédrales ? On se dit que si le contraire du communisme existe, ça doit être le putain de club du Desert Inn.

– C'est clair, fait Julius.

– Mais ensuite je me dis, carrément sidéré : ces directeurs de casino, bon sang, dans cet endroit bien à nous, ils laissent tout simplement les Chinois jouer à n'importe quel jeu étranger. Putain, qui se préoccupe d'être vu en plein milieu de journée ? C'est merveilleux, le progrès. »

L'homme se penche en arrière et se gratte le menton du plat de la main.

« Je ne suis pas sûr de comprendre l'allusion, l'ami, dit Julius.

– Écoute. Je ne le dirai pas à voix haute, je sais foutrement rien de toi, mis à part tes états de service en Asie, et je te crois, étant donné l'éclair dans tes yeux. Mais j'ai pas besoin de t'apprendre qui dirige ces casinos, si ?

– Je suppose que non.

– Tu supposes. Si tu es si naïf, comment as-tu échoué dans ce tripot avec nous autres connards ?

– Je ne suis pas si naïf.

– Sans déconner. Écoute, tout ce que je peux dire, c'est que t'as les hommes d'affaires classiques, les Henry Kaiser et les Sears et Roebuck. Et d'un autre côté, t'as Moe Dalitz et Wilbur Clark, et qui te dit que ce n'est pas du business ?

– C'est du business, je le sais bien, et ça me réconforte plutôt. »

L'homme baisse le menton et regarde Julius. La porte s'ouvre, un rai de lumière éclaire à la fois la salle et son visage. Il hoche la tête. « C'est ça. Mais ce qu'il faut bien comprendre, c'est qu'on fait des affaires ici, loin de toutes ces conneries sur le bien et le mal. On n'est obligés de croire en rien pour diriger un casino, pas même à la démocratie. C'est pas comme la guerre. On peut laisser entrer qui on veut, jeter qui on veut. Y a pas de commission de la Chambre des représentants pour la chance, ni pour la malchance.

– Tu commences à me faire un peu peur, l'ami », dit Julius.

La porte se ferme et la salle replonge dans la pénombre. Julius redresse les épaules, se raidit sur son tabouret et crispe la mâchoire. Il ne veut pas s'impliquer – peut-être parce qu'on est à la frontière de la ville, qu'il fait noir comme dans un four et que, dans ce rade, ils sont tous avinés et transpirent leur propre misère. Les flics qui ont nettoyé les salles de cartes et les hôtels pour hommes à L. A. disaient qu'ils étaient tous des Rouges œuvrant contre la décence. Julius se dit qu'il serait bienvenu de changer de sujet.

Mais le gars reprend : « Oh, bon sang. Je suis comme tout le monde. Je paie mes impôts... » Et il esquisse un large geste pour inclure toute la salle. « On est en 1957. Le sénateur McCarthy est mort. Je pensais qu'on pouvait parler différemment de nos jours. »

Il fait à nouveau signe au barman. Julius pense qu'il devrait mettre fin à cette petite escroquerie et payer à sa façon. Il jette une pièce de dix *cents* sur le comptoir et l'homme la lui renvoie.

« Bon sang, Kansas, dit-il en faisant une grimace de pitié. Ta toute dernière pièce de monnaie, hein.

– Presque. Je te l'ai dit. »

La bière est servie. L'homme soulève son verre, le contemple, puis le repose et le penche en formant de petits cercles pour effacer la condensation. Peut-être la conversation ne se prolongera-t-elle pas. Les buveurs, au fond du bar, déploient soudain une énergie tapageuse, et les deux hommes se tournent pour observer la scène. Une petite échauffourée, quelques voix qui s'élèvent, un type est soulevé sous les bras par deux autres et traîné jusqu'à la porte. Julius et son voisin se regardent et décident implicitement de ne pas intervenir. La porte s'ouvre et la lumière du jour apparaît, accompagnée de voix masculines, puis elle se referme lentement et l'obscurité revient. L'atmosphère est sur le point de changer.

L'homme reprend : « Je vais te raconter un truc. J'avais un vieil oncle, tu vois, qui avait passé ses bonnes années à picoler en Europe, avec notre belle armée. » De nouveau, il fait un geste pour désigner la salle sinistre autour d'eux. « Il racontait les histoires habituelles dans ce genre de cas, les femmes, l'alcool et les cigarettes anglaises qui avaient un goût de boue. Mais au cours des années qui ont suivi… » L'homme avale une longue gorgée de bière, et Julius garde les yeux fixés sur lui bien qu'il soit déjà fatigué de l'écouter ; il est fatigué de toutes ces histoires de militaires. « Au cours des années qui ont suivi, mon vieil oncle est devenu religieux et a voulu se racheter. Il y avait un autre soldat dans son unité, poitrine creuse, pas un poil sur le corps, même pas de cils. Les autres avaient l'habitude de le tabasser et de lui faire des sales blagues, comme font les mecs. »

La porte s'ouvre encore une fois, un groom entre avec sa veste d'uniforme pliée sur le bras. Un nouveau concert de voix s'élève depuis le fond, et alors que l'homme traverse la salle, ils s'agitent et se mettent à lui parler de ce qui vient de se passer.

« Alors mon oncle se met en tête de retrouver le gars pour lui dire qu'il est désolé, tout ça. Comme si des excuses allaient changer la vie du bonhomme en question. Il se souvient qu'il est originaire d'Omaha, à environ une demi-journée de route, et il se dit qu'il ne doit pas y avoir beaucoup de gars complètement chauves à Omaha, même si on ne peut être sûr de rien vu ce que devient ce pays. Quoi qu'il en soit, il y va en voiture, dégotte un annuaire et obtient son adresse, mais en passant devant la maison il voit que l'endroit est délabré, et quand il frappe à la porte la femme qui lui ouvre dit n'avoir jamais entendu parler de lui. Donc il va à l'office des Anciens Combattants pour se renseigner. Et comme par hasard, ceux-là ont entendu parler de lui, et après une ou deux bières mon oncle sait tout ce qu'il y a à savoir. »

Il lève à nouveau la main, Julius esquisse un geste vers sa poche arrière mais l'homme lui fait signe de laisser tomber. À ce stade il est éméché, il a chaud aux joues et à l'entrejambe. Il suit à peine le fil de l'histoire, mais il est quand même content de boire. Les réflexions précédentes se sont estompées dans son esprit sans disparaître pour autant.

Le vigile continue. « Ce que mon oncle a appris, c'est que rien ne différenciait ce type de n'importe qui d'autre. Il était marié, avait un boulot, payait ses factures et vivait comme tout le monde. Il avait même déménagé dans un meilleur quartier et chaque semaine, il venait aux Anciens Combattants pour raconter sa petite histoire de guerre et écouter celle des autres, et quand il partait, personne ne poussait un soupir de soulagement mais personne n'était triste de le voir partir non plus. Il s'était apparemment procuré une perruque ou un truc du genre, parce que les autres le connaissaient de nom mais n'auraient pas deviné qu'il était chauve. Mon vieil oncle ne voyait pas l'intérêt de s'excuser auprès d'un gars qui se contente d'une vie pépère. Ce genre de gars n'est pas à plaindre. »

Le vigile prend une longue et bruyante respiration. Julius comprend que cette histoire le console de sa vie solitaire, pourtant il n'est pas sûr d'en comprendre le sens. Il aimerait lui demander ce qu'il entend par « se contenter d'une vie pépère », mais il se sent soudain terriblement triste. Il pense à son père dans la cour devant la maison, faisant signe à chaque passant, aux femmes de l'usine avec leurs foulards et leurs chaussures plates et aux hommes qui les suivaient, toujours à distance, comme s'ils menaient une filature à titre expérimental. Ceux qui saluaient en retour et criaient le nom de son père, ceux qui riaient ouvertement. La chaise en aluminium et les mégots de cigarette, la main réticente du père, levée non pas pour attirer l'attention mais par devoir envers le Seigneur, qui exigeait de saluer chaque âme qui passe. Puis il songe à Henry et à ses théories bancales, échafaudées pour satisfaire ses besoins. À Moe Dalitz et aux hommes à tête de chat et à tous ces gens malhonnêtes qui dirigent une ville honnête. Julius voudrait que tous ces hommes soient porteurs d'autre chose.

Alors il demande : « Pourquoi tu dis pas que c'est justement ça, l'histoire ? Que tous ces anciens combattants le prenaient pour un moins que rien, mais que ton oncle connaissait la vérité ? Ton oncle savait qu'il était le soldat Untel, qu'il s'était fait botter le cul par une bande de potes, qu'il n'avait pas de cheveux, qu'il était revenu et s'était construit une belle vie sans parler de ça à personne. C'est pas justement ça qui est intéressant, qu'il ne le dise à personne ? »

Julius laisse l'image de son père se dissiper. L'alcool l'a complètement échauffé maintenant. Le vigile l'examine comme s'il venait d'arriver. La porte s'ouvre à nouveau et les deux types du début reviennent sans le troisième, dûment châtié.

« Je veux dire, c'est son histoire que tu me racontes, dit Julius.

– Je t'ai raconté l'histoire de mon oncle.

– Non, je ne pense pas. Je pense que j'en sais plus sur ce gars d'Omaha que sur ton oncle, ou sur toi, ou sur tes convictions, quelles qu'elles soient. » Julius en fait beaucoup trop. L'autre réagit : « Écoute, mon pote, je te l'ai dit. J'ai servi ce pays comme n'importe qui d'autre. »

L'homme fait pivoter le tabouret vers la salle, mettant fin à ce moment de camaraderie éphémère. Julius se garde bien d'imiter son attitude indifférente. Dans ce bar sombre, impossible de savoir l'heure ; la lumière du désert qui filtre à travers la porte est la même de huit heures à vingt heures. À ses côtés, le vigile porte sa fatigue autour des yeux, et désormais quelque chose d'amer aussi, l'énervement d'avoir été défié trop vigoureusement, la fierté fébrile commune aux hommes de sa classe et de sa génération.

Julius se souvient d'un petit matin à San Dimas. Il avait passé une nuit blanche dans une usine de confiture, peu de temps après sa sortie de l'hôpital. Il avait été poursuivi par deux membres de la milice locale qui l'avaient surpris en train de rôder dans un parc. L'usine sentait l'écorce d'orange, le sucre brûlé et quelque chose comme le cuivre, et à l'aube un gardien était arrivé, l'avait repéré et l'avait jeté dehors. Cet homme n'avait rien à voir avec le vigile à côté de lui mais il avait le même ton moralisateur, la même ferveur sacerdotale. Les vigiles sont des espions, se dit Julius, et il aurait aimé y songer plus tôt. Son voisin est assis, dos appuyé au comptoir, et il tient son verre de bière à deux mains. Julius se dit qu'il aimerait bien entendre la voix de son frère, malgré le temps écoulé depuis son dernier appel.

« Je vais devoir aller bosser », conclut-il. Le vigile hoche la tête sans le regarder, mais avec une certaine bonhomie, comme s'il cherchait à éviter toute émotion véritable, bonne ou mauvaise, liée à son départ.

« C'était un plaisir de parler avec toi, pour sûr, et je te remercie pour les bières. »

L'homme hoche la tête à nouveau. Il se détourne et sa peau fine reflète la lumière, sa mâchoire carrée exprimant une forme de dignité.

Dehors, le soleil s'est couché et les néons projettent une lumière intense dans les rigoles. Julius retrouve le sens de la chronologie. Dans le dernier pâté de maisons avant Fremont Street, il passe devant un bar dont la façade est relevée comme une porte de garage, et à l'intérieur, assis à une table près de la devanture, il découvre le type qui a été chassé de la taverne. Son front est écorché et du sang a coulé sur le col de sa chemise, pourtant il est assis, souriant, en train de déguster un whisky. À la gare, Julius trouve une cabine téléphonique mais elle est occupée par un individu en pleurs portant une veste matelassée. Il fait donc demi-tour, et parcourt cinq pâtés de maisons de plus jusqu'à El Cortez. Il passe devant quelques clients fatigués qui fument à l'extérieur, pénètre dans le hall, se faufile dans une cabine et introduit une pièce de cinq *cents* qui tombe en cliquetant. La sonnerie résonne longtemps, on dirait une corde jetée dans le noir, et à un moment il se demande bizarrement s'il n'a pas composé le numéro du chauve d'Omaha. Mais soudain on décroche – la voix de son frère.

« George Lee », s'exclame Julius, et sa propre voix impatiente lui fait penser à ces vieux messieurs qui connaissaient leur père, qui levaient les bras pour le saluer en répétant leurs noms encore et encore, comme si ces noms étaient constitués de sons jamais entendus auparavant.

« Bon Dieu de bon Dieu, Julius, s'exclame Lee en riant.

– Y a pas de bon Dieu. J'arrive pas à croire que tu sois encore chez toi. Tu t'es fait virer ou quoi ?

– Il est plus de dix heures du soir, bon sang, il fait nuit depuis un bout de temps déjà. »

Julius se joint à son rire. Il aimerait pouvoir être une source de joie permanente. Son frère met la main sur le micro pour crier, et Julius perçoit une voix de femme.

« C'est Muriel, non ? demande-t-il.

– Je me dis qu'elle va être contente de savoir que t'es pas mort.

– Je suis pas mort.

– Eh ben alors, alléluia, petit salopard.

– Raconte-moi toutes les nouvelles, dit Julius.

– La plus grande nouvelle, c'est que t'es pas mort.

– Vas-y d'abord, c'est ma pièce de cinq *cents* et c'est moi qui décide.

– Mais par où commencer ? Ça fait des mois, et je t'avoue que j'ai imaginé le pire.

– Commence par le temps qu'il fait, dans ce cas. »

Lee rigole. Il décrit à Julius la chaleur inattendue et la force incroyable du vent, et quand il en a fini Julius l'interroge sur son travail et Lee lui répond que tout va bien. Le silence se prolonge. Finalement, Lee annonce :

Bon, Julius, il faut que tu saches quelque chose », et il raconte à son frère qu'ils ont finalement vendu la maison du Kansas, et qu'ils ont acheté le fameux terrain dans la vallée. Il énumère les choses ainsi, comme s'il récusait leur ordre d'importance.

« Eh ben merde, les voilà les nouvelles », s'écrie Julius.

Lee s'éclaircit la gorge sans répondre. La vitre de la cabine téléphonique est jaunie par la nicotine, et sur les côtés on voit comme des trouées rondes dans la crasse, là où d'autres hommes ont pris appui. Avec son doigt, Julius trace une ligne sur la surface ombrée puis la transforme en X. Enfin, Lee reprend : « Bientôt, il n'y aura plus rien à acheter.

– J'arrive pas à croire qu'elle ait abandonné la maison de sa mère.

– Et pourtant si, confirme Lee, légèrement soulagé de constater que Julius a changé de sujet. Je n'étais même pas au courant. Elle a tout fait toute seule, comme pour me surprendre.

– Elle n'avait pas besoin de ta signature ni rien ?

– Je suppose que non.

– À quoi bon être marié, alors ?

– Toutes sortes de raisons. Tu devrais le découvrir par toi-même.

– Tu me connais.

– Je te connais. C'est pour ça que je le dis.

– Pardi, on l'adorait la maison de sa mère, tu te souviens ? Tu te rappelles les poignées de porte ? Tout ce laiton, si lisse dans la main.

– Ça nous semblait luxueux, mais c'était juste une maison normale, dit Lee.

– Ne me dis pas qu'à l'époque tu pensais ça. »

Une longue pause sur la ligne résorbe la tension entre eux. « J'espère que t'en as obtenu un bon prix, reprend Julius.

– Sept mille tout rond.

– Ça devrait suffire. On dirait que t'as tiré le gros lot, dis donc.

– Ça n'a rien à voir avec la chance.

– Ah non ? »

Lee laisse passer le commentaire sans réagir. Puis il poursuit : « Ces entrepreneurs des grandes villes vont vite. Ils ont posé les planchers la semaine dernière. Il ne reste plus un *cent* pour les meubles, mais on a une petite voiture. L'endroit est encore loin du centre, mais la ville gagne du terrain.

– Ça m'a l'air prospère, tout ça.

– Je n'aurai plus ce numéro-ci, donc il faudra me dire où te joindre. J'ai essayé cent fois l'autre numéro. »

Derrière Julius, une sonnerie retentit dans la rangée des machines à sous. Il patiente dans ce vacarme et dans le silence qui suit.

« Frérot, je ne t'ai pas vu depuis plus d'un an, insiste Lee. La dernière fois, c'était à Okinawa, et après ça... »

Lee ne finit pas sa phrase mais Julius sait à quoi il fait référence. Il se rappelle la dernière fois qu'ils se sont vus, dans ce bar de marins. Lee si solide, si heureux, et le dénouement terrible de cette nuit-là.

« Tout s'est bien terminé au bout du compte, dit Julius.

– Je n'en suis pas si sûr.

– C'était rien, vraiment, je te l'ai dit.

– Alors pourquoi ils t'ont renvoyé chez toi ?

– Pourquoi tu me demandes ça maintenant ? »

Lee ne répond pas.

« Je pense qu'ils ont cru pouvoir retenir ma paie et tirer un peu d'argent de tout ça, dit Julius.

– Tirer de l'argent de tout quoi ?

– Je te l'ai dit, c'était rien qu'un jeu de cartes. J'ai pas eu de chance, je me suis fait prendre, c'est tout.

– C'est pas de ça que je parle et tu le sais. »

Julius ferme les yeux et laisse le silence se prolonger. Finalement, Lee reprend : « Tu étais à trois heures d'ici pendant tout ce temps et t'as même pas été capable de sauter dans un train.

– Pour quoi faire ?

– Ce que je veux dire, c'est que tu n'as pas le droit d'être en colère.

– J'ai pas dit que j'étais en colère. »

Julius pose le combiné dans ses bras, cherche ses cigarettes et ne trouve qu'un paquet vide.

« Mais je m'en sors bien maintenant, dit-il.

– T'es pas à L. A. ?

– Y avait trop de monde là-bas. »

Julius visualise la petite maison dans la vallée, bordée par la rivière. Muriel est dans la cuisine, une pelle posée contre la porte et un seau de lessive sur la véranda, telle une image d'Épinal de la vie dans les Grandes Plaines, sauf que le paysage en arrière-plan est certainement arboré, avec un ciel sans nuages strié par les lignes électriques et par les traînées blanches des avions militaires qui se dirigent vers la côte. Il s'imagine là-bas, enfant ; il ne peut pas se voir autrement. Son frère est présent, dans son uniforme de marin aussi bien lissé que le crépi de la maison, et puis il voit leur père, un dimanche, jouant aux dames sur le plateau qu'ils avaient fabriqué avec des bardeaux. Lee et Muriel possédaient tout ça maintenant.

« Les ennuis, c'est terminé. Et j'ai un super boulot en ce moment, une bonne petite affaire qui roule.

– Eh bien, content de l'entendre, mais ça ne change rien à ce qui était censé se produire. Ça ne change pas le fait que tu n'aies pas appelé.

– J'ai juste pas pu.

– Y a pourtant des foutus téléphones tous les trois mètres.

– C'est vous qui avez poursuivi votre route.

– Tu pensais qu'on allait t'attendre combien de temps, au juste ? C'est pas comme si t'étais dispensé de contribuer. »

L'opérateur réclame une autre pièce de cinq *cents*, Julius cale le combiné entre sa joue et son épaule et fouille dans sa poche pour trouver une autre pièce.

– J'ai plus que cinq *cents*, George Lee. »

Julius la glisse dans la fente. Aucun des deux ne parle et la dispute s'étiole. Il pense à la maison du Kansas, avec ses radiateurs qui sifflaient, et comment ils y auraient vécu tous ensemble.

« Elle va bien alors ? Muriel ?

– Ça, c'est sûr », répond Lee, et dans la pause qui suit Julius devine une mésentente. Il pense à la voix exaltée de Muriel au téléphone.

« Je ne parviens pas à vraiment l'enthousiasmer pour ce nouvel endroit, mais elle adore notre petite voiture, poursuit-il. Et ça me va, tu sais, les femmes ont besoin de choses qu'elles ne peuvent pas expliquer. Pour elles, le monde entier est différent.

– C'est sûr », dit Julius. Il dessine un autre X sur la vitre. Le sol de la cabine est couvert de traces noires et de mégots laissés par d'autres. Il songe à cette nuit où Muriel et lui avaient discuté si longtemps. Il se trouvait alors dans une cabine téléphonique semblable à celle-ci, à l'angle de 4th Street et d'Alameda, dans ce laps de temps séparant le passage d'un train de marchandises en route vers l'est et celui du train postal se dirigeant vers l'ouest, lesquels bringuebalaient bruyamment devant l'appartement miteux où il logeait. Il se souvient de sa voix comme d'une douce immixtion dans cet intervalle de silence, si apaisant dans le vacarme habituel. Jamais il n'avait consacré le moindre moment à parler à une femme et la chose lui semblait être un luxe. Il l'avait imaginée vêtue d'un pantalon à pinces et d'une chemise d'homme, comme les héroïnes dans les films, après une étreinte amoureuse ou juste avant, à l'aise dans un monde qui les désirait. Ce n'est pas seulement la voix de Lee qu'il veut à cet instant mais le son de leurs deux voix réunies.

Il demande : « C'est elle qui t'appelle, là ? », bien qu'à l'autre bout du fil on ne perçoive que des parasites.

« Je n'entends rien, dit Lee, et Julius peut sentir sa confusion, son inquiétude légère, instinctive.

– Tu devrais peut-être répondre, au cas où ? »

Son frère obtempère gentiment et la voix de Muriel s'élève, déformée par la porte, le couloir et les nombreux kilomètres, mais Julius ne comprend pas ce qu'elle dit.

« Elle te dit salut et c'est pas trop tôt.

– Eh bien, salut alors. Salut. »

La sonnerie d'une machine à sous retentit à nouveau et une voix d'homme résonne. Julius se demande de qui il peut s'agir, si ce type a gagné ou s'il cherche quelqu'un. Personne ne lui répond, et le casino redevient silencieux. « Tu sais quoi, dis-moi où tu seras. Il est temps que je t'envoie une lettre », déclare Julius.

Un moment de silence sur la ligne, puis Lee : « Si tu veux », et il lui dicte leur nouvelle adresse.

Julius insiste : « Cet après-midi même, je t'écris. »

L'opérateur est à nouveau en ligne et Julius prend appui contre la paroi de la cabine jusqu'à ce que la tonalité soit coupée. Il reste là un moment, à écouter le bourdonnement du téléphone.

À l'extérieur du hall, une demi-douzaine d'hommes se séparent après un tournoi. Ils s'éloignent dans différentes directions sur 6th Street, et deux d'entre eux se faufilent dans l'allée qui donne sur Las Vegas Boulevard. Julius essaie d'imaginer le visage de Muriel. Il se demande l'effet que ça ferait de se promener dans les rues au bras d'une belle femme et d'être remarqué. Il se demande ce que son frère ressent, ce que ça fait d'avoir cette chance-là.

Près de la cabine téléphonique, il y a un distributeur de cigarettes. Julius sort et secoue la machine mais aucun paquet ne tombe. Depuis le hall il regarde au-dehors les joueurs du tournoi qui retournent vers la gare. Le train du soir est arrivé, les nouveaux arrivants font leurs premiers pas de pèlerins. Des panneaux à l'angle des rues annoncent une nouvelle explosion prévue dans quelques jours, baptisée cette fois Galilée, et d'autres plus petits vantent les points de vue pour admirer le satellite russe, dont personne n'a eu confirmation. Puis Julius aperçoit Henry au bord de la chaussée, devant le Golden Nugget. Il est penché vers un type qui compte des jetons à la vue de tous. L'homme lui en tend la moitié, lui donne un léger coup de poing sur l'épaule et s'en va. Henry rabat ses cheveux en arrière, jette un coup d'œil alentour. Julius attend qu'il s'éloigne et prolonge l'attente de quelques minutes avant de partir.

De retour au motel, la chambre est vide. Julius s'allonge sur le dos et regarde le plafond en pensant à la nouvelle maison de son frère. Son frère qui dort aux côtés de sa femme, et au-dehors les cyprès qui se dressent en rangs, semblables à des sentinelles. Il essaie d'imaginer Henry là-bas. Il se souvient d'un moment au début de leur liaison. Henry se tenait nu au milieu de la pièce, presque en érection, la lumière de la salle de bain enveloppait sa peau brune et la transformait en bronze, son bras esquinté pendait et on aurait dit un vestige, non pas du passé, mais d'une tout autre existence, comme s'il l'avait emprunté à quelqu'un de plus âgé et de plus expérimenté. Il ne semblait pas souffrir de sa blessure, étrangement. Elle donnait plutôt l'impression d'un malheur apaisé, comme s'il avait adopté par pitié le traumatisme de quelqu'un d'autre. Henry avait regardé Julius avec une telle intensité que ce dernier avait pensé mourir en attendant qu'il le touche. Sa main valide posée sur le cœur, Henry avait déclaré : *Rentre chez toi, Joey, et grandis pour devenir fort et droit.*

Et Julius avait répliqué : *Shane, reviens*, comme dans le film de George Stevens, *L'Homme des vallées perdues*. Henry avait levé le bras et pointé son doigt vers le plafond, tel un hors-la-loi en train de braquer une banque au cinéma. Dans cette posture, on aurait dit un personnage tout droit sorti d'un western, mais un genre de western impossible à dénicher, où la caméra suit non pas le shérif ou le héros mais le bandit ombrageux qui chevauche à travers la montagne puis de retour dans sa planque, dans cette même pièce garnie de rideaux où il se déshabille.

Quelques jours après, Julius se réveille tard, Henry à ses côtés. Il commande deux cafés dans le hall d'entrée du motel. Ils les boivent assis sur le lit devant un match de football. Le couvre-lit à carreaux a été remis en place, coincé entre le mur et le matelas, et il est parsemé de cendres de cigarettes incrustées dans la broderie. La deuxième chemise de Julius sèche dans la douche, son jean est posé sur une chaise avec son portefeuille toujours dans la poche. Henry, dans son maillot de corps blanc, jambes repliées et chevilles croisées, incarne l'honnêteté virile. Les deux hommes se regardent, amusés par la touche domestique de cette scène.

« Bien joué, dit Henry.

– Allez, les Rams ! », répond Julius comme pour encourager l'équipe de football de Los Angeles.

Dehors, c'est le silence caractéristique du dimanche matin, le moment singulier qui sépare les oiseaux de nuit des oiseaux de jour, celui où les trottoirs de Fremont Street sont vides et où les maraudeurs sortent en quête de petite monnaie. Par-delà le silence, Julius peut entendre à six rues de là les sonneries des machines à sous et les bonimenteurs qui vendent à la criée leurs bons pour des jeux et des buffets gratuits. Ils restent assis un moment sans parler, la télévision en bruit de fond. Ils ne se touchent pas, n'étant pas suffisamment près l'un de l'autre, mais l'atmosphère presque conjugale de cette matinée les incite à se raconter les endroits d'où ils viennent. Henry évoque les parcs et les places de Tijuana où il a passé les années d'après-guerre.

« Désolé de te dire ça maintenant, étant donné mes sentiments. Mais là-bas un homme peut gagner confortablement sa vie, avec tous ces marins et ces types mariés venus de Californie qui ne peuvent plus satisfaire leur besoin d'amour dans les grandes villes.

– Oh, je n'en doute pas, elles sont toutes envahies par les flics désormais, de San Francisco jusqu'à San Diego.

– J'ai aussi passé un peu de temps à San Diego, mais faut croire que c'est une ville qui ne veut pas de Latinos.

– T'es pas un Latino.

– Tu diras ça aux flics.

– Ils t'ont emmerdé ?

– Pire que ça. J'avais un bon boulot là-bas mais j'ai tout fait foirer.

– Comment ça ?

– Tu ne veux pas savoir.

– Je veux savoir. »

Henry se racle la gorge, décroise et recroise les jambes en lissant le haut de son jean.

« Les Latinos avaient seulement le droit de faire deux choses, les récoltes ou les chevaux.

– Donc pour toi c'était le coton.

– Qu'est-ce qui te fait croire que je ne m'y connais pas en chevaux ? »

Julius rit.

« En fait, on avait le droit de faire trois choses, si tu comptes le billard, précise Henry.

– Je ne t'ai jamais vu tenir un triangle ou une queue de billard.

– Alors tu sais que c'est pas ça. »

Julius se penche pour attraper son jean sur la chaise. Il prend les billets pliés dans sa poche arrière, en retire un dollar et le fait claquer.

« Je te défie à vingt-cinq *cents* de faire une partie au Silver Palace.

– Marché conclu, mon pote. »

Julius laisse tomber le billet sur le lit et se penche en arrière, mais leur humeur badine se dissipe.

« Y avait pour moi un seul endroit à San Diego, quand j'y étais, poursuit Henry. Le Chester Hotel. T'es jamais allé aussi loin au sud, hein ? Peu importe. C'est un bel immeuble ancien, au bord de l'océan, où se côtoyait à peu près tout le monde à l'époque. »

Henry allume une cigarette, s'interrompt un instant avant de continuer : « Je serais pas surpris que cet endroit soit réduit en cendres aujourd'hui. Ils faisaient une descente une fois par mois ou presque. C'est plus facile au Mexique. Au Mexique, même moi j'ai l'air d'un Yankee. Un sérieux avantage pour approcher les hommes mariés. »

Henry jette un coup d'œil à Julius pour voir sa réaction. Sa révélation reste suspendue en l'air comme s'il venait de proposer quelque chose et attendait une réponse. Sur l'écran en noir et blanc, une réclame pour les téléviseurs en couleurs. La femme porte une robe en forme de conque, plus sombre que le décor, avec des pans relevés autour des épaules. Elle montre la nouvelle tour émettrice. On dirait une sorcière.

Finalement, Henry lâche : « C'est mieux que n'importe quel foutu hôtel ou n'importe quel crétin de mari, à vrai dire. Avoir un vrai travail et être ici avec toi.

– Tu devrais envisager de jouer aux cartes dans un autre endroit, si tu veux garder ce boulot, répond Julius, l'esprit ailleurs.

– Je sais, tu l'as déjà dit.

– Il y a ce tournoi, à El Cortez.

– Ah, j'aime mieux ça, s'exclame Henry. Si tu veux du pèze, vas-y. Là-bas y a rien que des touristes qui ne connaissent le blackjack qu'à travers les films.

– Alors pourquoi t'as besoin d'un troisième larron ?

– Qui a dit que j'en avais un ? »

Julius ne répond pas. Il pense aux escort-boys qu'il a connus à L. A. Ils avaient établi une séparation très nette entre sexe et amour, mais semblaient toujours prêts à la remettre en question en échange du moindre moment de tendresse. Pourtant, ils tiraient une satisfaction évidente de la déception qui s'ensuivait, et qui prouvait une fois de plus la pertinence de cette frontière établie entre le corps et l'âme. Quand les flics les ramassaient, ou qu'ils prenaient une dérouillée, leur attitude était non pas triste mais exaltée. Ce n'est pas la première fois qu'il imagine Henry parmi eux, mais cette fois il y a autre chose, cette chose dont il n'était pas sûr auparavant.

« Ce que je veux dire, c'est que tu m'as, moi. T'as pas besoin de partenaires, t'as besoin de personne.

– Je t'ai dans cette chambre, mais nulle part ailleurs », rétorque Henry. Il passe la main dans ses cheveux, humecte ses lèvres et attend. Puis ajoute : « J'étais au Boulder Club l'autre soir et ils ont un nouveau croupier, assis face à la porte. Quand il a soulevé la carte cachée, on pouvait la voir à cent mètres.

– Tu ne devrais pas savoir ce genre de choses.

– Et pourtant je le sais.

– Tu devrais jouer au chuck-a-luck avec des femmes mariées, si tu cherches la facilité.

– D'accord, je suis partant mais seulement si tu acceptes de venir avec moi, *amigo*.

– T'aurais plus de chance de m'emmener à l'église.

– Alors je vais essayer ça aussi. »

Julius hoche doucement la tête. Henry se lève et fouille la poche de son pantalon, le tiroir du bureau et enfin la veste de Julius posée sur la chaise. La sienne pend à la poignée de la salle de bain. Il y trouve un paquet de cigarettes, une boîte d'allumettes et tout un tas d'autres choses. Il allume une clope et parle tout en soufflant la fumée.

« Si je retournais un jour à San Diego, je pense que je tiendrais à peine une journée. Je ne pourrais pas supporter de voir un maudit palmier de plus, et dans ces hôtels miteux on est logés comme des sardines. Y a même pas de bonnes salles de cartes. Non, je retournerais au Mexique. Je devine à ton air que tu n'y es jamais allé et que tu n'as jamais envisagé de t'y rendre. Mais crois-moi, on rencontre toutes sortes de gens là-bas.

– Il y en a de toutes sortes ici aussi. »

Henry répertorie ce qu'il a dans la main et dépose la boîte d'allumettes et quelques pièces de monnaie sur la commode. Puis il plisse les yeux, cigarette aux lèvres, et se tourne vers Julius, avant de dérouler une courte chaîne et de l'examiner.

« Je pourrais la mettre en gage, qu'est-ce que t'en dis ? Ça sert à rien de toute façon.

– Fais comme tu veux, mais ça te donne un air un peu plus sérieux, je trouve, et tu en as besoin.

– Je parie que tu n'as jamais imaginé qu'on pouvait gagner un truc pareil dans un jeu de levées.

– En tout cas pas dans un jeu pour bonnes femmes », rétorque Julius.

Henry laisse glisser la chaîne au sol à travers ses doigts. Un petit revolver est attaché à son extrémité. Il a raconté à Julius qu'il l'avait gagné lors d'une partie de pitch sur la route de Sioux Falls. La chaîne est délicate, polie, l'arme guère plus grande qu'un pouce et sèche comme un genêt épineux.

Henry la pointe sur Julius et fait : « Pan. »

Julius plaque une main sur son cœur et s'écroule en arrière.

« Tu es un bon tireur », dit-il.

Henry pose le revolver sur le bureau, écrase sa cigarette et revient dans le lit.

« Le problème avec l'argent, c'est qu'il ne dure pas si tu le dépenses. Faut toujours en avoir plus.

– Voilà une vérité bien sentie.

– L'homme est plus motivé par l'argent que par l'amour. »

Henry se tourne vers lui et Julius attend un long moment avant de basculer à son tour.

L'odeur de leurs souffles réciproques possède un caractère érotique, qui se propage dans l'espace entre eux. Ils restent allongés ainsi dix minutes, voire plus, genoux entrecroisés, poitrines collées, ils s'embrassent puis s'interrompent pour se regarder puis s'embrassent à nouveau, aucun des deux ne faisant un geste pour aller plus loin. Julius n'est pas un amant jaloux ; c'est plus complexe. Il imagine Henry adolescent, palefrenier dans un endroit minable, ou bien cueilleur dans un champ chauffé à blanc, la botte calée sur une clôture ou sur le marchepied d'un camion, et avant ça il l'imagine enfant, jouant au base-ball sur un chemin de terre. Henry dans sa vie exiguë, sans aucune conscience de Julius, et lui-même à un autre endroit, encore ignorant de son existence ; deux aiguilles se poursuivant sur le cadran d'une montre. Julius qui prend une douche, boit un verre ou balaie la neige alors qu'à deux mille kilomètres de là, le corps de Henry est occupé à autre chose, une activité distincte mais simultanée. Dans cette superposition magique, l'enfance de Henry fait partie de la sienne, et ce garçon de San Francisco à la langue bien pendue – cet homme destiné depuis l'enfance à séduire d'autres hommes pour de l'argent – lui appartient.

Au bout d'un moment, Henry s'écarte pour regarder l'heure.

« Alors, qu'est-ce que t'en dis, hein ? demande-t-il. La table du Boulder Club doit être libre à ce moment de la journée.

– Chéri, dit Julius, et le mot leur plaît à tous deux.

– Chéri quoi ? »

Henry l'embrasse de nouveau et Julius pense à son père et aux fois où il est allé avec lui à l'église, vers la fin de sa vie. Avant sa conversion, il était le genre d'homme que tout le monde cherchait à satisfaire. Et par simple alchimie paternelle, Julius avait hérité de cette réserve d'énergie, de ce désir d'être reconnu par l'unique personne dont le plaisir importait. Il savait que son frère était pareil. Ils accomplissaient leur service militaire quand leur père était mort et il n'y avait pas eu de funérailles, juste un avis dans le journal. Leur petite maison avait été rasée et ils n'y étaient jamais retournés. Il songe à la nouvelle maison de son frère, au joli tournant qu'a pris sa vie.

« Tu sais quoi, je vais jouer juste pour te faire taire, lâche finalement Julius.

– Voilà qui est bien dit.

– Mais je te préviens, pas d'entourloupe. En vrai, je suis pas un tricheur.

– T'auras rien d'autre à faire que gagner. »

Henry l'embrasse encore, Julius respire son odeur entêtante. Les deux hommes quittent le lit. Ils s'habillent, rentrent leurs chemises dans leurs pantalons, enfilent leurs bottes à l'unisson et sortent dans la journée encore chaude. Le soleil entame sa descente vers la vallée. Ils marchent sans un mot en direction des lumières du centre-ville, passant devant les pensions de famille, les bâtiments municipaux et les petites épiceries mal achalandées qui constituent l'étoffe de la vie réelle, préservée des touristes.

À Las Vegas, personne ne peut oublier où il se trouve. Julius y a souvent réfléchi. Il est vrai que certains matins d'hiver, ou à la fin de l'été comme aujourd'hui, dans la lumière rasante et de manière très fugace, un homme peut se réveiller au dixième étage d'un hôtel et confondre, l'espace d'un instant, dans la chambre encore sombre, les murs ou l'angle de la lumière avec les plaines blanches de sa jeunesse. Mais une telle confusion peut survenir n'importe où quand on est loin de chez soi. Dès qu'il reprend ses esprits, il voit se dessiner derrière les rideaux du motel des formes lumineuses, le nom des casinos ou le prix d'un buffet à volonté. Et s'il se lève pour écarter les rideaux, il verra l'ombre des montagnes lointaines drapées de nuages, puis l'étendue jadis verdoyante de l'antique prairie qui donne son nom à la ville, puis les alignements d'immeubles et leur grâce particulière. Il peut manger, travailler, trouver un magasin et acheter un paquet de cigarettes ; c'est tout ce qu'il lui faut : on lui offrira de l'alcool, du sexe, et il n'aura besoin ni de brosse à dents ni de savon. Dans d'autres villes célèbres de l'Ouest, dotées d'une géographie qui leur est propre ou d'une architecture mémorable, un homme pourrait vivre une journée ordinaire sans jamais penser à l'endroit où il se trouve, trop soucieux de s'approprier ce qu'il lui offre sans contrepartie.

Deux semaines durant, Julius et Henry hantent les tables de blackjack au Boulder Club, par tranches d'une heure. Julius s'assied à la table du croupier indolent et Henry à celle située derrière son dos. Ce dernier observe le croupier en train de soulever légèrement la carte cachée, puis il évalue celles qui sont posées sur la table et le montant de la mise. Il boit, il rit et envoie des signaux à Julius qui joue selon ses instructions. Parfois la mise est faible, parfois les tables sont trop pleines, et de toute manière ils ne restent pas ensemble longtemps. Ils apprennent les subtilités de la triche grâce à une collaboration discrète, et ne misent jamais plus de trente dollars par nuit. Henry pourrait certainement gagner davantage avec quelqu'un de plus audacieux, mais c'est l'accord délicat qu'ils ont passé ensemble.

Chaque soir Julius s'inquiète de savoir si, du haut d'une passerelle, quelqu'un les regarde s'asseoir l'un en face de l'autre, si cet individu surveille l'empalmage et le marquage, s'il les voit comploter contre leurs voisins de table qui piochent après eux. Mais les petits gestes de Henry, les petites nuances dans ses rires sont des choses que seul Julius connaît. Au bout d'une semaine, ils ont deux cents dollars à eux deux, ils s'achètent chacun un manteau et une cravate, et Julius fait cirer ses bottes. Henry hèle un taxi dans Fremont Street et donne un billet de vingt au chauffeur pour qu'il les conduise jusqu'au casino Aces High de Boulder City, où ils mangent un steak sur une terrasse ouverte donnant sur le barrage. Un pianiste joue du ragtime. Autour d'eux il y a des couples, des hommes d'affaires et des vieilles dames aux gants en dentelle qui boivent du champagne, et parmi ces gens ils se sentent comme des coqs en pâte.

Après le dîner, ils traversent à pied le barrage sur la route 93. Le toit éclairé du Aces High s'élève derrière le mur de pierre. Le ciel est si sombre qu'il plonge dans le lac imposant, jusqu'au fond, comme une cataracte. Julius imagine que les étoiles sont là, étalées au creux du lac, parmi des os humains. Henry et lui restent un long moment à regarder le canyon, où le béton semble comprimé par la roche pour se couler dans la forme incurvée du barrage. Il paraît maintenu par la pression et rien d'autre.

« On dirait presque qu'il est là depuis toujours, dit Henry.

– Et qu'il le sera pour toujours », ajoute Julius.

Ils échangent un regard et, comme tous les amoureux du monde, ils prennent ces allégations pour preuve de leur bonheur. Henry jette un œil alentour et recule dans l'ombre d'une conduite hydraulique, là où l'obscurité est totale. Julius le suit et l'embrasse. Et même si les deux hommes doivent se séparer pour sortir de l'ombre l'un après l'autre, ce baiser ressemble à une victoire. De retour au Aces, ils dansent et boivent jusqu'à ce que l'aube fasse surgir le désert immense.

Ils reviennent au Squaw Motel et font bouger le lit si fort que le gérant vient frapper à la porte. Henry crie, d'une voix de fausset très convaincante, que s'il a tant besoin d'amour il ferait mieux d'aller au cinéma ou de se dégotter une Méchante Sorcière de l'Ouest, comme dans le *Magicien d'Oz*. « Au moins, ma solitude ne fait pas de bruit, mam'zelle », crie l'homme depuis le couloir. Julius et Henry rient en se couvrant la bouche de leurs mains jusqu'à ce qu'il s'éloigne.

Dans le silence nouvellement imposé ils se touchent lentement, avec douceur, mais Julius est complètement absent à lui-même. S'il pouvait transformer son amour en bruit, ce serait celui d'une bombe dans le désert lointain, un son qui atteindrait la ville avec un temps de retard. La vision du nuage qui s'élève dans l'aube est un spectacle, une féerie, mais à distance ce pourrait être un simple trompe-l'œil. Parfois le bruit sourd et convulsif se répercute plusieurs minutes plus tard, comme s'il était le bruit même du temps qui passe, impossible à précipiter, et c'est alors et alors seulement que la bombe devient réelle. Aucun homme ne pourrait produire ce son et aucun homme ne pourrait l'arrêter. C'est le son du temps lui-même qui avance et les rattrape où qu'ils soient.

À la fin de la troisième semaine, Henry suggère de prendre place à l'extérieur du Nugget, là où ils ont ajouté deux tables accolées pour accueillir de nouveaux croupiers avec des limites élevées. La banque tire à dix-sept, les splits sont deux fois meilleurs que ceux du Boulder, et ils pourraient gagner mille dollars en dix petites parties. Mais Julius refuse, insistant sur le fait qu'il s'agit de leur lieu de travail, qu'ils y sont connus, et Henry rétorque qu'ils peuvent bien continuer à jouer pour des prunes si c'est là son seul désir. Il baisse gracieusement les paupières et Julius comprend soudain que les petites mises ne pouvaient pas durer éternellement. Il essaie de gommer cette évidence par un baiser mais cela ne suffit pas, et il laisse Henry l'embringuer au Boulder Club pour cent dollars de plus. Une fois les jetons encaissés, il lui donne sa part. Il se sent faible, il se sent seul, mais il leur a acheté un peu de temps.

Une autre nuit, alors qu'ils travaillent ensemble dans les combles, au moment de se croiser Henry le saisit par le col et l'embrasse dans le cou. Julius s'écarte en l'admonestant, mais le laisse s'agenouiller et le prendre dans sa bouche. Un bruit dans la cage d'escalier les éloigne l'un de l'autre. Ils en conçoivent une peur démesurée, irréfléchie. De retour dans la chambre, ils se disputent. Julius lui donne un coup de poing qui laisse une marque sur sa joue. Il a quelque chose à se faire pardonner. Il y parvient. Ils se réconcilient et, le lendemain matin, ils jouent au slow stud au Binion's sans tricher du tout – mais ce soir-là, une autre dispute les envoie à terre. Henry passe la nuit en ville. Lorsqu'il revient, à l'aube, il est ivre et penaud et ils restent longtemps assis côte à côte sur le lit sans savoir quoi dire, jusqu'à ce qu'enfin ils fassent l'amour d'une manière âpre et désabusée qui les fait jouir tous les deux en même temps.

Le soleil se lève et ils cèdent au sommeil. Julius ne fait pas de rêves. À son réveil, la chambre baigne dans la chaleur. Il sort du lit, ouvre la fenêtre de la salle de bain et reste longtemps debout dans la petite brise qui s'y engouffre. Il pense à la traversée de Tokyo à Inchon, aux marins appuyés contre les cloisons des cabines, occupés à énumérer les choses qu'ils aimaient et qu'ils auraient aimé pouvoir se procurer à nouveau : du beurre de cacahuètes, des filles, de la bière américaine. Ils priaient pour ces choses et non pour leur propre vie. Julius, lui, n'avait songé ni à des objets, ni à des plaisirs, mais à son père. Il s'était interrogé, de manière abstraite, sur l'amour divin et l'amour paternel : peut-être ces formes d'amour devaient-elles leur pérennité au fait qu'elles ne pouvaient être ni reniées, ni consommées. Ces deux amours-là étaient une destination perpétuelle, comme Inchon, ou comme le ciel, comme l'argent et le hasard qui vous dépassent et ne finissent pas. Il pouvait continuer à les refuser, ou il pouvait y céder – ni l'un ni l'autre ne le protégeraient.

Désormais, il n'a nulle part où aller. Il y avait eu le Kansas et Los Angeles et la longue étendue grise de l'Asie, et dans tous ces endroits il avait été un petit voleur, une tapette, un solitaire. Par la fenêtre il voit la rumeur de la ville s'éteindre dans la nuit. Julius sort de la salle de bain et réveille Henry avec sa bouche, et la soirée passe, douce et tranquille ; après le travail ils dorment et se réveillent ensemble dans le matin sec, au son de chants d'oiseaux aussi ténus que la mélodie d'un instrument à vent, de l'autre côté des fenêtres calfeutrées du motel.

Quelques jours plus tard, Julius se trouve à travailler seul dans les combles. La passerelle n'est plus envahie par la chaleur poussiéreuse de l'été ; il regarde par les miroirs sans tain, la veste boutonnée jusqu'en haut pour se protéger du froid. En dessous il ne se passe pas grand-chose. Tout semble réglementaire, la chance à l'état pur paraît régner dans la salle, comme si les jeux de craps et de pharaon étaient de simples transactions commerciales. La fumée des cigares est expirée poliment, à l'écart des femmes. Mais quand il vérifie le côté nord, il repère sous lui la forme des oreilles et des épaules de Henry. Vu d'en haut, le sommet de sa tête est sombre et bizarrement étranger, comme cette photo que Julius connaissait de la Terre vue de l'espace, si fragile, si abandonnée. La table est à moitié occupée et Henry a une belle pile de jetons devant lui. Il est deux heures du matin ou presque. À l'autre extrémité, un vieil habitué en veste de velours côtelé joue selon les règles ; à la table suivante, il y a deux hommes – l'un a les yeux et les cheveux sombres, l'autre des mèches couleur miel, lissées en arrière. Ils ont tous deux leur chapeau sur les genoux et jouent de manière désinvolte et agressive. Julius est debout, il suit quelques mains sans intérêt et ne voit rien d'inhabituel. Il se dit que Henry patiente dans la nuit solitaire en attendant la fin de son service. Il éprouve un bienfaisant sentiment d'impatience, qu'une autre pensée vient toutefois assombrir. Pendant que Julius observe, Henry ne réussit pas à toucher une carte basse et laisse le croupier avec un dix qui l'élimine. À l'autre table, le blond tire un cinq et ramasse le pot sans faire de clins d'œil à personne. Julius regarde de plus près. Encore quelques mains du même genre ; Henry joue en mode passif et bat le vieux, puis le croupier. Derrière lui le blond sourit et fait le clown, se touche l'oreille et le nez. Posté en surplomb, Julius comprend, dans un éclair de terreur soudaine, à quel point cette manœuvre est facile à repérer quand vous la pratiquez vous-même.

Le croupier de Henry coupe à nouveau le paquet. Julius se demande si le blond est plus âgé ou plus jeune que Henry, et d'où il sort. Évidemment, Henry sait que Julius est sur la passerelle ce soir. Il est venu pour être démasqué. C'est du bluff, ou du moins ça y ressemble. Julius se remémore ce qu'il sait de lui, les bribes de son passé et les choses plus profondes que savent les amants et qui relèvent de l'essence de l'autre ou de la douleur. Il pense à ce qu'il dira plus tard, s'il dit quelque chose. Au cours de la donne suivante, Henry tire un dix-sept, vole un huit qui aurait fait la main du vieux et les bat tous les deux. Henry rabat ses jetons en une petite pile. Derrière, le blond tire un dix-neuf avec un deux et hurle de joie. Henry le regarde avec insistance – et Julius voit alors tout ce qu'il craignait de voir.

Un homme en costume noir surgit inopinément. Il se tient près de la salle des paris sportifs, à quelques mètres de là, et regarde la table de Henry. Il allume une cigarette et attend. Julius sait qui est cet homme. Il ne connaît pas son nom ni son histoire précise, mais il connaît son rôle ici. Dans son dos, la salle des paris sportifs est vide à l'exception d'un homme au téléphone, à moitié penché sur le bar. La pancarte au-dessus affiche malicieusement : *Nous sommes aussi proches de vous que votre téléphone.* L'homme en costume noir tapote ses cendres sur le sol.

Julius quitte son poste et descend les escaliers. Dans l'arrière-salle, il retrouve les hommes à tête de chat assis face à face, les pieds de l'un posés sur un barreau de la chaise de l'autre, se repassant un exemplaire de *Life*. Ils ne le regardent pas, et lorsqu'il leur annonce qu'un blondinet fait l'épouvantail à la nouvelle table des hautes limites, ils se contentent de hocher la tête. L'un des deux referme le magazine en demandant : « Et qui est son complice ? » Julius cligne des yeux mais ne répond pas. Il voit comment tout pourrait dégénérer et ça lui fait mal de le voir, d'y penser, de réfléchir à ce que cela pourrait résoudre.

L'homme examine la silhouette hésitante de Julius par-dessus son magazine. Finalement, celui-ci répond : « Sans doute le vieux monsieur en veste de velours. »

Les deux hommes se lèvent et Julius remonte l'escalier. De retour à sa place, il observe. Il aimerait faire du bruit ou tenir son briquet devant le miroir pour forcer Henry à lever les yeux vers lui, mais Henry devinera instantanément ce qu'il vient de faire. Les hommes à tête de chat entrent dans la salle. Au-dessus d'eux les lampes en forme de globes font luire leurs cheveux d'une lumière blanche. La salle des paris est vide désormais et l'homme en costume noir se tient près du seuil. Les hommes à tête de chat sourient de toutes leurs dents, au ralenti, et l'espace d'un instant Julius les aimerait presque, comme il a aimé d'autres hommes qui ont croisé sa route. Comme il a aimé des sergents et des pasteurs. Henry les voit arriver, lève les yeux, et bien que le miroir au-dessus de lui soit indifférent à la scène, Julius lui fait un petit signe. Henry avance son joli menton et ferme les yeux, mais les deux hommes ne le touchent pas. L'un d'eux prend le vieux par le coude tandis que l'autre se penche pour lui murmurer quelque chose. L'homme se met debout obligeamment et sort. De l'autre côté, le blond se lève et prend sa pile de jetons. Un homme en costume le rejoint à la sortie de la salle.

Henry regarde devant lui et joue une autre partie, puis une autre. Finalement il se lève, sort du champ de vision, et son amant le perd de vue.

Plus tard, de retour au motel, Julius se déshabille dans le noir. Des ombres se déploient derrière les rideaux. Il attend le coup sur la porte qui ne vient pas. Il grimpe sur le lit, se glisse sous les couvertures. Le soleil se lève. Il pense aux autres hommes qu'il a pincés, aux magouilles qu'il a flairées, et il sait où se dirige le blond à cet instant précis. Son désir de vengeance l'écœure. Il attend longtemps. Le sommeil le guette, tout proche, et il pense à Henry penché en arrière, la colonne vertébrale concave, sur le bord de la table ou du lit, les mamelons comme des pièces de dix *cents*, et puis ses épaules disparaissent, de même que son visage, et son corps est un corps de garçon, son ventre si tendre et si doux dépourvu de muscles, les tétons bruns et plats sur sa poitrine. C'est comme une autre enfance, ce moment où le visage de Henry s'efface pendant l'amour, un visage qu'on dirait inversé ; l'occasion pour Julius de le voir tel qu'il aurait pu être avant d'être marqué par la vie, avant même d'avoir un nom. Dans ce moment d'expectative et de bravoure, il tente d'imaginer une scène de réconciliation. Il tente d'imaginer la porte qui s'ouvre et son amant qui entre, mais il s'endort et se réveille seul.

Le lendemain il cherche Henry dans la pension derrière le Moulin Rouge et dans les clubs aux alentours du Glitter Gulch, le quartier des casinos en plein cœur de la ville. Ne le trouvant pas, il retourne au Squaw Motel et patiente. La journée s'étire de façon anormale. Il commence à s'inquiéter. Après le travail il boit au bar jusqu'à midi. Il trébuche, ivre, dans les rues blanches et dort la porte ouverte. Réveillé par des cris venus du terrain en friche, il se lève et se plante dans l'embrasure de la porte en sous-vêtements, observant dans la rue le réverbère qui s'allume avec un cliquetis. Il prend un bain, remet les mêmes vêtements, repart travailler, revient, regarde *Le Tueur du Montana* et ne parvient pas à dormir. C'est à nouveau l'après-midi, Henry n'est pas réapparu. Julius laisse un mot et se met en marche vers Fremont Street. Dans le bar des mormons, il aligne les victoires et amasse tellement que c'en devient une forme de violence. Ses poches sont pleines, ses poings serrés, et le responsable de salle lui demande poliment de trouver un autre endroit pour jouer en attendant que la chance tourne. Au lieu de quoi il se dirige vers la table de roulette, mise tout sur le rouge et perd. Il fixe le chef de salle et retourne à la table de pharaon. Il fume tellement que ses yeux en tremblent. Il reste assis pendant si longtemps, les sens si aiguisés, qu'il croit pouvoir désigner le type d'alcool versé au bar derrière lui rien qu'à l'odeur et au bruit du liquide dans le verre, au tintement de la bouteille attrapée sur l'étagère.

Le lendemain matin, après le travail, il retourne au motel, verrouille la porte et met la chaîne. Les draps de la semaine sont gris de poussière et de brillantine, mais il ne les défait pas et ne les dépose pas à l'extérieur pour la femme de ménage. Ils sont la preuve que Henry a dormi et s'est réveillé là. Il tire le couvre-lit, le secoue, puis sort tous les tiroirs et les renverse par terre. Il y a là les chemises et les chaussettes de Henry, une liasse de billets de banque, soixante dollars en tout, le jean préféré de son amant et sa chaîne. Il pousse de côté les chemises, les rassemble et les jette dans un coin. Il soulève la chaîne pour la tenir dans la lumière de la lampe. Le revolver est à peine plus grand que son pouce, la poignée est arrondie comme celle d'un parapluie. La gâchette est un simple bouton sur le côté. Il glisse son doigt dans le pontet, tire le chien avec son pouce et presse légèrement la détente. Il le pose sur sa tempe. Henry ne l'aurait jamais laissé derrière lui, même s'il était en colère. Il laisserait peut-être ses chaussettes et son jean mais pas l'argent, et pas ça. Julius revoit les hommes s'approcher de la table et soulever le type aux cheveux blonds. Il voit Henry se mettre debout, mais ne le retrouve pas dans sa mémoire par la suite ; il disparaît derrière l'encadrement de la fenêtre. Julius appuie plus fort et la gâchette fait un petit *clic*, il sent le percuteur basculer et faire trembler le métal sur sa peau.

Cette nuit-là, dans l'arrière-salle, les deux hommes à tête de chat l'attendent.

« Voici notre homme », dit l'un, et ils lui font face d'un air grave. Ils s'approchent et placent chacun une main sur ses épaules solides. La main gauche de l'un et la main droite de l'autre appuient de chaque côté, et face à eux Julius a l'impression d'être enlacé, inclus dans une bulle de compréhension. Il prend le risque de poser la question.

« Je suppose que vous les avez chassés de la ville, hein.

– De qui tu parles ? demande l'homme à sa droite.

– De ces tricheurs au blackjack, dit Julius.

– Il y a un wagon tout prêt dans le premier train du matin pour les épouvantails, répond l'homme sur sa gauche.

– Le vieux nous a donné du fil à retordre, ajoute l'autre.

– On ne peut plus leur régler leur compte discrètement de nos jours », lâche le premier avec tristesse.

Les deux hommes semblent soudain oublier sa présence. Julius ne peut pas risquer une autre question. Leurs mains sont lourdes. L'entendant renifler, ils baissent les yeux et tous deux sourient comme on sourit à un chien. Ils laissent tomber leurs mains.

« T'es coriace, c'est une bonne chose, dit le premier en attrapant un rouleau de billets dans sa poche de poitrine.

– Et les autres, aux nouvelles tables, le Latino et le brun ? demande son collègue.

– Quoi, les autres ?

– Tu fréquentais le Latino, avant.

– Pas vraiment. C'est juste qu'on travaille ensemble là-haut, dit Julius.

– Il jouait souvent ici. Mais pas avec toi.

– Non, j'ai jamais joué ici. »

L'homme le dévisage sans répondre. Il sort trois billets de la liasse et les glisse dans la poche de son manteau, comme s'il se récompensait lui-même de la corvée à venir. Puis il fait un signe à l'autre, qui sort une enveloppe. Julius la prend, soulève le rabat et découvre une pile de jetons du Boulder Club, où il avait joué avec Henry trois nuits plus tôt.

« T'avais peut-être pas joué avec lui *ici* », dit le premier.

Julius saisit l'allusion. Il secoue la tête et referme l'enveloppe.

« J'ai jamais rien gagné ici, insiste Julius, mais les hommes ne réagissent pas.

– Je suppose que tu ne souhaites plus revoir ton ami, vu les circonstances. »

Julius secoue à nouveau la tête, lentement cette fois.

« Je parie que personne dans le train du matin ne voulait le voir non plus, pas plus que là où il est descendu. »

L'homme claque les doigts d'une manière bizarre, réajuste sa cravate. Julius reste là un long moment sans comprendre. Puis le premier homme s'avance et tient la porte du bureau ouverte, et quand Julius la franchit ils le suivent dans la salle du casino, à travers les portes d'entrée et jusqu'au trottoir, où ils attendent qu'il arrive au coin de la rue. Julius se retourne une fois et les voit qui l'observent. Le sens de la scène lui apparaît tout en marchant, et parvenu sur Carson Avenue il se met à courir.

Au motel il récupère sa vieille chemise et ses bottes, sa veste et sa cravate. Dans le tiroir du bureau, il trouve des sous-vêtements et des chaussettes. Quand ses doigts effleurent le revolver de Henry, il le saisit. Il l'enfourne dans sa poche avec l'enveloppe, roule sa chemise et son rasoir dans une serviette et laisse la clé de la chambre sur le téléviseur. Il glisse la serviette sous son bras, s'appuie contre la porte pour enfiler ses bottes éculées. Puis, son bon jean et sa veste jetés sur l'épaule, ses bonnes bottes à la main, il part comme il est venu, dans le train du soir en direction du nord.

À Pahrump, il attend le train postal pour Indian Springs et paie un dollar pour le wagon de troisième classe. À son arrivée, il est presque midi. Il prend une chambre au deuxième étage d'un hôtel du centre. Une fois à l'intérieur, il verrouille la porte, met la chaîne et coince l'unique chaise contre la poignée. Il allume la télévision, qui diffuse le journal de la mi-journée où l'on dévoile une maquette du satellite russe, puis il change de chaîne pour regarder un western en noir et blanc. Il coupe le volume. Sur l'écran, deux cow-boys silencieux conspirent autour d'une table de bar. Derrière eux les murs sont recouverts de métal ajouré couleur or ; en noir et blanc, on dirait de la neige qui tombe.

Julius s'avance vers la fenêtre, tire le rideau et contemple la petite ville. Au sud, la longue étendue du désert, et au nord la crête des montagnes. Juste en face, un panneau affiche le nom de cette localité. Il se rappelle, dans un passé lointain, l'homme de l'Iowa. L'espace d'un instant il se revoit au bar avec lui, le jour de son arrivée. Il se demande depuis combien de temps les hommes à tête de chat savaient, et repenser aux semaines de jeu avec Henry le fait frissonner de honte et de nostalgie. Pire, ces hommes l'ont ridiculisé. Ils l'ont laissé raconter son histoire sur le blond et le vieux, et ils ont laissé Henry jouer jusqu'à ce que Julius quitte son poste, puis ils l'ont fait lambiner pendant trois jours. Ils n'ont pas fait tomber Henry du toit, ne l'ont pas poignardé dans une ruelle, mais ils ont transformé leur connaissance de la vérité en une espèce de torture et aujourd'hui, même en n'étant plus à proximité, il n'est pas à l'abri pour autant et cela lui fait plus peur que l'amour.

Il tire le rideau et se tourne vers le téléviseur, enlève sa botte et trouve le billet de l'homme de l'Iowa. L'encre s'est effacée sur les bords et les pliures sont usées jusqu'à la trame, mais il est utilisable. Il a besoin de réfléchir et de dormir, pourtant il craint que le sommeil lui échappe. Dans la chambre du dessous un autre poste diffuse le même programme à plein volume, de sorte qu'il entend la musique et les dialogues des cow-boys comme s'ils étaient étouffés par l'eau, tandis que sur son propre écran les cavaliers traversent un paysage semblable à celui qu'il voit de sa fenêtre mais plus vieux de cent ans, plus lumineux que n'importe quelle ville.

Cette nuit-là, Julius rêve qu'il est à l'intérieur du rêve de Henry. Là où Henry dort, que ce soit dans une pension à San Diego ou dans la prison du comté, il rêve du Kansas, de la maison de la mère de Muriel. Dans le rêve, Henry traverse une vallée semée de graminées bleutées et d'orge à crinière, une herbe si haute et si délicatement couchée par le vent qu'elle ressemble à de la houle, haute jusqu'à la taille et plus légère que l'eau. Julius ne sait pas s'il s'agit du passé ou de l'avenir. Henry entre dans la maison et monte les escaliers vers la chambre où Muriel dormait, et Julius se voit dans ce rêve, allongé sur son lit au milieu de la journée. Toutes les fenêtres s'ouvrent et la brise s'engouffre dans la pièce. Les oiseaux volent à travers la maison, aussi rapides qu'un claquement de doigts. Ils sont tous deux conscients du ciel mouvant au-dessus d'eux, de la pluie qui s'annonce. Julius se retourne, le drap glisse, il est nu. Henry s'approche du lit. La pluie se met à tomber, d'abord quelques gouttes puis un millier d'autres. Henry s'agenouille sur le matelas et regarde à nouveau par la fenêtre l'orge et le gazon mal entretenu, la lisière argentée qui les sépare, le ciel gris en arrière-plan. La verdure n'est rien d'autre qu'un décor destiné à mettre en scène ce moment. « Peut-être le billard, dit Henry, peut-être les chevaux. » Il chuchote ces mots au Julius du rêve, mais aussi au Julius endormi en lisière du rêve. Dehors, dans la cour, la pluie tombe sur l'herbe qui s'étire vers le ciel.

Le matin venu, Julius sort et trouve en ville un prêteur sur gages à qui il vend les bonnes bottes, le jean, la veste et la cravate. Il additionne le tout : il lui faut trois ou quatre fois plus pour s'éloigner quelques jours de Vegas et des hommes à tête de chat et cent fois plus pour retrouver Henry, si ses informations sur Tijuana et ses prostitués sont exactes. Il déteste que ce soit vrai, il déteste le fait de le savoir, et il déteste la seule option qu'il lui reste. Il pose des questions, les habitants du coin lui indiquent le nord et il fait du stop pour rejoindre un ranch à quelques kilomètres de là, perdu dans les broussailles, adossé à une corniche rocheuse orangée. C'est une exploitation sans joie : quelques bâtiments branlants aux toits de tôle déformés par la chaleur, une clôture à double lisse qui a pris une teinte grise. Un homme arborant un cache-œil, les épaules aussi larges qu'une porte – beaucoup plus larges que celles de l'homme de l'Iowa qui, en dormant, les recroquevillait vers l'avant comme on se protègerait d'un coup – lui fait signe depuis une véranda affaissée.

Julius s'approche : « J'ai entendu dire que vous aviez des mustangs. »

Le borgne réfléchit. Il regarde Julius puis scrute l'horizon, la main en visière sur son unique œil valide, bleu comme un geai. Julius ne distingue que quatre chevaux, penchés sur une auge à une certaine distance – mis à part les roches et les broussailles à perte de vue, il ne voit rien d'autre.

« Bien sûr », dit l'homme. Il se lève et cogne ses bottes contre la balustrade pour les remettre, puis Julius le suit en direction du petit groupe de chevaux parmi les broussailles. Il y en a deux gris et un tacheté dont la croupe est surélevée et la queue atrophiée. Au bout de l'abreuvoir se trouve une jument à l'encolure renversée, à la crinière longue et blonde comme les blés.

« Lequel vous voulez ?

– Ce sont bien des mustangs ? » demande Julius, pensant que l'homme n'a pas compris sa requête. Celui-ci prend appui sur l'une de ses courtes jambes puis sur l'autre, très lentement, au point que ce mouvement paraît impossible, comme si tout le poids de sa formidable carrure se déplaçait sur une très longue distance. Il cligne des yeux une fois, puis deux.

« Ouais », répond-il.

Il ne peut pas se présenter là-bas les mains vides et il ne peut décemment pas faire demi-tour. Il aime bien la jument à la crinière blonde, avec ses cuisses comme des pneus de tracteur. Elle pourrait lui suffire à obtenir le pardon de son frère, au nom du passé et de l'avenir. Il pense à la maison, à la prospérité de Lee, et il sait où il cacherait ses dollars.

Le borgne expire bruyamment. « Ah, celle-là ? lance-t-il, et il secoue un peu la tête en regardant le sol. Celle-là est sauvage comme l'éclair. »

Julius regarde à nouveau le cheval doré qui se tient là, en train de brouter.

« Tant mieux », dit-il.

L'homme hausse les épaules, lui donne un prix inférieur de moitié à celui annoncé par l'homme de l'Iowa, et Julius se dit que le destin a parlé. Il tend le billet de cent dollars et le borgne lui rend la monnaie en billets de cinq esquintés. En ville, il achète pour trois fois rien un pick-up d'occasion et un van, puis retourne au ranch avec son attelage bringuebalant pour récupérer le cheval, qui se cabre face à la rampe mais obéit après un coup de baguette de l'homme, lequel laisse Julius s'occuper du reste. Dans la cabine, Julius lisse ses cheveux en arrière et remonte les jambes de son jean. Il pense au type de l'Iowa et à son dos féminin, à ses petits cris étouffés dans l'oreiller et, avant cela, à la cabine téléphonique solitaire, à la lettre de Muriel avec son histoire de chevaux et à l'argent qu'elle lui a envoyé. Il passerait une journée à San Diego, mangerait un repas chaud, et il verrait son frère et la femme de son frère ; la réalité honnête et ordinaire de leur existence.

Il retourne lentement en ville, inquiet de ne pas y parvenir, inquiet de voir le cheval s'évader et galoper sur l'autoroute comme la bête sauvage qu'il voudrait qu'elle soit, de laisser échapper ce moment et les erreurs qui l'y ont mené. Plusieurs voitures le dépassent et klaxonnent, mais ce n'est pas si loin et il est jeune. Il pense aux lèvres roses de Henry, à ses épaules, à son corps. Il se dit que le Mexicain borgne n'était pas du tout mexicain, que les chevaux étaient nourris dans une auge au milieu des broussailles, mais cela ne fait aucune différence. Entre le pick-up, le van et le cheval aux yeux humides et dorés, il a déboursé cent dollars pour une affaire qui en vaut moitié moins, mais c'était nécessaire. Il faut bien ça pour tout recommencer à zéro.

II.

5

Les coups de bluff

Les jours raccourcissent et le vent du soir descend le long de la rivière en détachant les feuilles des arbres qui s'amoncellent au pied de la nouvelle maison. Des bancs de fumée traversent le ciel, au nord, et quiconque se trouve à l'extérieur ou à proximité d'une fenêtre ouverte peut sentir l'odeur de brûlé de l'autoroute mêlée aux effluves saumâtres de la rivière. Lee et Muriel passent leurs journées à travailler en ville, et leurs soirées chez eux. Ils ont apporté la table de jeu de leur ancien appartement et acheté deux chaises pliantes à un prix modique. Ils économisent sur leurs salaires et rangent l'argent dans une boîte à café en attendant d'avoir assez pour s'offrir un vrai lit et un canapé en skaï, et ils ne sont pas près d'y parvenir. Dans le jardin, Lee sème du gazon, malgré la saison tardive et malgré les avertissements des types du magasin agricole qui prétendent que les semences seront noyées au moment des pluies et qu'en hiver tout sera picoré par les corbeaux.

Un après-midi, ils sont dans la cour devant la maison, occupés à briser les mottes de terre avec une houe pour niveler le sol du jardin. Du côté opposé de la route, une autre bâtisse est en cours de construction, sa charpente dressée comme une rangée de dents contre l'horizon. Le terrain adjacent demeure invendu, mais les deux suivants sont étalonnés et bornés pour les fondations. Une ligne d'arbres marque la limite nord de leur parcelle. La rivière s'écoule doucement derrière leur maison. Face au soleil couchant, Muriel incline la main sur son front et plisse les yeux. Elle voit approcher de la ville, encerclé par un tunnel de poussière, un vieux pick-up GMC suivi d'une remorque. Le véhicule ralentit puis roule au pas. Elle regarde son mari qui s'avance. Le pick-up tourne brusquement dans leur direction et s'immobilise, la remorque basculant dans un angle aigu, les deux pneus sur la route. Julius sort de la cabine sans éteindre le moteur.

« J'y crois pas », dit Lee.

Julius marche vers lui en haussant les épaules comme s'il n'y croyait pas non plus. Ils se rejoignent dans la cour poussiéreuse, Lee prend son frère dans ses bras, lui tape dans le dos et répète : « J'y crois pas. »

Muriel observe la scène sans bouger. Elle porte un vieux pantalon en toile et une chemise de travail dont les pans sont noués à la va-vite. Elle doit avoir l'air d'une campagnarde, insensible à la beauté. Par-dessus l'épaule de son mari, elle capte le regard de Julius et ne le lâche pas.

« Regarde-moi tout ça, c'est incroyable, dit Julius en désignant d'un geste la maison et le terrain. Et le paternel, hein ? Il s'étranglerait s'il était là. Tu as un bon demi-hectare, non ? »

En s'approchant, Muriel distingue son menton carré et ses grandes oreilles, et même si elle n'aurait pas pu s'en souvenir précisément cette vision lui est aussi familière que l'herbe qui l'entoure. Un nouveau sentiment surgit, proche de la déception. En réaction elle recompose délibérément son visage et son port de tête.

« Même pas une carte postale pour annoncer ta venue ? s'exclame Lee.

– Tu peux compter sur moi pour l'effet de surprise », rétorque Julius. Sa voix est gaie, mais elle résonne entre ses dents et semble trop aiguë. Derrière eux le pick-up tourne toujours au ralenti, à l'autre bout de la cour. Lee l'examine des yeux, puis se tourne vers son frère. Julius trace un léger cercle dans la terre du bout de sa botte. Le bruit du moteur se répercute contre les arbres. En cet instant, le silence entre eux semble peser une tonne.

« Je vais m'avancer, si ça ne te dérange pas que je gare ce machin dans ton beau jardin, dit Julius.

– Oh, bien sûr, répond Lee, évidemment. » Il se tourne vers Muriel et son regard est si transparent qu'elle voit l'enfant en lui. Ils observent Julius qui recule de quelques mètres pour redresser la remorque. Il passe ensuite en marche avant et l'une des roues s'enfonce dans le fossé de l'allée, projetant de la terre dans un abreuvoir.

« C'est un van pour chevaux », fait remarquer Lee.

Muriel ne parvient pas à concilier la présence de Julius et la colère persistante née de son absence, de la certitude qu'il ne viendrait jamais. Le mustang émet un son mouillé, une sorte de plainte, et le van grince comme une mauvaise échelle. Julius recule encore pour prendre un virage un peu plus large. Derrière le pick-up, le soleil se couche sur la ville illuminée. Muriel tire sur sa chemise, défait le nœud et en laisse retomber les pans. Elle touche ses cheveux. Julius finit par reculer jusqu'au bout puis renonce et se gare avec deux roues dans le fossé qui borde la route. Il coupe le moteur et sort de la cabine, sourire aux lèvres.

Lee l'appelle : « T'as gagné un pari ou t'en as perdu un ? »

Julius les rejoint. « Un mustang. Tu vas pas le croire. »

Lee attend mais son frère ne dit rien de plus. Muriel remarque les jambes et le derrière sales de son pantalon à revers, ses bottes usées au point qu'il semble prendre appui sur la plante des pieds pour ne pas basculer en arrière à cause de ses talons éculés. Une manche de sa chemise pend en corolle, la couture déchirée.

« Regardez-moi ça », répète-t-il comme s'il n'était là que pour témoigner de leur prospérité. Il lève le bras et désigne à nouveau d'un geste large les arbres, la rivière et la maison encore nue mais aussi droite qu'une église, et ce geste réitéré trahit une sorte de filialité anxieuse.

Il paraît plus grand, beaucoup plus âgé qu'avant et même plus âgé que Lee, qui se tient à côté de son frère comme une sorte d'antidote avec ses joues et ses mains toutes propres.

« Faut croire que j'avais un truc un peu plus campagnard en tête, dit-il.

– C'est ce que je vois, dit Lee en adressant un signe de tête au cheval comme pour s'excuser.

– Où diable as-tu dégotté un mustang ? » demande Muriel.

Julius semble contrit et elle se rend compte qu'elle n'avait pas encore ouvert la bouche. Il ne répond pas. Elle éprouve soudain un ressentiment puissant, une frustration semblable à celle qu'éprouvent les enfants quand on refuse de croire à leurs mensonges. Ça va faire presque deux ans.

« Tu l'as ramené d'où ? insiste Lee.

– D'une petite ville du Nevada. Au nord de Las Vegas, là où j'étais. » Julius se recoiffe, fourre ses mains dans ses poches, les retire. Il saisit les bords de sa manche déchirée et les roule jusqu'au coude.

« En tout cas il ne peut pas rester là toute la nuit, ça c'est sûr, dit Lee.

– Elle, corrige Julius. C'est une jument. »

Ils s'avancent tous les trois sur la route pour se poster derrière le van. Muriel sent l'odeur de l'animal ; c'est une odeur familière. Julius fronce les sourcils, se dirige vers la remorque, tire le verrou et ouvre grand les portes. La jument renâcle, l'arrière-train face à eux, poussiéreux et rond comme une pomme, mais elle ne bouge pas.

« Appelez ça un cadeau de mariage. Ou alors... » Julius frotte sa paume sur son front. « ... une pendaison de crémaillère », ajoute-t-il, comme s'il venait d'inventer cette expression. Et voici qu'il en invente bel et bien une : « Ou un canasson de crémaillère, dit-il en souriant à sa propre blague.

– C'est une bonne idée, Julius, mais tu as dit toi-même...

– Et depuis quand vous seriez le genre à ne pas vouloir de cheval ? »

Julius leur jette un coup d'œil rapide, à tour de rôle, au cas où ils seraient effectivement devenus ces gens-là en son absence. Muriel repense à leur longue conversation téléphonique, au secret qu'elle avait partagé avec lui sur les courses hippiques, et elle se demande si par hasard il ne l'aurait pas crue, finalement. À cette idée, l'excitation cède vite le pas à une intense inquiétude.

« Mais on n'a pas de clôture, Julius, finit par articuler Lee. Ça me semble nécessaire, tu ne crois pas ? » Il regarde Muriel, l'air sévère, laquelle s'approche du van. Rien qu'à l'odeur, elle perçoit le stress du cheval, la saleté de sa robe et de ses pauvres sabots. Elle se tourne vers son mari, le regard troublé.

« Seule la nécessité engendre le salut de l'âme, de toute façon », lance Julius d'un ton jovial.

Le regard noir de Lee se durcit encore : « Je n'ai jamais compris pourquoi papa disait ça.

– Il entendait sans doute par là que seuls les nécessiteux seront sauvés, et non pas que le salut est nécessaire.

– Eh bien, ça lui ressemble. »

Ils regardent le mustang, qui les ignore. Face à eux, la lumière s'épand en couleurs diaphanes sur les nuages bas. Muriel aimerait tendre la main et toucher la jument mais elle a peur de la faire sursauter. Une menace de dissension plane entre les deux hommes.

« À dire vrai, notre vieux père était du genre à s'embrouiller sur cette question du salut », dit Julius.

La hauteur au garrot est inférieure de trente centimètres à celle d'un cheval de course, sa robe sable sec, son encolure renversée, et ses hanches sont trop longues. Muriel regarde son œil noir se tourner vers l'arrière et la surprendre dans son champ de vision. Elle se sent capturée, jaugée. La jument s'ébroue puis détourne les yeux et se tient immobile et silencieuse dans la remorque cabossée. Muriel voit maintenant qu'il ne s'agit ni d'un mustang ni d'un pur-sang, mais d'un pauvre canasson palomino, le genre de grosse fille utilisée dans les hippodromes pour détendre les chevaux de course après l'effort. Elle s'appelait probablement Holly, ou Peaches. Elle pourrait sans doute attendre dans ce van jusqu'à sa mort.

« Bon, d'accord, j'avoue qu'on est des vrais pionniers de l'Ouest maintenant », dit Lee, enlaçant fermement son frère d'un bras.

Julius baisse la tête comme si Lee lui avait donné une petite tape, s'éclaircit la gorge et crache dans la poussière. La jument remue les oreilles pour localiser le son.

« Laisse-la un peu et elle finira bien par sortir. On ne vient pas de très loin, mais il a fallu du temps sur ces routes, dit-il. J'ai acheté des pommes en chemin, je vais les mettre par terre et elle viendra sûrement les chercher. Si vous avez un broc ou une bassine, on pourrait aussi l'arroser un peu. En attendant, je donnerais n'importe quoi pour un verre. Vous allez devoir m'inviter à entrer. »

Ils se retrouvent autour de la table de jeu, dans la cuisine, avec une bouteille de porto. Muriel et Lee prennent chacun une chaise. Les frères vont chercher un tabouret en bois dans la cour ; Julius s'y installe et enlève ses bottes. Elle regarde la maison. Une maison vide, sans table à manger ni papier peint, hantée par l'avenir qu'on lui a imaginé et qui n'a pas tenu sa promesse de les réunir tous les trois. La cuisine semble dans l'expectative, hésitant entre l'idée d'être habitée ou pas. Julius est assis sur le tabouret, genoux écartés, avec sa canine manquante, comme un petit trou dans l'histoire qu'il raconte, celle d'une femme qui arpentait Fremont Street à vélo.

« On la voyait n'importe quel jour de la semaine, par n'importe quel temps. Bien sûr, personne n'a posé la question, mais le sentiment général était qu'elle vendait ses charmes. Vous avez déjà vu une fille de joie racoler à vélo ? C'est ce genre de ville et j'avoue que je suis content de l'avoir visitée. Un après-midi, la pluie s'est mise à tomber brusquement, comme souvent là-bas, et cette femme était toujours là, à faire ses allers-retours. Elle a dû penser qu'elle détenait le monopole, vu que toutes les autres filles étaient rentrées pour ménager leurs robes et tout le tralala. Et puis d'un coup, voilà que s'amène un vieux bougre, qui tient d'une main un journal sur sa tête et qui de l'autre lui fait signe de s'arrêter. C'est comme ça qu'on a compris l'inconvénient de la méthode : quand on roule à vélo au lieu d'attendre, le client doit se démener pour attirer l'attention, même dans une rue vide et sous la pluie.

– C'est légal là-bas, non ? demande Lee.

– Crois-le ou non, ça ne l'est pas. C'est légal dans le reste de l'État mais à Vegas ils l'ont interdit.

– Eh ben, quelle ironie, hein », conclut Lee d'un ton indulgent, provoquant chez son frère un froncement de sourcils.

Muriel remarque à nouveau le mauvais état des vêtements de Julius. Dans la lumière vive de la cuisine, la peau de son cou est rugueuse et rouge, comme s'il s'était rasé dans l'obscurité. Elle se souvient d'un jeune garçon fringant, et non de l'homme qui est assis devant elle.

Julius abat deux figures et un neuf de pique. Mais Muriel a deux rois et un valet, qu'elle pose sur la table en souriant.

« T'as pas pris tout ça au tirage. Qu'est-ce que t'attendais ? lui demande Julius.

– De te mettre en confiance », répond-elle.

Elle rassemble les pièces de dix *cents* de la mise initiale et les fait glisser vers elle. Le ton de Julius, son histoire grossière ont créé un malaise qui plane sur chacun d'eux et sur la maison, comme si la présence de Julius mettait à mal leur respectabilité. Muriel le perçoit et se sent galvanisée ; son appréhension se dissipe malgré les deux frères qui jouent d'un air accablé, comme prêts à commettre un acte cruel ou imprudent.

« Je vous raconterais bien la fin de l'histoire, mais je parie qu'elle ne s'est jamais terminée. Quelque part, cette fille est encore en train de faire du vélo, et c'est la morale de l'affaire. Rien n'aurait pu l'arrêter.

– Tu te rappelles sûrement la sortie des catéchistes le dimanche, et les bigotes du nord de Topeka qui distribuaient des tracts dans la rue, dit Lee.

– Dieu du Ciel, ces matrones et leurs horribles chaussures noires ! Y a que des luthériens pour autoriser des femmes aussi frigides à se réunir.

– C'est à peu près la seule fois où on a approché ce genre de femmes.

– Oh mon Dieu, Lee, c'est peut-être la chose la plus drôle que tu aies jamais dite », s'écrie Julius, mais il ne rit pas. Il prend le jeu et se met à battre les cartes à la manière élaborée des cow-boys de cinéma, les effeuillant dans un sens puis dans l'autre, coupant le jeu avec le gras du pouce. Lee demande à Muriel si le magasin situé au bord de la route est ouvert après dix-neuf heures et s'ils ont besoin de lait pour demain matin, et elle fredonne un moment avant de répondre. Lee se lève, prend la boîte à café sur le plan de travail et glisse un doigt à l'intérieur pour attraper les billets. Julius lève les yeux de ses cartes, regarde Muriel puis la boîte à café – une petite intrusion dans la vie domestique façonnée en son absence par l'intimité, l'organisation logistique des couples mariés.

Un grognement humide retentit à l'extérieur, près de la porte de la cuisine. Ils se figent tous les trois, puis leur rire efface l'éclair défensif dans l'étrange regard de Julius.

« On dirait qu'elle est sortie », dit-il.

Il se met debout, s'avance vers la porte, l'ouvre sur la cour bleuie par le crépuscule et passe la tête au-dehors. Lee imite son frère et, tandis qu'il s'avance, la jument franchit la porte. Julius fait un bond en arrière. L'animal tourne sa grande tête et renifle. Julius se déplace derrière la table. Lee éclate de rire, avance encore un peu et tend une main vers la tête fureteuse. À la surprise générale, la jument encastre son encolure sous le linteau et retrousse ses lèvres noires. Ses dents sont plates et régulières, de la couleur des touches d'un piano d'église. Elle progresse lentement jusqu'à ce que son garrot et son encolure s'alignent avec les placards, et Lee effleure du plat de la main son énorme mâchoire.

« Eh bien, bonjour », dit-il.

La jument baisse la tête, acceptant le contact, puis lève son museau avec fierté. Lee la réprimande gentiment. Elle s'ébroue, heureuse de cette connivence.

Muriel est debout. Julius reste immobile derrière la table et, tandis qu'elle s'approche de l'animal, il la met en garde : « Fais attention à toi, ma belle. »

La jument se penche en avant et se rapproche de Muriel jusqu'à poser les quatre pieds sur le linoléum. À cette distance, sa robe semble striée de veines et d'os et elle sent l'herbe. Ces derniers mois, Muriel ne s'est pas sentie nostalgique des chevaux ni de l'hippodrome, mais en cet instant ils lui manquent. Et voici que cette jument se tient là devant elle. Muriel tend la main, l'animal s'incline. Elle touche le replat osseux entre ses yeux baissés, ses cils sont épais comme du tissu-éponge. Elle n'avait jamais touché un cheval avant.

Dehors, le bruit mat d'une branche qui s'écrase au sol, sur le terrain en haut de la route. La jument hennit, Muriel éloigne son bras et Lee fait un pas en arrière. Julius claque des mains et l'animal recule avec agilité, maîtrisant son pas avec la grâce des êtres cultivés, parfaitement consciente de l'espace franchi, dans un mouvement lent et plein de prestance. Lee la suit en la rassurant : « Tout va bien ma beauté, tout va bien. » La jument s'écarte de la main tendue de Lee et s'avance plus franchement dans la cour. D'un bond, Julius pousse la porte et l'enferme dehors. Lee l'apostrophe : « Hé, doucement », comme s'il réprimandait un enfant.

« Tu veux pas d'une bête sauvage dans ton élégante cuisine, si ? demande Julius.

– Cette jument est très bien, dit Lee. Mais elle aurait besoin d'un bon coup de jet. »

Il rouvre la porte et l'animal est toujours là, à distance raisonnable, reflétant d'un œil l'image jumelle de la maison, de l'autre la tête et les épaules de Lee. En découvrant ses yeux ronds depuis l'embrasure, Muriel se souvient brusquement d'un amant de sa mère. Il vivait à côté de chez elles, de l'autre côté d'un terrain vacant. Il avait fabriqué un téléphone d'amoureux avec des boîtes de conserve et un rouleau de corde de batelier, et avait déroulé une extrémité pour sa mère à travers la parcelle en gardant l'autre bout. Le jour où elles avaient déménagé, Muriel l'avait vu sur son terrain, désemparé, le téléphone à la main. Voyant que Muriel le regardait, il avait placé les boîtes de conserve sur ses yeux de telle façon qu'il ressemblait à un vairon, et il lui avait souri. Elle ne l'a jamais revu depuis. Malgré sa douceur enfantine, il avait fait preuve d'une force d'âme et d'une curiosité semblables à celles de la jument interrompant leur partie de cartes.

Lee demeure un moment dans l'embrasure de la porte, entre la cuisine et l'animal. Julius remue derrière lui et se cogne sous l'évier en voulant attraper une boîte de café. Lee se tourne vers son frère ; ils sourient en se remémorant en silence un souvenir commun. Lee ferme la porte et le rejoint. Il saisit la boîte vide, la lui tend, et son frère y verse le contenu du cendrier. Julius nettoie ses paumes sur son jean, porte une nouvelle cigarette à ses lèvres, fouille ses poches. Lee secoue un tiroir pour trouver une autre boîte d'allumettes. Alors qu'ils accomplissent ces petits gestes, l'énergie de la pièce se concentre à nouveau sur eux ; à nouveau, ils sont frères. Tous deux ont été des enfants vigoureux, à la manière des enfants orphelins de mère, dotés de pères incompétents, condamnés aux bêtises et aux émotions volatiles. Muriel le sait. Elle devine, dans leur ballet à travers la cuisine, à quel point ils se sont protégés du monde extérieur. Se retrouver en compagnie de ces hommes est une chose étrange – aussi étrange que de se réveiller au milieu d'une volée d'étourneaux.

Ils font une partie de crapette et boivent un dernier verre de vin. Lee va regarder par la fenêtre et repère la jument près de la rangée d'arbres où Julius a jeté les pommes. Il sort une pièce de sa poche et regarde son frère d'un air facétieux.

« Face, annonce Julius.

– Prévisible », dit Lee, et il lance la pièce en l'air avec son pouce. Elle atterrit sur le sol, ils se penchent, et Julius tape dans le dos de son frère : « On va y aller ensemble. Tu m'emmèneras dans ta belle voiture », dit-il.

Lee se relève et va chercher quelques pièces dans la boîte à café.

« Tu sais ce que j'aurais aimé ? » demande-t-il en s'appuyant contre le plan de travail et en dévisageant Julius. Son cou est rougi par l'alcool. « J'aurais aimé être un enfant pour profiter de tout ça. Les ouvriers, ça leur a pris à peine huit semaines. Tu te souviens du temps qu'on a passé à essayer de réparer la maison du paternel ? Quand je venais ici après le travail, je regardais la maison toute propre, toute neuve, rien que du bois et des angles, et je me disais : Voilà un endroit qui a du sens pour un enfant.

– On n'est plus des enfants, dit Julius.

– J'essaie juste de t'expliquer. »

Lee regarde Muriel comme si elle pouvait l'aider. Pendant la construction, après le travail, il grimpait sur le mur de la chambre pour regarder la vallée ; Muriel le savait, il le lui avait dit. Elle pourrait le confirmer devant Julius, lui offrir la possibilité de considérer son frère autrement. La plupart du temps, Lee s'asseyait le soir à la table de jeu dans la cuisine et commentait les plans pour Muriel, se déplaçant en rêve à travers les pièces, avec les noms gravés dans les espaces comme si c'étaient des pays : *placard, salle de bain, salon*.

« J'aurais voulu que tu sois à nos côtés à ce moment-là, dit Lee. Pour voir que c'était possible, même pour de pauvres gens comme nous.

– Je suis là maintenant.

– Bien sûr. Bien sûr. »

Lee est debout, les mains jointes sous la ceinture. « On t'a attendu longtemps », reprend-il, se tournant vers la porte avant de s'engager dans le couloir. Le bruit de la porte de la salle de bain qui se ferme. Julius observe la pièce, le plafond, la fenêtre de devant. Le silence dans la cuisine, le vent doux à travers les arbres.

« C'est la faute de personne », dit-il en laissant retomber ses jambes de la table. Les pieds avant du tabouret cognent lourdement sur le sol. Cette intimité soudaine n'appelle pas de reproches, mais Muriel ne trouve pas d'autre façon de lui parler. Elle ne peut pas dire : « Tu m'as laissée seule. » Ni : « Tu vois qu'on s'est bien entendus sans toi. »

D'un geste affectueux et taquin, Julius presse la chaussure de Muriel avec ses orteils. Elle regarde sa chemise, sa manche déchirée et la pointe rugueuse de ses bottes renversées sur le sol de la cuisine, les semelles offertes à son regard. Elle attend de voir s'il va parler de leur longue conversation téléphonique, de l'hippodrome, ou encore du temps qu'il a passé loin d'eux. Constatant qu'il n'en fait rien, qu'il se contente de la dévisager, elle lâche : « On dirait que tu n'as pas mis beaucoup d'argent de côté. »

Il rit doucement et elle rit de concert. Il lui saisit le coude, fait glisser sa main le long de son bras, retourne sa paume et y dépose un baiser. Elle se demande quelles odeurs il pourrait sentir sur sa peau – la saleté, le savon et la sueur, des choses ordinaires – et d'une certaine manière la réalité de son geste, ce que sa réaction à elle pourrait révéler, lui semble moins excitante que ces odeurs. Il tient sa main contre sa bouche un peu trop longtemps, le baiser devient parodique, presque transgressif, et elle rit pour préserver la légèreté du moment puis retire sa main et lui fait signe de laisser tomber son numéro de charme. Malgré l'angoisse qu'il a emportée, et qui transpire encore, il sourit. Son coude transparaît dans la déchirure de sa manche. Muriel le pince, il glapit, et elle s'abandonne à l'étrangeté de ce moment.

Plus tard, les hommes sont ivres, étalés sur la table dans une posture d'affection virile. Ils jouent à un jeu de cartes dont elle n'a jamais entendu parler, qui remonte à leurs jeunes années, et dont les règles semblent changer à chaque main, à la manière des jeux d'enfants. Ils ont dansé sur toutes les chansons de la radio et maintenant elle grésille, mais Julius continue à se dandiner et toutes les minutes ou presque Lee prend son frère par l'épaule et le tire vers lui. Elle ne parvient pas à suivre leur conversation. Le cendrier déborde, les verres à jus de fruits sont cerclés de vin sombre et d'empreintes de doigts. Dehors, un bruit de frottement dans le bosquet à proximité de la maison, la silhouette de la jument rendue brièvement visible dans la trouée des arbres.

Dans la chambre elle se déshabille. Elle laisse la lampe éteinte et se poste devant le miroir. À travers les fins rideaux, le clair de lune et la lumière de la ville se diffusent dans la pièce comme des lueurs lointaines aperçues sous l'eau. Elle secoue ses cheveux en arrière, dessine une raie de côté avec ses doigts puis les coince derrière l'oreille pour ressembler à Marlène Dietrich ajustant son chapeau dans *Cœurs brûlés*. Mais elle n'est pas vraiment belle, elle le sait. Le gonflement de sa coiffure lui donne un air de matrone, la dignité en moins. Elle ramène ses cheveux autour de son visage et dans cet éclairage insolite elle a l'air presque blonde, comme à sa naissance. Elle se rappelle avec un certain remords l'histoire que sa mère racontait au sujet de leur dernier hiver en ville, quand les cheveux de Muriel avaient foncé et qu'elle avait pris quinze centimètres. Ce printemps-là, elles avaient déménagé dans le comté de Marshall et sa mère s'était mariée. Muriel avait passé l'été non pas aux côtés des enfants de la campagne mais dans sa chambre, à regarder les champs, et ses cheveux ne s'étaient pas éclaircis au soleil – elle n'avait plus jamais été blonde après ça. Sa mère racontait cette anecdote, comme n'importe quelle mère le ferait, à des connaissances et à des commerçants, et à l'entendre on aurait dit une complainte sur sa propre jeunesse. Muriel s'était sentie soulagée de cette sobriété nouvelle, ce qui aurait certainement blessé sa mère.

Elle perçoit depuis la cuisine la musique de la radio et le rire des hommes. Elle tire ses cheveux en arrière, trace une longue raie au milieu. Elle ramène chaque moitié derrière ses oreilles et les rassemble en queue-de-cheval, ce qui lui donne l'apparence d'une évangéliste ou d'une campagnarde. Elle peigne ses cheveux du bout des doigts en maintenant un chignon boule au niveau du cou, et enfin le résultat se rapproche de ce qu'elle souhaite. Elle soulève sa frange avec la paume pour la bomber légèrement vers le haut et dégager son front. Cela lui donne un air téméraire, presque masculin, mais quelque chose dans sa posture ou dans ses yeux la trahit. Elle s'éloigne du miroir pour se contempler à distance. Elle frissonne à la vue de son propre corps – ses seins et ses hanches, sa coiffure de garçon manqué – et glisse ses mains à plat sur ses côtes, puis le long de ses cuisses, et sent la chaleur de sa peau dans la pièce sombre.

Elle se glisse sous les draps, totalement nue, s'endort facilement et rêve de chevaux dans les champs de son enfance – elle n'y a pourtant jamais vu le moindre cheval. Beaucoup plus tard, elle est réveillée par un bruit dans la chambre. Le corps de Lee à côté d'elle est lourd et chaud. Alors qu'elle se tourne vers la porte dans un demi-sommeil, une ombre franchit le seuil. Elle s'endort et lorsqu'elle se réveille à nouveau Julius est là, près de la fenêtre. Elle pense d'abord à sa nudité, puis à l'heure. Elle se dit qu'elle doit rêver mais son odeur flotte dans la pièce. La silhouette se lève et s'approche du lit ; c'est bien lui. Son visage est pâle et serein. Il se penche, embrasse son front, et elle remue en levant le menton vers lui. Elle prononce son nom. Il porte un doigt à ses lèvres, se retourne et quitte la chambre.

Longtemps, elle attend sans dormir. Puis quelque chose lui vient à l'esprit. Elle se lève et se dirige vers le miroir, le soulève du clou, le retourne et prend l'enveloppe avec l'acte de propriété de la maison de sa mère, le reçu des impôts et une lettre de réponse des Carter disant que tout va bien. À l'intérieur de cette enveloppe il y en a une autre, plus petite, avec le reste de l'argent – deux mille dollars environ. Elle ouvre les deux enveloppes et fait l'inventaire de leur contenu, comme pour confirmer les faits. Tout est là. Elle en prend acte, se rendort vite, et au réveil elle se dit qu'elle a dû rêver. Que le vin et la jument et sa propre attente interminable ont déteint sur le noir de la nuit pour composer sa silhouette.

Le matin suivant est chaud et lumineux. Muriel se lève et trouve les garçons déjà habillés. La cuisine est en désordre. Sur la petite véranda, à l'arrière, la radio joue un air de country vieux de vingt ans. Les frères sont au fond de la cour, tournés vers la maison. La jument s'est échappée en direction des arbres, à l'est, et Muriel les regarde se répartir la zone entre le nord et le sud pour la ramener. L'atmosphère entre eux est tendue, à en croire leurs lourdes enjambées et l'impatience de Lee, qui disparaît dans les ombres matinales. L'animal les entend traverser le bosquet et s'avance de toute sa hauteur dans la cour pour s'en éloigner ; sur sa longue tête ses yeux semblent fatigués, comme s'il avait déjà joué à ce jeu et qu'il en connaissait l'issue. De l'autre côté de la rivière, la vallée est parsemée de piquets et quelques lampes sont allumées dans les maisons alors que se lève le matin. La lune est encore haute. Elle paraît froide mais brille comme du laiton.

Lee sort des arbres et siffle. Ses cheveux lui tombent dans les yeux, on dirait un ouvrier en week-end. Ils ont posé une couverture sur la jument, mais, quand ils s'approchent, elle s'éloigne prestement et la couverture tombe par terre. Lee se faufile près d'elle et touche son flanc. Elle se rétracte sans fuir pour autant. Lee avance avec précaution, son frère passe discrètement de l'autre côté pour la tranquilliser mais elle décèle leur mouvement bien avant qu'ils ne l'encerclent. Elle se tient pensivement entre eux. Aucun des deux ne veut se poster face à elle et on dirait qu'elle perçoit ce semblant de respect, le souvenir de sa puissance. Elle avance tout droit, son pas soulève la poussière par paquets et elle disparaît à nouveau dans les arbres vers le terrain vacant, au nord.

Lee se tourne vers Julius et dit quelque chose que Muriel n'entend pas. Ils discutent, l'air plus détendu. Lee s'assied au centre de la cour en riant. Sa déconfiture révèle un homme qu'elle n'a pas vu depuis longtemps : un petit garçon du Midwest s'amusant de son propre échec comme s'il était coutumier du fait.

Julius observe son frère un instant et la rejoint sur le perron.

« On a fait un petit pari, lui dit-il. C'est à qui peut la monter sans tomber. »

Il s'assied à côté d'elle, allume deux cigarettes et lui en tend une.

« On dirait plutôt que vous essayez d'abord de l'attraper, sans parler de la monter », rétorque Muriel.

Julius sourit et crie dans la cour à l'intention de Lee : « Même ta femme dit que cette jument a trop de caractère. »

Lee lève les yeux dans la lumière du jour sans répondre.

« Vous n'irez pas très loin comme ça, ni l'un ni l'autre, dit Muriel à Julius.

– C'est bien que tu sois de mon côté, répond-il.

– Il n'y a pas que le cheval qui te retient. »

Elle tire une longue bouffée et sourit. Julius se débat avec des sentiments contradictoires. Ils fument un moment en silence. Le brouillard serpente depuis la rivière en contrebas, rampe jusqu'à la limite des arbres où se tient l'animal, se disperse et s'évanouit aux abords de la route. La jument paraît rougeâtre dans cette lumière mais sa crinière est presque argentée, scindée en mèches, comme des feuilles, sur son large chanfrein et ses yeux par-dessous sont numineux et sombres.

« C'est donc ça le paradis, hein », lâche Julius.

Sa voix est rude, étrange. Il distille sa frustration.

« Quelque chose comme ça.

– Exactement comme ça.

– Vous avez bien fait la fête, j'ai l'impression, dit-elle.

– Mon frère a le vin mauvais.

– Eh bien, il doit le tenir de toi. »

Elle le bouscule gentiment et il se laisse faire tout en demeurant distant. Elle pense à son visage dans la nuit et au léger contact de ses lèvres sur son front, et cela lui rappelle des gestes qu'elle a vus dans un film, dans une autre chambre. Elle avait trop bu et s'est imaginé tout ça, elle en est sûre désormais. Lee est assis dans la cour, jambes croisées, et la jument se tient à distance, broutant l'herbe nouvelle.

« On parie à deux contre un ? lance Lee à son frère.

– Aucun bookmaker sur terre n'accepterait ce pari », répond Julius. Il se tourne vers Muriel.

« Qu'est-ce que tu m'as dit déjà, sur les chevaux ? »

Elle est prise de court.

« Qu'est-ce que tu veux dire ?

– Ces gars, là où tu travailles. Les chevaux de course.

– Je ne pensais pas que tu t'en souviendrais.

– Je me souviens de beaucoup de choses.

– C'était juste une blague, dit-elle rapidement.

– Les chevaux, ou le fait de me le dire ?

– Les chevaux. Les deux, je suppose.

– Alors, qu'est-ce qui s'est passé ?

– Rien.

– Hum hum.

– Ce qui s'est passé, c'est-à-dire ? » demande-t-elle.

Julius ne répond pas. Il se penche en arrière, cogne le talon de sa botte sur le bout de l'autre. Son long corps et sa posture trahissent une personnalité naïve, une blessure encore à vif. Elle se souvient de lui, assis exactement de cette façon dans le jardin de sa mère, mais il était alors jeune et sauvage. Il en savait beaucoup plus qu'elle sur le monde. Maintenant, avec son jean sale et sa chemise déchirée, il est vulnérable, sensible, et ces traits de caractère semblent le fruit d'un certain isolement. Elle en est surprise et tourne la tête. La surface humide des pousses d'herbe capte son mouvement. Les nuages épars s'y reflètent aussi et cette étendue ressemble au cristallin d'un œil. Elle observe un moment la lumière tamiser et décomposer ces images. Elle ne sait pas trop quoi penser des questions de Julius, qui surviennent si tard dans l'histoire.

« Ça a dû être difficile de quitter la maison de ta mère, dit-il.

– Ça l'était. »

Il jette dans la cour sa cigarette qui siffle dans l'herbe humide. Muriel en sort une à son tour, la pose en équilibre sur une marche et s'essuie les doigts sur sa robe. Il l'observe avec attention. Elle lui rend son regard ; elle se méfie de lui maintenant.

Il demande : « Tu te souviens de notre partie de cartes ?

– On en a fait beaucoup, répond-elle tout en sachant de quel jeu il parle.

– Cette fameuse nuit où le temps s'est finalement refroidi. C'était peut-être la veille de Noël, dit-il.

– C'était la veille de Noël.

– Lee était cuit, il a dormi sur la table, et toi et moi on a parié sur la nature de son rêve.

– Il rêvait qu'il nettoyait les toilettes sur le pont d'un bateau.

– Il rêvait de toi, beauté. »

Muriel est gênée. Les taquineries de Julius sont affectueuses mais trop directes, elles la déstabilisent.

« Tu m'as dit une chose, à l'époque, sur la façon dont ta mère jouait aux cartes. J'ai essayé de m'en souvenir.

– Sur l'honneur ?

– C'est ça. »

Il allume une autre cigarette. Ses ongles sont coupés ras, comme s'il en prenait soin, mais les bords sont noirs comme de la poix.

« C'était sa règle : si on joue pour de la petite monnaie ou pour des allumettes ou pour autre chose et qu'on se retrouve à sec, on a droit à un tour supplémentaire, dit-il.

– Oui, mais elle a toujours dit que personne n'avait jamais gagné sur l'honneur. »

Julius lève un doigt en signe de compréhension soudaine. Sa manche retombe, exposant son poignet délicat. À travers les arbres la rivière coule et prête sa mélodie aux champs qu'elle borde.

« L'honneur, on n'a pas envie de le miser, dit-il.

– C'est ce qu'elle pensait.

– Une femme intelligente.

– Elle aurait aimé que tu dises ça. »

Muriel se souvient de la façon dont sa mère jouait aux cartes. Elle lui manque terriblement. Bien qu'elle n'ait jamais triché, elle faisait croire le contraire à tout le monde, ce qui donnait aux autres des envies de revanche, et souvent ses adversaires essayaient de la battre et perdaient en jouant de manière trop agressive. C'était une sorte de bluff étrange et Muriel se demande si Julius serait tombé dans le panneau. Il lui tend sa cigarette, elle la prend, tire une bouffée et la garde. Cette camaraderie, le souvenir partagé de moments passés ensemble lui conviennent déjà mieux. Lui et sa mère, tous deux dans ses pensées. Elle songe à son baiser de la veille, à l'odeur de sa paume, en se demandant s'ils pourraient revenir à cet instant et continuer à partir de là.

« Je te l'ai dit, je me souviens de beaucoup de choses », répète-t-il.

Un îlot de nuages traverse le ciel, masquant le soleil. Le sol s'assombrit. Dans cette lumière nouvelle, les bords de la cour semblent brûlés, comme si le sol s'était effondré d'un coup sous l'effet de la chaleur avant de se remplir pendant la nuit, non pas de terre mais d'une eau souterraine suintant à la surface, comme l'or dans le Livre de Daniel. La jument émerge des arbres et pénètre dans cette lumière étrange. Elle s'avance sur le gazon, l'allure gaillarde, et Muriel se dit que les chevaux aiment le théâtre, même quand ils sont vieux, même quand ils sont dépassés.

« Tu étais où pendant tout ce temps ? demande Muriel.

– Je te l'ai dit.

– Avant ça.

– J'étais un peu à L.A., comme tu sais. Dans les environs, aussi.

– Pourquoi tu n'es jamais venu ici ?

– Tu t'attendais vraiment à ce que je vienne ? »

Elle lui rend la cigarette. La jument se prélasse, debout dans le soleil éclatant. Elle regarde Muriel et Julius sur la véranda, s'ébroue. Ce regard se prolonge quelques secondes ; sa gravité est touchante. Puis elle se détourne brusquement et s'éloigne pour longer la rangée d'arbres au bord de la rivière.

« Tu les as dépensés comment, ces soixante dollars ? finit par demander Muriel.

– Tu ne me croirais pas si je te le disais.

– Tu as acheté un cheval, voilà ce que tu as fait.

– J'ai acheté cette jument avec l'argent de quelqu'un d'autre, dit-il en s'appuyant à nouveau contre la balustrade.

– Et pourquoi cette personne t'a-t-elle donné de l'argent ? »

Il rit gentiment, mais quand il tourne ses yeux vers elle son visage est fatigué.

« Pas pour des chevaux, dit-il.

– C'est là où je voulais en venir.

– Le truc avec l'argent, c'est qu'il n'appartient jamais vraiment à quelqu'un.

– Ces soixante dollars m'appartenaient, tu peux me croire.

– C'est trop tard maintenant. »

Elle ne répond pas.

« Ma philosophie..., commence Julius. Et ne fais pas cette tête, je la connais trop bien. Ce que je pense, c'est qu'on peut donner quelque chose à quelqu'un, mais une fois qu'on l'a donné, cette personne peut l'utiliser comme elle l'entend.

– Et comment est-on censés utiliser un cheval ?

– Comme vous voudrez. »

Elle observe la cour et la rivière au-delà. Lee s'est allongé dans l'herbe, les bras étendus dans une posture béate. Il ne les écoute pas.

« Donc tu te souviens de plein de choses, reprend Muriel. Tu te souviens de l'histoire que tu m'as racontée ? À propos de l'homme qui vendait des lapins ?

– Mon Dieu oui, je l'avais oubliée. Qu'est-ce que..., lâche Julius, sans finir sa pensée.

– Tu as dit qu'il était beau », complète Muriel.

Julius fume fébrilement en détournant les yeux. La noirceur qui l'accompagne s'intensifie dans le matin froid et se mue en fragilité.

« Tu disais qu'il ressemblait à un lapin », reprend Muriel.

Julius hoche la tête et sourit, puis il se tourne vers elle, apparemment interrompu par une pensée plus urgente : « J'avais un ami à Vegas. J'ai vu beaucoup de choses, mais il possédait une babiole que je n'avais jamais vue avant. Un petit revolver au bout d'une chaîne, sans doute destinée à porter une montre à gousset ou un porte-clés. Je ne crois pas qu'il fonctionne, mais il a une apparence un peu menaçante. Il disait : "Julius, l'aspect des choses, c'est tout ce qui compte." »

La jument s'avance dans la cour en direction de Lee, qui se rassied. À la vue de l'animal Julius se lève, essuie des deux mains l'arrière de son jean, baisse les yeux vers Muriel et dit, comme pour conclure : « Je me souviens de t'avoir demandé si tu étais déjà tombée amoureuse.

– C'est vrai, tu m'as demandé ça. »

Il remonte ses bottes, lui repasse la cigarette. Muriel l'attrape. Leur posture a quelque chose de commensal, Muriel le perçoit dans l'angle dessiné par leurs corps : l'homme aux longues jambes et au front soucieux qui projette dans l'herbe une ombre dentelée, et en dessous de lui sa silhouette à elle, engourdie, les cheveux encore plaqués sur son crâne par le sommeil. Elle pense à ses après-midi à Del Mar, aux heures passées au Radford Hotel. Ce bref intervalle pendant lequel elle aurait pu choisir ce qu'elle voulait et l'anonymat enivrant de la chambre. Elle était à l'époque dans une telle colère contre Julius, pour avoir disparu ainsi, mais elle ne veut pas qu'il le sache. Elle veut qu'il la voie comme elle était – l'argent amassé sur le lit, tous ses paris gagnés – et non comme elle est maintenant, une femme dans une maison de banlieue résidentielle.

« Moi aussi je me souviens de ce que tu disais, dit Julius.

– Ah oui.

– Mais peut-être que t'avais juste la trouille. »

Muriel fume, pince le bout incandescent de sa cigarette et le laisse tomber. Julius donne un coup de pied dans la terre avec sa botte sale.

« Tu ne m'as jamais raconté comment tu avais connu cet homme, dit Muriel.

– Quel homme ?

– L'homme-lapin. »

Julius sourit tristement.

« Je me suis baladé un peu partout, comme je disais. »

Il contemple Muriel, qui se retourne, et ils échangent un long regard. Elle discerne de la langueur dans ses traits fatigués, ou alors le contraire, peut-être le désir d'être seul. Elle se demande ce qu'il perçoit dans son propre visage. D'une voix douce et apaisante, Lee dit : « Allez, ma belle », et soudain le charme est rompu. Muriel et Julius s'écartent l'un de l'autre et observent la jument qui s'arrête au centre de la cour, à six mètres de Lee. Ce dernier se relève, tend la main vers l'animal pour qu'il puisse sentir son odeur, comme si c'était un chien. Il s'approche lentement et le cheval l'accepte. Il caresse sa crinière et demande à la jument ce qu'elle pense de lui.

Julius l'interpelle : « Elle pense que t'es bête comme un âne. » Il ajoute tout bas, comme pour lui-même : « Le gars a bien dit *mustang*. C'était ça, l'idée. »

Lee avance en appuyant une main sur le flanc de la jument, qui le suit. Julius émet un sifflement sourd. En bordure de la cour il y a un seau renversé, et lorsqu'elle s'en approche Lee monte en équilibre dessus. La jument ne s'éloigne pas, elle le regarde et semble hocher la tête. Les deux mains posées sur son garrot, Lee lance une jambe et se propulse avec l'autre. L'animal fait un écart, mais il réussit à monter et se penche sur son encolure. Le bruit de cette acrobatie est absorbé par les arbres. Lee s'allonge complètement tandis que Julius se met debout et le regarde. La jument se dirige vers les broussailles, le long du talus, puis se tourne vers la maison. Lee siffle entre ses dents et se relève lentement de son dos. Il agite un chapeau imaginaire. Elle avance encore, il glisse dangereusement, se redresse. Julius observe la scène avec un léger agacement.

« Elle est où, la bête sauvage, hein ? » lance Lee.

Julius se détourne et crache par terre. Muriel voit ses épaules courbées et son visage déçu. Pourquoi avait-il parlé de l'hippodrome ? Ce qu'il sait paraît soudain menaçant et dangereux, et sans pouvoir tout à fait le décrypter elle comprend qu'il est affligé par quelque chose. Elle aurait pu mettre ça sur le compte de l'argent, de son désir de vengeance ou de ses anciens aveux, mais elle a passé son enfance avec une belle femme et a appris à reconnaître les signes d'un chagrin d'amour. Elle en est stupéfaite. Elle pense à l'homme-lapin, à l'homme au petit revolver. Une pensée affleure, qu'elle parvient presque à saisir. Dans le trouble de Julius elle reconnaît les contours acérés du sien.

La jument s'immobilise au centre de la cour. Lee se laisse glisser à terre. Il caresse sa longue encolure, penche la tête vers la sienne. Muriel observe cette romance. À côté d'elle, Julius sort les mains de ses poches, étire les bras, les secoue.

« Voyons ça », dit-il en se dirigeant vers son frère et l'animal.

Lee s'écarte, Julius prend le seau et le renverse. Il trouve une position près du ventre de la jument, prend appui comme Lee et jette sa jambe en l'air. Elle hennit en détournant la tête mais ne bouge pas. Julius imite doucement son cri et elle s'avance. Sa peau tremble, elle s'ébroue. Muriel repense aux chevaux qu'elle a vus, sur lesquels elle a parié et elle songe à quel point ils paraissaient, de loin, lisses comme du plâtre.

Lee vient se mettre à côté d'elle et lui prend la main : « Désolé pour tout ça. »

Elle secoue la tête.

« Mon frère veut toujours avoir le dernier mot.

– C'est toi qui disais qu'il ne viendrait jamais.

– Je n'ai jamais pu le percer à jour, en fin de compte.

– Je suppose que non.

– Tu n'as pas l'air de t'en plaindre.

– Je ne me plains pas. »

Lee l'attire vers lui. Son ton s'adoucit.

« Qu'est-ce qui se passe avec tes cheveux, dis donc ?

– J'ai juste dormi dessus, ils étaient mouillés. »

Il hoche la tête distraitement.

« N'empêche, je ne sais pas du tout quoi faire de lui, maintenant, reprend-il.

– Il a dit combien de temps il restait ?

– De toute façon, il ne peut pas laisser ce tas de ferraille sur la route tout l'hiver », déclare-t-il en riant.

Un silence s'installe. La jument se tient immobile au milieu de la cour. Julius enfonce ses talons pour la pousser en avant.

« Elle est incroyable, cette bête, dit Muriel.

– Incroyable.

– Quelle idée, quand même.

– Je ne comprends pas ce qui lui a pris.

– Tu n'as jamais voulu avoir un cheval ?

– Si, bien sûr, quel enfant n'en veut pas ? Mais on n'est plus des enfants.

– C'est sa façon de te dire qu'il est désolé, dit Muriel.

– Oui. Peut-être.

– Tu n'y crois pas.

– Je pense qu'il pourrait le dire d'une autre façon. »

Lee fronce les sourcils en regardant son frère.

« On dirait que tu passes un bon moment, lance-t-il à son intention.

– Toi aussi.

– Oh, on s'amuse, c'est sûr. »

Soudain un bruit plat, un cri, et voici Julius au sol, bras et jambes écartés. La jument l'a conduit sous la branche basse d'un arbre. Il tend la main pour toucher son front. L'animal s'élance vers la route. Muriel se couvre la bouche et Lee rit ouvertement. De son poste en position couchée, Julius déclare : « Si je comprends bien, personne ne s'inquiète que je sois mort.

– J'ai surmonté cette inquiétude la dernière fois », répond Lee.

Postée à une certaine distance, de l'autre côté de la cour, la jument regarde vers l'arrière et les fixe un moment de manière comique. Elle s'ébroue avec vigueur. Au même instant Julius lève les mains en signe de frustration, sans pour autant se relever, et Lee éclate de rire, les mains sur les genoux, et sa couronne de cheveux noirs tressaute. Julius rit de concert, mais sans joie. Il reste allongé, les yeux vers le ciel. Lee se tient au-dessus de son frère et lui tend la main mais Julius lui fait signe de s'éloigner.

Il interroge Muriel : « Tu dirais que c'est moi qui ai gagné ou que c'est Lee ?

– Oh, on s'en fout, lâche son frère.

– Tu ne t'en foutais pas, avant.

– C'était avant que je gagne. »

Ils rient ensemble. La jument traverse la cour sous leurs yeux, puis la route, en direction du verger de noyers. Aucun des deux ne fait un geste pour la rattraper.

« Je t'avais bien dit qu'elle était sauvage, fait Julius.

– Et je t'avais bien dit qu'on n'avait pas de barrière. »

Julius hoche la tête, esquisse une grimace : « On ne le croirait pas, dit-il pour distraire Lee, mais en fait on peut voir les étoiles. » Il montre le ciel du doigt et appelle son frère pour qu'il vienne s'allonger à côté de lui, mais Lee est toujours préoccupé par le cheval et ne bouge pas. Le sol détrempé s'enfonce sous ses bottes.

« On a un vrai problème maintenant pour attraper ce prétendu mustang, dit Lee.

– Ta femme regardera les étoiles avec moi », répond Julius comme s'il n'avait rien entendu. Puis à Muriel : « À toi de venir regarder, alors. »

Muriel se penche vers lui sans s'allonger.

« T'as entendu qu'ils ont créé un cocktail Spoutnik ? demande-t-il.

– Qui ça, ils ? réplique Muriel.

– Deux mesures de vodka, une de jus de raisin vert. »

Julius croise les bras sur sa poitrine comme s'il était mort. Lee fronce les sourcils : « C'est juste un coup de bluff : tout ce que fait ce machin, c'est tourner en rond. Les Russes essaient de nous faire peur, rien de plus.

– Il y a toujours une part de vérité dans le bluff », remarque Julius.

Lee est debout, la rivière semble noire derrière lui et son visage capte la lumière du soleil.

« Tu disais que tu avais vu ces bombes, dit-il. Et ça, c'est sûrement pas du bluff. » Julius s'assied à côté d'une touffe de pâturin écrasée et tire dessus. Les brins se détachent de ses doigts et il les laisse s'envoler. Il étend le bras pour englober le lieu où ils se trouvent, comme il l'avait fait à son arrivée, mais cette fois le geste semble contredire son jugement et nier l'existence même de cet endroit.

« On ne peut pas tout avoir, hein. Pas les gens comme nous », dit-il, et la simplicité de ce constat semble le réconforter.

Plus tard, ils s'installent pour un jeu de 31. Les frères racontent des blagues et chantent sur la musique de la radio. La tension entre eux s'est apaisée. Aux petites heures du jour, Muriel prend une douche et rejoint la chambre, qui est froide et sent la sciure. Elle reste longtemps allongée sans dormir. Elle les écoute rire et plaisanter dans la cuisine mais bientôt l'atmosphère semble s'altérer. Une chaise racle le sol, quelque chose cogne la table et elle entend Lee dire à son frère qu'il est libre de partir, puis la voix de Julius alourdie par l'alcool et par l'heure avancée qui répond qu'il a mal compris. Elle s'inquiète de ce qui va se passer ensuite. Elle écoute comme elle le faisait autrefois, quand elle attendait que le tourne-disque s'arrête dans le salon, que sa mère cesse de rire et que la maison devienne silencieuse. Alors seul le bruit du vent ou des oiseaux nocturnes était perceptible et sa mère montait les escaliers avec un homme qui le plus souvent gardait ses bottes aux pieds. Muriel pouvait voir l'étoile du matin par la fenêtre orientée vers l'est, et ces nuits-là, lorsque sa mère passait dans le couloir, elle se blottissait du côté de la fenêtre, loin de la porte de sa chambre. Elle se souvenait de ce qu'on leur avait raconté à la messe du dimanche : le Diable se levait le premier parce qu'après avoir été la plus belle création de Dieu il avait chuté, et lorsque la Terre basculait vers le jour le Diable apparaissait donc en premier. « Bonjour, Diable », se disait-elle en regardant l'étoile.

Dans la cuisine, Lee parle tout bas maintenant, avec un ton chaleureux : « J'aurais aimé que ça compte, petit frère.

– À vrai dire, je pensais revoir un jour le paternel.

– On croit toujours avoir plus de temps, mais les heures sont comptées.

– On dirait que pour toi ça n'a pas d'importance.

– Personne n'aurait pu sauver cet homme.

– On aurait pu faire plus d'efforts.

– Crois-moi, Julius.

– En fait, tu voulais autre chose.

– Toi aussi.

– Sans lui, tu ne m'es pas autant redevable », dit Julius.

Puis leurs voix baissent, elle n'entend plus rien et elle dérive aux frontières du sommeil jusqu'à ce que les voix s'élèvent à nouveau.

« Un an et demi, c'est trop long, dit Lee.

– Bon sang, vous ne voulez pas de moi. Regardez-vous, mariés et installés, tout ça.

– Je te dis que si. Je dois te le répéter combien de fois ?

– Tu veux juste me remettre dans le rang. »

Lee ne répond pas.

« J'ai raison, hein, insiste Julius.

– En tout cas, Muriel voulait vraiment que tu viennes. Tu aurais dû la voir.

– Comment ça ?

– Je pense honnêtement qu'elle comptait là-dessus. »

Pendant un long moment personne ne parle.

Julius s'obstine : « Mais tu l'as convaincue du contraire.

– Il me semble que c'est toi qui l'as convaincue en disparaissant. »

Silence, puis Julius à nouveau : « Dès que tu as reçu cette lettre d'elle, tu as décidé de te débarrasser de moi. Tu as saisi ta chance.

– Et alors pourquoi je t'aurais emmené avec moi à Noël ?

– Parce que tu pensais que tu devais le faire. Parce que tu t'inquiétais de ce que je ferais tout seul. »

Lee dit quelque chose que Muriel ne peut pas entendre et Julius répond sur un ton adouci. Leur dispute semble terminée. Dehors, la rivière coule doucement. Une nuit, ils étaient partis en voiture pour déposer la table, les vêtements et la vaisselle, et au lieu de rentrer en ville ils avaient dormi dans la maison vide. À côté de son mari, sur le sol du salon, leurs manteaux sur les jambes, elle percevait le bruit la rivière, comme maintenant, mais à travers les murs, les fenêtres et l'espace vide de la cour le bruit ressemblait à une simple brise. Cette nuit-là elle aurait voulu que la rivière monte, atteigne la maison et les emporte. Sa mère et sa propre maison lui manquaient, et aussi les basses plaines visibles depuis la fenêtre de la chambre et l'odeur familière du blé. Avant ce fameux jour où elle avait gagné tant d'argent à l'hippodrome, seuls existaient le secret et le plaisir qui en découlait. Ça aurait pu être les chevaux, le bridge ou n'importe quelle toquade, ou simplement quelque chose de nouveau. Mais après que Muriel est allée à la banque, après qu'elle a posté les enveloppes et menti à son mari, le secret et son origine étaient devenus indissociables ; ils étaient comparables et égaux. Elle avait aimé posséder un secret mais elle n'aimait pas mentir. Le mensonge l'avait effacée du monde.

Dans la cuisine soudain une chaise racle le sol et se renverse. La voix de Lee émerge d'un coin éloigné de la pièce, comme s'il était très loin de la table : « OK, très bien. J'ai pu constater que tu t'étais fait des amis dans la marine, tout seul comme un grand.

– C'était rien.

– Je sais que c'est pas vrai. Et ce type à Okinawa, dans ce bar du village.

– Je t'ai dit que je ne le connaissais pas.

– Alors pourquoi tu t'es battu avec lui comme ça ?

– Il nous avait insultés.

– Peut-être, mais ça ne te ressemble pas. »

Un verre posé sur la table, le cendrier qui ripe. La radio est toujours allumée mais au travers du mur et du couloir le son paraît si étouffé, si proche du murmure qu'on dirait un secret.

« Tu vas me raconter le reste ? finit par demander Lee.

– C'est impossible à raconter, George Lee. »

Leurs voix s'amenuisent à nouveau dans les profondeurs de la nuit. La vallée devient silencieuse, glissant vers sa plénitude pastorale, et Muriel laisse venir le sommeil.

Peu avant l'aube elle est réveillée par un bruit sur la route. Elle se lève, traverse la maison silencieuse et s'arrête dans la chambre de Julius. Les couvertures sont pliées et empilées dans un coin. Il n'y a rien d'autre dans la pièce. Elle se rend à la cuisine. La radio est allumée à bas volume. Elle regarde par la fenêtre de derrière, ne voit rien. Elle se dirige vers celle au-dessus de l'évier. Un banc de poussière plane au-dessus de la route. Elle retourne la boîte à café – vide. Elle ouvre la porte d'entrée. Le pick-up a disparu et le van dételé barre le côté de la chaussée. De profondes empreintes de sabots disparaissent sur la route, au loin vers le nord. Le ciel s'est levé, couleur de neige jaunâtre. Elle comprend tout à coup ce qui s'est passé et elle n'est pas surprise, tout en se demandant si elle devrait l'être.

Elle retraverse la cuisine, la pièce principale et le couloir. Dans la chambre Lee dort profondément. Elle se dirige vers le mur, soulève à nouveau le miroir et le retourne pour prendre les enveloppes. L'une d'elles a disparu et, dans l'autre, Julius a laissé l'acte de propriété de la maison de sa mère, le reçu fiscal et la lettre des Carter. Elle les déplie et se met à les relire. À l'intérieur du reçu, elle trouve un autre bout de papier journal avec les noms des chevaux et des jockeys ainsi que les cotes établies par ordre de départ. Dans la marge, quelques notes de sa propre main. Elle le met dans sa poche, range le reste des documents et regarde par la fenêtre l'allée et la route au-delà, baignée d'une fine poussière dans le sillage du pick-up. Elle observe à nouveau les traces de sabots et pense aux endroits où un cheval pourrait aller et à quelle distance ils se trouvent.

Lee est allongé dans le lit, solide, bien bâti. Elle se remémore les arguments de leur dispute et essaie d'en saisir le déroulé, puis une autre pensée lui vient : si Julius ne l'a pas crue au téléphone cette nuit-là, au sujet des chevaux, il la croit désormais. Il a vu l'acte, la lettre et le reçu, peut-être aussi le programme des courses, et il est sans doute capable de reconstituer toute l'histoire. Elle pense à sa silhouette sombre dans la chambre, deux nuits plus tôt. À leur conversation sur la véranda, au chagrin qu'elle avait lu en lui. Elle sait désormais qu'il est venu pour les voler mais cette certitude importe moins que le sentiment de rédemption qui s'est insinué en elle au fil de la journée. Elle pense : « J'ai été démasquée. » Et ce fait éclaire tous les mois précédents, les rebaptise.

6
Tijuana

Lorsque Julius passe la frontière, l'aube se lève à peine. Il traverse San Ysidro sans difficulté. Des hommes en *guayaberas* brodées et chapeaux de feutre franchissent l'arc en plein cintre qui signale l'entrée de la ville, lestés de sacs de fruits et de céréales, certains portant des chaussures en bandoulière, attachées par les lacets, d'autres des valises en carton raccommodées avec du ruban adhésif. Une fois la frontière passée, les panneaux sont en espagnol mais le paysage est toujours poussiéreux, légèrement ondulé et parsemé de créosotiers couleur menthe. Il roule un moment dans la rue principale coupée en deux par une rivière claire et plate comme un miroir qui s'écoule entre les voies.

Il ne pense pas précisément à Henry – plutôt à la chaleur blanche des après-midi au Squaw Motel. À côté de lui sur la banquette, le mini-revolver, mille huit cents dollars provenant des enveloppes que Muriel a cachées derrière le miroir, et une centaine de dollars de la boîte à café. S'il fait attention cet argent durera longtemps, mais il ne peut pas dire combien de temps. À un kilomètre de la ville il quitte la large *avenida* pour rejoindre la zone touristique où les bâtiments sont bas et ordinaires mais tous coiffés de panneaux lumineux qui surplombent la chaussée. Les lettres et les échafaudages enchevêtrés au-dessus de sa tête semblent s'arc-bouter pour se rejoindre au milieu de la rue comme une tonnelle. Au bord de la route, les voitures sont garées pare-chocs contre pare-chocs sur plusieurs centaines de mètres, bien qu'il ne soit encore que sept heures du matin. Sur les trottoirs il y a des marchands de fruits et des mariachis en sombreros et en costumes de *charros*[1] si noirs et si chargés d'or qu'ils semblent ondoyer dans le soleil du matin. Parmi eux il voit aussi des touristes, des marins et des femmes en chapeau à large bord, comme les stars de cinéma.

Il prend Agua Caliente vers l'est pour s'éloigner de la circulation. Il s'arrête sur un parking surveillé par un homme en salopette verte trop serrée aux épaules et à l'entrejambe.

« Cinq *cents* pour se garer, dix *cents* pour repartir, lâche l'homme à travers la vitre baissée du pick-up.

– C'est la définition même d'une escroquerie.

– J'y peux rien, c'est comme ça. »

Julius lui verse les cinq *cents* et se gare dans un coin, sous la grande ombre d'un tipuana. Le soleil s'est levé sans qu'il s'en aperçoive. Il descend du pick-up et contemple la ville au loin, plus grande et plus propre qu'il ne le pensait. Dans la rue des vendeurs de fleurs installent étals et auvents, les enrubannent d'asters séchés et de grappes de piments vernis, comme s'ils préparaient un sacrifice. Avec leurs tabliers et leurs bottes de cow-boy, ils ressemblent à des

1. Cavaliers possédant des terres et du bétail, habillés dans un costume traditionnel comprenant chapeau, veste, chemise et bottes, devenus une icône de la culture mexicaine.

décorateurs de théâtre chargés d'escamoter les perspectives délabrées de la ville, et ce moment lui semble irréel. Son chagrin est identique à celui qu'il a connu des années plus tôt, en voyant pour la première fois les rivages verts de l'Asie, quand il a compris à quel point son enfance avait été modeste. Il n'avait pas conscience de sa maladresse, ni de sa vulgarité, ni de son insignifiance avant de voir de nouveaux endroits comme celui-ci, des hommes parlant d'autres langues, des villes à l'horizon dentelé. Juste de l'autre côté de la frontière, un autre monde.

Il arpente la rue, trouve un hôtel et loue une chambre individuelle. Il a déjà perdu une semaine. Il devrait se mettre à chercher Henry tout de suite mais la chambre est si calme, si propre, qu'il a peur. Il se lave le visage, le cou et les bras dans la salle de bain à l'autre bout du couloir, et, voyant que cela ne suffit pas, fait couler quelques centimètres d'eau chaude dans la baignoire, dépose ses vêtements sur la cuvette des toilettes et s'assied dans l'eau qui lui arrive à hauteur des hanches. Il entend des pas sur le palier, quelqu'un passe devant la porte sans l'ouvrir, puis une autre porte s'ouvre et se referme en claquant. Il s'allonge dans l'eau, les yeux clos, mais ses vêtements sentent mauvais, le robinet goutte et les canalisations grincent dans les murs. Il vide les poches de son jean et de sa chemise, trempe ses vêtements et les frotte. Lorsqu'il soulève son pantalon, l'eau est visqueuse de saleté. Il l'essore et le suspend au-dessus du ballon, puis il vide la baignoire, pousse la saleté vers le siphon et fait couler à nouveau un peu d'eau chaude. Il se rassied dedans et rince les chaussettes une seconde fois. Il se souvient d'une nuit au motel. Des nuages venus d'au-delà du barrage avaient chassé la chaleur et il s'était assis dans la minuscule baignoire, les épaules hors de l'eau, les genoux remontés contre la poitrine. Henry s'était réveillé dans l'autre pièce, était entré et l'avait rejoint. Ils étaient restés assis quelques minutes dans un silence amical, face à face, leurs sexes mous, flous et flottants, à moitié cachés par leurs genoux pliés. Henry recueillait l'eau refroidie pour s'en asperger le visage et la tête.

Julius réfléchit à ce petit coin de la ville qu'il a aperçu. Il se demande où se trouvent les salles de jeux et les prostitués, et par où il pourrait commencer. Le minuscule morceau de savon, aussi décoloré, aussi inutile que du lait écrémé, se brise entre ses mains et il décide de se laver les aisselles et l'entrejambe avec une chaussette, puis étend les deux sur le robinet. Il reste dans l'eau jusqu'à ce que ses épaules le démangent. Dehors, le bruit de la pluie par intermittence, le vent léger venu de la mer. Il se sèche avec un gant de toilette fin et bouloché comme un tapis, puis dort toute la journée et la nuit suivante, et ce n'est qu'au réveil qu'il repense à son frère et à Muriel – et à ce qu'il sait d'elle désormais.

Tôt le lendemain, il sort dans la foule des vendeurs de fleurs et des marchands ambulants qui se préparent pour la journée. Dans l'ombre des parcs et des places, il cherche des jeunes hommes esseulés ou dispersés volontairement parmi les pins, mais il le fait d'un regard détaché, à la façon d'un touriste. Dans les recoins, parmi les arbres décharnés, des femmes indiennes aux épaules drapées de couvertures et de jeunes garçons vendent des chewing-gums et des cigarettes à l'unité. Dans la lumière du matin, il ne remarque que des pickpockets et des agents de cautionnement vêtus de leur pantalon à large fond, mais il tient compte du fait que Henry se lève tôt. Il entre dans un parc quelque part au cœur du quartier du Marrón et s'assied sur un banc en ciment, en appui sur les talons de ses bottes. Dans un angle reculé, sous une toile pendue entre un arbre et la statue d'un taureau, trois hommes se tiennent debout, raides, leurs jeans froncés aux chevilles et rentrés dans leurs bottes. L'un d'eux porte un chapeau avachi, d'un brun grisâtre comme le foin. De l'autre côté d'une rue étroite, derrière eux, se dresse une bodega peinte couleur argent, ornée d'un auvent de tôle ondulée rouillé et recourbé sur les côtés. Il sent leur regard dériver vers lui. Il fixe un point derrière eux, vers la façade argentée de la bodega qui reflète leurs silhouettes déformées, leurs jeans gris délavé et leurs cheveux foncés. Lorsqu'il sent que leur attention se détourne, il les examine, suffisamment longtemps pour constater qu'aucun d'entre eux n'est Henry.

Aux limites du parc les pigeons matinaux exposent leurs ailes à la lumière du soleil, parfois dérangés par des charrettes à bras couvertes de bâches effilochées, poussées par des hommes en chaussures à talons. Un homme et une femme marchent lentement sans parler. Entre Julius et les trois hommes s'étend un chemin de ciment incrusté de pierres vertes et de morceaux de verre oblongs qui semble figurer une rivière s'écoulant doucement vers la mer. Julius lève à nouveau les yeux et voit l'un des hommes s'approcher pour s'asseoir à côté de lui sur le banc. Ses bottes sont d'une propreté saisissante, marquées chacune d'un aigle à hauteur des orteils.

« Cinq ou huit *dólares*, dépend votre intérêt », dit l'homme.

Il lève les yeux vers le ciel et son menton suit le mouvement. Le geste semble refléter une violente aversion – pour Julius, pour ce boulot ou pour la journée elle-même. Le bronze pur de son cou ressemble à un tour de potier. Julius sort un billet de dix et l'agite entre ses doigts. L'homme sourit. Il incline la tête vers l'allée et Julius comprend qu'il y serait conduit s'il lui prenait l'envie de solliciter ses services. Il sourit en retour pour gagner du temps. Les deux hommes sous la bâche échangent un regard. L'un d'eux fait un signe de victoire, l'autre sort une cigarette de son paquet. Le premier porte la cigarette à ses lèvres et se penche pour avoir du feu. Le reste du parc est vide à l'exception des pigeons, et Julius entend au loin les secousses d'un vieux camion et un bruit de poules qui se chamaillent. À côté de lui l'homme aux bottes d'aigle attend.

« Je cherche quelqu'un, dit finalement Julius.

– *Muy Bien*. Nous en avons beaucoup », répond l'homme.

Il fait un signe de tête à ses *compañeros*, qui laissent tomber leurs cigarettes et sortent lentement de l'ombre. L'un d'eux ralentit, tourne sur lui-même et sourit.

« Quelqu'un en particulier, dit Julius. *Específico.* »

L'homme fronce les sourcils.

Il répond : « *Como todos*. Comme tout le monde. C'est mon destin. » Même s'il s'agit d'une question et non d'une déclaration, et Julius éclate d'un rire imprudent. L'homme lève la main. Les deux *compañeros* se figent, chacun a un pied suspendu en l'air et les bras pliés en position de course. Puis ils sourient bêtement et se détendent.

« *Maricón*, ne t'inquiète pas », ajoute-t-il. Julius connaît cette expression. Elle veut dire pédé. C'est une constatation, pas une menace, mais il se raidit. S'il ne trouve pas les mots on croira qu'il veut du sexe, et c'est justement la transaction qu'il veut éviter à tout prix. S'il voulait des bibelots ou des cigarettes, il pourrait les obtenir, contrairement à cette nouvelle chose qu'il cherche, à cette personne en particulier. Il sent l'odeur de propre qui émane de l'homme, son parfum de savon desséché et de dentifrice. Il imagine une pièce pauvrement meublée mais étincelante comme la lumière du soleil. Une sortie de secours, un pot de fleurs pour les mégots sur le rebord de la fenêtre, la main de l'homme tendant sa cigarette vers l'extérieur – Julius est sûr de viser juste, ou presque. Mais il ne sait pas de quelle manière formuler les choses pour accéder à cette intimité-là. Il ne peut pas poser des questions directes sur Henry comme s'il s'agissait d'un frère ou d'un cousin, ni mentir sur son identité. Différencier l'amour fraternel et l'amour romantique est un métier dans ce genre de lieu. Il pourrait s'enquérir d'un jeune Mexicain avec un bras blessé, mais à ses côtés l'homme frémit d'impatience.

« *No hay problema, lo siento*. Pas de problème, désolé », dit Julius, puis il se tait. L'homme se lève, se poste devant lui, le toise. Julius lui rend son regard puis observe la place vide. Les deux *hombres* gardent leurs distances et semblent comploter mais Julius sent que leur attention est tournée vers lui. Il pense à ceux qui l'ont dévalisé à Torrance et aux hommes adossés en rang d'oignons contre la façade des hôtels ou le long des ruelles. Au pouvoir que l'on concède dans ces tractations, à la dignité qu'il avait lui-même perdue, aux deux hommes à tête de chat, à leurs mains sur ses épaules. Il repense à Muriel et il lui vient soudain à l'esprit qu'elle a dû gagner énormément d'argent pour réussir son coup. Elle s'était rendue en secret à l'hippodrome, avait parié sur des on-dit et fini par amasser suffisamment de dollars pour subvenir à ses propres besoins. Quel tour n'avait-elle pas joué là. Quelle formidable improbabilité.

L'homme aux bottes murmure : « *Como todos.* Comme tout le monde. *Está bien* », et Julius sait qu'il doit partir, qu'il n'obtiendra pas ce qu'il veut de cette façon.

« *Lo siento* », répète-t-il.

Il laisse le billet sur le banc pour ne pas être suivi, se lève et ajoute « *Muchas gracias* » avant de se faufiler entre l'homme et le banc. Il emprunte un chemin détourné pour traverser la place et retourne vers la rue principale, où les commerçants ont commencé à dérouler leurs auvents. Au coin de la rue, on a attelé une charrette en bois à un âne affublé de larges rayures peintes, comme un bagnard. L'homme qui se tient à ses côtés est aussi petit qu'un enfant. Il est vêtu d'un sac de maïs en toile de jute découpé sous les aisselles. Dans le chariot, des roses cultivées sous serre, de la couleur du ciel. En s'éloignant Julius regarde derrière lui pour surprendre son poursuivant, mais personne ne semble bouger dans la lumière étale. Il scrute les visages parmi les arbres et sur les pas de porte, mais ne voit personne qu'il n'ait déjà vu.

Il marche le reste de la journée et la nuit suivante. Il ne veut pas prendre de risques avec les dealers ou les prostitués, mais ça ne lui laisse que les enfants, les femmes, les touristes et le policier du coin, indolent et corrompu. Au fil des rues, il fait halte dans les parcs et les *cantinas*, dans les bars d'hôtels décorés aux couleurs de régions mexicaines que les touristes ne verront pas, ornés de motifs tropicaux et de bleus d'hacienda, de masques en papier mâché accrochés aux poutres apparentes et aux *ristras* de piments sous les linteaux, et dans tous ces lieux il dilapide son argent pour obtenir des informations lâchées de mauvaise grâce. Les touristes ne savent rien sur personne et les patrons des *cantinas* sourient comme Eddie Cantor, en roulant les yeux. Au cours de ses déambulations il remarque des garçons indiens, habillés comme des voleurs de bétail, qui lui proposent à plusieurs reprises de le photographier devant des palmiers fanés. Si Henry avait pris le train ou fait du stop depuis Barstow, il serait arrivé quatre ou cinq jours plus tôt, tout au plus. Il est possible aussi qu'il ne soit pas arrivé du tout.

Au lever du jour les rues se remplissent de marins qui déambulent sur les trottoirs quatre par quatre. Quand un groupe de militaires en croise un autre, ils ralentissent délibérément. Parfois un groupe s'écarte pour laisser les autres passer, parfois il maintient sa trajectoire. Mendiants et marchands ambulants les observent avec circonspection. Les pigeons gardent leurs distances, mais une fois les marins partis, ils reviennent picorer sur les trottoirs, et les colporteurs se remettent à héler le chaland. Julius repère quelques petits bars remplis d'hommes du coin ; il se déleste de sa petite monnaie pour de la bière fade et des cacahuètes. Il ne pose pas de questions sur Henry mais il attend, surveillant portes et recoins.

Le crépuscule venu, il se joint à une partie de cartes dans un salon d'hôtel où les hommes jouent au poker mexicain avec des mises initiales de deux dollars – une variante dans laquelle toutes les cartes sont connues, où il n'y a ni relance ni bluff, et où les joueurs attendent qu'un atout apparaisse pour connaître leur sort. Il joue vingt minutes mais l'absence de bluff rend la spéculation difficile. Il perd vingt dollars. Personne ne lui parle.

« J'aimerais bien savoir où un *norteño* comme moi, fraîchement débarqué d'Amérique, pourrait s'amuser davantage », lance-t-il.

Aucun des hommes ne lève les yeux de ses cartes. Quelques minutes passent et Julius commence à ressentir une tension dans l'attitude des joueurs. Lorsqu'il se met debout pour partir, l'un d'eux se redresse à moitié, son chapeau tombe de son genou et il montre la porte d'un grand geste circulaire.

« *Basta*, dit-il, *adios*. »

Il arpente le Centro et l'Este toute la nuit, puis descend dans le quartier résidentiel de Tijuana, La Cacho, près de l'ancien casino, là où les rues à angle droit se transforment en ruelles courbes qui se rencontrent en d'étroites intersections dépourvues de nom. À chaque croisement Julius jette un coup d'œil en direction des fenêtres et des arbres penchés, et il patiente sur des bancs à proximité des lieux où des hommes sont rassemblés. Il les voit s'appuyer contre les murs de parpaings et s'accroupir sur leurs talons. Certains sont semblables à ceux qu'il a vus le matin même, d'autres sont les fils des migrants du *Dust Bowl* descendus des collines pelées de l'autre côté de la frontière. Des gars de l'Oklahoma en pantalon large, avec leurs cheveux gras, plaqués en arrière, et leurs grands rires gênés. Vers minuit, des feux surgis de fûts métalliques peints illuminent les petits terrains vagues disséminés entre les magasins et les bars, encerclés par des ombres aux postures délibérément menaçantes. Des étincelles jaillissent dans la nuit.

Dans Jalisco Street, il passe devant un hôtel semblable à la tour d'une prison et s'arrête dans le hall pour aller aux toilettes et boire l'eau marron du robinet. Il n'a jamais eu aussi faim. Les murs et le sol du hall sont en ciment gris pâle. La porte de l'ascenseur est ouverte mais l'intérieur est vide et sombre. Toutes les chaises délabrées sont libres sauf une, près d'une fenêtre étroite placée en hauteur comme dans un pénitencier, et sur cette chaise une femme est assise, seule. Elle est brune, entre deux âges, et semble n'attendre personne. Le menton appuyé sur son pouce, la première phalange repliée sur le côté de sa bouche, on dirait pourtant qu'elle espère une révélation. La fenêtre projette une lumière de néon providentielle depuis la rue qui colore son visage de traînées vertes et rouges tournoyant sur son nez et sur son menton à la manière d'une boule à facettes. Julius reste debout un long moment à la regarder. Il se sent très fatigué, affamé. La femme est assise, prisonnière de la lumière, et il se dit qu'il aimerait qu'elle le touche, qu'elle le prenne dans ses bras. Elle ne ressemble pas à Muriel mais elle a sa prestance et il pense que s'il l'apostrophait, elle se tournerait peut-être vers lui avec le visage de sa belle-sœur. C'est une pensée étrange, impérieuse, encore une chose qu'il ne peut pas exiger.

Julius songe soudain au paysage brut du corps de Henry, à ses moments de concentration. Henry, Muriel et cette femme se superposent comme sur une pellicule mal ajustée. Il connaît toutes sortes de choses mystérieuses à propos de son amant, et il en sait tout autant sur cette femme, sur sa belle-sœur et sur n'importe qui d'autre. Il pourrait bien inspecter chaque bar, chaque hall d'hôtel, il y trouverait ces mêmes infimes traces chez d'autres personnes, et même s'il restait ici des semaines entières il n'attendrait sans doute pas assez longtemps pour permettre à Henry de rattraper le désir qu'il a de lui. En douze heures il a dépensé deux cents dollars et rien trouvé. Les murs gris du hall n'émettent aucun son et Julius s'entend respirer. Henry se tient peut-être au milieu des palmiers, dans un parc, sans savoir que Julius est passé par là une heure plus tôt. La femme tend la main pour prendre son verre sur l'accoudoir de la chaise. Elle se penche légèrement en avant, son visage se révèle dans la lumière et le sort est rompu. Julius entend une clameur dans la cage d'escalier. Il passe la porte du hall, repart dans la ville sans fin.

Le soleil est à sept heures dans un ciel sans nuage. Il contemple une rue décorée de drapeaux et constate qu'il a tourné en rond toute la nuit. Au sud, les minarets délabrés d'Agua Caliente, au nord, les endroits huppés dont raffolent les touristes et au-delà, les banlieues que Julius a parcourues et dont il pense avoir atteint les limites. Puis il se souvient de la chaîne dans sa poche et de Henry debout, un coude appuyé sur la commode – et soudain il sait quoi faire.

Après avoir traversé les rues du centre-ville où les commerçants balaient et déploient leurs étals, il s'engage dans une partie plus ancienne de la ville et déniche la ruelle avec cette facilité qu'ont les hommes à trouver ce qu'ils cherchent dans n'importe quelle ville. Un bar en face de lui laisse s'échapper des rires et de la musique. Les hommes postés devant fument et se taquinent les uns les autres. Il va devoir attendre le retour à la sobriété et la clarté qu'elle apporte, mais il sait aussi que ceux qui sont ici n'ont pas trouvé ce qu'ils voulaient, sinon ils seraient ailleurs. Cette tristesse, ce besoin insatisfait lui seront utiles. En regardant les buveurs se regrouper progressivement au bord du trottoir, il se dit qu'il y a peu de chances qu'il leur reste de l'argent.

À l'intérieur, le bar est plein. Dans un coin, le juke-box joue une ballade de musique country ; les hommes se dandinent et tapent dans leurs mains au son du refrain qui leur évoque sans doute ce que supplée cette longue nuit. Julius joue des coudes pour se frayer un chemin, commande puis s'installe au bout du bar. Il attend. Derrière le comptoir, un miroir bon marché maculé par les spirales de fumée et dont le centre est piqué. La salle dégage une odeur de coton humide. Le mur du fond est couvert de pages de catalogues arrachées, exhibant des femmes en gaines et jarretières, des publicités pour des *toreos* – les corridas – et des vacances festives d'une semaine sur la côte, ainsi qu'une carte du monde en 1840.

Il laisse émerger du fond de son esprit un souvenir de Muriel. Il n'avait pas dormi au cours de cette première nuit. Avant l'aube, il avait enfilé ses bottes et bu une tasse du café limoneux de la veille pour sortir dans la fraîcheur bleue de la cour nue. Il avait marché jusqu'au bord de la rivière pour regarder l'eau marron tout en se soulageant dans les broussailles. Vue du talus, la nouvelle maison était blanche, propre, paisible. Il avait repensé aux enveloppes et à ce qu'il y avait découvert et il ne parvenait pas à se l'expliquer. Pourquoi conserver l'acte de propriété et le reçu fiscal d'une maison dont elle n'était pas propriétaire. Peut-être qu'elle les gardait juste pour le souvenir. Il s'était retourné en remontant sa fermeture éclair et l'avait aperçue par la fenêtre de la cuisine, debout devant les fourneaux.

Le brûleur à propane répandait un bleu fragile, enserré sous le fond de la bouilloire. Ses cheveux, bizarrement attachés, étaient peignés en arrière comme ceux d'un homme. Tout en patientant, elle avait posé ses paumes au bord du plan de travail et se poussait vers l'arrière pour s'étirer et détendre son dos. Elle ressemblait à ces peintures d'arbres qu'il avait vues au Japon. Dans cette partie du monde, les artistes affichaient une prédilection pour les formes courbées ou malmenées par le vent, pour la façon dont les arbres, les vagues, les falaises ou les champs dévoilaient le mouvement constant de la Terre. Lee était entré dans la cuisine l'instant d'après. Elle s'était redressée, avait allongé le cou et laissé tomber ses mains du plan de travail pour se tourner vers lui. Julius avait perçu la gravité de son humeur par les petits ajustements de son corps, et dans cet instant il avait saisi quelque chose à propos d'elle et du mariage de son frère, même s'il lui faudrait attendre un jour de plus avant de le comprendre vraiment. Il aurait aimé pouvoir reprendre leurs conversations antérieures et écouter à nouveau, plus attentivement cette fois. Il avait cru que son frère avait tout réussi, et de savoir qu'il n'en était rien avait libéré quelque chose en lui.

Enfin il aperçoit au fond du bar l'homme qu'il cherchait. En observant son menton arrondi orienté vers la salle, Julius peut deviner sa faiblesse mais aussi son désir, rendu visible par la position de son bras négligemment posé sur le dossier de la chaise. Il attend que l'homme sente son regard et pivote vers lui. Le coup d'œil échangé reste suspendu suffisamment longtemps pour répondre à sa propre question. Julius finit sa bière puis en commande deux autres et les apporte à la table de l'inconnu, qui lève son verre. Les types près du juke-box ont émergé de leurs pâles rêveries et passent maintenant des *rancheras* qui leur évoquent les westerns, et ils tirent des coups de feu imaginaires. L'un d'eux plisse les yeux en fixant son doigt et vise la porte d'entrée.

L'homme lui dit qu'il s'appelle Ralph mais Julius le soupçonne de mentir. Il répond en donnant son véritable nom. L'autre sourit. De près, Julius voit qu'il est plus âgé, les cheveux clairs, coupés à peine un ou deux jours plus tôt. Sur le dossier de sa chaise, un blouson militaire cintré et poussiéreux, dont un coin du col s'effiloche et qui a dû appartenir à un oncle ou à un frère. Le genre de vêtement qu'un homme d'un certain âge porte pour honorer une autre guerre, une guerre plus noble. Il lui présente la chaise vide et Julius s'assied, les bras croisés dans le dos et les hanches arquées sous la taille – il sait qu'ainsi il paraît plus jeune, moins roué. Ils parlent de choses ordinaires, du prix d'une Corona et de sa saveur universelle, des femmes au teint sombre de l'Avenida Ensenada, et au détour de la conversation Julius pose des questions volontairement simples et naïves. Tandis qu'ils parlent Julius étudie ses mains pour évaluer les risques, de la même manière qu'il observait les joueurs depuis les combles. Ses propres mains sont croisées nonchalamment devant lui. La musique des accordéons et des luths, qu'on appelle ici des *vihuelas*, ressemble aux couinements des ressorts d'un lit.

« La nuit se termine, il est trop tard maintenant pour espérer que se passe quelque chose de bien, finit par lâcher Julius.

– Je ne crois pas, cher ami, répond Ralph. Les journées ne sont pas les mêmes par ici. T'as pas déjà ressenti ça, toi ? Comme s'il n'y avait qu'une seule petite fenêtre de temps où ton désir pourrait se réaliser ? Je le ressens très fort, là maintenant. »

À ce signal Ralph fait le geste que Julius attendait : il se penche en avant et baisse la voix. Entre eux les verres souillés, comme un avant-goût de ce qui vient.

« Écoute, je connais un endroit où on pourrait s'amuser d'ici la fin de la journée », dit-il.

Quelques simples échanges de regards. Julius se lève, Ralph le suit. Sur le trottoir l'homme fait signe à un taxi et ils embarquent dans la poussière dorée de l'hiver. Alors qu'ils sont arrivés aux portes d'un parc, Ralph règle le conducteur, sort d'un mouvement raide en époussetant ses manches et en raidissant son col. Ils sont quelque part au nord de la ville, près de la frontière. Des murs de parpaings bleu vif affichent le nom du parc et la date de sa fondation – Santa Cecilia, 1898. De l'autre côté de la rue, un puzzle de *chabolas*, ces cabanes de bidonville constituées de panneaux d'aggloméré, briques et bouteilles de verre brisées, encastrés les uns dans les autres, avec des toits couverts de branchages, de bâches en plastique et de chutes de tissu, le tout retenu par des cordes reliées à des croix en fer et à des morceaux de clôture. De cette masse émerge une cacophonie de sons humains, rires, tintements de chopes et cris de jeunes enfants. Quelque part, tout près de la rue, un harmonica. Au-dessus de tout ça, un nuage de fumée de bois et des corbeaux perchés le long de l'avant-toit.

« L'essence même de l'ingéniosité », dit Ralph.

Ils marchent quelques minutes vers le centre du parc comme s'ils n'étaient encore convenus de rien. De l'autre côté du mur bleu, le vacarme du bidonville se dissipe. Les arbres laissent place à une petite prairie de digitaires souffreteuses. Dans cette lumière bucolique Julius découvre que Ralph a été beau un jour et qu'il l'est encore à plusieurs égards. Le soleil de fin de matinée traverse les branches au-dessus d'eux et se projette en ombres douces qui quadrillent la pelouse.

Julius ne voit personne à part quelques silhouettes solitaires le long de la prairie, qui semblent indiquer la présence d'une habitation. Ralph le conduit à travers l'espace dégagé, derrière un bosquet de frênes, près d'un muret de pierres.

« Tu étais dans l'armée, dit Julius.

– Tu as servi toi aussi, à ce que je vois. Tu as l'âge.

– Exact, on est à égalité sur ce point. »

Ralph déboutonne sa veste poussiéreuse, plante ses mains sur ses hanches et laisse le vêtement s'ouvrir sur une chemise en soie blanche ornée d'une broderie de roses pâles sur l'épaule. Les boutons sont nacrés, féminins, tendus sur sa large poitrine.

« Je n'ai pas besoin d'en savoir plus sur toi, du moment que tu ne me poses pas de questions. »

Julius n'aime pas son regard, transparent et plein d'espoir. Il repense aux joueurs et à leurs épouses qu'il observait depuis les combles. Au naturel de leur beauté. Il repense à son propre frère et à son ignorance. Il laisse Ralph s'avancer, glisse une jambe entre les siennes et le tire par la ceinture. Ils se cognent le nez. Julius embrasse le bas de sa bouche rieuse et manque de s'oublier.

« Ça fait trop longtemps », dit Ralph.

Il empoigne la braguette de Julius pour le rapprocher de lui. Dans la fièvre de ce moment, leurs joues se pressent l'une contre l'autre et la lumière tachetée du feuillage, douce et romantique, rayonne autour d'eux. Julius baisse une main pour fouiller dans sa poche arrière. Par-dessus l'épaule de l'homme la lumière du jour, brillante et drue, se répand à travers les pierres du muret.

« Ça peut se faire très facilement », dit Julius en pointant le petit bout noirci de l'arme dans la chair molle sous la mâchoire de l'homme.

Ralph baisse les yeux, découvre le mini-revolver et rigole. Julius appuie plus fort. Ralph fronce les sourcils, plonge une main dans sa poche, l'autre main levée en guise de reddition – Julius rit aussi, car bien évidemment tout ceci est ridicule. L'arme miniature ressemble à une parodie de la violence, comme un bâton de dynamite dans un dessin animé. Julius éloigne le revolver et recule.

« Tu sais, j'ai été arnaqué dans une douzaine de villes, dit Ralph en lui tendant les billets sortis de sa poche. C'est le prix à payer quand on fait des affaires. » Il fait claquer ses lèvres puis les caresse du bout de son pouce.

« C'est bien d'être réaliste », déclare Julius.

L'homme s'appuie contre le muret et son regard s'adoucit. « C'est donc comme ça que ça se termine ? demande-t-il. Beaucoup d'ennuis pour quelques dollars que j'avais prévu de te donner de toute façon.

– J'ai bien peur que oui. »

Ralph passe la main sur le devant durci de son pantalon. Le geste n'est pas obscène, plutôt tendre, comme s'il lissait les cheveux d'un amant. Il s'avance et Julius pointe l'arme sur lui : « Je ne suis pas une pute. C'est pas pour ça qu'on est là.

– OK, si tu le dis. Si ça te fait te sentir mieux. »

Julius n'aime pas le ton de cet homme mais il n'a jamais volé quelqu'un aussi ouvertement et il ne sait pas comment mettre fin à la situation.

« On peut ajouter un bonus. Enlève ta veste et ta chemise. »

Ralph sourit. Il appuie le bout de la langue sur ses dents carrées, défait le bouton du haut de sa chemise puis s'interrompt. Son visage perd son air charmeur et il jette un coup d'œil au loin, comme s'il considérait tout cela pour la première fois.

« Je te laisse garder ta stupide veste, mais je veux la chemise. »

Ralph retire sa veste en haussant les épaules, puis déboutonne sa chemise et l'enlève, une manche à la fois, en passant sa veste d'une main à l'autre. Il lance la chemise, Julius l'attrape, la jette sur son épaule et pointe à nouveau l'arme sur lui.

« C'est quoi la taille de ces bottes ?

– Écoute, chéri, tu t'en sors déjà bien, il me semble.

– Quelle taille ?

– Quarante-six.

– Garde-les. »

Julius quitte précipitamment le couvert des arbres et s'avance dans la lumière automnale de la côte. Il traverse l'étendue verte où quelques vieux sont arrivés avec leurs dominos, puis un autre bosquet de frênes. Il observe Ralph qui émerge au loin dans sa veste boutonnée jusqu'au cou. Celui-ci croise les vieux, hoche légèrement la tête et se tient un moment dans la clairière, scrutant les environs. Les joueurs de dominos le dévisagent, il les fixe à son tour, et lorsque l'un d'eux ébauche un geste pour se lever Ralph se détourne pour s'en aller par là même d'où ils sont venus. Julius attend dix minutes, puis vingt, jusqu'à ce qu'il soit certain que Ralph a trouvé un autre taxi et qu'il est en route vers la ville. Puis il glisse la chemise en soie dans sa poche et s'avance dans la prairie pour rejoindre la rue.

Un jour, ne trouvant pas d'argent dans le sac d'une femme, il avait volé ses collants et les avait gardés quelques semaines alors même qu'ils ne lui servaient à rien. Il ne l'avait jamais dit à personne, ni aux jeunes prostitués qu'il connaissait, ni aux joueurs de cartes aux reparties bouffonnes et vicieuses, qui pour certains en auraient ri et auraient davantage apprécié Julius du fait de cet acte inutile confirmant à leurs yeux son statut de voleur. Leur raconter l'histoire reviendrait à la déformer, à s'en trouver dépossédé. Partager un moment d'une telle intimité aurait donné à ceux qui l'entendaient une importance qu'il ne voulait pas leur accorder.

Mais aujourd'hui il éprouve le besoin de partager cette histoire. Il pense que si Ralph parle à la bonne personne de cette agression idiote, du jeune homme avec le mini-revolver, l'histoire pourrait circuler assez vite. À Los Angeles, il ne fallait que quelques jours pour que les meilleures anecdotes et les mises en garde les plus sévères, se répandant à travers les rues et les quartiers pauvres, fassent le tour de la ville. Une telle efficacité rendait la vie là-bas à la fois dangereuse et facile. Pas d'intimité, mais pas de surprises non plus. Julius est persuadé que Ralph est le type qu'il faut mais on ne sait jamais ; un homme peut devenir n'importe qui à n'importe quel moment. Il se promène dans le périmètre du parc. La journée commence à se réchauffer. Tout en marchant il dessine mentalement un plan des lieux où il retournera une fois le soleil couché.

Julius passe le reste de la matinée à dormir dans la cabine du pick-up, recroquevillé, les talons de ses bottes calés contre le bord du siège, les orteils en l'air. Il se réveille en tremblant dans la fraîcheur de l'après-midi. Il ouvre la porte, sort en secouant ses membres ankylosés. Le soleil descend dans le ciel en formant une longue trouée de lumière qu'il suit jusqu'à la limite du parking pour contempler la ligne d'horizon. Il pense au travail qui l'attend. Il sort l'enveloppe de sa poche et passe son pouce sur les billets. Il additionne leur valeur, ajoute celle de la vieille Ford et le prix du terrain, des plans, du bois et de la main-d'œuvre. Il n'avait jamais gagné autant, quelle que fût son activité, et n'avait jamais connu personne qui l'avait fait. C'était le genre de chance qui transformait les hommes en tyrans, pourtant Muriel avait renoncé à cet argent. Elle aurait pu le garder pour elle, pour sa maison dans le Kansas, mais elle avait acheté le terrain pour Lee et l'avait abandonné à son propre rêve, à sa fantaisie, tout en cachant le reste. Il essaie d'imaginer les raisons d'une telle décision et il repense à la nuit qu'il a passée à Torrance, à sa façon délibérée de perdre pour se protéger du danger, et il devine l'ambiguïté de son acte sans le comprendre complètement.

Il enlève sa chemise déchirée pour enfiler celle de Ralph, qui est plus belle et plus propre et qui sent l'après-rasage. Il descend du pick-up, remonte la large rue et retourne dans la partie la plus dense de la ville. En attendant que baisse la lumière du jour, il entre dans un cinéma qui propose une *cabaretera*[1]. Il paie vingt-cinq *cents* pour le film, vingt-cinq *cents* supplémentaires pour une bière tiède, et va s'asseoir au fond de la salle obscure. Les rares hommes qui s'y trouvent sont installés à distance les uns des autres, affaissés dans leurs sièges. Seuls leurs mains, leurs nez et leurs fronts luisants demeurent visibles. Sur l'écran devant lui, les *ficheras* – ou entraîneuses – flirtent avec l'aisance des femmes qui n'ont jamais apprécié le romantisme, qui l'ont toujours considéré comme un travail, un mythe destiné à rendre le boulot supportable. Les *machotes*[2] arborent des moustaches et des vestes à large col, et quand les *ficheras* décroisent les jambes ou quand elles ramènent leurs longs cheveux vers l'avant pour se couvrir la poitrine, la salle résonne de soupirs, puis du son furieux des trompettes dans les haut-parleurs accrochés en bas, le long des rampes.

Dans la faible lumière orangée, les hommes sont tous de la même couleur, même si certains spectateurs arborent sans doute des coups de soleil, ou une pâleur digne des plaines, ou des yeux foncés et une peau sombre – et dans cette uniformité la salle semble éclore, à l'image d'un Éden. En voyant ses mains autour du verre de bière et son reflet pâle dans le mur noir, Julius constate que lui aussi est de la même couleur – celle d'un crépuscule baignant une pelouse tondue. En dessous de lui un garçon de neuf ou dix ans est assis seul, un chapeau western lui couvrant la moitié du visage. Assis de côté et en surplomb, Julius peut apercevoir sa silhouette élancée, son menton et son

1. Film de genre inspiré du cabaret, typique du cinéma mexicain des années 1940.

2. Stéréotype masculin né durant la révolution mexicaine.

nez épaté. Sur l'écran, la *fichera* est assise dans un bar bondé en face d'un gros monsieur qui l'examine d'une façon stupide et vulgaire. Lorsqu'il lui demande de danser pour lui, elle sort ses faux seins et les pose sur la table, puis se lève et baisse une bretelle de son soutien-gorge. La taille, les jambes et les avant-bras sont hors cadre, mais le mouvement des épaules laisse penser qu'elle tire sous sa jupe pour enlever sa culotte. Ce faisant, elle continue à scruter la caméra. Le gamin redresse le menton et soulève son chapeau d'un doigt. Julius perçoit dans ses yeux écarquillés l'émerveillement exquis de la jeunesse. Il sent son propre regard absorbé par les yeux de la *fichera*, qui reflètent son excitation à la perspective d'une révélation ou d'une mutinerie tandis qu'elle se déshabille pour l'homme, pour le garçon au chapeau de cow-boy, pour Julius, pour la salle de cinéma. Les effets de perspective cinématographique donnent l'impression qu'elle soutient le regard de chacun sans distinction, et au moment où sa nudité se révèle Julius peut presque sentir le glissement soyeux et la liberté impalpable de son geste. C'est une sainte qui se prépare pour une cérémonie. Dans l'obscurité de la salle, l'esprit de Julius se réfracte ; sa vision est concentrée sur la femme sur l'écran, puis sur le garçon en dessous de lui qui n'est pas assez âgé pour comprendre, puis sur les autres hommes dispersés dans les rangées. Sa perception polarise ce que tous peuvent ressentir en regardant cette femme se dénuder. Il pense à ce dénommé Ralph et à ses épaules parsemées de taches de rousseur. Il regarde son verre vide et secoue la tête face à cette incongruité. Les tambours perçants du boléro résonnent en boucle dans les haut-parleurs. La *fichera* se met à danser et les hommes dans la salle gémissent en retour. Le grand chapeau du gamin s'abaisse jusqu'à couvrir l'ensemble de son visage. C'est maintenant un paysan qui dort en *huaraches*[1] et pantalon large ; une parodie obstinée de la frontière. Il s'affaisse dans le siège jusqu'à disparaître.

La danse est terminée. Le plan suivant montre un paysage de montagnes sales au bord d'un océan lisse comme du papier ; la moitié des spectateurs se lève pour partir. Julius regarde le film jusqu'au bout et la sensation fragmentaire s'estompe. Il se fraye un chemin dans l'allée pendant que le générique déroule un air de cumbia endiablée.

À l'extérieur du cinéma il suit le garçon vers la Zona Norte. Le soir est venu, le bleu hivernal, infini, s'étale entre les bâtiments, sur les chapeaux des touristes et des *mariachis*, créant un contraste émouvant avec la salle obscure. Julius secoue les bras, étire sa nuque et scrute les alentours sans en avoir l'air. Le gamin se dirige vers la plaza Viente de Noviembre, où il rejoint un groupe d'hommes qui vendent des poupées en carton et des pièces de monnaie en bois. Julius passe devant eux pour se diriger vers le centre de la place. Pendant ce temps, le garçon brandit un pistolet vers les hommes qui tombent en riant, les mains en l'air. Le plus âgé d'entre eux se penche et donne une pichenette sur le bord du chapeau, qui se détache de la tête du garçon et atterrit au sol.

En face des marchands, un homme en *guayabera* déboutonnée jusqu'au nombril se faufile au milieu du flot de touristes. En passant devant lui, Julius comprend ce que l'homme vend : la vision de son propre cœur, qui cogne de

1. Sandales en cuir tressé.

façon visible contre la peau de son sein gauche dénudé, et qui roule de haut en bas comme un poing. Julius l'observe un moment sans parvenir à croire ce qu'il voit. Autour de lui personne ne réagit à ce spectacle, comme si l'homme était là depuis un bout de temps et n'était plus un événement pour personne. Son cœur bat à tout rompre, il est bien présent, il a la forme d'un cœur et semble sur le point de traverser la peau. Certains touristes détournent les yeux, d'autres jettent quelques pesos, et l'homme se donne en spectacle quelle que soit leur réaction, exhibant son cœur impossible et tendant la main. Julius attend et cherche des fils ou des coutures, mais il n'y a aucune tromperie malgré cet organe invraisemblable, si proche et si vulnérable. Semblable à une rumeur, l'homme disparaît à nouveau dans la foule.

Julius retourne au parking et démarre le moteur du pick-up. Au niveau de la guérite il donne les dix *cents* annoncés à un autre gardien et s'engage en cahotant sur la grande avenue. Il retrouve le parc de mémoire et laisse le véhicule dans une rue latérale où quelques misérables *chabolas* sont encastrées dans les arbres. Il se rend ensuite à l'autre bout du parc, retire sa chemise et la passe sous le filet d'eau d'une fontaine. Lorsqu'il la secoue, il constate que l'eau a marqué le tissu là où Ralph et lui ont transpiré, le long du col et des aisselles, et il frotte ces endroits avec l'ongle carré de son pouce. Après quoi il l'essore et l'enfile, encore humide, puis humidifie ses cheveux. La lune et quelques pâles étoiles ont fait leur apparition. Une demi-douzaine d'ombres se rassemblent au centre de la pelouse. Julius s'allonge dans l'herbe avec le mini-revolver dans son poing, le dos humide de la chemise laissant filtrer la douceur fraîche du sol.

Deux nuits plus tôt, après avoir trouvé les enveloppes, il s'était assis dans la cuisine en se demandant quoi faire. Il avait réfléchi à ce que Muriel lui avait dit au téléphone et à l'argent qu'elle lui avait envoyé, et ces deux choses avaient pris un sens nouveau, étonnant. Le reçu fiscal, l'acte de propriété et la lettre des voisins étaient faciles à analyser, et le programme des courses trahissait leur provenance. Les mots qu'elle avait écrits sur ce morceau de papier lui étaient familiers mais il n'aurait su dire pourquoi. Il était resté assis longtemps dans la cuisine pour réfléchir à tout ça. Son reflet lui faisait face dans la fenêtre, comme une image sur un écran de cinéma, aussi nette et aussi lointaine. Une sorte de photographie à double exposition. S'il le disait à son frère, son cœur se briserait, puis il deviendrait sentencieux et retournerait à ses maigres espoirs. L'étrangeté du crime pourrait suffire à réparer les choses. Pourtant, ce serait le mensonge et non l'argent qui blesserait Lee : le mensonge confirmerait ce que son frère ne pouvait ni admettre, ni nommer.

Plus troublant encore, ce sentiment qu'avait Julius d'avoir lui aussi trahi son frère en toute connaissance de cause. Ce qu'il avait espéré en venant les voir et en amenant la jument se dissolvait dans cette réalité. Il avait découvert le secret de Muriel parce qu'il était venu les voler, mais elle avait essayé de lui en parler bien avant. Il était resté longtemps au téléphone cette nuit-là, attendant son amour et ses confidences. Il avait voulu quelque chose que son frère n'avait pas. Il voulait qu'elle le connaisse et il supposait qu'elle le voulait aussi, mais il n'avait trouvé aucun moyen de formuler sa pensée. Dans la fenêtre sombre de leur cuisine il n'était plus beau ni séduisant. Il avait posé sa tête sur la table, il avait envie de pleurer mais en était incapable, et il avait senti naître sa décision dans le froid du matin. Il aurait pu laisser les cent dollars dans la boîte à café, mais il avait besoin de la cruauté de ce geste, du sentiment de juste retour des choses que la souffrance de Lee lui apporterait. Il ne pouvait pas le dire à son frère et il ne pouvait pas partager un secret avec la femme de ce dernier, ce qui ne laissait d'autre choix que le vol, et son propre exil.

Souvent, enfant, il avait imaginé la scène de la Crucifixion – non pas les abstractions du péché, de la mort ou de la vie éternelle, mais la véritable morsure du clou. Lors d'un sermon dans la petite église où son père payait la dîme, et où Julius avait été traîné un matin d'été pour une bêtise qu'il avait commise, le pasteur avait précisé à l'assemblée que les clous n'avaient pas été enfoncés dans les paumes du Christ, comme tout le monde le croyait, mais dans ses poignets. Pendant que le pasteur parlait, Julius avait regardé son père enrouler sa main autour de son propre poignet comme s'il venait d'être libéré d'une corde ou d'une menotte, et Julius avait compris pour la première fois que son père éprouvait des sentiments.

Dans les branches au-dessus de lui un oiseau s'envole vers la ville. En hiver ils se déplacent dans les arbres en mouvements sombres et nerveux, comme des mains qui s'agitent. Pour lui, tout ce qui est mort ressemble à un oiseau dans les airs. Il se souvient soudain de quelque chose, d'un petit repli dans le temps. Il se voit à onze ou douze ans, tenant un piquet de haie pendant que Lee creuse autour. Les branches dénudées comme celles qui le surplombent à présent se détachent sur un ciel froid. Il ne se rappelle rien de plus, juste la sensation de ce moment et le blanc pastel du ciel, les bras nus des peupliers de Virginie et des chênes qui se déploient dans le paysage.

Ralph est peut-être assis dans un bar à cet instant précis, occupé à jouer au pop-cap ou à un jeu à boire avec un gosse des rues. Le gamin sort de sa réserve habituelle et laisse s'épanouir une certaine intimité entre eux. Ralph se met à parler. Il lui raconte qu'il a été approché, le matin même, par un homme aux cheveux noirs avec une chemise sale à laquelle il manquait un bouton, un homme aux mains larges marquées par le malheur. Ralph prend soin de garder les épaules droites et de parler à voix basse, non pour simuler une quelconque dureté, mais pour adopter une posture de satisfaction virile, le corps disposé de manière à masquer ses désirs, à créer une distance fragile entre l'histoire qu'il raconte et son émotion véritable. Il évoque d'un ton bravache le mini-revolver et son argent perdu. Le jeune *puto*, naturellement au fait des goûts de l'homme mais inexpérimenté, emmagasine cette histoire pour l'utiliser plus tard, en guise de mise en garde ou de préliminaires. Il la raconte d'abord à son amant, dans un café bruyant, pour éviter d'avoir à avouer où il était, puis il la raconte aux autres gosses de la *plaza* où il travaille. L'anecdote se répandra dans la rue où se rencontrent les hommes, dans la Zona Coahuila, jusqu'à l'endroit où Julius se repose désormais en imaginant tout ça. Entre-temps, le récit aura changé mais un détail important demeurera, et grâce à cet élément singulier, une fois que l'histoire lui sera parvenue, dans un motel, une bodega ou une ruelle, une fois qu'il aura commencé à la retracer, Henry saura. Peu importe que Julius l'ait trahi, que leur travail honnête au casino ait été perdu à cause des vols et des errances. Lorsqu'il entendra l'histoire du revolver, Henry viendra le voir et Julius sera pardonné pour tous ses méfaits.

Au cours des hivers rigoureux de leur enfance, Julius et son frère trouvaient du travail chez les fermiers, s'occupaient à déblayer la neige pour l'entretien du comté pendant la saison des jachères, salaient les trottoirs et dégelaient les réservoirs. On les rassemblait dans l'obscurité, à l'angle de 9th Street et de Topeka Boulevard, dans un bus scolaire réaménagé que se partageaient les services d'entretien et ceux du shérif, et dont l'intérieur était équipé de barres semblables à des porte-serviettes, destinées à accueillir des menottes. Le bus n'était pas chauffé et les garçons fumaient, les vasistas ouverts laissant pénétrer un peu de sel de déneigement et de neige boueuse. À l'époque la ville était un simple couloir d'entrepôts en briques se rétrécissant vers le sud, avec des quartiers résidentiels éparpillés à l'est et à l'ouest comme du grain lancé aux poules. Par ces matins sombres, les garçons pouvaient voir les étoiles du petit jour se refléter dans les vitres nues du véhicule.

C'était en hiver, à l'approche du dégel, presque au printemps. Un hiver semblable à celui des branches dénudées et du piquet de haie. Son frère et lui avaient été traînés de force au sommet de la butte des Burnett où une tempête de grêle, quelques semaines plus tôt, avait fauché des arbres et fait tomber la clôture qui séparait un chemin de terre d'un boqueteau de châtaigniers des marais. Les barbelés avaient une finalité morale : interdire aux adolescents et aux militaires, à tous ceux susceptibles de révéler aux demoiselles les lumières de la ville, le ciel du Kansas et le délicat travail de l'amour, de se garer à cet endroit. Leur tâche, ce jour-là, consistait à remettre la clôture en état. Julius n'avait que douze ans, son frère bientôt quatorze. Ils étaient suffisamment âgés pour avoir presque tout oublié de leur mère, morte dix ans plus tôt, et pourtant quelque chose dans ces tâches matinales routinières rendait sa présence perceptible, son odeur, sa forme, sa chaleur ; une solitude qui cherchait à s'incarner pour donner du sens, afin qu'ils puissent la nommer, la soustraire au monde et se la réapproprier.

Du haut de la butte ils pouvaient admirer le lever du soleil. Ils déroulaient les barbelés deux mètres à la fois et enfonçaient les poteaux à travers la couche superficielle de gel, jusqu'à l'endroit où le sol devenait humide et meuble. Deux ou trois garçons tenaient la clôture debout, un autre creusait une terre fraîche et fertile et cognait sur les poteaux. Pendant qu'ils travaillaient, le jour illuminait lentement la courbe si reconnaissable de la Terre.

Les détenus de la prison du comté travaillaient à leurs côtés, comme c'était souvent le cas, et aucune autorité n'empêchait leurs interactions bien qu'on ait dit aux jeunes de ne pas laisser les prisonniers leur offrir des cigarettes, ni quoi que ce soit d'autre, sous peine de poursuites judiciaires. Ce jour-là les détenus avaient travaillé au pied de la butte, à une certaine distance, pour débarrasser les branchages et les jeter sur un tas de fumier. À dix heures ils avaient retiré leurs manteaux droits et se baladaient dans le pyjama de toile qui les identifiait en tant que prisonniers. Les gardes étaient debout, fusil à la main. Les détenus jetaient des regards sinistres sur les adolescents au sommet de la butte, lesquels faisaient de leur mieux pour ne pas les voir.

Julius et Lee avaient atteint un âge et vivaient à une époque où des frères comme eux pouvaient choisir entre deux voies. Leur père avait été baptisé dans la Kansas River avec sa chemise de nuit pour tout vêtement et il avait depuis adopté les habitudes des hommes pieux, paré de tout le zèle et de tous les défauts des convertis. Julius et Lee avaient appris à s'adapter à ce changement, chacun de manière différente. Le week-end, Lee récupérait l'eau pour la lessive au robinet municipal, préparait le café et entretenait le feu, tandis que Julius disparaissait dans les terrains vagues et dans le dédale d'arbres persistants le long de la rivière. Les extras du vendredi étaient devenus le seul moment qu'ils partageaient, mis à part la nuit quand ils dormaient dans le salon près du poêle à bois. Lorsque six mois plus tard leur père avait cessé de travailler, que l'électricité avait été coupée et que le bois de chauffage avait manqué, Lee avait quitté l'école, Julius le suivant de près, et tous deux s'étaient fait embaucher à la chaîne dans une usine tout en parvenant à des conclusions distinctes.

Mais ce jour-là ils étaient encore frères. Les prisonniers avaient commencé à se détendre au fil des heures, à profiter du monde extérieur, et même s'ils n'adressaient pas la parole aux garçons un semblant d'attention était perceptible. Alors qu'ils travaillaient, un des hommes entonna un gospel au sujet d'une rivière s'écoulant droit vers la mer, et au cours de la mélodie il eut un trou de mémoire et se mit à fredonner de manière hasardeuse. Les autres rirent. En haut de la butte les garçons s'étaient interrompus un moment pour écouter. Puis un second détenu entama une autre mesure du même cantique en réussissant cette fois à retrouver les paroles. Les autres se joignirent à lui, et pendant quelques minutes la mélodie se prolongea. Le soleil était alors complètement levé, le peu de gel avait fondu et le sol humide aspirait les bottes des garçons quand ils se déplaçaient entre les poteaux de clôture. Lorsque les prisonniers atteignirent le dernier couplet, plus personne ne se souvenait des paroles et la chanson se désintégra dans le champ.

Mais ils étaient parvenus à capter l'attention des garçons et de tout le monde. Les gardiens relâchèrent leur vigilance et se mirent à bavarder en les surveillant du coin de l'œil. Julius, dont la voix enfantine n'avait pas encore mué, donna un coup de coude à son frère et fit résonner sa voix douce, le treillis de barbelés toujours dans les mains. Il chantait « *Shoo fly don't bother me, 'cause I belong to someone* » une petite octave au-dessus, pour souligner le changement d'humeur. Les détenus suspendirent leur travail en échangeant des regards, puis se tournèrent vers les adolescents au sommet de la butte. Julius avait attiré l'attention d'un prisonnier qui fit signe à son voisin en le pointant du doigt. Julius, soudain, ressentit une délicieuse montée d'adrénaline. Les gardiens cessèrent de discuter. Lee avait vu le type pointer son frère du doigt et se rapprocha de Julius. À cette époque déjà, il savait comment se tenir pour plaire aux hommes comme lui, une main dans la poche arrière de son jean et le col de sa veste relevé. Sa jeunesse était un déguisement qu'il allait porter longtemps. Lee commença à chanter pour le protéger. Sous les yeux des gardiens, Julius frappa le poteau du talon de sa main et enfin une voix s'éleva au pied de la butte, suivie de celles d'autres prisonniers. Personne ne connaissait les paroles et ils chantèrent ce premier vers à plusieurs reprises, jusqu'à ce que la chanson s'éteigne, après quoi ils retournèrent au travail. Puis un des garçons entonna un autre air qu'on passait à la radio, un air connu de tout le monde, et les prisonniers le reprirent en chœur avec les adolescents, une première fois, puis une seconde. Les gardes les observaient toujours. Ils n'avaient pas retrouvé leur attitude désinvolte mais ne cherchèrent pas non plus à interrompre leur chant.

Quand la lumière commença à manquer, on appela les jeunes pour remonter dans le bus. Par les fenêtres ils virent les prisonniers s'avancer un par un pour se faire menotter. Celui qui avait pointé Julius du doigt le dévisagea à travers la vitre sale et, pendant qu'on le menottait, il lança un clin d'œil à Julius qui le lui rendit. Son frère, déjà préoccupé par le retour à la maison et par ce qu'ils pourraient y trouver, ne remarqua rien. Julius soutint longuement ce regard, jusqu'à ce qu'un garde frappe l'homme avec son fusil. Il se détourna et descendit la route vers le second bus. Julius pouvait sentir sur sa peau la morsure glacée des menottes, aussi solides qu'un étrier. Les garçons avaient été traînés là pour effectuer un travail rémunéré, et des adultes étaient punis par ce même travail. C'était dans l'ordre des choses à cette époque, une situation dont un adolescent de milieu modeste pouvait aisément devenir le témoin apeuré.

Le bus des garçons suivit celui des détenus, descendant jusqu'à la zone plane au sud de la ville. Les épiceries étaient fermées, dehors quelques hommes fumaient en discutant dans le froid. Une fois éloignés du site, les bus se séparèrent : l'un vers le centre-ville, l'autre vers la prison du comté. Plus tard la ville ferait tout raser – le bosquet de châtaigniers des marais, la clôture, les pentes de la butte elle-même – pour construire la nouvelle autoroute entre l'Oklahoma et Kansas City qui traversait des villes ainsi investies d'une nouvelle raison d'être, et qui permettait à un homme d'emmener sa femme voir un film un vendredi soir au Granada, à Emporia, juste parce qu'il le pouvait. Mais à ce moment-là Julius était parti depuis longtemps et Lee aussi. Pourtant, s'ils avaient ouvert une carte, ils auraient pu indiquer l'endroit où ils avaient travaillé et celui où se trouvait la petite maison abandonnée de leur père, et localiser le long de l'autoroute une douzaine de bars et de magasins dont les briques et les bardeaux démantelés avaient été envoyés depuis lors au centre de recyclage du comté pour être transformés en asphalte.

En déposant les garçons, le contremaître était resté devant la porte pour leur remettre à chacun deux dollars. Julius et son frère ne s'étaient pas arrêtés pour acheter leur traditionnel pop-corn de fin de journée au drugstore, ni le pain du dimanche comme ils l'auraient fait un autre soir. En tournant au coin de la rue, là où le quartier laissait place aux bars ouvriers et où la clôture en treillis s'était effondrée sous les chardons, ils avaient constaté que leur père n'était pas dans la cour. Comme on était un vendredi, il se pouvait qu'il soit à l'église en train de réciter les vêpres – il y était effectivement, et leur soulagement fut palpable même si aucun des deux n'avait prononcé un mot. À l'intérieur Julius avait trouvé la boîte à café Hills Brothers et l'avait secouée. Entendant le bruit qu'elle faisait, il l'avait vidée dans les mains de son frère et avait repêché les mégots que leur père rangeait là avec la menue monnaie. Puis Lee avait essuyé une par une les pièces sur son jean et les avait mises dans sa poche avec leur salaire, et Julius avait jeté les mégots dans le poêle à bois.

Ils avaient trouvé un bocal en verre dans le placard, l'avaient épousseté avec un chiffon et l'avaient mis sur le feu. Lee avait ensuite pris une pinte de lait et l'avait versée dedans pour le faire chauffer. Les garçons étaient restés quelques minutes assis près du feu après avoir ôté leurs bottes, discutant de ce qu'ils pourraient faire ensuite. À part le lait, le garde-manger était vide, et le niveau du tas de bois était bas. S'ils ne cachaient ni ne dépensaient la monnaie, leur père donnerait cet argent à l'église, comme il l'avait fait avec beaucoup d'autres objets de première nécessité. Les chambranles des fenêtres, ainsi que le toit, s'étaient effondrés. Une fois le lait bien chaud, Lee en avait bu une longue gorgée avant de passer le bocal à Julius.

« Pas moyen de réparer tout ça, dit Lee, et son frère acquiesça. Mais on est bien obligés de faire quelque chose, non ?

– C'est sûr. »

Lee remit le pot sur le feu et laissa sa main près du tuyau de cheminée qui diffusait de la chaleur.

« J'aurai cinq dollars de plus cette semaine si je double mes heures mercredi, lâcha Julius.

– Ne les dépense pas là où tu ne devrais pas », lui répondit Lee. Puis il se leva, retourna la chaise en aluminium, donna un coup de pied dans l'assise. Le siège était recouvert d'un vinyle pelé et Julius demanda s'il fallait le brûler.

« On s'en fout », répondit son frère en tentant de rompre l'assise bon marché sur son genou. N'y parvenant pas, il utilisa la petite hache à bois près du poêle. Il mit les morceaux dans le feu, qui enflamma le plastique en une subite bouffée verte. Les frères lorgnaient la deuxième chaise dont ils croyaient se souvenir que leur mère l'utilisait le soir, bien que ce fût sans doute le fruit de leur imagination.

« Pas celle-là, pas encore, dit Julius, et Lee se rallia à sa décision alors même qu'elle aurait brûlé toute la nuit.

– On attendra d'en avoir vraiment besoin », conclut-il. Ils rangèrent la chaise dans la petite remise derrière la cuisine, la revêtirent d'une couverture et la planquèrent dans un coin. Ensuite, Lee prit la hache à bois et l'emporta dans le jardin, puis par-delà la clôture de l'usine, jusqu'à l'endroit où le courant de la rivière était faible, pour ramasser autant de branches cassées qu'il pouvait en porter.

Le lendemain matin, ils se levèrent en repoussant les couvertures. Avant d'alimenter le feu, ils allèrent dans la chambre de leur père, qui dormait encore, puis inspectèrent la remise pour vérifier que la chaise rembourrée était bien là. Quand leur père se réveilla, il patienta de longues minutes à table et, lorsque Lee lui apporta du café chaud, il ne prononça pas un mot. Une fois son café avalé et la tasse reposée sur la table, il dessina dans l'air, comme pour lui-même, la forme d'une chaise. Puis il sortit, s'installa directement sur le sol froid et attendit.

Leur père était resté assis toute la journée dans la cour, malgré une température proche de zéro. Le vent soufflait dans la rue, entre les grands bâtiments, et cinglait leur maison. Seules quelques rares personnes étaient passées par là à cause du temps, et leur père avait fait signe à chacune d'elles en leur souhaitant la bénédiction de Dieu. À midi, Lee le convainquit de rentrer pour partager du jambon froid tranché la veille et du café épais réchauffé sur le fourneau. Tout en mangeant sur le plan de travail, leur père les remercia d'avoir observé le sabbat. Il dormit une heure dans le salon, bras croisés, et lorsqu'il se réveilla et sortit à nouveau dehors, Lee lui apporta une couverture en crin de cheval ainsi qu'une bouillotte, et déclara qu'ils ne pouvaient rien faire de plus. Peu après, Julius était parti en ville, où il avait récolté un peu de monnaie en pelletant les trottoirs. Il avait apporté ces pièces au bar, où on l'avait laissé jouer au bonneteau, et après cela il ne se souvient pas d'un seul moment où il avait pu parler à son père de quoi que ce soit de notable.

À Tijuana, quiconque aurait aperçu Julius dans les jours qui suivirent l'aurait pris pour un homme dévoué au Seigneur. Si des météorites lui étaient tombées sur la tête il aurait eu l'air surpris sans l'être vraiment. L'Avenida Ensenada est un spectacle en soi : des jeunes filles de San Diego, la robe au-dessus du genou, qui se démènent au son de la *vihuela*, et des soldats en permission qui profitent de ce temps de paix. Il croise davantage d'hommes semblables à ceux qu'il avait rencontrés le premier jour, en jean bien repassé, épais comme de la toile à tapisserie et serré au-dessus de la cheville. Leurs homologues féminines arpentent les rues adjacentes, maquillées comme des camions volés. Le long des avenues, ce ne sont que tours de passe-passe sur des tables pliantes et jeux de bonneteau avec des cartes truquées. Des garçons aux poses gracieuses, d'autres lançant des pierres dans les ruelles, et des filles juchées sur les escaliers de secours qui les observent sans raison particulière, si ce n'est qu'elles sont fatiguées de regarder ailleurs. L'homme de la Plaza Viente de Noviembre, affligé de cette maladie particulière qui fait rouler son cœur à l'extérieur de ses côtes – Julius se rend compte qu'elles doivent être manquantes – travaille chaque jour à la tombée de la nuit. En l'absence d'un être cher, chaque étranger devient pour lui l'objet de son attente.

La nuit il se promène dans les parcs et sur les *plazas*, échangeant des regards avec d'autres hommes tandis que l'obscurité s'épaissit, puis aux petites heures, entre minuit et six heures, il retourne en voiture au parc de Santa Cecilia où il a découvert des fourrés obscurs, des toilettes en parpaings et des appentis en tôle ondulée encastrés dans les arbustes. Ici il croise des hommes consentants, mais pas Henry. Il se rapproche le plus possible des silhouettes immobiles pour les dévisager ou leur faire des propositions dans l'espoir qu'elles parlent ou bien tendent la main. Parfois, il vole de l'argent, parfois non. Parfois il prend un blouson ou une montre et les abandonne aux confins du bidonville, imaginant qu'elles seront mises en gage ou utilisées à des fins ingénieuses. À chaque fois, il braque le petit revolver sur l'individu qu'il dévalise et prononce clairement son nom. S'il est fatigué, ou si celui qu'il a choisi semble louche, il s'éloigne vers une zone dégagée. S'il en trouve un particulièrement jeune, il s'approche de lui, la main tendue dans un geste doux, lui donne quelques conseils pour la nuit et le met en garde au sujet d'un voleur connu pour travailler dans cette partie de la ville avec un revolver de la taille d'un pouce de femme. Il arrive que ces garçons-là se moquent de lui mais Julius sait qu'ils l'écoutent. Lorsque la lumière commence à s'étirer et que le parc se remplit des lève-tôt venus des quartiers voisins, il engage une conversation légère sur le temps qu'il fait ou sur les vacances à venir, et si l'échange est agréable il demande si quelqu'un a entendu parler de l'homme au revolver, ou d'un autre *Americano*, comme on pourrait demander à un étranger le résultat d'une course sportive.

La journée il boit, joue aux cartes dans les nombreuses bodegas et les bars de soldats, ou alors il dort dans la cabine du pick-up avec sa chemise suspendue à l'une des fenêtres latérales et son pantalon à l'autre pour se protéger de la lumière. Personne ne le reconnaît. Il ne repère des tricheurs qu'à deux reprises, de loin, et il s'esquive. À la vue des échoppes de fortune et des ordures entassées, il se dit que cette ville, autrefois rayonnante de joie et de vie – entre les deux guerres, quand il n'y avait au nord ni alcool ni jeux d'argent – tombe peu à peu en ruine. Il semble à Julius que Tijuana illustre ce qu'il adviendra de tous leurs profits, que la chance des Américains finira par s'épuiser et que, le moment venu, toutes les villes ressembleront à celle-ci. Il s'imagine disant ça à son frère, et entend d'ici le soupir de Lee. L'idée qu'il ne le croirait pas le réconforte.

Une nuit, dans le parc, il découvre un homme assis en tailleur dans un appentis, tel un écolier. Sur ses genoux, un magazine ouvert, et malgré l'absence de lumière sa tête est baissée comme pour lire.

« T'as une vision à rayons X ou un truc du genre ? » demande Julius.

L'homme ne sursaute pas, mais lève lentement les yeux et il paraît évident qu'il a déjà rencontré Julius. Il dessine un cercle avec ses doigts et place une main devant chacun de ses yeux, imitant une paire de jumelles.

« Tu m'attendais ? poursuit Julius.

– Je cherche quelqu'un », dit l'homme sur un ton théâtral. Il scrute la clairière de gauche à droite, puis revient sur Julius et ajuste ses fausses jumelles. « Autant que ce soit toi. »

L'homme sourit, baisse les mains, met le magazine de côté et se lève. Debout, il est beaucoup plus grand que Julius et dans d'autres circonstances il aurait reculé pour se mettre à découvert. Mais le geste enfantin de l'homme ne laisse pas présager de danger – quelque chose, à l'inverse, de plus sauvage, de plus doux – et Julius le laisse approcher.

« Je suis arrivé ce soir de la côte, dit l'homme.

– Qu'est-ce que tu faisais là-bas ?

– Bon sang, tu devrais y aller. C'est là qu'on s'amuse vraiment.

– Quel genre d'amusement ?

– Le genre mecs, le genre vrais Américains.

– Alors pourquoi t'es ici et pas là-bas ?

– Faut venir en ville de temps en temps pour encaisser les chèques. »

L'homme sourit en tapotant sa poche arrière.

« Si c'est pas de la chance, ça… » dit Julius.

Même à cette distance, il fait trop sombre pour distinguer son visage. Il allume une cigarette et écarte de ses yeux la fumée qui se meut en volutes dans la nuit calme, juste au-dessus de son épaule. Autour d'eux les arbres sont immobiles, la fumée plane comme si elle était retenue de force, ce qui ajoute à cet étrange sentiment d'enfermement.

« Je m'appelle Julius.

– Pas besoin de savoir ça », commente l'homme sans agressivité.

Julius demande : « Qu'est-ce que t'aimes, alors ?

– Et toi ?

– J'ai demandé en premier. »

Et comme les hommes des semaines précédentes, il tend la main vers Julius, la pose sur son cou et l'embrasse. Julius fouille dans sa poche pour saisir le revolver, le sort et le pointe à bout touchant sur la joue de l'homme, qui ne s'écarte pas. Il interrompt le baiser et lui enfonce l'arme dans l'oreille. Ce geste finit par attirer son attention et il se dégage de son étreinte. Julius constate qu'il a les tempes grisonnantes et les yeux bleus.

L'homme s'exclame : « Oh, je vois. »

Julius recule pour instaurer une distance de quelques mètres entre eux et pointe le revolver. L'homme soupire. Il regarde Julius en cherchant son argent avec une étrange expression. Quelque chose change, mais il faut un moment à Julius pour s'en rendre compte.

L'homme demande : « Quel genre de calibre, ton machin ?

– Vingt-deux », répond Julius, et l'homme rit. Il tend à Julius un billet de mille pesos et une capsule de bière[1], puis dégaine un pistolet imaginaire et pointe le doigt vers lui. Julius dit « Pan ! », et l'autre tourne la tête comme si une balle l'avait frôlé. Julius frappe la crosse du mini-revolver avec sa paume comme s'il était enrayé, puis le regarde et se met à rire lui aussi.

« Il faudrait me tirer une balle entre les deux yeux pour me tuer avec un vingt-deux », remarque l'homme, et Julius

1. Une tradition locale, à Tijuana, consiste à monnayer des danses avec des entremetteuses au moyen de capsules de bière.

comprend ce qui a changé. Il reprend son sérieux. Il devine ce qui se cache derrière sa moue enfantine, et ce n'est ni charmant ni sexy.

« Si tu le dis », lâche-t-il. Il regarde autour de lui pour trouver une échappatoire entre les arbres. La meilleure issue se trouve derrière lui. Mais à ce moment-là l'homme tourne le dos et se penche sous l'auvent de tôle pour récupérer son magazine. Julius s'écarte de quelques mètres, et quand l'homme lui fait face aucune violence n'émane de lui et il s'éloigne vers le parc. Julius prend une grande inspiration et agite les mains pour retrouver ses sensations.

« Rien ne se passe jamais comme on le pense, conclut l'homme en le dépassant.

– On peut toujours compter là-dessus », répond Julius. Il le regarde quitter le bosquet et disparaître.

Ce soir-là, Julius va voir une *rumbera*[1] dans un cinéma de l'Avenida Revolución où la bière est à quinze *cents* la pinte. Il s'en veut d'avoir mal jaugé la situation, de n'avoir pas percé la véritable personnalité de l'homme aux yeux bleus. Il s'inquiète de ne pas être dans son état normal. La *rumbera* est moins osée et plus inventive que la *cabaretera* vue quelques semaines plus tôt. Les femmes ne se déshabillent pas, ou font juste semblant. En revanche on a droit à de la danse, de la musique entraînante, du mélodrame, et tout cela le réconforte. L'histoire elle-même est familière : une jeune paysanne, une *campirana*, douée de beauté et de *corazón*, monte à la ville. Elle y découvre la trahison, la gloire, le danger, la modernité. Elle rencontre un homme puis le perd. À la fin

1. Comédie musicale populaire dont le nom est issu des danseuses cubaines qui tiennent souvent le rôle principal.

de cette aventure, elle est devenue magnifique et rusée, elle est désormais irrécupérable et danse au bord de l'abîme.

La séance est constituée de deux longs métrages. La *rumbera* est suivie d'un western américain doublé en espagnol. Julius reste pour le western, qui est plus drôle en espagnol mais moins romantique. Les deux films ne sont pas si différents de nature et ils rendent supportable cette soirée qui s'étire. Ensemble ils créent leur propre histoire : les *mujeres* sont vouées à la perdition dans la ville lumineuse et les hommes sont entraînés vers la plaine maudite, comme si les filles dans leur *volante*[1] les y avaient conduits. Une petite parabole, se dit Julius. Une petite vérité sur le monde, jouée dans un cinéma louche.

Au début de la troisième semaine, il entre dans un *mercado* – un marché couvert – à l'extrémité nord de l'Avenida Revolución pour échapper à une pluie battante. L'aube vient de naître. Deux jours de bruine et une journée de vent mauvais ont arraché d'énormes frondaisons de palmiers bruns, laissant les places vides et les rues déformées par la boue. Julius dérive sous la pluie chaude au milieu de la foule compacte. Depuis soixante-douze heures il n'a vu personne du côté de la frontière, à Santa Cecilia, mis à part les joueurs de dominos qui arrivent à l'aube, habillés de longs pardessus couleur orge. Il est resté accroupi toute la nuit sous les arbres, son dos et ses jambes lui font mal et ses vêtements ont l'odeur de la pluie.

Il retourne au pick-up garé le long de l'Avenida Los Insurgentes, dans l'un des parkings doublement payants.

1. Robe mexicaine à larges volants.

L'intérieur du véhicule est froid, humide. Il démarre le moteur, le laisse tourner au ralenti et met le chauffage. Il retire sa chemise et son jean et les suspend au tableau de bord. Il prend le mini-revolver dans sa poche arrière, avec la liasse de billets mouillés, et pose le tout sur le siège. Il cherche l'enveloppe à tâtons sous le fauteuil, lisse les coupures détrempées et les range avec les autres, puis les compte. Il a volé moins que ce qu'il a dépensé, et trop de temps s'est écoulé.

La chaleur désembue les fenêtres. Dehors il pleut toujours mais moins fort, et vers le sud il entrevoit une éclaircie à travers les nuages. En attendant que ses vêtements sèchent, il tamponne le revolver avec un bout de la chemise de Ralph jusqu'à ce qu'il soit lisse et presque huileux. Puis il se laisse glisser dans un sommeil léger, assis bien droit dans la cabine, mais la température devient vite étouffante, même en sous-vêtements. Il émerge en nage d'un rêve à propos de Henry et de son frère, et il sait qu'il ne se rendormira pas de sitôt. Il prend une poignée de coupures d'un dollar, un billet de vingt et l'arme polie. Il étale les billets d'un dollar sur la semelle intérieure de ses bottes pour les garder au sec. Puis il éteint le moteur et sort dans la bruine de fin d'après-midi.

Dans une *cantina* de l'Avenida Revolución, deux Américaines sont assises seules au bar. Il tente un coup de bluff et s'installe à côté d'elles. Au bout de quelques minutes il fait en sorte d'attirer leur attention. Elles commandent une autre tournée et trinquent, puis lèvent leurs verres à l'intention de l'étranger assis à leur droite. Julius leur rend leur salut et fait pivoter son tabouret. Elles se présentent :

ce sont des femmes au foyer venues ici en vacances avec leurs maris, occupés à jouer au billard dans l'arrière-salle.

« Ce temps », soupire la première. Elle est brune et porte un rouge à lèvres pâle, couleur champagne. De profil, elle ressemble à Muriel, au point qu'en la voyant sous cet angle Julius retient sa respiration.

« Cette pluie nous manquerait à Bakersfield, dit la deuxième.

– C'est la seule chose qui nous manquerait, réplique la brune.

– Ils disent que ça va durer. C'est encore pire après vendredi. »

Derrière elles, des bouteilles posées sur des étagères en bois brut font office de cloison entre le bar et la rue. À travers, Julius peut voir le bord du trottoir affaissé et humide, où les *mariachis* sont assis en train de fumer dans un rare moment de silence et de détente. Il observe ces hommes qui ont jailli d'un coup dans la vraie vie et sont occupés à plaisanter, comme si leur temps de repos les rendait soudain visibles. Les deux femmes parlent des marchands ambulants, des petits garçons avec leurs chewing-gums Chiclet, des ânes peints comme des zèbres et des *ficheras* qui jouent dans les bars de la Zona Norte.

« Il y a quelque chose qui me chiffonne, lance la brune. Ici, les hommes achètent au barman des capsules de bière qui servent à payer les danses, mais ils offrent ensuite à la danseuse un verre qu'elle ne boit apparemment jamais. Elle est juste payée pour les inciter à consommer, en fait.

– Tout est à vendre ici, dit Julius.

– Et vous, qu'est-ce que vous vendez, monsieur ? » demande l'autre femme en levant trois doigts pour une autre tournée.

Julius élude la question : « Vous avez déjà entendu parler d'un cocktail appelé Spoutnik ? » Les femmes rient, et il leur donne la recette.

« Au moins, le satellite ne peut pas nous voir ici. Personne ne prendrait la peine de surveiller un endroit comme celui-ci, commente la femme.

– Il ne peut pas vous voir », confirme Julius.

La brune l'interrompt : « À vue de nez, il ne cherche pas du côté de Bakersfield non plus.

– Il ne cherche rien du tout, dit Julius.

– Et comment le savez-vous ?

– Je sais ce que c'est que chercher, rien de plus. »

Vu de face, le visage de cette femme n'a rien à voir avec celui de Muriel mais elle est aussi distante qu'elle. Il se demande si « distante » est le bon mot. S'il ne s'agit pas plutôt d'une forme de patience. Il avait certainement fallu faire preuve d'une patience extraordinaire pour faire ce que sa belle-sœur avait fait. Et il avait fallu de la patience pour s'accommoder du résultat. Il repense à ses étirements derrière la fenêtre de la cuisine, à ses cheveux lisses plaqués en arrière. La veille de Noël, il lui avait demandé si elle avait déjà été amoureuse. Il se souvient très mal de cette nuit-là, mais il se souvient de sa réponse.

Légèrement ivre, il contourne la femme brune pour serrer la main de l'autre et demande sans détour, la tenant elle mais regardant son amie : « Épouseriez-vous un homme que vous n'aimez pas ? » Toutes deux rient.

La deuxième s'exclame : « Oh ! Vous croyez vraiment que l'enjeu, c'est l'amour et le romantisme ? »

La brune ajoute : « Je ne compte pas vous épouser, si c'est ça que vous cherchez. »

Les deux amies échangent un sourire complice puis se tournent vers lui, toujours amusées.

« Vous savez quoi, mon cher ? dit la brune. Vous pouvez peut-être vous promener ici sans que personne ne vous observe, mais nous, on ne pourrait jamais faire ça. On était assises là depuis moins de cinq minutes quand vous êtes arrivé.

– Je ne m'intéresse pas à vous de cette façon, dit Julius.

– C'est possible, mais imaginez si c'était le cas ?

– J'ai assez de mes propres problèmes pour le moment.

– Je vois ça. »

Puis elle tend la main pour suivre sur son épaule les contours de la rose délavée, raidie par la pluie. Il couvre ses doigts avec les siens et ils se tiennent ainsi, les deux mains sur son épaule. Il sent que l'attention de la femme est tournée vers le billard. Il pourrait lui voler n'importe quoi, elle ne changerait pas d'avis ; elle s'est déjà fait une opinion à son sujet. Pour lui, c'est là une forme de liberté qui surpasse la vertu. C'est ainsi qu'il reconnaît la tendresse.

« Vous vous souvenez des discours de McCarthy sur les pédés et les communistes ?

– Bien sûr », répond l'autre femme. Elle regarde la main de Julius sur celle de son amie et fronce les sourcils.

« Les uns ont des secrets et les autres les utilisent pour faire des affaires, c'est une mauvaise combinaison, se remémore la brune.

– C'était l'idée. Mais McCarthy n'avait pas perçu l'ironie de la chose, n'est-ce pas, dit Julius.

– Quelle ironie ? s'étonne la brune.

– Une grande majorité d'Américains n'avait jamais entendu parler des pédés ni des communistes avant que

McCarthy et Cohn ne les dézinguent. Et maintenant, tout le monde doit se demander s'ils en ont déjà rencontré un. Comme vous.

– Eh bien, ça devient sinistre », lâche l'autre femme, mais il devine qu'elle a compris.

Il les dévisage successivement : « C'est simple. On ne veut pas connaître les secrets des autres, pas vrai ? Quand on a des secrets, ça veut dire qu'on est soit très gentil, soit très méchant, et ni l'un ni l'autre ne me semblent vraiment prometteurs.

– J'aurai appris des choses à Tijuana », fait la brune.

Le regard des deux femmes se détourne vers les bouteilles inclinées et vers la rue au-delà. À l'extérieur, les *mariachis* ont sorti leurs cigarettes et accordent leurs instruments pour la soirée. Ces gestes les transfigurent. La pluie tombe à l'intérieur du pavillon des trompettes, dans les coutures de leurs sombreros et le long du col de la *vihuela*. Le rapport de causalité semble perdu dans une étrange confusion ; on ne pourrait dire si les *mariachis* ont agi pour échapper à quelque chose ou pour en atteindre une autre. Le son de l'averse sur le toit en tôle de la *cantina* ressemble à un grincement de dents.

La brune se retourne vers lui : « Faites attention à vous, dehors.

– Vous aussi, dit Julius.

– Malgré tout, c'est dehors que tout se passe, n'est-ce pas », ajoute-t-elle.

Elle éloigne sa main de la sienne, la tapote gentiment, la soulève de son épaule et la pose délicatement sur les genoux de Julius. Son amie regarde toujours ailleurs, puis soudain elle se lève, se tourne vers le billard et prononce

« Mary Ann » en donnant un coup d'épaule à la brune, qui se lève, elle aussi.

Julius les quitte et rejoint la rue détrempée. Il traverse la place où travaille l'homme au cœur apparent, mais celui-ci n'est pas là. Les vendeurs sont de retour, la pluie est légère. Julius achète un verre de *chicha* de maïs et le boit près d'une statue de Flores Magón, puis en achète un autre et le boit aussi, et lorsque le vendeur lui fait signe pour lui demander s'il en veut un troisième Julius porte un toast à la statue et donne à l'homme une autre pièce de cinq *cents*. Il traverse ensuite la rivière en direction de Los Insurgentes avec la boisson aigrelette. Maintenant il est complètement soûl, il en a conscience. Il retourne à son pick-up, paie le parking et débouche sur la rue puis tourne à nouveau sur Padre Kino pour franchir la route fédérale en direction de la frontière.

À plusieurs rues du parc frontalier, Julius se gare le long d'un boqueteau et attend la pleine obscurité. Il tente de se rappeler la journée écoulée en décomposant son déroulement. Il pense aux hommes qu'il a vus, puis à leurs femmes, à leurs enfants, à leurs amants ou à leurs patrons, puis aux deux Américaines du bar et à leurs maris, et il essaie de comptabiliser ceux qui l'ont vu ou ont entendu parler de lui. Il imagine Henry, parti à sa recherche une ou deux heures plus tard, tournant autour des mêmes bars et des mêmes *plazas*, peut-être en train d'acheter un verre au même homme près de la même statue. Cela fait si longtemps maintenant. Il ne veut pas retourner dans le parc, mais sans sa routine il craint de s'éloigner de la marche de l'Histoire. Il craint qu'après elle, il ne reste rien de plus que le destin. Il prononce très doucement ces mots : « S'il vous plaît. » Les répète en fermant les yeux. Il n'a personne à l'esprit en les disant, pourtant il n'a pas l'impression de ne pas être entendu.

Il rentre sa chemise, époussette les roses du bout des doigts, écrase les billets dans ses bottes pour bien les aplatir. Puis il sort du pick-up. Le bidonville est calme en cette heure crépusculaire, la porte du parc est ouverte. À l'intérieur la pelouse est soyeuse de pluie. Il observe le vent animer l'herbe et contemple les petites flaques d'eau. Une ombre émerge d'à travers les arbres, près du muret où il se tenait avec Ralph quelques semaines plus tôt. L'ombre s'approche, et devant les branchages, dans la lumière déclinante qui les traverse, elle ressemble à la silhouette d'un homme derrière un lutrin ou un autel. Elle n'avance pas davantage mais se tient là, face au parterre obscur. Puis elle lève les bras, mains ouvertes comme quelqu'un qui demande à être épargné, ou à ne pas être puni. Julius traverse la pelouse et l'ombre se rapproche, puis s'arrête. Julius continue sa progression, et dans la lumière déclinante il discerne mieux les traits de l'inconnu. Il est grand, élancé, il a les cheveux courts. Julius se rappelle le rire sans joie de Henry, sa politesse. Il plisse les yeux, sourit et pense la même chose que beaucoup d'hommes quand ils voient le ciel s'assombrir : les ténèbres s'illuminent sous l'effet de la volonté humaine.

Mais l'homme disparaît avant que Julius ait pu franchir le muret. Il l'enjambe et se cache parmi les arbres. Dans l'enceinte des pierres à demi effondrées, il voit ce qu'il n'avait pas vu avant, quand il était avec Ralph, et les nuits suivantes quand il s'est contenté de rester à la lisière des arbres : une ouverture dans le sol qui suggère une certaine profondeur. Il paraît impossible qu'il ne l'ait jamais remarquée. En se penchant, il aperçoit la terre déblayée et des portes en bois laissées ouvertes. Il est face à un cellier à légumes.

Il en franchit la porte. L'obscurité est d'un gris violacé sous l'effet des trouées en surplomb, dues à la chute de rochers ou à l'avancée d'une racine d'arbre. Cinq mètres plus bas, la glaise laisse place à une terre noire et odorante. On s'attendrait à trouver là des tombes, mais à la place il y a des voûtes de pierre consolidées avec de la boue et de la mousse, dont les bases s'effritent et s'affaissent. Il sent l'odeur d'une eau de Cologne aux effluves de blé, puis il aperçoit une silhouette. Il appelle.

« Henry ? »

L'homme ne répond pas mais se presse contre Julius et l'embrasse, et Julius comprend tout de suite que ce n'est pas Henry. Dans l'obscurité des galeries, il ne peut voir que le contour gris de ses épaules et de sa poitrine. Leurs boucles de ceinture s'entrechoquent. Ce n'est pas Henry mais c'est quelqu'un, et ce simple fait provoque chez Julius un indiscernable mélange de désir et de désespoir. Il passe les mains dans ses cheveux laqués, la sensation sous ses doigts lui rappelant les mauvaises herbes tachées de goudron le long de la route où il a travaillé jadis, quand il était en liberté surveillée. Il était si jeune à l'époque ; il avait même été surpris en train de voler des cartons d'huile de moteur à l'arrière d'une station-service. Cet été brûlant au milieu des plaines, il l'avait en partie passé à boire de la bière avec les autres après le travail, les ongles noirs de goudron. Un de ses camarades allumait la poix sur ses mains avec le bout incandescent de sa cigarette. Pourquoi se souvenir de cela maintenant ?

L'homme déboutonne sa chemise et saisit celle de Julius, qui l'aide à la relever. Il ne peut toujours pas voir son visage, mais l'odeur de son eau de Cologne est entêtante, herbeuse, et il se dit qu'il ne l'oubliera jamais. Il déboutonne sa chemise à partir du bas pour l'ouvrir et permettre à l'autre de toucher sa peau nue. C'est si rapide, si parfait.

« Tu me connais, dit Julius.

– Je ne te connais pas, chéri, mais je pourrais. »

La voix de l'homme le surprend. Elle est désinvolte, monocorde. Ça pourrait être celle de Henry.

« Si, j'en suis sûr, tu me connais. »

Le corps de l'inconnu s'offre à lui, expressif, et il touche Julius comme si c'était l'unique chose au monde qu'il pouvait encore contrôler. Il embrasse son cou, sa clavicule. Julius a l'impression d'être soustrait à lui-même et remplacé par rien. Il a été subtilisé au temps, et son corps creusé par le plaisir, ici et maintenant, est comme la lumière décalée des étoiles.

« Tu es allé sur la côte, alors, reprend l'homme.

– De quelle côte parles-tu ?

– C'est de là que je viens. C'est peut-être pour ça que tu me connais. »

L'inconnu l'attire à nouveau vers lui. Ils se pressent l'un contre l'autre de la poitrine aux genoux. Julius trébuche, l'homme le rattrape. Julius se souvient qu'il est ivre. Il tend la main vers l'endroit où l'inconnu est dur, émouvant, et celui-ci le touche en retour. Il signale son assentiment d'un gémissement langoureux, embrasse encore Julius. Puis il s'agenouille, le prend dans sa bouche et lui fait une fellation divine. Julius jouit très vite. L'inconnu reste à genoux pour jouir à son tour et pousse un cri en espagnol d'une voix haute et fragile dont Julius aime la sonorité. Il halète un moment. Julius se met à sa hauteur, leurs genoux se touchent et il l'enlace. L'homme ne s'écarte pas, il s'abandonne tout entier à cette étreinte. Ils restent contre le mur glacé jusqu'à ce que Julius relève la tête et finisse par reculer.

« Quelle côte ? demande-t-il à nouveau.

– Si tu cherches quelqu'un, c'est là qu'il faut aller, répond l'inconnu de sa nouvelle voix fragile.

– Qu'est-ce qui te fait penser que je cherche quelqu'un ?

– Je t'ai déjà vu par ici. Et si je t'ai vu, d'autres aussi. Ne t'attarde pas.

– Tu m'as vu quand ? »

L'homme ne réagit pas. Le froid du cellier semble soudain infini, et dans le silence Julius entend la pluie battante. Il sent la chaleur de l'inconnu et ne peut imaginer l'embrasser à nouveau, bien que la douce camaraderie née de leur baiser plane toujours dans l'air. L'homme lui effleure la joue. Même en louchant, Julius ne peut voir que son visage rasé de près, ses yeux bruns ou vert foncé. Il tourne la tête pour laisser la main de l'homme couvrir son menton et son oreille, puis pivote encore pour presser ses lèvres dans sa paume.

« Cet endroit ne te suffira pas si tu cherches quelqu'un, c'est tout ce que je dis », fait-il.

Il se redresse, toujours à genoux, embrasse le sommet de la tête de Julius puis se lève. Il boucle sa ceinture, se détourne et monte les escaliers sans rien ajouter. Julius le regarde disparaître.

Il se lève à son tour, reboutonne sa chemise et son jean. L'intérieur de ses bottes est bosselé, il tape du pied sur le sol pour les réajuster. Il pense à ce qu'il a entendu à propos des villes côtières. Puis il allume son briquet et le lève en se dirigeant vers le fond de la pièce, là où les murs de boue ont été tassés selon une technique ancestrale. La terre a été grattée pour représenter des hommes qui nagent ou qui courent, mais aussi des animaux à tête humaine, des arbres tracés dans la matière molle, comme dessinés d'un seul trait, leurs troncs étirés en branches. Ces images sont accompagnées d'un maelstrom de graffitis, de prénoms masculins et d'un argot espagnol que Julius ne connaît pas. Il marche en tenant le briquet à quelques centimètres du mur, le balayant de haut en bas. Des noms hispanophones et des empreintes de mains dans la boue. Une douzaine de cœurs esquissés grossièrement, deux courbes qui s'étendent de haut en bas et se rejoignent. Toutes les nuits passées dans ce parc lui donnent le sentiment trouble que cet endroit est né subitement d'une imagination lointaine qui ne lui était pas accessible jusqu'à présent. Tout comme la sagacité et le charme demeuraient cachés à ceux qui n'étaient pas prêts à les recevoir, même lorsqu'ils gémissaient de plaisir dans leurs chambres. Au sol, la marque des genoux de l'homme et la traînée blanche de son sperme. D'autres genoux et d'autres traînées de sperme dessinent les cartes du besoin qui les a conduits ici. Seule la nostalgie pourrait faire ressurgir ce que leur rapprochement signifiait ; cette chose ne pouvait être nommée par le monde ordinaire. Et bien que Julius n'ait jamais vu d'art ancien sculpté dans la pierre ou tracé sur du papier craquelé, il n'a pas besoin de connaître l'Histoire, ni la peinture, pour savoir que ces formes lumineuses incarnent le désir. Ici s'écrivaient les archétypes du rêve humain – l'aboutissement, l'apothéose de l'amour. Tous les hommes ayant jamais vécu étaient passés par ici. Il lui faudrait moins d'une heure pour atteindre la côte, et dans l'obscurité pluvieuse il serait peut-être considéré lui-même, aux yeux d'autres aventuriers, comme une de ces gravures et sous cette forme, avec ces nouveaux yeux, il retrouverait l'homme qu'il aime.

7

Les falaises

Le lendemain du départ de Julius, Muriel fume derrière le comptoir en attendant le soir. L'après-midi est gris, implacable, une pluie froide et indécise tombe à la verticale entre les bâtiments et sur les voitures garées devant. Le patron du bar a détaché le ventilateur colonial de son support et l'a posé dans un coin, sur une bâche de protection. Au-dessus des tables le plafond est d'une couleur plus claire, un large cercle marque l'espace où se trouvait le ventilateur. Sans lui, la fumée des cigarettes des parieurs, la sienne et celle des autres clients forment un nuage aplati qui s'étend d'un bout à l'autre du bar. La faible lumière hivernale et la fumée agglomérée confèrent à l'ensemble une pâleur qui semble épouser son humeur. Dans son coin, le ventilateur a l'air d'un tas de ferraille.

Les turfistes se plaignent de la fumée et de l'air vicié, et lorsque quelqu'un leur montre le ventilateur hors d'usage ils regardent autour d'eux et au-dessus de leurs têtes comme s'ils étaient victimes d'un désaveu. Quelqu'un dit : « Est-ce que ce truc a toujours été là ? », et un autre répond : « Qui fait attention au plafond ? » Son absence rend le ventilateur enfin nécessaire et cette ironie plaît à tout le monde. Pour la peine, le patron leur offre une tournée générale.

La veille, un cheval est tombé à Del Mar. L'homme à la moustache raconte la scène comme si les autres n'y avaient pas assisté eux aussi.

« C'était cet énorme cheval isabelle. Artie Cleaves s'en est servi comme caution, et juste après sa libération le canasson est tombé dans un virage. Quand la civière est arrivée, il y avait Artie près du tunnel qui pleurait comme une fille. Comme une fille, je vous dis. »

Les autres hochent la tête avec compassion en faisant semblant ne pas connaître l'histoire. Naturellement, Muriel n'est plus retournée à Del Mar depuis ce fameux jour où la chance lui avait tant souri, quelques mois plus tôt. Mais en entendant ce récit, elle est émue, comme si c'était quelque chose qu'elle avait vu dans un film. L'homme décrit l'animal qui tombe sur un genou puis s'effondre, le jockey qui appuie ses deux mains à plat sur la tête du cheval et descend en sautant par-dessus, le vacarme que tout cela engendre, semblable au bruit d'une voiture freinant sur du gravier. De telles choses se produisent mais elle n'en a jamais été le témoin.

La moustache raconte que, de toute façon, Artie Cleaves a toujours monté comme si sa vie en dépendait, et quand il a poussé l'animal le long de la lice, tout le monde pouvait deviner ce qui allait se produire. La course a continué, le cheval à terre n'a pas paniqué et ça, au moins, c'était une bénédiction. L'ambulance a surgi comme un bolide. Une fois le cheval embarqué sur la civière, les gens dans les loges se sont levés et ont lancé des gobelets froissés et des tickets en direction d'Artie Cleaves. Pendant que la moustache raconte cette partie de l'histoire, les hommes attablés éclatent d'un rire triomphal comme si leur vie se trouvait embellie par cet accident ou par les représailles des spectateurs. Muriel lit sur leurs visages le soulagement caractéristique de ceux qui ont été épargnés. Elle l'avait déjà vu une fois, à la mort de Gerald.

La moustache continue : « Parce que de toute façon, tout ce temps-là, Artie chevauchait ce bourrin comme un type en fuite. En arrière dans le troussequin, comme ça. Et quand il s'est mis à pleurer et que ces racailles lui ont jeté leurs bières dessus ! Je ne peux pas approuver, mais je ne peux pas non plus leur donner tort. C'est comme ça, en hiver. Pas un seul vrai turfiste dans le lot. Des cousins débiles qui ne portent même pas de chapeau ni de montre. Ils ont les chevaux et les parieurs qu'ils méritent. »

Les autres hochent la tête et c'est ainsi que l'histoire se termine. La moustache s'adosse à sa chaise et reste un moment silencieuse pendant que les autres partagent leurs petits griefs : trains trop rares, baisse des ventes de billets, bénédiction collective que représentent les gens comme eux, venus ici au bout du monde pour s'occuper des affaires d'un nanti. Quelqu'un parle de Las Vegas et l'un des hommes déclare : « Maintenant ils ont une foutue université, là-bas.

– Quelles matières ils enseignent, vous savez ? demande un autre.

– Fraude à l'électricité ? Comment se faire élire au Congrès ?

– Si on fait entrer ce gamin Kennedy au comité anti-fraude, il va fermer les autoroutes, lâche un troisième.

– Seulement après avoir fini de les construire, c'est la loi désormais. S'ils étirent la 15 jusqu'à Tijuana, on regardera les voitures s'enfuir d'ici, filer vers le sud et revenir dans l'autre sens pour rien du tout.

– Encore faut-il pouvoir se tirer. Y aura des maisons jusqu'à San Ysidro, maintenant qu'ils l'ont annexée.

– Autant essayer de dire "pronostiqueurs véreux" en espagnol.

– Même en ville, hein. Ils élimineront les drogués et les pédés jusqu'à ce que tout ça ressemble au jardin d'Éden. »

Un silence, comme si quelqu'un avait laissé échapper un secret maléfique. Muriel lève les yeux du comptoir et les voit se pencher en avant, soulever leurs verres et boire d'un air coupable. Puis quelqu'un lance : « Pas vrai, Rosie ? »

Ce dernier croise les bras, puis les décroise. Il ne répond pas.

« Hé, je suis avec toi, dit la moustache. Ils ne font pas leurs descentes là-bas juste pour s'amuser, si tu veux mon avis. Ils vont dégager les prostitués et construire des immeubles. »

Les autres se tournent vers lui. Muriel se souvient du jour où cet homme, Gerald, a été enterré. C'était une connaissance de Rosie, elle l'avait noté, ainsi que le nom d'un endroit au bord de la mer où les hommes se retrouvaient. C'était juste après avoir gagné beaucoup d'argent, mais avant tout le reste, et maintenant l'argent a disparu et Julius aussi. Elle pense à lui sur les marches de la véranda et au chagrin qu'elle a perçu, à l'histoire de l'homme au revolver. Au genre d'endroit où il pourrait être.

« C'est la triste réalité des choses, finit par dire Rosie. Rien à voir avec la moralité.

– Vous ne pensez pas qu'il y a aussi des implications morales ? demande la moustache.

– Oh, tu parles, comme si tu préparais la venue de notre Seigneur. »

Les hommes rient. L'un d'eux, un bookmaker plus jeune que les autres et toujours mieux habillé, déclare : « Écoutez, messieurs, je vais vous dire... », puis il se penche au-dessus de la table et sa voix se dissout. Pendant qu'il parle les autres hochent la tête et reculent légèrement, les yeux fixés ailleurs, comme si ses idées étaient scandaleuses. Ils regardent Rosie comme des gamins témoins d'un sacrilège. Celui-ci se lève, vide le fond de sa bière et repose le verre. Il tourne la tête, crache sur le sol et quitte le bar. Les autres le regardent partir.

« Voilà ce qui s'appelle une réponse, dit l'un.

– Au final, le progrès, c'est juste une putain de déception », dit un autre, et ils rient tous en chœur en tapant des mains sur leurs cuisses épaisses. Muriel croit comprendre ce que tout cela signifie mais elle n'en est pas certaine. Où qu'il soit, Julius pourrait bien fréquenter de temps en temps un endroit semblable. Elle a besoin de s'en assurer d'une manière ou d'une autre. Elle éprouve le besoin de voir ce lieu dont ils parlaient, tout comme elle avait eu besoin de voir les chevaux.

Le soir, après un dîner silencieux, Lee se lève de table et ouvre la porte de la cuisine. Muriel le regarde sortir, faire un tour à la lisière des arbres puis s'enfoncer dans le bosquet en direction de la butte, jusqu'à mi-parcours. Lorsqu'il revient, ses joues et ses mains sont rougies par le froid. Il secoue la boîte à café vide, enfonce une main dedans, la remet en place. Il prend un marteau et une boîte de clous, les pose, s'empare d'un mètre ruban et arpente la pièce en faisant de petites marques qu'il efface ensuite, puis revient s'asseoir à table.

La radio annonce le cours des produits agricoles puis la météo, et son ton œcuménique compose une mélodie bien ordonnée. Muriel n'essaie pas de le réconforter.

« Tu sais quoi, dit-il. On faisait notre service militaire quand notre père est mort et c'est moi qui ai reçu l'avis par la poste, avec son alliance. Julius n'a pas apprécié que ce soit moi qui reçoive le courrier mais c'était juste parce que je suis l'aîné. Ils ont été obligés de démolir la vieille maison, c'était devenu une vraie ruine. Le comté a vendu ce qui restait et a envoyé un chèque de dix-sept dollars à notre base au Japon. J'ai remis l'argent à Julius et il l'a perdu aux cartes le soir même. »

Il joue avec le bout cassé de ses ongles. Muriel repense à leur dispute dans la cuisine deux jours plus tôt. Lee ne réagit pas à la manière d'un homme délaissé ou trahi. Mais sa blessure est fraîche, implacable.

« C'est pas comme si ça s'était jamais passé avant, dit-il. Et il s'en veut d'être parti comme ça et d'avoir pris l'argent dans la boîte, je te le garantis, même si le fait de s'en vouloir n'aide personne. Cette nuit de permission à Okinawa, il a sauté sur ce gars sans raison. Il avait dit qu'on était trop pauvres pour la marine, qu'on aurait dû être des troufions à Camp Casey, tout juste bons à sortir les poubelles, mais les gens disent des trucs comme ça et même pire quand ils sont soûls et qu'ils se retrouvent pris au piège dans une putain de guerre qui n'en finit pas. Mais je pense que Julius l'a cru. Je crois bien qu'il était d'accord. Il n'a jamais su apprécier la chance qu'il a de pouvoir vivre comme ça.

– Comme ça comment ? demande Muriel.

– Comme si l'avenir n'existait pas. »

Lee se lève et passe la porte d'entrée. Muriel le suit, s'arrête sur le seuil et le regarde sortir un sac de grain du coffre de la voiture, le caler sur son épaule et l'emporter à la lisière du bois. Il l'ouvre et répand son contenu d'un bout à l'autre du terrain. Muriel s'éloigne du chambranle et s'avance vers lui.

« J'essaie juste d'amadouer cette vieille carne », dit-il.

Son ton ne trahit ni amertume ni colère mais paraît étrangement incertain. Elle se demande s'il a toujours été comme ça – peut-être ne l'a-t-elle simplement jamais remarqué avant. Comme si sans les problèmes de Julius, sans sa propre présence bienveillante à ses côtés, il n'était plus personne. Elle songe à ces premiers mois passés ensemble à San Diego et à la façon dont Lee l'avait prise par le bras sur le chemin de la maison à la nuit tombée ; la sensation n'était pas romantique mais protectrice, comme s'il guidait une aveugle. Elle avait aimé ce sentiment plus que tout autre dans leur mariage et elle se rend compte qu'elle n'a pas pensé à lui de cette façon depuis longtemps. Peut-être Julius avait-il raison, peut-être avait-elle besoin de quelqu'un pour lui dire quoi faire. Le fait de soustraire la maison de sa mère et de donner ses gains à Lee avait modifié ses attentes à son égard et, même si elle avait désiré lui offrir ces choses, elle n'est plus sûre de vouloir les partager. Le partage est une dette qu'elle n'avait pas anticipée.

Lee tourne son regard vers le ciel en plissant les yeux et tend le doigt.

« Hé, le voilà », s'exclame-t-il. Soudain il y a de la joie dans sa voix. « Pas clair comme de l'eau de roche, mais on le voit. Ça ressemble à un ballon de plage. »

Il lui donne un coup de coude. Elle cherche le satellite dans le ciel et le repère, à peine plus proche que les étoiles et légèrement plus gros. Elle sait, grâce aux photos diffusées aux informations, que la coque lisse est percée d'antennes sortant du fuselage, mais elle ne peut pas les voir. Elle n'en perçoit que le halo, comme une punaise en cuivre dédoublée par l'effet d'optique, de sorte qu'elle a presque l'impression de pouvoir suivre le mouvement du satellite tournoyant au-dessus d'elle.

« Je n'arrive pas à l'imaginer, dit-elle.

– C'est juste là. »

Lee pointe à nouveau le doigt.

« Non, mais je peux le voir. C'est juste que je ne peux pas l'imaginer. »

Un bruit se fait entendre à la limite des arbres, comme si quelqu'un marchait sur des pierres. Lee pivote en direction du bruit, observe puis attend, et, voyant que rien ne sort, il se retourne vers Muriel.

« On devrait lui donner un nom, dit-il. Peut-être qu'elle reviendrait si elle avait un nom.

– Je pensais à Peaches, dit Muriel.

– Pourquoi pas Delilah ?

– Hors de question.

– Alors Patsy ?

– George Lee, ce sont des noms de pimbêches, tu le sais très bien. Si tu veux un cheval pour petite amie, tu aurais peut-être dû en choisir un plus jeune. »

Ils rient tous les deux et pendant un moment on pourrait croire que tout va bien se passer désormais. Le vent fait frémir la pluie. Au-dessus du terrain attenant, une mouette grise plane vers eux et ils l'observent jusqu'à ce qu'elle disparaisse.

Muriel reste éveillée longtemps cette nuit-là. Le clair de lune traverse leur chambre en épousant les contours du corps viril et inerte de Lee. Elle repense à Rosie et aux turfistes qui le taquinaient. Elle se souvient de Julius debout dans la chambre et de la façon dont elle avait prononcé son nom. Il ne lui avait rien volé à ce moment-là. Le lendemain, il l'avait interrogée à propos de sa mère et du jeu auquel ils avaient joué la veille de Noël, et il lui avait parlé de son ami. Ensuite il s'était disputé avec son frère au sujet de leur père et du service militaire, et à un moment ou à un autre, cette nuit-là, il avait pris l'argent qu'il était de toute évidence venu chercher. L'ignorance de son mari et le vol de Julius allaient nourrir sa culpabilité croissante, une culpabilité qui pesait plus que la maison, plus que l'argent, et qui remontait plus loin dans le passé – peut-être même à cette nuit où elle était restée éveillée à jouer aux cartes à la table de sa mère. Elle pourrait aussi ressentir du soulagement, ou de la gratitude. Mais ce n'est pas le cas. Elle se lève, glisse sa main derrière la commode et retire le papier journal qui s'y trouve collé. Elle le déplie, lit le nom du lieu et son emplacement. Dans le clair de lune, les épaules de Lee tressaillent et son souffle emplit la pièce. Longtemps, elle le regarde dormir et elle a le sentiment illusoire d'être pardonnée – ce même sentiment qu'éprouvent les héroïnes de cinéma à l'égard des hommes qu'elles ont quittés. Elle se souvient des matins de son enfance où elle se réveillait trop tôt et entendait de l'autre côté du couloir sa mère se réveiller à son tour, un homme qui remuait dans le lit et se levait, une ceinture qu'on ramassait et qu'on enfilait. C'était toujours ce qu'elle identifiait en premier, ce tintement particulier de la boucle de ceinture, un son apparemment commun à tous les hommes. Et chacun de ces sons, malgré leur singularité, ne permettait jamais de différencier un homme d'un autre ; elle devait attendre que le café soit servi pour voir de qui il s'agissait.

Ces matins-là, allongée les yeux fermés dans sa chambre à l'étage de la maison, elle ressentait une impatience assez semblable à celle qu'elle ressent aujourd'hui. Elle entendait le bruit de la boucle de ceinture, puis celui lent et sec du drap que l'on écarte, de la tête de lit en bois brut et du plancher. Elle aurait pu être n'importe qui dans cette constellation de signes et de sons. Bien sûr elle était elle-même, installée plus loin dans le couloir et donc séparée de l'intimité rituelle des amants qui se réveillent et s'habillent, mais par allégeance elle était aussi sa mère, avec un bras sous la tête et l'autre posé sur le bord du matelas, étendu dans un semblant d'évasion. Alors elle voyait sa mère sous cet angle, de l'autre côté du lit, en surplomb, tout comme l'homme la voyait sans doute, la ceinture rentrée dans les passants mais pas encore attachée, ses extrémités pendantes et sa silhouette dressée, à la fois menaçante et vulnérable, à moitié vêtue. Plus tard sa mère frôlerait peut-être l'homme assis en train de boire un café, elle se pencherait pour l'embrasser sur la tête et Muriel se sentirait à nouveau dédoublée, l'odeur de tabac froid dans les cheveux de l'homme, les lèvres de sa mère sur son propre front d'enfant, rapide, domestique, comme une clé glissée dans la serrure.

Le lendemain les parieurs arrivent tôt et restent tard. Dans un coin, le patron du bar a réuni deux tables et les a recouvertes d'une bâche. Dans dix jours c'est Noël et toutes les autres tables sont vides sauf celles près des fenêtres de devant, où une demi-douzaine de clients se sont répartis sur les bancs comme s'ils attendaient de rencontrer d'autres personnes qu'eux-mêmes. Armé d'un couteau à joint, le patron gratte le ventilateur couvert de résidus accumulés après des mois de service. Ils forment un film sur les pales et, quand le patron le décolle, on a l'impression d'assister à une opération du poumon.

Après le déjeuner, Rosie se lève de table et passe la porte en laissant une traîne de fumée de cigarette dans son sillage. Muriel contemple un moment le patron qui s'escrime sur le ventilateur. Voyant qu'il garde les yeux baissés et ne soupire même pas, elle suit Rosie. Dans la pluie fine monte une odeur d'huile de moteur. Elle reste immobile dans l'après-midi lumineux, observant un groupe d'hommes qui s'avancent de l'autre côté de la rue. À leur gauche, deux femmes qui rient, un homme seul qui les suit. Rosie traverse la rue à contre-jour, mains dans les poches, accélère, longe le groupe et le dépasse. S'il se dirige vers le centre-ville, elle retournera à l'intérieur. S'il traverse 8th Street en direction de la mer, elle le suivra. C'est par là qu'elle veut aller. Il tourne à gauche et Muriel attend. Rosie disparaît au coin de la rue.

Lorsque le feu passe au vert, elle s'engage rapidement pour le suivre de loin. Il traverse à nouveau pour prendre la petite rue qui longe l'océan, elle fait de même. Il tourne vers le sud, longe des restaurants et des bars encadrés par les résidences de vacances et les maisons de plage, puis continue vers le débarcadère du ferry, au nord. Il dépasse le palais de justice, un ensemble de logements sociaux et un parc municipal bitumé. Muriel n'a pas de montre mais l'horloge du tribunal indique quatorze heures quinze. Ils traversent Island Avenue, puis J Street, Rosie s'enfonce dans une ruelle et débouche sur K Street où la mer semble surgir du ciment à hauteur du point de fuite entre les bâtiments. Il tourne à gauche. Muriel attend un moment avant de s'engouffrer à son tour dans la ruelle, et quand elle parvient à K Street il se trouve à un pâté de maisons devant elle. La pluie a presque cessé et les nuages projettent des ombres le long des trottoirs.

Le quartier change rapidement. Rosie passe devant un restaurant chinois de trois étages couvert de néons qui bourdonnent. De l'autre côté de la rue il y a un bar sans enseigne recouvert de contreplaqué noirci. Un peu plus loin, une place, des palmiers inclinés que Muriel entr'aperçoit au fond et deux autres bâtiments condamnés. Les accotements en béton sont bordés d'arbres rachitiques en cage et jonchés de reliquats de plaisir : programmes de spectacle et tickets de loterie dans le caniveau, bouteilles de verre cassées. Les voitures passent en trombe dans les rues détrempées ; sur les trottoirs, des hommes marchent seuls ou à deux. Il n'y a aucune femme. Quatre ou cinq jeunes gens la dépassent, installés sur le pare-chocs d'un camion à benne, maculés de poussière. Deux hommes âgés observent la scène depuis l'arrêt de bus. Le camion bloque son champ de vision et, quand il s'éloigne, Rosie a disparu. À l'endroit où il se tenait, elle remarque une porte étroite ouverte à tous les vents. Son regard suit un escalier de secours jusqu'au deuxième étage, où une silhouette est penchée par une fenêtre ouverte et laisse tomber un noyau de pêche dans la rue. De l'autre côté, trois garçons accroupis devant un soupirail, fesses en l'air. Elle ne sait pas s'il s'agit du bon endroit ou non – il ressemble à une demi-douzaine d'autres. De la musique s'échappe par la porte, égrenant ses impulsions brèves et ses notes de basse, et elle peut distinguer des voix d'hommes et un tintement de verres. Cela ne ressemble pas à un hôtel, mais après tout le Chester n'en est peut-être pas un. Elle commence à perdre son sang-froid. Elle se détourne et reprend le chemin du bar, où le patron se bat toujours contre le ventilateur et où les autres turfistes ont disparu.

Elle laisse passer un jour, puis un autre, et le troisième jour elle dit à son patron qu'elle est malade. Elle enlève son tablier et s'en tamponne le front, puis le presse avec ses deux paumes contre son ventre pour suggérer un problème féminin. Le patron détourne le regard en lui tapotant l'épaule. Une fois dehors, elle se glisse dans une ruelle, sort le chapeau et le foulard de son sac à main et s'en affuble. Elle prend le même chemin et allume une cigarette en traversant Broadway. Elle retrouve la porte condamnée surmontée par l'escalier de secours. Elle attend un moment. Si elle est la seule femme, son chapeau et son écharpe ne suffiront pas. Elle abaisse le bord du chapeau. Elle a peur. Puis elle pense à la première fois qu'elle est allée à Del Mar, à l'argent qu'elle a gagné et à ce qu'elle a ressenti par la suite.

À l'intérieur, le bar est faiblement éclairé, rempli de corps. Elle repère à la fois des parieurs, quelques jeunes aux mines radieuses – sans doute des marins –, des ouvriers aux mâchoires crispées et quelques costumes-cravates dans le fond. Dans un coin, deux hommes en conciliabule. Une serveuse, une autre femme près de la porte laissée ouverte, et une troisième avec un joli manteau, à l'extrémité du bar. Celle-ci parle à deux hommes. Lorsque l'un d'eux se retourne vers la porte, Muriel constate que c'est Rosie, les joues mal rasées et rougies par l'alcool.

Elle prend place au comptoir de façon à ce qu'il soit derrière elle, et quand le barman arrive il la dévisage sans rien dire. Elle commande un cognac à la crème de menthe et jette une pièce de vingt-cinq *cents* dans le cendrier. Il ne bouge pas.

« C'est bon, dit Muriel.

– Vous êtes sûre ? » lui demande le barman tout en prenant la pièce.

Le miroir derrière le comptoir est terni et le haut est strié de fissures. Elle entend Rosie derrière elle, puis le deuxième homme. La femme au manteau de zibeline a un léger accent et une voix rauque de fumeuse. Son reflet dans la glace est fluide, serein. Le barman revient, glisse le verre en direction de Muriel et la regarde prendre une gorgée.

« Bon, d'accord », dit-il avant de se détourner.

Derrière elle le deuxième homme est parti. Quelqu'un met un *cent* dans le juke-box et choisit une chanson qu'elle n'a jamais entendue. Les deux clients dans le coin poussent des cris de joie et chantent en chœur.

Muriel entend la femme dire : « Ça ressemble à de la malchance.

– Ça ressemble à la pire des poisses, corrige Rosie.

– On ne peut pas obtenir grand-chose d'une race de couleur, c'est ce que j'ai toujours dit. »

Ils parlent du cheval isabelle et d'Artie Cleaves. La voix de Rosie est plus claire et plus forte, et le rire de la femme suggère qu'elle attend, venant de lui, ce genre d'opinions tranchées. Dans le miroir Muriel voit Rosie secouer la tête. La femme se retourne et scrute prudemment la salle.

« Tu crois qu'il va se montrer ? demande-t-elle sans le regarder.

– Je pense que c'était un truc d'une nuit.

– Tu ne t'es pas remis de Gerald.

– Gerald était un salaud », dit Rosie, et la femme rigole. Rosie rit lui aussi, mais son visage dans la glace est sinistre.

Ils parlent encore un peu de l'accident puis des courses du dimanche. Muriel termine une cigarette, en allume une autre. Elle lève la main pour desserrer son chapeau, se ravise. Elle ne sait pas quoi faire ensuite. Un téléphone sonne au bout du bar et un homme décroche sans prononcer un mot. Au bout d'un moment, il pose le récepteur sur son épaule et crie à la cantonade : « Irish Chimes, Mistress, Loose Talk, neuf-deux ». Muriel se rend compte que c'est un lieu où l'on joue et s'inquiète d'avoir commis une erreur, ou d'être dans une impasse. Des acclamations s'élèvent dans la salle. La voix de Rosie est noyée par le brouhaha. Dans le silence qui suit, Muriel entend la femme qui reprend : « Dommage pour l'écurie. Ils l'ont payé cher, ce cheval isabelle. » À entendre une femme évoquer ainsi des chevaux qu'elle connaît, Muriel a l'impression d'entendre une speakerine à la télévision.

« Je pensais qu'il se montrerait, à vrai dire, lâche Rosie.

– Je sais, répond la femme.

– Ce monde est trop petit.

– Va raconter ça à Fred et Ethel », lance-t-elle en désignant d'un geste les deux hommes dans le coin.

Rosie éclate de rire.

« Bien vu », dit-il.

Une vive bousculade se déclenche dans le dos de Muriel qui prend son sac sur ses genoux et passe un bras dans la sangle. S'il s'agit d'une salle de jeux et rien d'autre, elle devrait se lever, partir et héler un taxi. Elle se sent idiote et seule et ne sait pas du tout ce qu'elle fait là. En redressant la tête, elle ne voit plus dans le miroir que les formes vagues des hommes et son propre reflet flou. Pendant plusieurs minutes, elle n'entend ni Rosie ni la femme, et lorsqu'elle risque un regard vers la salle il n'y a personne qu'elle connaît. Elle finit son verre. Sentant une présence à ses côtés, elle se détourne pour cacher son visage et, dans la périphérie de sa vision, aperçoit une femme en manteau sombre qui exhale une odeur de foin. Lorsqu'elle se met à parler, Muriel comprend que c'est l'interlocutrice de Rosie.

« Vous attendez quelqu'un. »

Alors que Muriel réfléchit à la réponse, la femme reprend la parole.

« Ça ne me dérange pas. S'ils arrivent, je décampe. »

Elle se glisse sur le siège à côté de Muriel, se dégage du manteau et le pose sur le dossier. Ses cheveux sombres et odorants flottent autour de son visage. Elle porte des boucles d'oreilles en argent qui ont la forme de pièces de monnaie. Elle plonge la main dans son sac, sort un étui à cigarettes et l'incline vers Muriel, qui secoue la tête.

« Alors, qui est-ce ? La personne que vous attendez ? demande la femme.

– Juste mon mari. »

La tension que suscite cet échange, la familiarité étrange, instantanée.

Elle se demande si Rosie l'a vue et s'il a envoyé cette femme en émissaire. Dans la glace, Muriel voit la masse de ses cheveux et les petits points brillants des boucles d'oreilles mais ne distingue rien d'autre. Son visage y est flou et pâle comme du sable.

« Personnellement, j'ai cessé d'attendre le mien. »

En faisant ce constat, la femme cherche à établir une connivence. Mais son ton est querelleur, un peu las, et avant que Muriel puisse ajouter quelque chose, elle a passé un bras derrière le tabouret et s'appuie sur le dossier, la tête penchée d'une manière enfantine.

Elle demande : « Vous jouez aux courses ? »

Muriel se dit tout de suite qu'elle doit mentir : « Moi ? Non. »

La femme lève son verre et l'observe attentivement mais ne boit pas. La proximité de son odeur donne le tournis. Cherchant un soutien, Muriel se penche sur le comptoir. Elle a soudain très peur. Le vent de la mer plaque la pluie contre la vitre sombre de la façade. La lumière extérieure paraît séreuse contre la vitre.

« Comment s'appelle cet endroit ? » demande-t-elle à la femme, qui la regarde d'un air circonspect. Avant de pouvoir répondre, elles pivotent toutes deux en direction d'un bruit derrière elles. Là-bas, dans le coin, les deux hommes se font face. L'un d'eux serre une bouteille de bière dans son poing, comme un poinçon. L'autre est debout, muet, les mains levées. L'origine de cette situation demeure inconnue, et les autres clients ne savent pas s'ils préfèrent voir du sang ou jouer les héros. Pendant un moment personne ne tente d'intervenir. Puis un troisième homme surgit par la porte arrière et s'interpose. Une conversation s'ensuit. L'homme aux mains levées est tout jeune. Il porte une chemise neuve boutonnée au cou et aux poignets, comme s'il avait l'intention de se mettre en quête d'un emploi dans la foulée. Muriel observe, inquiète. L'homme à la bouteille ne semble pas en colère mais plutôt désespéré. On le force finalement à s'asseoir. Le jeune sort par l'avant, laissant dans son sillage une traînée douloureuse.

« Satanés bonshommes », s'exclame la femme en se retournant vers le bar. Elle lève un doigt pour commander un autre verre. Quand le barman arrive elle désigne celui de Muriel, qui annonce qu'elle doit partir. Elle a peur que la femme remarque ses tremblements. Elle cherche Rosie, ne le repère pas dans la foule.

« Mais qu'en est-il de votre mari ? »

Muriel secoue la tête sans rien dire.

« Ce n'est qu'une prise de bec. Vous savez combien les hommes sont fragiles », dit la femme en s'adressant à elle comme à l'atmosphère qui les entoure.

Muriel s'écarte du bord du comptoir et se dirige vers la porte. Sur le mur de devant, au-dessus des fenêtres, il y a un jeu de foire avec des chevaux en deux dimensions regroupés sur des pistes vertes en plastique dentelé, parés chacun d'un numéro et d'une casaque. Trois hommes près de l'entrée font de grands gestes, l'un d'eux prend une queue de billard et déplace deux chevaux vers l'avant du peloton. Quand Muriel passe devant eux ils éclatent de rire. Une fois dans la rue, elle enlève le chapeau, le plie bord à bord et le range dans son sac à main. Elle allume une cigarette et la fume en repartant vers le Heyday.

Cette semaine-là la pluie se met à tomber sérieusement. Muriel ne retourne pas en ville avant plusieurs jours. Les soirées s'éternisent, la maison est sinistre, grise et froide. La jument ne revient pas. En faisant le ménage, Muriel regarde par la fenêtre de la cuisine, un peu hésitante, comme si son absence était un mauvais tour joué par un enfant : si elle regarde ailleurs, la jument va surgir par la porte et l'effrayer.

Un soir, Lee boit trop. Les mains jointes, il raconte : « Je me souviens de cette fille de la ville. Elle avait deux hommes. L'un d'eux était un gamin que Julius fréquentait, un joueur de billard, encore plus petit que toi. Il visait sacrément bien. J'ai joué avec lui une fois et le moins qu'on puisse dire c'est que j'ai pris une bonne leçon, j'ai été écrasé en trois minutes. L'autre type, c'était un étudiant qu'on ne connaissait pas. Il s'occupait du moulin de l'autre côté de la rivière et portait un tout petit nœud de cravate, comme McCarthy. Je ne sais pas comment ils se sont rencontrés. Ce n'était pas le genre de gars qu'on aurait fréquenté. »

Par la fenêtre Muriel sent la brume de mer qui gagne la vallée comme un courant d'air humide, subtilisant la chaleur stagnante de la cuisine. Elle a déjà entendu cette histoire mais ne l'interrompt pas.

« Ça a continué comme ça pendant un certain temps, et la fille – elle s'appelait Sally, je précise – passait ses après-midi avec Julius et son ami, puis elle allait dîner, à moitié imbibée, dans une robe plus jolie, avec cet autre type, et puis elle revenait tard le soir à la salle de billard ou ailleurs et retrouvait illico son petit bonhomme, qui savait où elle était allée et s'en fichait. J'étais déconcerté quand Julius m'en a parlé. À l'entendre, on aurait dit que c'était une chose que tout le monde pouvait comprendre, mais six mois plus tard elle avait largué le petit bonhomme en lui disant que c'était fini, et encore un mois plus tard son nom figurait dans la rubrique des fiançailles. Julius était tout bonnement scandalisé. »

Muriel sait que pour Lee cette histoire est une parabole sur l'argent, mais elle ne peut s'empêcher de penser qu'il lui envoie un message – même si l'effet de distance provoqué par la boisson ne reflète en réalité que son détachement. Elle se rapproche et il se penche pour se laisser réconforter.

« Tu as sûrement connu une bonne douzaine de types qui ont joué de malchance comme lui, dit-elle pour l'apaiser.

– C'est sûr. Et Julius aussi, mais je pense que ça l'a mis plus en colère que son ami. À vrai dire, je crois qu'il détestait l'idée qu'elle ait choisi ce qui n'était pas réel. Ça le dérangeait beaucoup qu'elle n'ait pas opté pour ce que lui considérait comme de l'amour. C'est quelque chose qui le gênait.

– Sûrement.

– Et j'imagine que je le pensais aussi mais je ne la connaissais pas vraiment, alors j'étais qui pour juger ? »

Elle se laisse aller dans le creux de son épaule. C'est une nouvelle version cette fois, et elle observe son visage tandis qu'il essaie d'expliciter sa pensée.

« Il croit peut-être que j'ai changé de camp maintenant », dit-il, la voix pleine de tristesse mais de fierté aussi. Muriel se dit que, durant la période où Lee attendait qu'elle vende la maison, il s'était mis à se considérer lui-même comme un acteur prisonnier d'un scénario répétitif dans lequel il se débattait, confronté à des épreuves sentimentales et spirituelles dans l'attente d'une victoire suprême. Peut-être était-ce le cas depuis toujours, bien qu'elle l'ignorât. Et cette vision de lui-même en personnage d'exception lui convenait, non pas simplement parce qu'elle la consolait de sa vie étroite mais parce que cet artifice oppressant lui permettait de donner un sens à sa vie.

« C'est le temps qui fait ça, dit-elle.

– C'est-à-dire ?

– Il nous fait changer de camp. »

Le rire de Lee est tendre, à peine audible. « Il va falloir qu'on se remonte le moral, hein ? » dit-il en l'embrassant sur la joue.

Elle repense à son argent perdu et à l'hôtel du bord de mer. À ce premier hiver à Del Mar, quand elle avait commencé à perdre. Après des mois de constance exceptionnelle, le fait de perdre avait été difficile à admettre. Plus tard elle comprendrait à quel point perte et gain sont liés mais, à ce moment-là, elle ne le savait pas encore, et ses journées étaient remplies d'une attention extrême envers toute chose, comme si l'inflexion de voix des turfistes ou la couleur de leurs cravates pouvaient constituer un indice quant à son destin dérisoire. Elle avait surveillé le temps qu'il faisait, les commerçants et les hommes qui marchaient le long des avenues, les pauvres chats errants. Elle avait examiné tous les signes et toutes les tendances qu'elle connaissait dans l'espoir de mieux saisir le problème. Elle se demande ce que fait Julius, s'il a déjà dépensé son argent, si quelqu'un a laissé une odeur capiteuse sur son col. Elle ne ressent toujours pas de colère, seulement le désir aigu et familier d'être avec lui là où il est.

Le dimanche matin, elle est réveillée par un coup sur la porte d'entrée. Elle entend la réponse de Lee, puis une voix de femme. Son mari entre dans la chambre, enfile ses bottes et sa veste.

« Une voisine l'a vue en haut de la rue, dit-il.

– A vu qui ?

– Cette satanée jument. »

Il sort et la porte d'entrée se referme brutalement. Dans la cuisine Muriel met de l'eau à chauffer et s'avance vers la fenêtre de devant, puis vers celle de derrière, mais elle ne distingue que la pluie et le tulle diaphane du soleil levant. L'eau bout, elle prépare une tasse de café et s'assied à table. Bientôt la porte d'entrée s'ouvre et Muriel s'attend à ce que la voix de Lee l'appelle, mais c'est une femme qui parle.

« Raté », dit-elle. Sur le seuil se tient celle qui lui a donné les olives quelques mois plus tôt, et qui dégouline sur le linoléum. Lee entre derrière elle.

« Je vais essayer autre chose, annonce-t-il.

– Je ne suis pas sûre que cette pluie vous facilite les choses », lui répond-elle. Muriel comprend qu'ils ont déjà eu un désaccord. Lee lui donne un petit coup de coude et se rend dans la cuisine. Il ramasse une tête de laitue fanée, une pomme et deux tomates d'hiver, puis ouvre la boîte à pain et y trouve une dernière part de tarte. Il lance un regard à Muriel.

« Prends-la, ça ne me dérange pas », dit-elle.

La femme se tourne vers lui comme pour parler mais ne dit rien. Elle regarde Muriel, hausse les épaules.

Muriel demande : « Elle est au bord de la rivière ?

– Dans la noyeraie.

– Elle reluquait de ce côté.

– Il y a des noix. Qui pourrait lui en vouloir ? dit la femme.

– Allez, réchauffez-vous, je vous ramènerai là-haut après », propose Lee. Il prend la laitue, la hume et l'examine avant de la laisser tomber sur le plan de travail. Il met les tomates dans sa poche et pose la tarte dans sa paume ouverte comme un bijou. Il quitte la cuisine avec son attirail. Muriel sourit à son large dos.

« Je ne pense pas qu'il l'attrapera, dit la femme.

– On la cherche depuis une semaine maintenant.

– Alors peut-être que oui, si elle n'a pas eu son lot de noix. On obtient à peu près n'importe quoi d'un cheval pour de la nourriture, même de rentrer chez soi. »

La femme fait un pas dans la cuisine et tend une main froide en lâchant : « Sandra. »

Muriel se souvient du moment, quelques mois plus tôt, où elle aurait pu lui demander son nom et ne l'avait pas fait. Sandra porte une chemise de flanelle pour homme, avec de longs pans qu'elle a noués et rentrés dans le pantalon, les manches roulées au-dessus du coude. Ses cheveux sont tirés vers l'arrière en une seule tresse et frisotés au niveau des racines. Tout est mouillé par la pluie. Elle balaie la cuisine du regard, comme si elle était habituée à entrer dans des espaces inconnus ou des lieux où elle pourrait ne pas être bienvenue. Muriel reste là un moment sans rien dire, le regard fixe. Puis elle lève un doigt, va chercher une serviette dans le placard de l'entrée et la lui donne. Sandra s'appuie contre le plan de travail, essore ses cheveux, s'essuie les bras, pose la serviette sur ses épaules. Muriel lui tend une tasse de café.

« Vous avez déjà essayé de l'attacher ? » demande Sandra. Elle regarde le café en fronçant les sourcils.

« Il ne voulait pas qu'on fasse ça.

– Pas très surprenant. Ce qu'il vous faut c'est une bride en corde – prenez-en une sans laiton. Ensuite vous pourrez l'attacher ou la guider avec. Elle ne va pas apprécier d'être montée ni attachée, à son âge. » Sandra se tourne vers le mur nu et dessine d'un doigt le long contour d'un museau, puis un demi-cercle rapide autour, deux lignes par-dessus et à l'arrière des oreilles. L'extrémité humide de son doigt laisse une légère trace sur le placoplâtre. « Quand vous l'attraperez, je veux dire.

– Vous vous y connaissez en chevaux, fait Muriel.

– Si on parle de manière relative, la réponse est oui. »

Sandra se dirige vers la fenêtre, écarte le rideau et scrute le paysage au-dehors. Muriel se tient à côté d'elle. Ensemble, elles fixent la pluie sans distinguer Lee ni la jument. Les frênes semblent ployer sous les nuages lourds. Muriel se demande si elle doit mentionner leur rencontre ou si Sandra se souvient d'elle, mais celle-ci se détourne pour vider sa tasse. Elle s'appuie contre le plan de travail et la regarde.

« Je ne savais pas que c'était ce terrain que vous vouliez. J'avais l'habitude de jouer par ici. Avant les digues, l'eau montait au printemps jusqu'au sommet de cette butte et ruisselait pour former un bassin là où la route rejoint le bord de votre allée – il n'y avait pas de route à l'époque – et mon père et moi pêchions le crapet arlequin dans le coin, parmi les joncs et les petites tortues et les escargots, pas plus gros que l'ongle de votre orteil. »

Sandra lève la tête, souriante. L'évocation furtive de ce passé crée un lien entre elles deux.

« Vous n'êtes pas là depuis longtemps, dit-elle.

– Comme vous pouvez le voir, nous ne sommes pas encore tout à fait installés.

– Mais c'est pour bientôt.

– Vous avez donc vécu ici toute votre vie, ajoute Muriel pour parler d'autre chose que de la maison.

– Je suis partie un certain temps, en fait. Puis mon père est mort et je suis revenue.

– Pourquoi êtes-vous partie ?

– Pour la même raison que tout le monde. »

Muriel ressert du café et s'assied à la table. La femme hoche la tête en regardant la chaise vide.

« Mais vous, vous n'êtes pas d'ici », dit-elle.

Elle s'essuie à nouveau le visage et le cou. Au-dessus de la cuisinière l'horloge égrène les minutes. Muriel espère que Lee attrapera la jument, mais cet espoir dissimule un autre désir, celui, étrange et surprenant, qu'ils continuent à chercher pour toujours.

« Du Kansas, dit-elle.

– C'est loin. »

Sandra étale la serviette sur le siège avant de s'asseoir. De l'autre côté de la table elle semble très petite. Peut-être Lee lui avait-il parlé de manière brusque, peut-être était-ce simplement dû au temps qu'il faisait.

« Pourquoi avoir quitté les Plaines ? demande-t-elle encore.

– Vous y êtes déjà allée ?

– Non.

– Eh bien voilà », dit Muriel.

Elle lève un doigt en signe d'inspiration : « Ah si, attendez. Je suis allée dans l'Idaho une fois. »

Muriel sourit. Sandra parle comme le font souvent les hommes, et non comme les femmes en ont l'habitude entre elles.

« J'avais une amie qui s'est installée là-bas. Mais je ne suis allée la voir qu'une fois, dit Sandra.

– Je ne suis pas sûre que l'Idaho compte.

– Il y a des dunes de sable là-bas.

– Précisément.

– Mon amie aimait beaucoup cet endroit. Elle rêvait d'y passer sa vie, pourtant à dire vrai il y faisait plus chaud qu'en enfer, et l'endroit était truffé de grenouilles de bénitier. J'imagine qu'on se contente tous du paradis qui nous est offert. »

Elle dit cela sans amertume. Muriel fait un signe d'assentiment et allume une cigarette. Dehors, sur la route pavée en direction de l'ouest, elle perçoit le faible gémissement d'une voiture. Sandra tend la main par-dessus la table, lève les sourcils. Muriel lui passe la cigarette. Elle la porte à ses lèvres et souffle la fumée d'un coup, sans l'inhaler, avant de la lui rendre.

« J'ai arrêté, en fait. »

Muriel rit et une certaine tension se dissipe.

« Tu crois qu'il va l'attraper ? demande Muriel en se mettant spontanément à la tutoyer.

– Disons que la jument n'est pas rapide. Mais elle a eu le temps d'apprendre. »

Sandra se penche comme s'il s'agissait d'un complot, baisse la voix. Le plaisir se lit dans la rougeur de son visage : « Je suppose que sa bouderie a fonctionné, dit-elle.

– Ou que tes olives n'ont pas eu d'effet, suggère Muriel.

– Tu aurais dû prendre les olives de García, je te l'avais dit.

– Je ne me souviens pas que tu aies dit ça. »

Muriel regarde le plafond, puis la fenêtre. Dehors la lumière vacille entre les arbres et elle entend au loin les sirènes et le clapotis de la rivière contre la butte.

« Pourquoi avoir un cheval si vous n'avez pas de clôture ?

– Mon beau-frère.

– Il vous l'a donné ?

– Il l'a fait venir du Nevada dans cette remorque. » Muriel indique d'un mouvement de tête la lisière des arbres. Sandra rit. Muriel lui repasse la cigarette. « Tous ces cow-boys, et pourtant cet endroit deviendra un foutu cul-de-sac dans moins d'un an.

– Sûrement pas si tôt.

– Prends-moi au mot. À ce moment-là, je devrai vendre, moi aussi.

– Il croyait avoir acheté un vrai mustang », ajoute Muriel. Elle ressent un plaisir coupable à couvrir Julius de ridicule. L'espace d'un instant, elle l'a rendu inoffensif.

« Il n'a donc jamais regardé de western avec Roy Rogers ? »

Sandra prend une autre petite bouffée et lui redonne la cigarette. Muriel la tient un moment en observant la cendre tombée sur la table. Elle lèche son pouce et la retire. Elle aime le sang-froid de cette femme. Elle la soupçonne d'avoir développé cette aptitude à une autre époque, plus difficile, et de l'avoir troquée contre la solitude.

« Je ne pensais pas te revoir, dit Sandra.

– Et pourtant je suis bien là.

– Tu devrais venir dîner un de ces jours.

– Moi et Lee, on travaille tard en général. »

Depuis le couloir de l'entrée, le bruit de la porte qui s'ouvre et Lee apparaît sur le seuil comme par magie. Il est trempé, dégoulinant, et une tache de myrtille macule le devant de sa veste. Muriel se lève.

« Eh bien, lance-t-il. Je pense que vous pouvez constater à quel point j'ai réussi ma mission.

– Elle a pu avoir un peu de tarte ? » demande Sandra. Elle se met debout, retire la serviette du siège et l'étend sur le rebord de l'évier puis pose sa tasse sur le plan de travail.

« Elle l'a prise et s'est enfuie, répond Lee.

– On peut dire que c'est un progrès.

– Si vous le dites. »

Il secoue son pantalon en projetant de la boue à travers la pièce. Muriel perçoit son besoin de se pavaner devant cette femme. Elle voit autre chose aussi, une chose qu'elle n'avait pas pu nommer avant. Elle se souvient du moment où la jument avait passé son encolure par la porte, de Julius faisant un bond pour la repousser et de Lee se levant calmement, sans peur ni appréhension, heureux d'être surpris par la simple présence de l'animal. Il a besoin d'être mis en danger. Il ne veut pas que cette femme devine ce ravissement, ni qu'elle le partage.

« Les pneus ont l'air pourris sur ce van, non ? demande Sandra.

– Ils ne sont pas en grande forme, mais ça devrait tenir encore un moment.

– J'ai une idée. »

Ils sortent et s'avancent tous les trois jusqu'à la route. Sandra leur explique ce qu'elle compte faire. Lee semble sceptique et tente d'argumenter, mais elle se contente de s'éloigner pour secouer la remorque et évaluer son poids. Lee la surveille tandis que la pluie tombe sur ses épaules. Sandra finit par s'interrompre et se tourne vers lui. Elle explique à nouveau son plan d'une voix apaisante en indiquant la limite des arbres. Lee hoche la tête, hausse les épaules. Il trouve une pelle dans le garage et nettoie les pneus de la remorque là où la boue s'est amassée. Puis il la tire par la tête d'attelage pendant que Muriel et Sandra la poussent par-derrière. Ensemble ils traversent la cour et l'installent le long du bosquet de frênes, où la pluie est moins drue. Ils ouvrent la porte. Lee retourne devant la maison, prend la bâche sur le tas de remblai, la traîne dans la cour humide. Il tend une extrémité à Sandra, qui l'étire entre deux arbres. Lee accroche un côté puis ils attachent l'autre au système de ventilation du van. L'abri, aussi large qu'une chambre à coucher, s'étend entre la lisière des arbres et la remorque.

« Qui ne reviendrait pas pour un truc pareil, s'exclame Sandra.

– Si vous le dites, répond Lee.

– Prenez aussi du foin sec, poursuit-elle. Vous devez lui donner autre chose que de l'ombre pour qu'elle revienne. Et quand elle le fera, il vous faudra une clôture. »

Sandra regarde Muriel un long moment ; son regard est une supplique. Sous l'ondée elle paraît brune et jeune. La pluie fait toujours retomber les gens en enfance.

« Allez, mettons-nous à l'abri. Je vais vous ramener, dit Lee.

– Tout va bien. »

Sandra enfile ses bottes froides et déroule les manches de sa chemise. Elle se retourne et lance : « Je peux vous donner de la nourriture. Je vais en disposer un peu partout et on va la retrouver, d'une manière ou d'une autre. » Puis elle repart dans le matin à l'atmosphère druidique.

La semaine commence sous une légère bruine. Le foin moisit sous la bâche. Lee sort un seau qui se remplit de pluie. Ils jettent dans la remorque une douzaine de pommes coupées en tranches, pour l'odeur. Muriel dort mal. Comme toujours elle rêve de chevaux, mais aussi de pluies lourdes qui forment un écran devant les champs hivernaux. Elle rêve du Radford Hotel, de la chambre vide et de l'argent sur le lit. Chacun de ces rêves persiste tout au long de la journée, charriant un sentiment de malheur.

Au bar les hommes souffrent et désespèrent du temps qu'il fait. Le crépuscule arrive tôt, avec une force brutale. Une nuit, Muriel est réveillée par un rêve concernant Artie Cleaves, qu'elle n'a pourtant jamais vu. Dans ce rêve il est aussi petit qu'un enfant, il porte une casaque rose et il est agenouillé auprès du cheval à terre tandis que gobelets et talons de tickets usagés s'abattent des loges du haut. Contre le cuir fin du cheval, la casaque du jockey semble translucide. Dans son rêve, Muriel est assise dans la tribune et, tandis qu'elle regarde, l'animal commence à se relever. Artie Cleaves reste à genoux sur la piste jusqu'à ce que sa monture se remette debout. Puis il s'allonge à sa place, entre ses jambes. Le cheval longe doucement le petit corps du jockey, poursuit son chemin et part au grand galop sur la piste. L'ambulance arrive, les portes s'ouvrent et la femme au manteau de zibeline sort du bar. Elle regarde dans les tribunes, capte l'attention de Muriel et sourit.

Le lendemain, Muriel se fait porter pâle. Elle prend la voiture jusqu'à State Street et se gare sous un lampadaire. La journée est morose, une fois de plus, et la mer semble irritée, comme offensée. Muriel entre dans le bar et aperçoit Rosie qui parle à la même femme. Elle se tient dos à la salle mais le manteau et ses cheveux foncés sont reconnaissables entre tous. En entrant, Muriel baisse le menton pour se faufiler entre les épaules viriles des autres clients et s'assied au fond, là où le bar s'incurve vers le mur.

Elle commande un verre et cache un côté de son visage avec sa main. Rosie et la femme discutent longuement de l'hippodrome. Ils se tiennent hors du champ de la glace ternie, Muriel ne peut pas les voir. Dans le brouhaha du bar, elle n'entend que des bribes de leur conversation mais ne prend pas le risque de s'approcher. Elle n'est pas sûre de ce qu'elle a l'intention de faire ensuite. Elle pense à ce premier jour à Del Mar où elle avait pris le bus aller-retour et s'était assise pendant une heure dans un restaurant. Elle ne savait rien à l'époque. Ce jour-là, aux courses, elle avait observé les marins dans leur pantalon épais et les chevaux excités, comme si elle découvrait le monde pour la première fois. Rosie et son amie poursuivent leurs spéculations : la santé des jockeys et leur poids, les chevaux supposés être à la hauteur des espérances. Les sombres prédictions des parieurs laissent place à la joie nonchalante de Rosie et à la voix grave et lumineuse de la femme.

Rosie déclare : « Et ce n'est peut-être pas le bon choix, mais on ne peut pas s'empêcher d'y lire l'avenir.

– Je pourrais sans doute m'abstenir, mais je ne le veux pas », rétorque la femme.

À l'entrée du bar, des hommes en pantalon à revers et chapeau informe, jeunes et pleins de santé, jouent avec les chevaux de foire. L'un d'eux les pousse vers l'avant avec une queue de billard pendant que ses compagnons retournent des dominos et appellent les numéros. Il semble que le jeu soit l'objet d'un pari : lorsqu'un numéro est appelé, un cheval avance et un homme se réjouit tandis que les autres, renfrognés, sortent des pièces de leur poche pour les jeter sur la table.

D'autres mots sont noyés dans le vacarme de la salle, la voix de la femme faiblit, puis son rire s'élève et Muriel finit par entendre des signes de départ. Elle sent Rosie bouger derrière elle, et une fois qu'il l'a dépassée elle se retourne pour l'observer. Elle pense soudain qu'elle pourrait le forcer à la dévisager, à l'appeler par son nom, et qu'au moment où il pivoterait en direction de sa voix elle pourrait sourire, se lever et lui demander où est le Chester Hotel, ou si elle y est déjà. Et s'il regimbait ou essayait de se défiler, elle pourrait l'interroger sur l'époque où la moitié des chevaux avaient attrapé la dermatophilose à Tijuana à cause d'un transport à ciel ouvert pendant la mousson. Elle pourrait aussi l'interroger sur la fois où sa mère l'avait appelé pour lui dire qu'elle avait pris contact avec un entraîneur inconnu de la Snake River, qui proposait de venir faire du cheval sur les réserves indiennes pour gagner un peu d'argent. Rosie la regarderait, et la regarderait encore, et reconnaîtrait enfin sa serveuse aux cheveux bruns et à la carrure de fille du Midwest, et il mesurerait alors le temps et l'attention qu'elle lui avait consacrés.

Elle se tourne pour reprendre son sac et ses cigarettes, et la femme a de nouveau pris place à côté d'elle. Elle commande un verre de la même voix grave, puis se tourne vers Muriel.

« Vous êtes de retour », dit-elle.

Muriel regarde Rosie s'esquiver par la porte. Le parfum de la femme est ténébreux, masculin. À ses côtés elle doit sembler aussi solitaire qu'un apôtre.

« Vous êtes une joueuse, forcément, dit la femme.

– Toujours pas.

– Et votre mari alors ? Encore absent. »

La femme jette son manteau sur le bar, secoue ses bracelets et soupire. Les larges pans de son chemisier descendent bas et donnent une impression de majesté, même si Muriel peut apercevoir son dos nu et la peau tendre sous ses bras. Muriel ne porterait jamais une telle chose. Pourtant, en été, sa mère mettait des blouses de paysanne ornées de motifs de couleurs vives qui laissaient ses épaules dénudées.

« Peut-être que vous ne jouez pas, mais vous lisez sûrement les nouvelles, dit-elle.

– Sans doute.

– Ce pauvre chien russe est mort.

– Ils savaient que ça allait arriver, n'est-ce pas ?

– Ce qui m'énerve, c'est que la première créature à aller en orbite ait été un terrier. »

Elle paraît exaspérée et perplexe, comme les hommes au Heyday quand ils se sentent dans leur bon droit.

« Mieux vaut un chien qu'un…, commence Muriel, mais la femme l'interrompt.

– Qu'un Russe ? »

La femme renifle.

« J'imagine juste ce chien, dit-elle. Je ne sais pas si vous connaissez bien ces animaux, moi en tout cas j'en ai connu beaucoup. Et je peux l'imaginer comme si j'y étais, se fichant complètement de la conquête de l'espace. On peut compter sur les chiens pour ça. Ils ne sont pas ambitieux. »

Cette fois, quand le barman arrive, Muriel accepte le signe de tête de la femme. Il revient avec deux verres bien frais et elle boit une gorgée du sien.

« Hé, Tony, lui lance la femme. Comment on appelle cet endroit de nos jours ? »

Le barman penche la tête. La femme sourit à Muriel.

« Ça s'appelle le Tony's, comme toujours, répond-il.

– Et voilà », conclut la femme en vidant son verre. Puis elle regarde à nouveau Muriel qui essaie de sourire, mais elle est déçue. Pourtant, si ce petit bar s'était révélé être l'endroit qu'elle cherchait, elle s'en serait trouvée tout aussi attristée. Elle essaie d'imaginer une manière de formuler sa question, une façon de l'interroger sur l'hôtel sans rien révéler d'elle-même. Il doit exister un art de l'enquête, mais elle l'ignore – elle sait seulement que ce n'est pas aussi simple que d'écouter. À ce stade, la question paraît naïve et trop anecdotique pour justifier ses conséquences.

« Vous savez qu'ils ont publié un livre sur le sujet ? demande la femme.

– À quel sujet ?

– Au sujet du chien.

– Quoi sur le chien ?

– Ce qui pourrait lui arriver.

– Quelle est la cote ?

– Vingt contre un que le chien arriverait en orbite, cent contre un qu'il en reviendrait.

– Et s'il mourait ?

– Personne n'a voulu miser là-dessus. »

Elle hausse les sourcils, Muriel rit de ce rire complaisant que la femme attendait de toute évidence, et cela les rapproche. La femme sourit à nouveau et lui fait un clin d'œil.

« Avant, il suffisait de miser sur un seul résultat, gagnant ou perdant, mais maintenant on peut spéculer sur le temps qu'il faudra pour que le courrier arrive, ou sur l'éventualité que tel homme politique préfère les oranges aux pommes, dit-elle. Vous pourriez faire parier la moitié de la population sur une course entre des gouttes de pluie.

– Comment expliquez-vous cela ? » demande Muriel, réellement curieuse.

La femme tire pensivement une bouffée et vide son verre.

« Oh, allez savoir. Soudain on se soucie de choses auxquelles on n'avait jamais pensé et dont on ne se souciera jamais plus, juste parce qu'il y a des chances que ça se produise. »

Le barman leur sert deux autres verres et fait un geste en direction du fond du bar, où un client est assis en veste blanche immaculée, buvant seul. La femme repousse les deux cocktails sur le tapis du comptoir en secouant la tête. Le barman les laisse là où ils sont et se tourne vers l'homme à la veste en haussant les épaules. La femme regarde Muriel.

« Mais je serais plus encline à penser que ça intensifie le suspense. »

Muriel fouille dans son sac, attrape ses cigarettes. Avant qu'elle ne trouve son briquet, la femme lui tend le sien. Muriel se penche pour allumer sa cigarette.

« Ça vous dérange que ce soit un terrier en particulier ? demande-t-elle.

– Les terriers sont des creuseurs de trous et des tueurs de rats. Des terriens. Si vous voulez envoyer un chien dans l'espace, envoyez un truc qui hurle à la lune. »

La femme tourne légèrement la tête et jette un coup d'œil par-dessus son épaule, comme si, dans la perspective de Muriel, elle cherchait une réfutation à ce triste constat. Puis elle se détourne, rit, agite la main et se ressaisit. Muriel admire la légère inclinaison de sa tête, l'attention et la vivacité qui se lisent sur son visage. Soudain elle ne veut plus s'abaisser à poser la question qui l'a menée ici. Elle préfère se contenter d'être assise avec cette femme, dans cet endroit. Elle fait signe au barman : « Ne laissez personne nous offrir quoi que ce soit, décrète-t-elle. Si quelqu'un demande, dites que nos maris vont arriver d'une minute à l'autre. Dites que ce sont des gars de la marine marchande, ou d'anciens détenus. Brodez à votre convenance. » Elle glisse le bord d'un billet de cinq dollars sous le tapis du comptoir. Elle avait vu sa mère le faire une fois, quand elle était jeune et qu'elles attendaient un homme dont Muriel ne se souvient plus, accoudées au bar d'un restaurant. Elle soupçonne que le billet a moins d'importance ici qu'à Holton, dans le Kansas, mais elle aime bien ce geste, la façon dont il confère aux femmes une pleine attention, comme jadis à sa mère.

La femme se tourne vers Muriel et réduit la distance qui les sépare. Elle secoue les glaçons dans son verre, y plonge le doigt et en repêche un. Elle le tient entre ses doigts un instant, jusqu'à ce qu'il mouille sa paume, puis elle le met dans sa bouche.

« Combien de temps avant qu'il arrive ? » demande la femme. Le glaçon dans sa bouche obstrue sa voix ; elle le brise et l'avale.

« Je ne sais pas.

– Le mariage est une loterie, n'est-ce pas ? Peut-être pas pour les hommes, mais quand même plus qu'autrefois », dit-elle.

Le sujet semble devoir se clore. Muriel lève son verre et laisse la glace ricocher contre ses dents.

« Gail, lance la femme.

– Muriel. »

Elles parlent encore un peu du chien et du satellite mais l'atmosphère a changé. Elles évoquent le temps qu'il fait. Muriel parle de la maison qu'ils ont construite en surplomb de la rivière. Bientôt leurs verres sont vides. Gail ne mentionne pas l'homme que Muriel est censée attendre, Muriel non plus. Gail insiste pour la reconduire chez elle, et elle ne proteste pas, bien que cela l'oblige à revenir pour récupérer la Ford. Gail prend son manteau et les cinq dollars, laissant un billet de dix à la place. Elle rend celui de cinq à Muriel qui le range dans son sac à main.

Gail conduit une vieille Packard gris ardoise. L'intérieur est couleur crème, d'une tiédeur réconfortante malgré le fraîchissement de l'air. Elles restent assises en silence un moment. Le moteur démarre et tourne au ralenti. Gail s'avance dans la rue qui longe la côte et roule vers le nord en actionnant les essuie-glaces.

« Comment se débrouillait-on avant les voitures ? » demande-t-elle en faisant allusion aux gens en général mais aussi à elles deux en particulier.

Elle conduit Muriel chez elle en prenant le chemin le plus long, à travers des quartiers qui font apparaître des bribes du panorama côtier. Dans le quartier sud-américain, Gail fait demi-tour en empruntant le terre-plein central pour revenir vers le sud et demande à Muriel si elle accepterait de prendre l'itinéraire touristique. Le point de vue offre un crépuscule de toute beauté, Muriel acquiesce et Gail sourit. Elle traverse une esplanade pour rejoindre Catalina Boulevard et grimper vers la falaise, où elle se gare soigneusement. Il n'y a pas de lampadaires, la mer est un feston blanc qui tire vers le gris à l'horizon où le coucher de soleil s'épand, et l'ensemble paraît un peu trop beau pour l'humeur du moment.

« Regarde-moi ça », dit Gail. Elle se tourne sur le siège conducteur, appuie son dos contre la porte, étend ses jambes sous le volant. Son mouvement est si rapide qu'il semble défensif. Derrière elle le reflet du soleil couchant est spectaculaire, et Muriel dirige son regard vers l'océan pour se soustraire à l'impression d'être prise au piège, ou menacée. Pour une femme des Grandes Plaines, la vision de l'océan est trop intense. Le cœur bondit, mais un pragmatisme circonspect le contient.

Avec une candeur qui ressemble décidément à une marque de fabrique, entretenue comme telle, Gail confie : « C'est drôle. Je ne rencontre jamais personne. » Muriel croit deviner dans ce constat une invitation de la part de cette étrangère. Elle ne sait pas au juste ce que cela signifie mais elle en prend acte, et si elle veut poser sa question c'est maintenant.

« Je t'ai entendue discuter.

– Oh ? » Le son qui s'échappe des lèvres de Gail ressemble à une étreinte.

« Je cherche un endroit, dit Muriel.

– Comme nous tous, n'est-ce pas. » Gail se penche en avant.

« Un endroit bien précis, ajoute Muriel.

– Pas chez Tony ? »

Muriel secoue la tête. Gail rit. Un temps, aucune des deux ne parle.

« C'est un hôtel. Je ne sais pas s'il existe encore ou non », dit enfin Muriel.

Sur le visage de Gail, une expression étrange, comme un refus.

« Et où en as-tu entendu parler ? »

Muriel ne répond pas.

« Pourquoi penses-tu que je le connaîtrais ?

– Je le pense, c'est tout. »

Un instant de silence. Gail réfléchit.

« Qu'est-ce qui t'a amenée chez Tony, alors ? Si tu ne joues pas aux courses ?

– Juste la pluie. »

Muriel songe à son chapeau ridicule, à ses cheveux mouillés. Se sent-elle mise à nu par l'examen de Gail, ou gênée de sa propre ingénuité ? Elle l'ignore, mais toujours est-il qu'elle est désemparée – et cela lui importe beaucoup moins que ce qui pourrait advenir ensuite.

Gail se penche vers elle avec un air de conspiratrice. Son visage se transforme à nouveau.

« As-tu vraiment conscience de ce que tu me demandes ?
– Je crois.
– Comment tu as trouvé ce bar, pour de vrai ?
– Je me suis renseignée.
– Je ne te crois pas. »
Muriel voudrait mentir mais elle est sûre d'être confondue par Gail.
« OK, lâche-t-elle. Je connais quelqu'un.
– Tu connais qui ?
– Tu l'as probablement déjà rencontré. Le genre joueur. Il porte un petit revolver au bout d'une chaîne. »
Muriel mime la taille de l'objet entre le doigt et le pouce.
« Jamais rencontré ce type, et je connais tous les joueurs.
– Bon, dit Muriel.
– Un objet pareil ne semble pas très utile. » La voix de Gail est enjôleuse et grave. Le bourdonnement du moteur sur ce bord de route est comme une respiration dans le silence. Gail pose le menton dans sa main et regarde au-delà de sa passagère, en direction du ciel. Muriel peut sentir ses cheveux, sombres et libres, et la douceur entêtante de son parfum mêlé à l'odeur de la pluie et qui semble un peu différent, plus suave. Elles savourent cet instant comme on tient un coquillage.
« Eh bien, tu pourrais peut-être me le présenter », dit Gail.

Muriel ne peut pas croire ce qui se passe. Dans son pull beige et sa robe de tous les jours, elle a l'impression furtive d'être une fidèle assise, seule sur les bancs de l'église et dans un état de légère extase. Elle se penche. Un regard incrédule sur le visage de Gail, qui se mue en stupéfaction flagrante. Muriel essaie d'imaginer un mouvement d'approche, le contact des lèvres fines de Gail. Muriel n'a embrassé que son mari au cours de sa vie, pourtant elle a été témoin de centaines de baisers – peut-être même plus – donnés ou reçus par sa mère, et aussi en de nombreuses occasions au bar du coin, quand un couple se quitte, se retrouve ou se rencontre un soir. Ou encore entre de jeunes femmes et leurs cow-boys dans les films. Étrangement, tous ces moments se confondent en un seul. Muriel en choisit un dont elle se souvient parfaitement : l'index d'Ingrid Bergman derrière l'oreille de Cary Grant dans un film noir, la mer en contrebas léchant la courbe lisse et infinie du rivage, la ville surmontée de grands immeubles et d'hôtels, un peu comme le paysage que Muriel aperçoit d'en haut, baigné dans le coucher de soleil californien et paisible de Point Loma. Mais sans amour et sans homme, le baiser de cinéma a des airs de comédie. Ingrid Bergman part d'un rire enchanté, vulnérable et légèrement cruel qu'elle réprime visiblement face à Cary Grant, un rire destiné à empêcher un soudain mouvement de recul. Dans l'esprit de Muriel, Ingrid Bergman rit à l'intérieur du halo désirable de la bouche mutine de Gail.

« Peut-être », dit-elle, autant pour Gail que pour elle-même.

Gail s'incline vers l'avant, leurs nez se touchent presque. La question au sujet de l'hôtel n'a pas trouvé de réponse mais une autre a été soulevée. Muriel se redresse sur sa paume pour poser son menton sur les lèvres de Gail, puis sa bouche contre la peau tendre de sa tempe. Son manteau tombe de son épaule relevée. Ce n'est qu'un geste esquissé, il peut être effacé, et les doigts de Gail derrière l'oreille de Muriel pourraient être assez facilement oubliés, eux aussi.

Elles en ont conscience toutes deux, et elles savent que la frontière s'estompe. Elles savent que se toucher plus avant s'apparenterait à un aveu. Muriel lève le menton et approche ses lèvres des siennes. Elle espère que Gail va résister. Sa résistance donnerait à Muriel du pouvoir, la certitude de contrôler la situation. Mais au lieu de cela Gail se penche de quelques centimètres, lentement, pour presser sa bouche contre celle de Muriel. Le baiser est doux et long. Dehors, pas un bruit, aucune voiture ne passe. La banquette de la Packard les contraint à adopter une position bizarre et presse leurs visages l'un contre l'autre tout en séparant le reste de leurs corps. Muriel veut autre chose maintenant, elle veut cette femme plus près, alors elle se met à genoux sur le siège, entoure ses épaules d'un bras et l'attire à elle. Gail penche la tête en arrière et rit. Puis elle s'avance, embrasse Muriel à nouveau, sa paume trouve sa poitrine et effleure le mamelon qui durcit et propage une onde de chaleur vers son bas-ventre. Les deux femmes font de petits bruits de surprise, mais le son d'un moteur résonne contre la paroi rocheuse derrière elles et deux phares surgissent sur la route. Le désir de Muriel crée un effet de ralenti et, lorsque Gail s'écarte brusquement, elle ne comprend pas tout de suite. Elle a oublié sa quête et l'heure et l'année. Elle se sent soudain vraiment femme.

La voiture les dépasse et le moment s'est envolé. Gail se recule, ferme son manteau. Elle semble effrayée. Muriel n'aurait pas imaginé qu'elle puisse l'être.

« Je ne peux pas rester dehors très tard ce soir, dit Gail.

– Moi non plus », dit Muriel, même si elle le voudrait bien, même si elle le pourrait.

Gail appuie sur la pédale de frein. Les feux illuminent le flanc de la falaise derrière elles et se réfléchissent sur la voiture comme un incendie.

« Mais je te retrouverai demain, là où tu sais », dit Gail en se redressant sur le siège, s'écartant du trottoir sans laisser à Muriel le temps de se rasseoir. Elle remonte vers l'isthme, passe devant le bar qu'elles ont quitté et redescend deux rues plus loin vers le bord de mer. Le soleil s'est couché et un fin ruban de lumière violette flotte à l'horizon. Il fait presque nuit sur la route. Une fois l'esplanade dépassée, Gail se gare avec délicatesse le long de la chaussée.

« Retrouve-moi ici », dit-elle, montrant du doigt un vieux bâtiment avec des fenêtres de bois peintes en noir, autrefois grand et solide, et dont le toit en saillie s'affaisse désormais un peu. Juste derrière la bâtisse le ciel tombe pesamment sur la marée montante. Un homme se tient sur le seuil, chapeau baissé, et les observe. Muriel sait qu'elle a face à elle le Chester Hotel. Cette certitude démultiplie son désir pour se transformer en une chose nouvelle et terrifiante.

« OK », répond Muriel. Gail se tourne, tend la main et effleure le menton de Muriel avec son pouce, dans un geste à la fois doux et froidement définitif.

Puis elle s'écarte à nouveau et Muriel lui indique sans réfléchir les virages jusqu'au Heyday Lounge. Gail ne pose pas de questions sur la maison en haut des falaises et Muriel n'explique pas pourquoi elles n'y sont pas allées. Elle ramasse son sac à main et son chapeau, ouvre la portière. Dans la rue la nuit bleue de l'hiver semble moins dangereuse qu'elle ne le souhaiterait. Elle se penche à travers la vitre baissée et remercie encore Gail pour la balade. Elle aimerait en dire plus mais elle n'en fait rien. Les fenêtres du bar dessinent des carrés de lumière sur l'asphalte, si nets et si attirants qu'ils lui évoquent une échappée vers un monde souterrain.

Gail recule jusqu'à l'intersection, tourne dans la rue transversale et disparaît. Muriel passe devant le Heyday, devant les cafés et les petites maisons près de la mer. Dans State Street, elle retrouve sa voiture et prend la direction de la rivière. Devant le ciel qui s'assombrit, la ville prend des airs de reproche. Elle fait des détours à travers le parc, sous l'autoroute, entre les vergers. Elle se sent abasourdie, elle se sent désirée. Les arbres fruitiers défilent dans l'obscurité. Ils semblent se mouvoir. Au Kansas, lors des dimanches après-midi avec sa mère, elles roulaient deux fois plus vite à travers champs et, quelle que fût la saison, le blé se balançait de cette même manière particulière, les rangées infinies ondulant sur leur passage. Elle savait que c'était une illusion mais elle était fascinée, comme si la voiture elle-même donnait vie aux champs. Dans le faisceau des phares elle surprend une silhouette sombre. Elle freine, et d'un coup la jument dorée traverse la route, puis le verger et le canal d'irrigation, pour ensuite remonter vers le champ.

Parvenue dans sa propre allée, elle vérifie que son visage n'est pas trop rouge et remet chapeau et foulard au fond de son sac à main. Elle trouve Lee assis dans la cuisine, les yeux fermés, le menton en l'air. Bâti comme une catapulte, se dit Muriel, mais il y a aussi de la douceur dans sa posture, la même vulnérabilité que celle des hommes dans leur sommeil. Il sursaute au bruit de ses pas et se lève de la chaise, poings serrés, et Muriel le voit comme il souhaite sans doute être vu : comme un homme prêt à tout. Elle garde le goût du baiser de Gail. Leur séparation a une autre saveur et, l'espace d'un instant, elle envisage de tout dire à Lee, ne fût-ce que pour l'affranchir de son empressement. Mais il la regarde, éclate de rire, ouvre les mains, écarte ses cheveux – et ce sentiment disparaît. Elle l'observe de la même façon que les hommes observent les femmes quand elles pleurent ou quand elles chantent. Le plaisir qu'éprouve son mari à la voir revenir est une chose qu'il faut modérer, comme si ce plaisir recelait une forme de terreur. Elle s'avance pour le saluer. Il lui demande l'heure. Elle dépose les clés sur le plan de travail et lui annonce qu'elle a passé une très bonne journée.

8
La frontière

Une nuit d'été, alors qu'ils travaillaient dans les combles, Henry était arrivé avec deux pichets en plastique remplis d'eau glacée et quelques serviettes d'hôtel réfrigérées enroulées autour du cou et rabattues dans sa chemise. Le mois d'août tirait à sa fin. Les tempêtes qui s'étaient succédé deux semaines durant dans les montagnes avaient préservé la fraîcheur des prairies en barrant le soleil de longs nuages hauts, puis la chaleur était revenue. Les intempéries avaient traversé la ville, accompagnées de fortes pluies diurnes avant de s'évanouir dans le soleil de la vallée. Ce changement de temps donnait le mal du pays à tous les citadins, intensifiait leur solitude ou pire encore. Les hommes étaient tantôt distraits, tantôt envoûtés par l'horizon, et beaucoup d'entre eux perdaient plus d'argent qu'ils ne pouvaient se le permettre, ce qui les obligeait à grappiller de la petite monnaie pour le train. Julius passait une grande partie de son temps au bar des mormons, ou dormait au Squaw Motel les matins gris. Deux attaques au couteau avaient eu lieu dans le terrain vague derrière Fremont Street. Une intervention policière à l'Apache Hotel avait conduit une demi-douzaine de faussaires de cartes à jouer non pas en prison mais à Mesquite, où ils avaient été abattus sur un aérodrome par des hommes que personne ne voulait nommer. La ville n'avait pas cédé à la panique mais elle s'en était trouvée fragilisée.

L'été était revenu d'un coup et il faisait au moins trente-huit degrés sur la plateforme. Julius arpentait la partie est, pieds nus, le jean retroussé au-dessus des mollets. La salle du Golden Nugget en dessous était à moitié vide. La chaleur tenait les habitants à l'écart, beaucoup se calfeutraient dans leurs chambres, et ceux qui étaient en ville cette nuit-là jouèrent avec réserve et prudence, comme si les événements récents avaient émoussé non pas leurs nerfs, mais leur capacité à se projeter hors de la vie quotidienne. En arrivant, Henry traversa sa propre section de la plateforme pour retrouver Julius de l'autre côté et couvrir son cou et ses épaules de deux serviettes froides. Julius lui demanda où il avait dégotté un congélateur et Henry esquissa un sourire muet. Il s'éloigna, Julius soupira d'aise sous le poids rafraîchissant des linges et Henry se retourna à mi-chemin pour lui souffler un baiser par-dessus son épaule. Julius n'aimait pas l'idée de mêler sentiments et travail, mais il se laissa charmer par ce geste ; la nuit allait être longue. Il releva ses manches, ajusta les serviettes et regarda en bas, vers la table de craps où les hommes semblaient jouer comme sous l'effet d'une révélation, comme s'ils comprenaient la façon dont les dés obéissaient à l'univers et que cela ne leur procurait aucune consolation. Il n'y avait pas de triche, Julius s'ennuyait ; il se mit à somnoler en laissant ses pensées dériver.

Le temps s'étirait. Un pianiste jouait des chansons apprises pendant la guerre : « I'll Get By », « Don't Fence

Me In », des chansons que Julius avait entendues dans les bars ouvriers de sa jeunesse. Dans le silence brûlant, il pouvait presque saisir chaque mot et entendait Henry faire les cent pas de l'autre côté. Lors d'une pause entre deux airs, Henry entonna « Wishing Will Make It So » à la manière de Ray Eberle[1], avec sa voix de ténor entêtante, suraiguë. Les joueurs de craps en bas se mirent à faire du chahut et la voix de Henry se tut. Peu après, le pianiste reprit la même chanson. Lorsqu'il entama un couplet sur les rideaux entrouverts de la nuit, un silence ému traversa les combles et Henry éclata de rire. L'écho de son rire résonna longuement aux quatre coins de la plateforme et les deux hommes convergèrent en son centre. Apercevant leurs silhouettes respectives, ils restèrent là un moment, immobiles et souriants. Puis, guidés par un étrange pressentiment, au lieu de se rapprocher ils échangèrent un simple signe de la main, comme si se dressait entre eux une barrière invisible qui, une fois franchie, risquait de devenir permanente. Julius repensa à la nuit où ils s'étaient touchés pour la première fois. La chaleur était encore plus forte et Henry était jeune, torse nu. Pendant que le pianiste jouait, ils mimaient les paroles. La chanson terminée, ils firent demi-tour et rejoignirent leurs postes.

Plus tard, à la sortie du travail et après une heure de blackjack, Henry était rentré au motel en sentant la transpiration et le whisky bon marché. Dans la petite chambre, il avait entraîné Julius dans une valse pantomime sur la

1. Ray Eberle (1919-1979), acteur et chanteur devenu célèbre pour sa participation au « *big band* » de Glenn Miller (1904-1944), tromboniste et chef d'orchestre.

moquette damassée et lui avait chanté « *Wishes are the dreams we dream when we're awake*[1] ». Le matin était déjà levé et les deux hommes avaient besoin de sommeil, mais la chaleur revenait, et avec elle le sentiment qu'à peine nommées les choses disparaissaient.

À Rosarito Beach, après avoir rêvé de cette nuit-là, Julius se réveille dans une chambre louée deux dollars cinquante sur la route côtière. Il ne dort pas très bien depuis un bon mois. Il se lève, tire la couverture du lit de camp semblable à ceux qu'ils avaient au front, et laisse une pièce de cinq *cents* pour la lessive. À côté de lui, trois autres lits n'ont pas été défaits. Il se débarbouille dans la salle de bain du couloir en se rappelant les raisons de sa venue et les paroles de l'homme du cellier, celui-là même qui l'avait envoyé ici en lui conseillant de passer à autre chose.

En bas, la patronne transvase une paella froide dans des bocaux en verre. Il fait un signe de tête et lui laisse la clé. Il ne précise pas s'il va revenir et elle ne demande rien. Quelques tableaux sont accrochés sur les murs de la petite salle à manger, des tableaux qu'il n'avait pas remarqués la veille, lors de son arrivée dans l'obscurité pluvieuse. Sur chacune de ces peintures, le même motif : un bateau solitaire à l'horizon, ballotté par les vagues. Ce ne sont pas des toiles de maître mais elles racontent une vraie histoire en dépit de la perspective hasardeuse. Julius fait un nouveau signe à la patronne et montre les tables

1. Littéralement : « Les souhaits sont des rêves que nous rêvons quand nous sommes éveillés », paroles extraites de la chanson « Wishing Will Make It So » de Glenn Miller, chantée par Ray Eberle (1939).

vides. Il lui demande si elle sert le dîner ou le souper. Elle brandit la cuillère à paella et pointe vers la mer en disant : « *Camarónes. Después de las tres.* » Des crevettes, à partir de quinze heures. Julius hoche la tête, vérifie que toutes ses possessions sont bien rangées dans ses poches et sort dans l'après-midi gris.

La marée est montante, la mer étale. L'heure du déjeuner est passée mais il ne voit personne le long de la route ni sur la plage, à l'exception d'un pêcheur en cuissardes sur un banc de sable. Ses ennuis lui paraissent légers, rectifiables. Passé la pension de famille, une laverie et les petits hôtels, la ville cède place à la nature. Vers l'est, sur les collines douces, se dressent des maisons de deux pièces, des restaurants, et quelques auvents ombrageant la chaussée. Plus loin, devant les montagnes vertes à l'est, la charpente d'une usine ou d'un atelier à moitié achevé. Il se promène le reste de l'après-midi en périphérie de Rosario Beach et traverse le centre en suivant une trajectoire en croix. La ville est si petite qu'il le fait une demi-douzaine de fois sans croiser personne, mis à part les commerçants et les enfants qui sortent les poubelles dans la rue. Il traverse un parc qui abrite tellement de mouettes qu'on dirait une autre mer, poussée vers l'intérieur des terres. La pluie ne diminue pas mais tombe au ralenti, comme à travers le couvercle percé d'un bocal. Il sent la proximité de Henry, insaisissable et aérien. Le plaisir immense de l'avoir vu, fût-ce un bref instant, dans son rêve. Il se dit que l'homme du cellier l'a peut-être envoyé sur la côte rien que pour passer une bonne nuit dans un lit et offrir un espace à ce rêve. Pour le reste, la ville côtière semble vide, inutile.

Julius sait qu'il doit attendre la nuit, quand les parieurs et autres hors-la-loi se risqueront peut-être à sortir.

Dans une boutique à la limite orientale de Rosario Beach, il achète un *champurrado*[1] chaud au sirop et le boit assis près de la fenêtre embuée. Le soleil se couche. Dehors une meute de chiens de tailles variées, arborant des yeux vairons et un pelage terne, rouge et marron comme les tenues de réservistes, trottine le long des magasins et se faufile à travers les portes. Ils sont accueillis par les commerçants comme des parents en visite ; ils leur jettent de temps à autre des morceaux de poisson. Julius s'inquiète de l'argent qu'il lui reste. Il se souvient que la majorité de cet argent appartient à Muriel, et il connaît son origine. Le sentiment d'indulgence qui imprégnait jusque-là la journée vacille. Il regarde les chiens, penchés sur une carcasse dans une posture caractéristique. Les banderoles suspendues gouttent dans l'air, précipitant des traînées d'eau sur le trottoir.

Assis dans la boutique il se souvient d'un autre événement survenu dans les combles cette nuit-là : le temps était étrangement orageux et, après l'intervention policière à l'Apache, les hommes à tête de chat avaient installé une table pour un nouveau jeu appelé canasta, qui ressemblait au rami mais se jouait contre la banque. Ce jeu était trop compliqué pour être populaire et, comme chaque main prenait dix ou quinze minutes, les enchères étaient très élevées. Plusieurs semaines durant, la table était demeurée vacante au milieu de la salle, comme une invention bizarre. Mais le soir où Henry avait chanté, deux hommes étaient

1. Boisson lactée mexicaine composée d'un mélange de lait, de chocolat, d'eau, de pâte de maïs et de *panela* (jus de canne à sucre).

restés assis à jouer plusieurs heures d'affilée. Le craps étant honnête et machinal, Julius était resté longtemps debout à la fenêtre surplombant la table de canasta, à observer les deux hommes qui apprenaient à jouer en s'observant l'un l'autre. Ils avaient fière allure, étaient à peu près du même âge et, même s'ils ne semblaient pas se connaître, ils faisaient montre d'une déférence polie. Mais à un certain moment de cette longue nuit chaude, un tirage les avait mis en colère, d'abord l'un contre l'autre, puis contre le croupier. Ils se tenaient face à face, de part et d'autre du tapis, et le croupier, conformément au protocole, croisait les mains sur le rebord et attendait le chef de salle. Quand celui-ci arriva, les joueurs le suivirent tranquillement et Julius se déplaça sur la passerelle jusqu'à la fenêtre adjacente pour regarder. Les deux hommes et le chef de salle se tenaient là, debout, à faire des gestes énergiques, puis le ton avait changé et ils s'étaient tous mis à rire. Ils se donnèrent quelques tapes sur les épaules avant de se séparer. Le lendemain, Julius alla trouver le croupier et lui demanda de quoi il retournait. Celui-ci sourit, précisant que c'était une histoire de fous : les deux hommes avaient reçu exactement la même main. Julius prit un air dubitatif, mais l'autre expliqua que la canasta se jouait avec un double jeu de cartes et que, si un tel événement était peu probable, il n'était pas, à proprement parler, impossible. Les hommes avaient soupçonné une fraude de la part du croupier ou du Nugget, mais avaient ensuite compris le tour de passe-passe. Julius avait vu beaucoup de joueurs reconduits de force et savait quels liens cette situation pouvait créer ; il savait que, même s'ils ne se revoyaient jamais, ces deux-là penseraient toujours l'un à l'autre, chaque fois qu'ils se sentiraient seuls.

Désormais la nuit tombe vite. Julius compte les semaines. On est déjà à la mi-décembre, ou même plus tard, et bientôt viendra la nuit la plus longue de l'année. En regardant la route côtière par la fenêtre, il aperçoit des silhouettes masculines sur la plage et sous les auvents. De l'autre côté, une *cantina* éclairée commence à se remplir. Il quitte la boutique et marche sur la route en direction de la mer. Quelques hommes sont rassemblés dans une baraque construite avec les restes d'une jetée, recouverte de plaques d'aluminium. Il espérait bien tomber sur un jeu de ce genre et c'est un bon endroit pour commencer. S'il joue, il pourra poser quelques questions habiles et apprendre où, en ville, les hommes ont l'habitude de se rencontrer. Et une fois qu'il aura trouvé ce lieu, il pourra racoler ou montrer son petit revolver comme à Tijuana, ou bien il pourra simplement attendre de voir ce que la nuit lui offre. L'enchevêtrement de son rêve, du souvenir des joueurs de canasta et des paroles de l'homme du cellier l'a convaincu que tous ces événements étaient des flèches pointant dans la même direction.

Il se dirige vers les joueurs en effleurant l'enveloppe et le revolver dans la poche de sa veste. Près du ressac, un feu s'élève à la rencontre de la nuit tombante et leurs silhouettes se découpent sur le bleu sombre de l'horizon. Ils jouent à une forme de stud poker que Julius connaît grâce au casino des mormons, un stud appelé *Telesina* ou *Shifting Sands*, et connu ici sous l'appellation de *Stud Loco*, le Jeu du Fou. Les cartes communes sont ouvertes et calées avec des dés à coudre sur un cageot à fruits. Autour de la caisse, les hommes sont agenouillés ou assis contre des tas de sable qui leur servent de dossiers. Juste derrière eux, plus près de l'océan, un deuxième groupe est installé sur un bateau renversé à moitié enterré dans le sable.

Julius se tient à côté des joueurs. Lorsqu'ils remarquent sa présence, il esquisse un geste déférent ; un homme hoche la tête, puis un autre. Julius s'assied, le dos appuyé au rebord effondré. Le sable est froid mais sec. Les hommes réunis sont d'âges très différents, certains sont américains, d'autres non et ils l'observent tous attentivement tandis qu'il s'installe. Deux jeunes, l'un blond et l'autre couvert de taches de rousseur, ont l'allure interlope des tricheurs professionnels. Julius décèle en eux quelque chose de familier, même s'il ne se rappelle pas précisément les avoir déjà vus. Deux autres sont des types du coin, plus âgés et habillés de vestes de laine colorées ornées de larges boutons de cuir. Le dernier joueur dégage une sévérité dont Julius soupçonne qu'elle vient du temps passé sous les drapeaux. Son manteau de laine et ses manchettes à double boucle, portées ouvertes et repliées pour laisser le laiton tinter dans le vent, confirment son intuition.

Le blond distribue. Il déclare qu'ils jouent de petites mises parce que c'est bientôt Noël. Julius hausse un sourcil et le blond explique que Jésus était communiste, et qu'un bon croyant, américain ou pas, ne devrait pas avoir le profit pour objectif, c'était le Vieux Barbu en personne qui l'avait dit.

« Les doux hériteront de la Terre », s'exclame le blond, et son ami aux taches de rousseur lève son verre en signe d'approbation. Ils répètent tous deux « Les doux. » Leur ivresse est calme, agréable.

Julius annonce qu'il va observer une partie pour comprendre le décompte des points. Le jeu se joue comme un stud à cinq cartes, avec trois cartes communes disposées face visible, et deux privatives. À chaque tour, la mise est suivie ou relancée, jusqu'à ce que la dernière carte soit révélée. L'homme avec les bottes militaires et le manteau de laine boutonné jusqu'au cou remporte la victoire avec une quinte basse complétée avec la dernière carte.

« Donc on joue les suites et les couleurs », dit Julius en hochant la tête pour signifier son désir de participer au jeu.

Il joue un moment, gagne un peu mais se contente surtout d'observer. Les deux garçons assis côte à côte sont manifestement de mèche, et comme aucun autre joueur ne tente de les arrêter, Julius suppose qu'ils sont très mauvais, ce qui s'avère vite exact. Au cours du jeu, il apprend leurs noms : Dick et Chrissie. L'homme au manteau de laine gagne presque un pot sur deux et Julius soupçonne qu'il marque les cartes ou qu'il les distribue par le bas du paquet. S'il parvient à le confondre, il pourrait en tirer un avantage, mais il ne sait pas encore lequel. Les autres semblent honorables et bientôt les deux plus âgés s'éloignent. Dans d'autres circonstances, Julius se lèverait en les remerciant et partirait. On ne peut pas jouer dignement contre des tricheurs et des ivrognes. Mais quelque chose dans le visage des garçons, dans l'intensité tranquille de l'homme au manteau de laine, le retient. La nuit s'installe. Par-delà le feu et le ressac, l'obscurité boit les dernières traces de lumière à la surface de l'eau. Julius accepte un gobelet de vin au goût de racine et de marée, avec un côté tord-boyaux. Il enfonce son gobelet dans le sable pour le stabiliser. Cette partie est exactement du genre de celles que Henry pourrait repérer.

L'homme au manteau de laine pose une première mise, puis Dick et Chrissie misent à leur tour. Julius met un dollar dans le pot. Il a presque une quinte haute. Dick et Chrissie complotent comme des ménagères jouant au Kem's[1], et l'homme au manteau de laine hausse les épaules ostensiblement. Puis il relance d'un dollar. Chrissie suit avec son dollar et en mise un nouveau. Julius se couche. L'homme jette un œil aux cartes de Julius, suit le dollar de Chrissie et distribue la dernière carte. Julius surveille non pas la carte du haut mais les pouces de l'homme dont il pourrait faire usage pour avancer celle du bas au moment de la distribution, ou pour la faire glisser dans sa paume. Au lieu de quoi il fait une chose que Julius n'a jamais vue : il sort une carte du centre du paquet avec l'ongle effilé de son pouce. Il la donne à Chrissie, puis en donne une du haut à Dick. Il agit avec tant d'aisance que Julius se demande si c'est une blague. Ensuite, l'homme se sert lui-même par le haut du paquet et soulève le coin de la carte. « Je suis baisé », lance Chrissie en retournant celle qui lui reste. Il compte seize pesos humides et les jette dans le pot. Le manteau de laine le suit et abat une quinte flush. Chrissie retourne une double paire inutile et le manteau de laine met la main sur le pot.

« T'es niqué dis donc, lance Dick à Chrissie.

– Je me suis bien fait baiser », répète Chrissie d'un ton lugubre.

---

1. Jeu de société de 32 ou 54 cartes, aux règles simples, souvent proposé aux enfants.

Julius risque un œil vers le manteau de laine. L'homme ne se retourne pas mais sourit du coin des lèvres et prononce d'une voix étonnamment fluette : « Je ne t'ai pas encore vu par ici.

– Je viens d'arriver, dit Julius.

– Cet endroit est sur le chemin de nulle part.

– Je suis en vacances.

– De ton boulot salarié », ironise l'homme, mais le ton est amical.

Ceux qui sont assis en périphérie commencent à se chamailler. Les voix sont enjouées mais une protestation les fait taire. Un chapeau s'envole dans la brise marine ; il vient se poser entre Chrissie et Dick, comme par magie. Chrissie le ramasse, le fait tourner sur sa tête, puis le remonte d'un coup sec avec ses index et scrute les environs comme s'il cherchait un spectre. Dick ne sourit pas ; il lui donne un coup de coude excédé. C'est au tour de Chrissie de distribuer mais il semble l'avoir oublié. L'homme au manteau commence à battre les cartes, et Chrissie ne l'arrête pas. Dick s'allonge dans le sable. Il semble ne plus vouloir jouer. Tout en battant le jeu, le manteau de laine glisse ses pouces le long des bords du paquet et réitère sa supercherie avec la carte centrale qu'il sort pour la distribuer à Chrissie. Il regarde Julius, qui détourne les yeux, puis se met à parler :

« Vous connaissez tous l'histoire de l'invention de ce jeu, non ? »

Chrissie arbore un sourire béat sous son nouveau chapeau. Comme le couvre-chef est trop grand, il l'incline vers le bas et le cale de côté, de sorte qu'on ne voit plus que sa bouche et le bout de son nez. Il dit : « M'en fiche comment une chose a été inventée, tant qu'elle a été inventée par l'homme, et c'est sûrement le cas. » Julius se rend compte qu'il est vraiment très jeune.

Le manteau reprend : « C'est ton droit – le truc avec le stud poker, ou n'importe quel autre jeu, c'est qu'on peut y jouer sans connaître le pourquoi du comment. Vous connaissez les règles, vous pouvez jouer, même si vous ne savez pas pourquoi elles sont ce qu'elles sont. »

Julius se dit que ce petit discours pourrait lui être destiné mais qu'il pourrait tout aussi bien s'adresser aux deux garçons, ou même à la nuit noire. Dick a retrouvé une vague conscience du monde extérieur. Il s'assied, s'empare de ses cartes, lance un regard au manteau de laine en esquissant un sourire maussade. Malgré l'ivresse, les vêtements en loques et les propos grossiers, Julius est certain que les garçons ignorent encore que perdre peut vous faire tomber plus bas que terre. Le manteau de laine appelle les mises et Dick passe son tour, mais Chrissie jette un autre billet de dix pesos et soulève sa hanche pour chercher dix centimes dans sa poche. Julius suit la relance et se contente de payer. Le manteau distribue la carte suivante et reprend la parole : « Par une nuit froide au Texas, au siècle dernier, quatre hommes jouaient au poker à l'ancienne, avec toutes les cartes fermées, et pendant la distribution ils entendent du vacarme à l'extérieur. »

Chrissie saisit la carte qui lui a été distribuée et prend un air tellement bonhomme que sa victoire paraît acquise. Le manteau de laine l'observe avec un sourire en coin. Il poursuit : « Un des joueurs se lève, se rue dehors en direction du bruit, et pendant son absence les autres jettent un coup d'œil à ses cartes, comme le ferait n'importe qui. »

Dick s'est tourné pour admirer le ressac, ou peut-être les étoiles là-haut, et l'homme au manteau de laine sourit ouvertement. Chrissie est tellement fasciné par sa propre chance que Julius est le seul à capter ce petit moment de plaisir du donneur, et ce plaisir l'attendrit. Il lui sourit en retour et sent son attention se tourner gentiment vers lui.

« Les autres joueurs sont encore en train de rigoler de la bêtise du gars qui a quitté la table comme ça, avec ses cartes posées en évidence, et le voilà qui revient en menant un étalon par la bride. Alors là, ils se marrent vraiment. Apparemment, il s'était occupé du cheval depuis qu'il était un yearling, mais il ne l'avait pas castré parce qu'il avait une certaine valeur comme étalon. Et le vacarme dehors, c'était l'étalon qui essayait de saillir une vieille jument stérile. »

Chrissie ajoute un autre dollar, Julius paie et relance, et le manteau de laine suit Julius. Les deux garçons, distraits par l'histoire, par la nuit et par ce que l'homme leur a distribué, ne le voient pas faire un clin d'œil à Julius. Et il n'y a personne dans un grenier au-dessus d'eux pour être témoin de l'escroquerie.

L'homme reprend : « Alors maintenant, il y a un étalon dans le bar, ce qui n'est pas vraiment inhabituel, parce que c'est le bon vieux temps... » Chrissie éclate d'un rire cynique, peut-être en réaction à sa façon de parler, ou peut-être à la simple idée d'une époque révolue. « Mais en se rasseyant, le propriétaire du cheval se rend compte de l'erreur qu'il a commise en abandonnant ses cartes. Il a misé de l'argent et ne veut pas le perdre. »

Chrissie est captivé par le récit et n'a pas revérifié sa main. Au-delà de la lumière du feu, la plage est sombre, uniforme. Soudain un personnage entre dans la lumière.

Il porte une caisse en bois et Julius perçoit un tintement de bouteilles. Il regarde la silhouette par-dessus ses cartes. L'homme a quelque chose de familier. Il est grand, avec des joues tombantes, sa peau a la couleur et la texture de l'écorce de cantaloup.

« Et on ne peut pas blâmer les autres joueurs, vraiment pas. On ne peut même pas appeler ça de la triche. Alors l'homme à l'étalon dit... »

Le manteau s'interrompt, regarde Chrissie et lui fait signe de miser. Chrissie comprend et s'empare de ses cartes. Il fouille ses poches, hausse les épaules, fait semblant de trouver dans l'élastique de sa chaussette un billet de dix pesos qu'il avait oublié. Il se penche vers Dick et lui donne un coup de coude pour qu'il vérifie ses poches. Chrissie jette son argent et ce qu'il reste de celui de Dick. Puis il enlève ses bottes et les balance aussi.

« Le gars dit : "Écoutez, messieurs, je vois bien ce qui s'est passé ici, et j'ai eu tort de partir, c'est sûr, mais laissez-moi vous proposer quelque chose. Supposons qu'on retourne tous nos cartes fermées pour être à égalité, qu'on pioche chacun une carte supplémentaire au tirage et qu'on mise là-dessus. C'est une excellente idée pour ce genre de jeu, ça rend les choses plus intéressantes, avouez-le." Et voyant l'air sceptique des autres gars, l'homme s'avance tout en flattant son cheval et ajoute : "Pour vous motiver, je vais monter les enchères avec l'étalon que voici." »

Chrissie observe désormais le manteau de laine avec beaucoup d'attention. Quelques-uns des hommes alentour se sont approchés pour écouter l'histoire. Le grand bonhomme s'avance dans la lumière du feu. Julius le maintient à la périphérie de sa vision sans lever les yeux ni regarder autour de lui.

« Pourquoi il parierait son cheval, le type ? Ça va mal finir pour lui, dit Chrissie.

– T'as tout pigé », rétorque le manteau.

Le grand bonhomme se tient au bord du feu mais n'avance pas plus avant. La lumière projette sa longue silhouette anguleuse sur le sable. Son menton dessine une ombre sur son cou et sur ses épaules, ce qui lui donne un aspect lugubre, indistinct. Julius tente sans en avoir l'air de percer l'obscurité. Il repense aux hommes qu'il a rencontrés au parc Santa Cecilia et à ceux des bars miteux de la Cacho. Ce n'était pas l'un d'eux mais il était là, quelque part. Le type prend une longue gorgée de vin, se retourne et se dirige vers la route côtière, bouteille à la main. À la lumière des lampadaires, il ressemble à une tête d'allumette, maigre et résolu. Julius se demande comment formuler sa question, où cet homme pourrait bien le mener et si Henry s'y trouvera. Le rêve, les joueurs de canasta, la facilité avec laquelle il a trouvé cette partie : tout cela ressemble à un signe du destin, ce qui équivaut à une absolution. Il ne peut pas se lever au milieu de l'histoire, ni abandonner ses cartes pour suivre le grand bonhomme, mais il le regarde marcher vers la *cantina* éclairée et il sait où il devra chercher.

Enfin le manteau de laine sort deux cartes du paquet et distribue le reste entre lui et Chrissie, qui retourne la sienne. Il a perdu de façon spectaculaire. Le manteau de laine rafle la mise sur une quinte basse avant de terminer son interminable récit :

« Peu importe qui a remporté le pot cette nuit-là au Texas – pour que l'histoire finisse bien, disons que c'est un vieil avare qui ne possédait rien d'autre qu'un bout de terre sans pétrole mais avec une bonne clôture, et pour qui un cheval à élever représentait une véritable aubaine. Quoi qu'il en soit, le gagnant apprend ce nouveau jeu à quelqu'un, qui l'apprend à quelqu'un d'autre, et c'est comme ça que tout un système de gestion du risque est né, et depuis ce jour on joue au poker de cette façon, avec les cartes retournées, et on appelle ça le stud. »

Chrissie fronce les sourcils : « Attendez voir. » Dick, toujours assis par terre, l'interrompt : « C'est pour ça qu'on dit stud poker, comme *studhorse* – l'étalon. »

Cette conclusion assombrit le visage de Chrissie avant de s'imposer pleinement à lui. Il rit de son rire de rat : « Ah ouais, pas mal », et donne un coup de coude à son ami allongé. Le garçon sans bottes a les pieds nus et sales – il est vraiment jeune, se répète intérieurement Julius. Chrissie hausse les épaules comme s'il entendait tous les jours des récits sur l'origine du monde et s'étend à côté de son ami. Ils regardent ensemble le ciel et les nuages. Seules quelques étoiles sont visibles, la lune à l'orient est partiellement cachée. Ces gamins semblent laisser l'argent venir à eux comme le mistral ou la lumière du jour, il ne signifie rien à leurs yeux, se dit Julius.

Le manteau de laine ramasse le pot, prend les bottes de Chrissie par les talons et les inspecte, puis les lui renvoie. Il range son argent et se lève pour partir. Julius sent son regard s'attarder sur lui. Il sent son désir. Sous le vent, on entend le tintement léger d'un steeldrum et une flûte joue « Singing in the Rain » à l'unisson. Quelques hommes courent vers le ressac glacé en poussant des cris. Julius prend le chapeau et le pose à côté des bottes. Chrissie ne remarque rien. Les deux gamins sont étendus sur le sable et partagent l'intimité du ciel. En cet instant ils ne sont pas perdus, ni occupés à se chamailler, mais parfaitement unis, et Julius est attendri comme s'il était témoin de sa propre enfance. Il pense à Henry et aux nuits où ils admiraient, allongés, les lumières sur Fremont Street et les phares des voitures projetés sur le plafond du Squaw Motel.

Il se tourne vers l'homme au manteau et le remercie pour cette bonne partie. Ce dernier lui tend la main : « Jack Dunlap. Mes parents m'appelaient Jackie. » Son rire semble suggérer que son nom est une mauvaise blague. Julius perçoit instantanément deux choses : il a été soldat, et il a des préférences sexuelles claires.

« Tu devrais peut-être m'offrir un verre », dit Julius.

Jackie plisse les yeux et acquiesce. À entendre la respiration lourde de Chrissie, on dirait qu'il s'est endormi.

« Tu as été très fair-play », dit Jackie d'un ton dénué de menace. Derrière lui, Dick leur indique la route vers la *cantina*.

Julius ouvre la porte de la pension. Le hall d'entrée, chaleureux, dégage une odeur de café. La salle à manger est vide mais de la vaisselle sale encombre l'une des tables et deux autres ont été dressées pour le dîner. La patronne est assise derrière la réception, en train de lire. Un tourne-disque est allumé mais l'aiguille reste immobile, rangée sur le repose-bras. En les voyant elle pose son livre sur le bureau sans se lever. Julius annonce : « *Gustaría comer, si está bien*. Nous voudrions manger si c'est possible. » Ils choisissent une table à côté de la fenêtre la plus éloignée de la porte. Au lieu de prendre la commande, la femme leur apporte deux tasses de café et une assiette de tortillas grillées trop chaudes pour être touchées. Julius s'assied en tournant le dos aux étranges peintures. Jackie les regarde sans faire de commentaire.

« Je ne dirai rien si tu me dis où tu as appris à tricher comme ça, dit Julius.

– Tricher, comment ça, camarade ?

– Ne fais pas le malin, tu risques de passer à côté de ce magnifique festin auquel je t'ai convié.

– Tu aurais pu me dénoncer tout à l'heure.

– Le cœur n'y était pas. »

Loin de la plage obscure et des jeux d'ombres du feu, il semble avoir l'âge de Julius, et il est joli garçon mais ses sourcils foncés et son regard fixe le font ressembler à un vicaire.

« Tu as l'œil, dit-il.

– Je ne t'aurais pas vu si tu ne m'avais pas laissé te voir. »

Il rit.

« N'empêche, c'était drôle, non ? De donner une leçon à ces petits cousins, dit-il.

– J'ai rien à voir avec ça. »

La patronne revient avec deux assiettes de paella, un petit plat de viande émincée, un bol pour les queues de crevettes et un autre rempli d'une soupe laiteuse de la couleur des œufs de merle. Elle apporte ces plats empilés sur un bras et, une fois qu'ils sont servis, elle retourne à la réception, pose le diamant sur la platine et reprend sa lecture. Le disque est une sonate pour guitare à douze cordes. Le son est si riche et si franc que Julius a l'impression d'entendre une prière. Ils discutent un moment du jeu, du feu et de la musique sur la plage. Ils se sentent bien tous les deux, légers, ils rient sans rien attendre l'un de l'autre. Les mains de Jackie sont larges, ses doigts longs et effilés, parfaits pour le boulot qu'il a choisi. Si Julius l'avait vu depuis les combles, il l'aurait observé longtemps. Ils mangent jusqu'à ce que les crevettes et la majeure partie de la viande aient disparu. La femme revient avec d'autres tortillas. Quand la chanson se termine, elle soulève le diamant et le repose au début.

Jackie demande : « Tu étais à l'étranger.

– Oui, au Japon et ailleurs, à Inchon avant.

– Et tu es resté après.

– Oui, certains parmi nous étaient toujours engagés et avaient encore du temps à tirer. J'étais dans la marine, et Inchon était à peu près la seule chose qu'ils avaient à nous offrir pendant toute la durée de la guerre. »

Jackie hoche la tête.

« C'est qu'une guerre du ciel maintenant, dit-il. J'étais dans l'armée moi aussi, mais on n'aurait pas dit. Là où on était, le long de la côte, on a joué à la belote et on a évacué les blessés, mais les as de l'aviation ont débarqué, ils ont baisé toutes les femmes et ont mangé tout le pain. Ce sont les mêmes qui lâcheront ces bombes. Ce sera sur leur conscience. »

Jackie réfléchit.

« Ça va... tout ça, tout ce truc, ça va venir de là-haut maintenant. Du ciel. Pas vraiment besoin des gens ordinaires. »

Julius acquiesce d'un murmure. Jackie pousse son assiette de côté, soulève la manche de son manteau de laine et essuie la table devant lui. La femme le voit faire et récupère son assiette. Julius fait un geste pour demander que le reste soit emporté aussi, mais elle laisse la soupe bleuâtre et leurs tasses de café. Jackie sort les cartes et coupe le jeu.

« Ce qui est sûr, c'est qu'on aura plus jamais l'occasion d'être seul. Ces satellites, ou comment ça s'appelle. Ils volent tout le temps au-dessus de nous, ils nous surveillent. »

Il sort trois cartes du haut du paquet comme pour un bonneteau. Julius jette un coup d'œil à la patronne qui a remonté les manches de son pull. Elle voit les cartes mais ne semble pas s'en soucier. Jackie fait signe à Julius, qui désigne celle la plus à gauche. Il la retourne et la lui montre. Dix de pique.

« Tu connais l'histoire de Pan ? La flûte sur la plage m'a fait penser à lui. »

Julius secoue la tête. Jackie ramasse les cartes restantes et les remet dans le paquet avec le dix. Il coupe à plusieurs reprises avec son pouce et en sort trois autres. Cette fois, Julius montre celle du milieu. Jackie la retourne. Dame de carreau. Pendant tout ce temps, Jackie continue de parler.

« C'était un dieu, mais si tu regardes des peintures du diable, il y a des chances qu'en fait ce soit Pan. Des jambes de chèvre, des cornes et des sabots fendus, mais un visage d'homme. Son truc, c'était la nature, la gaieté et la luxure. Ces garçons... » (Jackie pointe son pouce en arrière pour indiquer la plage) « ... ils pensent que le Mexique est un pâturage sauvage rempli de roses et de vin où personne ne peut vous voir et où on peut faire ce qu'on veut. Comme s'il n'y avait pas de culture ni de temps ici, juste une longue nuit dans un jardin. »

Jackie réitère le procédé. Julius écoute, mais il regarde aussi le tour. Il a déjà été témoin des effets que peut avoir une histoire sur l'attention d'un joueur de cartes, et même s'il n'y a pas d'argent en jeu, il se dit qu'il pourrait y avoir une autre forme de mise à remporter. Il attend le bon moment ; il le reconnaîtra quand il arrivera. Jackie bat les cartes mais laisse Julius couper cette fois. Du sommet du paquet, Jackie sort trois autres cartes et Julius choisit à nouveau celle du milieu. Dame de pique. La reine au bâton.

« Mais le truc avec Pan, c'est que, quand il dormait, il criait dans son sommeil parce qu'il faisait des rêves terribles. On a un mot pour ça : la panique. Il passait ses journées dans les prés à baiser et à jouer de la flûte, mais la nuit il faisait des cauchemars à propos de tout ça qui le réveillaient en sursaut. Et c'est précisément ça – ses mauvais rêves et le fait qu'ils lui rappelaient des souvenirs – qui lui a donné sa meilleure idée. »

Tout en parlant, il étale devant eux le jeu complet. Julius a repoussé la soupe et posé sa tasse sur le bord de la table pour la désigner à la patronne lorsqu'elle réapparaîtra. Jackie couvre sa propre tasse avec la main. Dehors l'obscurité est revenue, et la pluie avec elle.

Jackie poursuit : « Pan pouvait faire beaucoup de choses, mais la plus importante a consisté à permettre l'oubli. C'est ce qu'il voulait le plus : échapper à ces rêves. Grâce à lui, tu as ton jardin, tes amourettes, ta flûte, et un sommeil vide et parfait. »

Julius, connaissant des légendes de ce genre, peut-être même celle-ci, l'interroge : « Mais il y a sûrement un prix à payer, non ? Quelque chose que tu dois abandonner en échange. »

Les cartes posées en éventail sur la table semblent illustrer le mythe. Aucun des deux ne bouge.

« Un dieu n'est pas censé pouvoir mourir, comme tu sais. Eh bien, Pan meurt. Et quand il est mort, dit-on, Jésus-Christ est né, répond-il.

– Tu crois en Dieu, alors. »

Jackie finit par rassembler les cartes, les mélange et les coupe plusieurs fois puis les laisse tomber sur la table, à l'exception de quelques-unes qu'il garde bien calées dans sa paume.

« Non, dit-il. C'est juste la fin de l'histoire. » Il laisse tomber les cartes qu'il tenait en écartant les doigts et elles atterrissent face cachée. Julius les sépare et les retourne. Il rit, ramasse le reste du paquet, l'effeuille.

« Comment t'as fait ça ? »

Jackie a toujours la main ouverte, en suspension. Sur la table, le dix de pique et les deux dames. Il conclut : « Pendant le service, on se sentait libres, mais on faisait erreur. On est rentrés à la maison, on a encaissé notre solde, et puis on a compris qu'on était censés vivre dans le monde qu'on avait protégé. »

Le visage de Jackie est sérieux, tendu, mais sa voix trahit le plaisir que lui a procuré son petit tour. Julius comprend de quoi il retourne, même si aucun des deux ne veut le nommer explicitement. Il pense à Dick étendu sur le sable et au visage plat et désespéré de Chrissie. Jackie avait subtilisé près de cent dollars à ces gamins. Quand ils auraient dessoûlé, ils se soucieraient sans doute de leur perte. Jackie se redresse sur son siège de telle manière que la fenêtre encadre ses épaules et que ses jambes sont allongées vers la salle. Dans cette lumière tamisée, Julius voit qu'il pourrait sembler beau à certains. Il voit ce qu'un autre homme pourrait aimer dans ce visage pointu, ces larges sourcils et ces petites oreilles.

« Mettons que ce soit vrai, cette histoire de Pan. Dans ce cas, il faudrait admettre qu'en cette saison on célèbre la fin du plaisir et la fin de l'Histoire. »

Julius retient son souffle un long moment, regarde autour de lui. La patronne s'est éloignée derrière le comptoir, le tourne-disque fait plus de bruit que la pluie et il décide de se risquer à poser la question suivante :

« Tu t'es déjà fait prendre, pendant l'armée ? »

Jackie attend, jette un œil par-dessus son épaule pour localiser la femme par lui-même.

« Non, mais j'en connais à qui c'est arrivé. »

Aucun des deux ne dit mot. Julius s'adosse à sa chaise puis se penche à nouveau vers l'avant.

« Mais toi oui, dit Jackie, et Julius hoche la tête.

– Il me restait deux mois. Incroyable, hein ? lâche ce dernier.

– Qu'est-ce qu'ils ont fait ?

– Ils m'ont laissé partir assez facilement, en réalité. Décharge générale, pas de congés et une demi-solde.

– T'as eu de la chance.

– Mais j'ai revu le type. Celui avec qui j'ai été surpris. C'était le pire, vraiment.

– C'est-à-dire ?

– J'étais avec mon frère quand je l'ai croisé, c'était notre dernière permission ensemble avant qu'ils me mettent sur le bateau.

– Qu'est-ce que t'as fait ? »

Julius détourne le regard sans répondre.

« Je suis sûr que c'est pas grave, ajoute Jackie.

– J'ai pas dû le tuer, sinon je serais pas assis là », dit Julius.

Jackie hoche la tête, les deux hommes détournent le regard vers la fenêtre.

« Mais depuis, je n'ai revu mon frère qu'une seule fois », dit Julius.

Ils gardent le silence.

Finalement Jackie demande : « Et quand tu es rentré ?

– Ils avaient commencé à faire des descentes dans les hôtels, ce genre de choses. Des Noirs ont été tués, d'autres aussi.

– J'étais à San Francisco un moment et c'était pareil là-bas, dit Jackie. Ils estropiaient les gens ou les envoyaient en prison. Beaucoup de gars ne sont jamais revenus, quelques femmes non plus, mais pas beaucoup. Qui sait ce qui s'est passé après ça. Probablement la même chose. Les bars et les hôtels vont peut-être rouvrir, ou peut-être pas.

– Mais tu n'es pas allé en prison.

– Non, pas en prison. »

Jackie se détourne de la fenêtre et regarde Julius dans les yeux. Il n'a jamais eu une conversation aussi intime avec quelqu'un sans avoir couché, sans avoir partagé cette forme particulière de confession mutuelle. Avant que Jackie ne l'interroge plus avant, il confie : « Moi je suis allé une fois en taule, mais pas pour ça.

– Pour quoi alors ? »

Il hausse les épaules.

« Juste un larcin, dit-il. Mon père était malade comme pas possible, on n'était que des gamins. Il donnait tout à l'église, la maison tombait en ruine et c'était l'hiver.

– Combien de temps tu es resté ?

– Quelques semaines. Ils m'ont laissé en liberté surveillée un temps. Quand ça a été fini, mon frère est venu me chercher et on s'est engagés.

– Et qu'est-ce qui s'est passé après ça ?

– La même chose que pour toi, j'imagine.

– Non, avec ton père.

– Ce qu'il voulait, sans doute. Il a rencontré le Créateur qu'il admirait tant. »

Jackie s'affale sur sa chaise, observe les tableaux et les murs de la salle à manger et secoue la tête. Puis il rit : « Bon sang. On est tous des criminels alors ? »

Julius s'adapte à ce changement d'humeur et rit à son tour : « On ne peut pas y changer grand-chose, tu me diras.

– C'est sûr.

– On pourrait dire que j'ai essayé une fois, et que ça n'a pas marché.

– Inutile d'attendre des félicitations dans ce putain de monde.

– Tu es sûr que tu n'es pas croyant ?

– Ça ne sert à rien de Le chercher tant que les hommes seront là, c'est ça que je veux dire. »

Un long silence. Des traînées de pluie s'entrelacent sur la vitre. La chanson s'interrompt et la femme ne retourne pas le disque. Julius baisse la voix.

« Donc tu ne connais pas vraiment les autres gars.

– Le blond malchanceux ? »

Julius pense au visage maussade de Chrissie et rigole. « Ou les autres. Près du bateau. Le grand type qui a apporté le vin.

– Seulement de vue. Ils ont des règles, tu sais. Ils vivent ici, de l'autre côté de la frontière, parce que les lois leur sont plus favorables. Si j'étais toi, je me tiendrais à l'écart.

– À quoi ils jouent ?

L'homme l'observe un moment. « J'ai rien à voir avec ça, alors je ne vais pas te le dire.

– T'as dû jouer qu'une ou deux fois avec eux, pas plus, sinon ils t'auraient déjà repéré.

– Exact, je suis là que depuis quelques jours. Ça ne durera sans doute pas tellement plus, dit Jackie.

– T'as déjà rencontré un gars nommé Henry ? Il est mexicain, mais ici il n'en a peut-être pas l'air.

– J'ai rencontré toutes sortes de gens. Je ne me souviens d'aucun Henry. »

Julius patiente.

« Désolé, ajoute Jackie en haussant les épaules.

– Il y a une *cantina* en haut de la route. J'ai vu qu'elle était éclairée. Tu crois qu'il y en a d'autres là-bas ?

– Comme je disais, c'est pas mes affaires. »

Jackie couvre le jeu de ses doigts et Julius sait qu'il n'en dira pas plus. Quand Jackie relève les mains, le paquet de cartes a disparu. Julius pense aux autres lits de camp alignés dans la chambre à l'étage et se demande s'ils sont fixés au sol ou s'ils pourraient être jumelés. Il n'est pas attiré par cet homme mais il sait que Jackie le désire, et la sensation d'un corps élancé et chaud à ses côtés lui fait envie. Peut-être qu'il pourra lui poser d'autres questions sur Henry, après. Mais il ne veut pas attendre. Il veut retrouver le grand bonhomme avec le vin et la nuit s'estompe déjà. Jackie esquisse un geste vers sa poche arrière et Julius lui fait signe de laisser tomber. Il se lève et va payer pour le dîner ainsi que pour une nuit supplémentaire.

« *Quién es ?* Qui est-ce ? demande Julius en désignant le tourne-disque.

– Ponce », répond la femme. « Estrellita[1]. » Puis elle sourit comme si c'était la première fois, les rides de son visage sont profondes et charmantes. Julius acquiesce et la remercie.

De retour à la table la conversation s'est éteinte. Jackie se lève.

« Hé, dis-moi, lance-t-il. Tu as une chambre ici. Je pourrais te montrer comment tricher pendant la coupe. À condition que tu n'essaies pas de l'utiliser sur moi. » Il pointe l'escalier du doigt. Le manteau de laine est ajusté à son cou, mais une des poches est déchirée et Julius aperçoit l'ongle de son pouce qui ressort sur le vert kaki éteint, dépassant de la couture.

« Je ne suis pas un tricheur, dit Julius, et il aimerait que ce soit encore vrai.

– Alors je veux bien jouer à l'euchre avec des mises de vingt-cinq *cents*, propose Jackie en souriant.

– L'euchre, c'est pas pour les dames et les gens qui ont une famille ? »

Jackie rigole. Julius tourne ses paumes, les regarde, les laisse retomber. Jackie s'avance, effleure du doigt le col raide de sa veste. Il longe l'ourlet du revers jusqu'à atteindre le cœur, et donne un petit coup. Julius recule imperceptiblement, referme sa veste et cherche la patronne des yeux.

1. Manuel Maria Ponce (1882-1948), compositeur mexicain et auteur de la chanson « Estrellita » (« Petite Étoile »).

Elle regarde fixement son livre. Jackie lève les mains dans un geste de contrition comique et soudain Julius éprouve de l'aversion pour lui.

« J'ai sans doute épuisé toute ma chance pour ce soir », dit-il.

Jackie hoche la tête, s'essuie les mains sur le devant de son manteau et se retourne. Les deux hommes se séparent dans le secret de cette invitation.

À l'étage Julius enlève sa chemise, la secoue et la remet. Il s'asperge le visage et les bras dans le lavabo, range son rasoir et son peigne. Puis il repart dans la nuit. Les rues au nord et au sud de la pension sont désertes et il s'attarde un moment dans le bruit des vagues. La pluie a cessé, la ville sent l'océan, la viande cuite et la lavande brûlée. Quelques rues plus loin, vers le nord, il aperçoit la *cantina* illuminée et une foule rassemblée à l'extérieur. Il entend de la musique – un autre flûtiste, ou le même, des steeldrums, un chanteur et une guitare à six cordes. En s'approchant, il voit des Américains fumer sur le patio. Ils ressemblent à des itinérants et parmi eux se trouvent les premières femmes que Julius croise à Rosarito, mis à part la patronne de l'hôtel. Elles n'ont pas l'impudence tapageuse des Américaines de Tijuana, mais elles défient calmement la loi, comme si leur présence était un malentendu qu'elles allaient bientôt dissiper.

Il traverse le groupe d'hommes accompagnés de leurs épouses pour commander une bière au bar et fait lentement le tour de la salle. Puis il en commande une autre et emporte les deux pintes à l'extérieur. Le groupe de musiciens a pris place le long de la balustrade en fer forgé et Julius s'installe à quelques mètres du guitariste. Il boit sa bière et attend. Le groupe joue une mélodie inconnue. À une table de là, deux femmes sont assises côte à côte et les hommes en face distribuent des cartes en formant un losange. Julius ne reconnaît pas ce jeu et n'imagine pas parier avec des femmes. Il ne voit pas d'autres parties de cartes ni de dés et s'inquiète de s'être trompé d'endroit. De l'autre côté de la rue, des gens du coin se rassemblent sous l'éclairage extérieur de la *cantina*. Il les observe un moment et décide d'attendre d'avoir fini sa bière.

Le groupe joue « El Torero » et le flûtiste pose la ligne mélodique qui teinte la chanson d'une sorte de légèreté creuse, comme l'intérieur d'un coquillage. Mais sous la mélodie on entend le roulement des tambours dans la rue, comme si deux forces se disputaient l'âme des gens rassemblés là. Tout autour les rues sont vides et sombres, même si Julius perçoit par intermittence le bruissement des animaux nocturnes et les aboiements omniprésents des chiens dans le lointain. Le groupe termine la chanson. Dans le calme de l'intermède, il entend les Américains et le rire frêle de leurs épouses. Il se demande où est parti Jackie et s'il le reverra.

Quelques filles se dispersent vers les quartiers adjacents. Il aimerait les appeler pour leur demander de rester et lui tenir compagnie. Ce désir fugace est plus puissant que celui de retrouver Henry ou le grand bonhomme. L'une d'elles le surprend en train de regarder. Elle relève sa jupe au-dessus des genoux comme si elle traversait un fossé, crache un filet de tabac foncé près de ses pieds et lui fait un clin d'œil. Dans l'ombre, sa cuisse a les contours d'une tête de violon. Il entrevoit un canif et un peu de duvet foncé. Pour la première fois lui vient à l'idée qu'il existe autant de types de femmes que de genres d'oiseaux, d'hommes ou de vents. Il imagine Muriel seule dans les tribunes de l'hippodrome et partage brièvement sa liberté et son isolement, mais ce sentiment lui échappe vite ; dans son esprit elle redevient l'épouse de son frère, et son sentiment de culpabilité est comme une fine égratignure balafrant la nuit noire et les semaines qui l'ont amené ici.

Bientôt les musiciens rangent leurs instruments et s'éloignent en traînant leurs caisses noires vers la plage. Il finit sa première bière et glisse sa pinte vide sous la seconde. Il sort des lumières de la *cantina* pour traverser la rue vers le cercle d'hommes en ponchos épais groupés le long du trottoir et dans la ruelle. Ils se tournent pour le regarder sans prononcer un mot. Julius voit qu'ils jouent à un jeu de cartes mené par un donneur assis. Il se dissimule dans la pénombre du bâtiment et observe les musiciens disparaître vers la plage. Les ampoules de la *cantina* s'éteignent et la rue, en cet instant, n'est éclairée que par le reflet de la lune sur l'asphalte et sur la mer au loin. Une vague de protestations s'élève du patio, les lumières reviennent et la foule se calme, mais une femme continue de crier et sa voix isolée transperce le silence pendant une demi-seconde avant de se transformer en éclat de rire.

Les hommes au bord du trottoir ne jouent ni au pitch ni au poker mais lisent des cartes de la *loteria*, un jeu traditionnel mexicain. Un jeune vêtu d'une *guayabera* bleue les dispose en croix, face visible. En face de lui, un type à la main bandée. Le garçon retourne une carte et s'adresse à l'homme blessé. Les silhouettes au centre du cercle s'inclinent vers l'avant d'un seul mouvement, comme si elles regardaient dans un trou ou à l'intérieur d'une tombe. Julius peut apercevoir les cartes retournées derrière leurs têtes baissées. Chacune est marquée d'une figure ou d'un objet : *la sirena*, *el camarón* – la sirène, la crevette. Ou encore un coq, une botte, un soldat, un dandy, la lune.

Un jour, à Compton, Julius a vu une femme retourner des cartes comme celles-ci pour de l'argent, en contant la bonne fortune aux badauds. La lecture n'était pas secrète, elle se tenait au coin d'une rue, et une foule s'était rassemblée pour découvrir le destin des autres. À présent le jeune homme présente une carte rouge avec un cœur musclé, percé d'une flèche ténue. Un soupir traverse la foule, puis un frémissement, et les hommes se mettent à fredonner : « *No me extrañes corazón, que regreso en el camión*[1]. »

Le flûtiste s'est attardé parmi eux. Il égaie la scène d'une petite mélodie. Le son, aigu et vif, semble grimper sur le mur derrière eux et s'y suspendre. La plupart des hommes connaissent cette chanson et entonnent l'air à voix basse, comme pour se protéger de la nuit. La pluie tombe à nouveau, très légère maintenant, et la densité de l'air frais change à mesure que diminue la pression atmosphérique.

Une fois le deuxième badaud renseigné sur son sort, Julius s'exclame : « Et moi, alors ? *Me toca a mi.* C'est à mon tour de jouer. »

Les badauds ricanent en secouant la tête, mais le garçon lui fait signe de venir s'asseoir. Il finit sa bière, pose les verres vides contre le mur et s'installe au centre du groupe.

1. Dans le jeu de *lotería* mexicaine, le *chantre* annonce chaque carte avec une formule cocasse. Ici, pour « *El Corazón* » (« Le Cœur ») : « Ne pleure pas mon absence, ma chérie, je rentrerai en bus. »

Le jeune Mexicain lui montre sa paume ouverte et Julius est sur le point de la toucher en guise de salutation, avant de comprendre. Il se lève, sort l'enveloppe de sa poche arrière et reprend place.

« *Cuánto* ? Combien ? »

Le garçon lève quatre doigts. Julius compte les billets. Disposés en fer à cheval derrière lui, les autres observent la scène. Le jeune Mexicain tire la main ouverte en premier, puis la grande botte noire et enfin le cœur percé d'une flèche. Vu de près, il a au moins dix ans de moins que Julius, c'est presque un enfant, et sa peau lisse contraste avec les jambes foncées qui l'entourent, évoquant un crépuscule parmi les arbres. Le garçon annonce : « Ceci déjà arrivé. »

Julius hoche la tête. Le jeune Mexicain tend à nouveau la main, Julius soulève la hanche et offre cette fois dix dollars américains en disant : « Ça devrait suffire pour nous mener au moins jusqu'au temps présent, tu crois pas ? » Les hommes dans la foule rient, se bousculent. Leurs yeux reflètent le clair de lune, illuminés par une sorte d'impatience mystique, semblable à celle des croyants assistant aux miracles dans la Bible.

Le garçon tire un homme portant le monde sur son dos, puis une femme inquiète avec un chapeau et une veste, enfin un parapluie qui flotte dans une pluie horizontale.

« *Viene la lluvia* », annonce le jeune Mexicain. La pluie arrive.

Les hommes rient. Julius comprend le mot « pluie », mais pas la syntaxe de la phrase, alors il dit : « Les dollars américains devraient pouvoir te faire parler anglais, je pense. » Le garçon sourit. Julius devine que son pouvoir n'est pas une imposture mais une parodie des imposteurs, et cela vaut bien mieux qu'une prophétie, parce qu'il ne peut pas se tromper. Aux abords du groupe le flûtiste a cessé de jouer. Julius entend le bruit des vagues et le grincement des enseignes en bois dans le vent.

« *El gallo*, dit-il, coq. » Il retourne rapidement trois cartes. Chacune est illustrée d'un oiseau. Un flamant rose sur une patte repliée, un perroquet sur un perchoir et un oiseau chanteur tourné vers le ciel. La foule est silencieuse.

« *Esto es todos. Entonces.* Tout le monde est ici. »

Julius observe les oiseaux alignés comme dans une sorte de récit de l'évolution. Il tend le bras pour toucher le perroquet et le jeune Mexicain écarte sa main.

« Tu attends, s'il te plaît », dit-il.

Quand il baisse de nouveau les yeux, le garçon a tiré une casserole. Il étudie un moment la série de cartes et en tire une dernière, une étoile en métal. Il frotte ses mains l'une contre l'autre puis les ouvre paumes vers le haut, et Julius comprend que la prédiction est complète.

« Alors c'est une casserole, dit-il.

– *No, el cazo. Como…* » La main en forme de coupe, le garçon mime quelque chose qu'il porte à sa bouche.

« Comme une louche ?

– *Sí, exactamente. Con la estrella.* Avec l'étoile. » Le garçon place l'étoile au-dessus de la louche et repousse d'un doigt les deux cartes vers Julius. « *Norte.* Le Nord-euh. »

La foule rit. Quelqu'un lance « *Americano* », et un autre « *adios* », mais le garçon leur fait signe de se taire et regarde Julius d'un air grave.

« *Están todos en el norte.* Ils sont tous dans le Nord.

– Tous quoi ?

– Chaque personne. Dans le Nord. »

Il a l'air sévère et semble très sûr de lui, mais pour Julius cette annonce est comparable à la pluie, indéniable et inutile. Les cartes sont mouillées par des gouttes qui en délavent les couleurs et le garçon les laisse par terre comme pour ponctuer ses dires.

Entre les jambes des hommes postés autour de lui, Julius aperçoit une silhouette élancée qui se dirige vers la plage. L'homme est très grand, inquiétant, et son allure familière. Julius se relève, met sa main en visière pour se protéger de la lumière. Les hommes autour de lui regardent dans la même direction, puis se détournent en secouant la tête pour marquer leur désapprobation. Julius remercie le garçon et le groupe entonne « *El caso que te hago es poco*[1]. » Julius ne comprend pas, et ils le chantent à nouveau, puis un homme crie en se détachant de la mélodie : « *La guía de los marineros*[2].

– Tu ne devrais pas rester ici, dit le garçon. Tu devrais aller là-bas. » Il pointe deux doigts vers la frontière, mimant un tir de revolver.

Julius acquiesce et traverse la rue en direction de la mer. Il pourrait facilement courir et rattraper la silhouette mais il ne veut pas l'effrayer. L'homme regarde par-dessus son épaule sans paraître le voir et oblique vers le nord. De profil, Julius aperçoit son front et son bras collé à son corps. Son souffle s'accélère. Il attend et observe la silhouette qui traverse de biais vers la plage, passe sous l'ancienne jetée et disparaît.

1. « L'attention que je vous porte est faible. » (Il s'agit là d'un jeu de mots, *caso*, « attention », et *cazo*, « louche », étant des homophones en espagnol mexicain.)

2. « Le guide des navigateurs », allusion à l'étoile du Nord.

Il traverse à son tour le Paseo Costero. Il n'y a pas grand-chose au nord ; l'homme sera obligé de revenir par ce même chemin, et Julius choisira ce moment pour s'approcher de lui. Il a attendu si longtemps que cette attente ressemble à une offrande. La marée monte. Il s'assied et cale ses genoux contre sa poitrine. Dans le clair de lune, le sable où les hommes ont joué un peu plus tôt est sillonné d'empreintes semblables à des comètes. Elles sont désormais altérées, aplanies par les flots. En fermant les yeux, il voit les quatre oiseaux alignés dans la rue et, dans son esprit, ces oiseaux et les empreintes sont une seule et même chose. Il rouvre les yeux et s'attend à voir les empreintes prendre leur envol. Il songe à l'histoire de Henry au sujet du petit revolver et du jeu de pitch dans le train pour Sioux Falls. Il n'avait pas cru à son histoire parce que pour lui les vrais joueurs ne daignaient pas appeler le pitch par son nom. Mais Henry était venu de quelque part, le revolver était venu de quelque part, tout venait de quelque part.

Trois hommes surgissent au nord de la plage. Dans l'obscurité on les dirait immobiles, mais en se rapprochant leurs silhouettes grossissent comme des ombres dans le soleil d'après-midi. Parmi eux, un grand bonhomme. Peut-être est-ce le même, peut-être est-ce Henry. Julius se lève et se campe là où le clair de lune perce les nuages. De l'autre côté du Paseo Costero, une femme sort sur son perron ; l'un des hommes l'interpelle et le petit groupe se concerte un moment. Puis la femme rentre chez elle en fermant la porte d'un coup sec. Et ensuite la rue est vide.

Les dernières silhouettes se dispersent. Dans la bande d'obscurité qui sépare les lampadaires, Julius peut distinguer leurs traits mais ne peut pas juger de leur état. Il n'agite pas la main, ne crie pas, son cœur est lourd et il écoute le son de leurs bottes dans le sable. Il est désolé de s'être levé, de s'être révélé, mais peut-être reste-t-il une raison d'espérer. Il peut sentir, à la densité de l'air, que le vent se lève et que la marée monte. Parvenu à quelques mètres de lui, le grand bonhomme se tourne vers les autres pour dire quelque chose que Julius n'entend pas. Ils s'arrêtent. Dick et Chrissie allument des cigarettes et regardent fixement la rue noire, et le grand type l'interpelle : « Te voilà donc. »

Julius ne répond pas. De près, l'homme est sec, les épaules carrées, les jambes comme un compas réglé à un mille nautique, et tout à coup Julius comprend à qui il a affaire.

« Tu cherches encore à nous rouler », lance Dick sans conviction.

Le grand type crache dans le ressac. Une nuit, dans le parc Santa Cecilia, Julius avait volé à cet homme mille pesos et une capsule de bière qu'il avait jetée par-dessus le mur du bidonville. Il se souvient maintenant de son comportement enfantin, du magazine qu'il lisait et de ses mains levées devant ses yeux en guise de jumelles face au soleil couchant. Il n'avait pas supplié ni menacé comme d'autres mais avait simplement demandé le calibre des balles du petit revolver. Et Julius lui avait dit « vingt-deux », même s'ils savaient tous deux que c'était impossible. La situation était dangereuse. Cet après-midi-là, ou peut-être le jour suivant, Julius avait donné le billet de mille pesos à l'homme au cœur palpitant sur la Plaza de Viente Noviembre et s'était senti absous.

« Ton pote ici présent a récupéré ses bottes », dit Julius d'une voix fragile, trop aiguë. Il fait un signe de tête vers les pieds de Chrissie. Chrissie montre un pied puis l'autre et Dick s'appuie contre lui dans un geste de tendresse approximatif. La boisson et la nuit les ont rendus plus nerveux, moins ridicules, mais aux yeux de Julius ils apparaissent toujours comme les deux extrémités d'une corde effilochée. Il se demande comment il pourrait s'échapper et de combien de temps il dispose pour le faire.

Chrissie lance : « Vous avez bien mangé ? »

L'énergie qui circule entre les garçons devient menaçante. Julius essaie de garder une posture détendue et engageante. Il n'imaginait pas être surveillé ; il aurait sans doute dû.

« Des crevettes, dit-il. Elles devaient sortir tout droit de la mer.

– C'est généralement de là qu'elles viennent », rétorque Dick.

Le grand type n'a plus ouvert la bouche. Il jette son mégot, qui siffle dans les airs avant de couler au milieu des vagues.

« T'attends quelqu'un ? Tu veux jouer pour un étalon ce coup-ci ou quoi ? » interroge Dick. Chrissie est debout, les yeux à peine ouverts, et un gloussement sinistre secoue ses épaules. Il semble trop ivre pour parler ou marcher ; il n'arrête pas de laisser tomber sa cigarette dans le sable et de la ramasser.

« Je me balade, c'est tout, répond Julius. C'est une belle nuit pour se promener, si on excepte la pluie. »

Dick soupire, comme charmé par cette banalité. Julius regarde vers la ville, puis derrière lui : la rue est toujours vide, une longue course sur le sable sec le sépare de la pension, mais ce type pourrait le rattraper malgré tout. Il repense à ses mains sur ses yeux et à la façon dont il l'avait embrassé, si longuement, même après qu'il avait sorti son arme. Le grand type semble deviner ses pensées. Il penche la tête et le fixe. Puis il rit. « Re-bonsoir », dit-il.

Chrissie trouve un fil invisible pour se relier au monde, se redresse et demande : « Et quoi maintenant ? »

Le gars ne répond pas ; il regarde Julius avec douceur. Il ne semble pas étonné, au contraire ; on dirait qu'il attend Julius depuis un certain temps et que sa présence est juste une confirmation touchante. Il le dévisage de la façon dont Henry le regardera le jour où Julius l'aura enfin retrouvé, dans une salle de jeux ou dans un bar. Il l'avait pressenti tout au long de la journée et de la nuit.

« Ravi de te revoir », dit Julius. Sa franchise le sauverait peut-être, comme ça avait été le cas avant.

« Sans blague, répond l'homme.

Julius repense à la façon dont il lui avait donné l'argent, comme s'il s'agissait d'une offrande. Il avait posé des questions sur le petit revolver avec une telle insouciance.

« Tu as quitté Tijuana, alors, ajoute-t-il.

– Je n'ai pas trouvé ce que je cherchais là-bas.

– Je me souviens pas bien de ce que c'était », dit l'homme.

Avant que Julius puisse répondre ou prononcer le nom de Henry, le type plaque les deux mains sur sa propre poitrine : « Comme je dis toujours, même avec un calibre vingt-deux, il faudrait tirer entre les deux yeux, et c'en était pas un. »

À cet instant précis, Julius sait qu'il a perdu sa chance de modifier le cours des choses. La pièce est tombée du mauvais côté. La peur et l'attente se mêlent, au point que ce moment semble presque désiré. Le type avance, les mains toujours tendrement repliées ; Chrissie est à peine présent mais Dick perçoit le souffle du danger. Il prend le bras de son ami et ils s'avancent à leur tour pour le cerner. Julius scrute la plage vide de la mer à la digue. Il n'entend plus la musique ni les voix dans les rues, de l'autre côté. Il pourrait courir, protester ou lever les poings, mais rien de tout cela ne ressemble à ce qu'il est supposé faire.

L'homme se penche vers Julius et prend ses deux mains dans les siennes. Ils se tiennent ainsi un moment, comme des fiancés prononçant leurs vœux.

« Tout va bien, dit Julius.

– Oh non, rien ne va », réplique l'homme en abandonnant les mains de Julius. Son regard est affreusement triste. Il s'immobilise, la paume contre sa joue comme s'il prenait une décision définitive, puis il saute sur Julius et tous deux tombent à terre. Chrissie reprend pleinement conscience et s'accroupit près de l'épaule de Julius pour aider le grand type à le relever. Ils s'approchent tous les trois et le font reculer en direction de l'appentis.

Julius crie d'abord le nom de Chrissie, puis celui de Dick, mais aucun des deux ne réagit et le fait qu'il connaisse leurs noms ne les incitera pas à s'arrêter. Ils ont attendu toute la nuit, et peut-être toute leur jeune vie, ce moment de violence. Alors Julius crie son propre nom, puis celui de Henry, et il essaie de dire à l'homme qu'il est désolé. Il cherche son argent dans sa poche. L'autre s'écarte, le frappe du poing. Julius tombe et reçoit un coup de pied au visage. Il croise les bras au-dessus de sa tête et lui hurle d'arrêter, il essaie de lui dire à nouveau qu'il est désolé mais l'homme sait tout ce qu'il veut savoir et la bouche de Julius, pressée contre le sable, s'est remplie de sang. Il se redresse, poings levés, mais les garçons se contentent de rire et de l'encercler à nouveau, bientôt il est retombé à terre et se recroqueville pour se protéger. Il n'essaie même plus de se relever. La douleur qui survient l'étonne. Pourtant, il éprouve aussi un sentiment très léger et très doux : il est reconnu, on sait qui il est. À sa manière, cet homme a transmis l'histoire de Julius et de Henry, même s'il ne la connaît pas. S'il meurt dans cette ville sinistre, après ce passage à tabac, il y a une chance minuscule que Henry sache non seulement que Julius est désolé, mais que lui-même est aimé, et c'est l'issue qu'il voulait.

Il tente de s'expliquer : « Je peux vous raconter toute l'histoire. Je peux vous dire de quoi il s'agit. »

Le type ne répond pas. Il donne des coups de pied, une fois dans les côtes, une autre fois dans le visage. L'espace d'un instant Julius sent sa conscience vaciller. Henry est de nouveau là et cette fois Julius ne le repousse pas. Il se tient derrière l'homme et le regarde ; il n'est qu'une vague ombre dans son champ de vision, comme la zone aphotique de l'océan au-delà de laquelle la vie devient impalpable ; ce lieu, il l'a vu sur le visage de Henry cette nuit-là, au Golden Nugget, et d'autres nuits, avant, quand il devenait distant ou malveillant. Il sent vaguement des mains à l'intérieur de sa chemise et dans les poches de son jean, et quelqu'un tire sur ses bottes. La présence imaginaire de Henry induit une terreur dont il sait qu'elle est réelle, et cette terreur lui permet d'accéder à une pleine conscience. Il voit le sable et le clair de lune et entend le clapotis des vagues et, au-delà des brise-lames, la douce succion du creux des vagues sur le fond marin, et au-delà encore, le pétillement du clair de lune sur l'eau étale.

Une voiture tourne sur le Paseo Costero, tous feux éteints. Le grand type la voit et attend, et lorsqu'elle ralentit en faisant des appels de phares il donne à Julius un nouveau coup de pied au visage puis traverse la rue en courant. Les deux garçons s'enfuient sur la plage en sens inverse. Le grand atterrit dans une cour remplie de citronniers et, tandis qu'il disparaît derrière la maison, une douzaine de fruits arrachés à leurs branches tombent dans l'herbe scintillante. Le chauffeur ne voit pas Julius recroquevillé sur la plage ou ne souhaite pas s'en mêler. Il passe à côté de lui. Julius s'évanouit, ses bottes à moitié chaussées, les talons enfoncés dans les tiges comme du plâtre coulé, et la pluie tombe dans son oreille.

L'aube le réveille mais il reste longtemps allongé sans bouger. Il cherche à sentir une à une les parties de son corps jusqu'à ce qu'il soit certain d'être vivant. La marée descend. Ses vêtements sont trempés et raides de sel. Ses yeux s'ouvrent sur une grosse tête de chat souillée par la pluie. L'animal ouvre la gueule dans un bâillement caverneux et la referme avec un bruit de cliquetis. Julius se tasse en position assise sur le sable mouillé ; en réaction à ce mouvement, le chat s'éloigne et miaule, puis fait demi-tour. Julius tend la main en reproduisant son miaulement et découvre que sa langue est gluante de sang. Le chat semble sourire et se recroqueville sous ses doigts tendus. Il aperçoit les façades factices des échoppes luire le long du rivage et il se souvient des billets qu'il a cachés dans ses bottes. Il lève le bras, le sang colle. Quelque chose palpite derrière son œil et à l'intérieur de son nez et il sent la pluie froide éclabousser ses blessures. Il se tient debout avec difficulté, enfonce ses pieds dans ses bottes et soutient de ses mains ses côtes douloureuses. Il trébuche sur la plage. Le chat le suit, tout guilleret.

Toute la matinée et toute la journée qui suivent, Julius dort à la pension. Il ne rêve pas ; il remonte des profondeurs du sommeil et ce qu'il voit ressemble à un rêve. Le rideau tiré et les ombres qui le traversent s'allongent et se confondent. Il ne revoit pas Henry. Il a peur de le voir. Il craint que le nombre de rêves auquel il a droit soit limité.

Quand il se réveille enfin, l'après-midi touche à sa fin, c'est le dernier dimanche de l'Avent. Il a laissé une trace de sang sur les draps poussiéreux. Quelqu'un a placé deux serviettes, une tasse de lait et un morceau de pain noir sur le lit de camp à côté de lui. Il se lève, se dirige vers la petite fenêtre, écarte le rideau. La lumière qui pénètre dans la chambre est crue, hivernale, mais sa ténuité laisse présager le retour de la pluie et l'approche du crépuscule. Le sang a maculé ses cheveux et un côté de son visage. L'odeur est familière, sang séché et saleté, temps de guerre, étés au Kansas.

Il prend un bain sommaire, essuie la vapeur sur le miroir pour se raser. La coupure sur sa tête est longue mais peu profonde. Son nez est cassé. Sous ses yeux et le long des joues, l'ecchymose est sombre, malsaine. En contournant sa mâchoire, la lame du rasoir arrache des éclats de sang noir. Sur le rebord de l'évier, une file de fourmis s'approche du morceau de savon ; Julius pose le rasoir sur leur chemin et les regarde le traverser pendant quelques minutes – leurs corps minuscules qui se reflètent sur la lame en acier, leur confusion au contact de sa chaleur. Il laisse le rasoir sur place, passe sa vieille chemise et jette la chemise blanche de Ralph, qui est sale, dans la corbeille à papier. Il enfile son jean et retourne à pas feutrés dans la pièce, pieds nus. Il se sent mieux. Affamé. Il tourne une chaise vers la fenêtre et s'assied pour boire le lait et manger le pain. Les rues et les boutiques le long de la grève sont décorées de banderoles et de fines guirlandes d'or.

Dans la baie peu profonde une douzaine de bateaux sont regroupés en flottille, reliés par des lanternes suspendues aux étraves. Les ponts sont chargés d'hommes, d'enfants et de femmes en robes à jupons, aussi blanches sous les lanternes que la lumière de midi, l'océan est calme. Les passagers regardent, au-dessus d'eux, les feux d'artifice qui éclatent en serpentins et en gouttes de lumière. Sur l'une des embarcations, un orchestre joue de la musique religieuse. Julius observe un homme monter à bord depuis le quai sud, puis sauter, rapide et léger, de bateau en bateau, se déplaçant parmi la foule comme une femme cherchant la sortie dans un bar, jusqu'à ce que la proue du bateau le plus éloigné tangue sous son poids. L'homme disparaît parmi les autres et les feux d'artifice dégoulinent comme des feuilles d'orme dans le ciel.

Enfants, Julius et son frère allaient tous les ans acheter des feux d'artifice avec leur père, le 4 juillet, sur la réserve indienne au nord de la ville. Parmi les rangées de tables pliantes, ce dernier faisait les cent pas, mains croisées dans le dos, étudiant chaque boîte. Le luxe leur était à ce point étranger qu'ils ne pouvaient s'empêcher d'examiner tous les choix possibles, et, chaque fois que leur père s'arrêtait devant un stand, les garçons se dressaient sur leurs orteils, pleins d'espoir, mais se gardaient bien de poser des questions. La longue errance dans les allées ressemblait à une pénitence, leur père finissant toujours par choisir la boîte la moins chère.

Une fois rentrés chez eux, ils patientaient durant la longue soirée d'été en attendant qu'il fasse suffisamment sombre. Le souvenir de Julius relève du sentiment, pas de l'événement. Essayer de se rappeler la couleur particulière de ces soirées, le moment où le soleil disparaissait, ou la position de leurs corps côte à côte tandis qu'ils patientaient revenait à essayer de séparer l'eau de l'eau. Mais il se rappelle la proximité de son père, et la douleur d'attendre ensemble une chose qui se produisait toujours : le coucher du soleil. La nuit qui tombe. Quand l'obscurité arrivait, ils installaient le petit feu d'artifice sur la dalle de béton près du décrottoir et l'allumaient. La légère explosion, la lumière et la fumée qui s'en échappaient dans le crépuscule. Des boules rouges et bleues qui s'élevaient de quatre ou cinq mètres avant de s'effondrer. Chaque boîte était en soi une surprise.

À l'extérieur, la musique monte en puissance et la clameur s'intensifie. Julius se rend compte qu'il a pensé à son père sans se souvenir qu'il est mort. La vieille chemise qu'il porte est mouillée en bas, et en la soulevant il constate qu'il saigne. Il se met debout avec difficulté, se dirige à nouveau vers le lit de camp, prend la serviette et la presse sur l'entaille le long de ses côtes. Lorsqu'il touche sa tête, ses doigts restent secs, et ses dents sont comme du sable mais intactes. Il retire la serviette. La blessure est profonde, la chair douloureuse à l'endroit où court l'estafilade. Un bleu en forme de fer à repasser barre sa cage thoracique.

Il se rassied près de la fenêtre, se penche péniblement et ramasse ses bottes par les tiges. Il les retourne, en sort les billets et le petit revolver. Il se rappelle qu'une fois le feu d'artifice allumé, son père s'éloignait de la mèche en courant et plaçait Julius de manière à ce qu'il puisse voir les lumières tout en le retenant pour qu'il ne s'approche pas trop. Il se rappelle les mains de son père sur ses épaules et sa dévotion, la plus entière qu'il pût offrir. Dans le ciel, les petites fusées n'avaient de sens que parce qu'elles perçaient l'obscurité ; elles étaient éphémères et inoffensives, juste belles, juste à eux.

Il tente de resituer Lee dans ce souvenir mais n'y parvient pas. Pourtant son frère était certainement là, sur le perron ou près du garage, à le surveiller. Il sait qu'il était plus aimé que Lee, car les enfants perturbés sont source d'inquiétude et aussi d'adoration. Il le comprend soudain. Il y a une joie terrible dans tout cela, ainsi qu'une honte familière, comme si le fait d'être aimé était un cadeau offrant non pas la sécurité mais une forme de réparation. Son frère devait déjà le savoir, même enfant ; il a porté cette évidence en lui, et il n'est pas surprenant qu'il ait voulu se marier et construire une vie libérée de ce fardeau. Lee avait peut-être blâmé la mort de leur père, ou cette nuit à Okinawa où Julius s'était battu avec l'homme qui avait été son amant, ou le renvoi qui s'était ensuivi. Aujourd'hui Julius se demande toutefois si ce n'était pas plutôt cette iniquité qu'il blâmait, la façon dont l'amour avait été prodigué à son frère et non à lui, la façon dont Julius l'avait gâché alors que Lee accueillait si facilement les bienfaits du monde.

Il enroule la moitié des billets autour du pistolet et introduit le paquet humide dans le talon de sa botte. Il fourre les autres dans sa poche, met ses bottes et se lève lentement. L'échec le rend lucide et il voit désormais à quel point son entreprise était ridicule. Tenter d'être retrouvé, ou de retrouver quelqu'un, de cette façon. Il n'a presque plus d'argent ; le type du parc et les deux garçons le lui ont subtilisé, en même temps que les clés du pick-up. Il repense à la manière dont l'homme avait replié ses mains sur son cœur et à la manière dont il avait utilisé ces mêmes mains pour le blesser et il se dit simplement que quelque chose vient d'être réparé, à juste titre.

Au rez-de-chaussée les lampes sont allumées. Les tables sont vides et les chaises retournées reposent sur leurs assises. Un disque tourne sur la platine. Il s'approche de la réception en pressant la serviette sur son front puis en la soulevant ostensiblement.

« *Lo siento* », dit-il. Je suis désolé.

Avec son nez cassé et son visage meurtri, il doit ressembler à un revenant, mais la femme le regarde sans crainte ni suspicion. Elle fait tomber les cendres de sa cigarette dans un bol. Elle a les beaux yeux sombres des Mexicaines et une très longue natte qui lui descend dans le dos. Le disque laisse échapper un chant funèbre que Julius ne reconnaît pas. Il tapote le devant de sa chemise et mime la présence d'un fil partant de la boutonnière. La femme ne réagit pas. Alors il colle deux doigts qu'il éloigne de ses lèvres pincées, puis forme un cercle avec l'index et le pouce de son autre main pour y insérer le fil imaginaire.

« Bouton, dit-il, et il montre à nouveau sa chemise.

– Ah », répond-elle en levant un doigt. Elle disparaît derrière le rideau et revient avec un panier en plastique. En fouillant dans les bobines, les épingles, les cônes en bois ciré, elle déniche un fil blanchâtre et un bouton marron qu'elle lui remet. Julius tire sur la patte de boutonnage, passe l'aiguille plusieurs fois au travers et autour du bouton, qui pend lâchement mais maintient la chemise fermée. Il coupe le fil restant avec les dents. La femme le regarde faire, amusée. Elle s'y prendrait certainement mieux, mais elle ne fait pas un geste pour l'aider.

Ensuite il soulève sa chemise et désigne la blessure. Elle fronce les sourcils. Il tend deux doigts et elle lui passe la cigarette. Il prend une longue bouffée, puis presse le bout incandescent sur l'aiguille en la faisant tourner. La cigarette mollement suspendue à sa bouche, il enfile à nouveau l'aiguille, transperce les lèvres déchirées de sa chair et les réunit. Sous l'effet de la manœuvre, il laisse échapper un cri et se voûte. La femme contourne le bureau et tient sa chemise afin qu'il puisse utiliser son autre main pour refermer la plaie. Ses points de suture sont serrés. Cette sensation terrible lui est familière. Il se souvient de l'homme d'Okinawa et du bleu infini de ses yeux. Une fois la blessure recousue, la femme se penche, coupe le fil pour lui et fait un nœud. Julius baisse les yeux sur le duvet de ses cheveux traversés de lumière. La douleur est puissante. Il pense au lait et au pain et, tandis qu'elle a la tête penchée, il dessine dans l'air, avec son doigt, le contour de ses seins sans la toucher. Puis elle se relève avec la bobine, il lui remet l'aiguille et elle repart derrière la réception. Il plie la serviette, la comprime contre la blessure et de l'autre main il tâte sa poche arrière pour en extirper quelques-uns des billets de Muriel. Il y a une carte à jouer dans le tas. Il la met de côté et fait glisser les billets sur la table. Quand elle les repousse, il dit « Non, m'dame » et sort dans la rue sous la pluie.

Le bras pressé contre la serviette, il se faufile dans l'allée jusqu'à la rue suivante et se glisse le long des façades des magasins, puis dans une autre allée, vers une aire résidentielle où les nuages allongent leurs ombres sur les cours nues. Des enfants se déplacent par groupes de six ou sept dans ces espaces sombres, à travers les rues étroites. Plusieurs d'entre eux se dirigent vers le nord et un autre vers le sud, puis ils se dispersent aux quatre coins du quartier. Ils s'installent en rangs devant chaque maison sur les marches en ciment, un chef désigné frappe à la porte jusqu'à ce qu'elle s'ouvre et qu'un adulte sévère les renvoie. Le manège se poursuivra jusqu'au crépuscule, jusqu'à ce qu'ils soient accueillis comme Marie et Joseph l'ont été, dans la chaleur et la joie des hommes de bonne volonté.

Julius suit à distance les enfants qui avancent vers le nord, le long de maisons reliées les unes aux autres par des drapeaux verts et dorés. Il s'en tient à l'ombre, au couvert des palmiers, et après avoir dépassé les habitations, il repart en sens inverse pour aller se poster au croisement de l'autoroute et de la route côtière. Quelques voitures circulent lentement, vitres fermées. Il les ignore. Il scrute la chaussée et la plage de chaque côté sans voir personne. Il attend longtemps une autre voiture mais il n'y en a pas. Il pense à très peu de choses, bien que le souvenir de son père soit présent, et aussi celui de Henry, et les deux se combinent en créant autour de lui une bulle de solitude. La pluie ricoche sur l'entaille de son front, qu'il couvre de sa manche. S'il croise à nouveau les garçons ou le grand type, la lumière du jour pourrait le sauver, mais le soleil s'en va. Il compte les kilomètres jusqu'à Tijuana. Marcher prendrait la nuit entière, voire plus, et il est déjà épuisé.

Il traverse la route côtière et franchit un bosquet de pins broussailleux pour descendre sur une jetée. La mer monte, si massive et si haute qu'on dirait une forêt. Il se dirige vers le bateau le plus proche. Des fêtards le hissent à bord. Avec beaucoup d'effort, il traverse la proue qui gîte. Il enjambe le plat-bord pour atteindre le bateau suivant, et celui d'après. Un autre homme monte, l'embarcation tangue. Une volée de mouettes s'approche et se pose derrière lui. Il s'assied contre un tas de cordages, met la main dans sa poche et trouve la carte à jouer. Il pense au geste de Jackie après le dîner de la veille et se rend compte qu'il a dû la glisser dans sa poche. Au dos, Jackie a écrit un verset d'Isaïe : *Dans la demeure des dragons, où chacun gît, on verra la verdure des roseaux et des joncs.*

Il regarde la mer. L'horizon s'étend comme une feuille de papier déchirée sous le ciel lourd. Il se rappelle le jour où il est enfin devenu libre. Il était descendu du paquebot à Long Beach et avait pris la brochure de la femme et s'était assis pour la lire. Dans Isaïe, la Terre sainte est le lieu où le ciel et la terre se rejoignent. Cela signifie peut-être que partout ailleurs existe une division, une distance, une chose sans nom qui sépare le ciel de la terre, comme la ligne d'horizon en mer, à jamais hors d'atteinte. Isaïe n'a pas donné de nom à cette chose, mais Julius soupçonne qu'elle est ténue, moins une séparation qu'une pression, comme la douce agonie de deux corps pressés l'un contre l'autre, comme la main d'un homme qui touche celle d'un autre homme. Que l'espace entre le ciel et la terre est le contact de ces deux mains.

III.

9

Hirondelles

Le matin est froid et ensoleillé, le monde n'a pas changé au cours de la nuit. Muriel se réveille et fait du café. Lee prend sa douche puis ils s'asseyent ensemble pour écouter la météo, qui promet d'être bonne au-delà des Lagunas Hills et jusqu'à Houston. Elle éteint la radio juste avant le bulletin d'information et sort fumer une cigarette. À la lisière des arbres, la luzerne est racornie, mais des zones désherbées révèlent le passage de la jument. À l'endroit où ils ont installé la remorque, le soleil est tavelé par les arbres et, sous la banne, le carré d'herbe est sec et sombre, comme la trace d'une main sur une fenêtre embuée.

Ils partent en ville. Muriel dépose Lee à l'usine et continue sur Island Avenue, derrière l'hippodrome, pour atteindre une pointe gazonnée qui forme comme un brisant. On est samedi, les marins sont de sortie dans leurs uniformes blancs, ils jouent au ballon et se prélassent. Elle poursuit sa route, trouve un bosquet de pins maritimes et se gare en dessous. Derrière elle s'étend une jetée rudimentaire où s'élevaient jadis de grands hôtels et où s'alignent désormais les logements de la base navale, des attractions foraines et les tentes d'un camp de surfeurs. La marée montante est bleue, sauvage, et les surfeurs sont postés en rangs sur une centaine de mètres. Les vagues ressemblent à des montagnes. Les surfeurs s'accroupissent sur leurs planches ; on dirait qu'ils cherchent à contenir une chose délicate et éphémère. Les rouleaux déferlent, amplifiés par les kilomètres parcourus dans le Pacifique Sud.

Elle pense au Heyday, à son patron, aux turfistes, puis elle pense à Lee, au jour où elle est arrivée à San Diego avec son unique valise, et aussi au jour, bien avant ça, où elle l'a rencontré pour la première fois devant un bar que fréquentait sa mère. Elle pense au baiser de Gail et à son ombre allongée, projetée par le coucher du soleil. Elle observe les surfeurs longtemps, jusqu'à ce que son cou commence à lui faire mal.

L'océan lui rappelle, comme souvent, les champs de son enfance. Sur des kilomètres, dans toutes les directions, l'herbe des Indiens et les graminées bleutées de la Prairie s'élevaient à hauteur de la taille. Parfois un grand orme se découpait au loin, trop épars pour faire de l'ombre. Au printemps on brûlait les champs du nord à l'ouest selon un protocole établi par le service des Forêts, mais en été l'herbe revenait, verte et fraîche, avant de se raidir et de pâlir rapidement, puis l'hiver les figeait sous un lourd manteau immobile, à perte de vue. Ainsi les saisons façonnaient-elles la Prairie à leur propre image. Si quelqu'un lui avait dit qu'un jour elle regarderait l'océan et verrait le temps et les saisons le transformer de la même manière qu'ils transformaient les champs, elle ne l'aurait pas cru. Elle n'aurait pas cru que sa vie puisse être telle qu'elle est aujourd'hui.

Nul besoin de retourner à l'hôtel ni de revoir Gail. Libre à elle de faire demi-tour, de rentrer chez elle en voiture et de dormir dans son propre lit, et quand Lee sera libéré du travail elle pourra l'attendre dans la cuisine et l'accueillir. Que Julius revienne ou non, ils garderaient leurs petits secrets et continueraient leur vie. C'est ainsi que vivent les gens. Elle verrouille les portières de la voiture et se recouvre de son manteau. La rue est calme, la marée monte. Elle ferme les yeux, dort une heure, se réveille et regarde la mer. Les surfeurs sont partis malgré la houle persistante. Elle pense au moment où Lee se retire pendant qu'ils font l'amour, à cette pause qui ressemble à un souffle au cœur, une brève interruption dans un va-et-vient susceptible de durer éternellement. Elle ferme les yeux et se rendort.

Elle se réveille dans l'après-midi et entre dans une station-service. Elle achète une barre chocolatée, se rafraîchit le visage dans les toilettes et se recoiffe. Elle retire ses bas et les glisse dans son sac à main. Elle a apporté sa plus belle jupe, qu'elle enfile sur ses jambes nues. Elle rentre son chemisier et met un peu de parfum derrière ses oreilles, puis se rend à l'hôtel aux fenêtres barricadées et attend. Muriel observe longuement la porte d'entrée et l'homme au chapeau rabattu qui se tient sur le seuil. En toile de fond, le soleil se couche sur une mer apaisée. À dix-huit heures Gail n'est toujours pas apparue. Muriel devrait s'en inquiéter, pourtant elle se sent mieux qu'elle ne s'est sentie de toute la journée. Elle entend le train passer au loin sur la digue et ce bruit est un réconfort, un gage de la vie ordinaire.

Elle se demande combien de temps elle est supposée attendre. Un homme émerge d'une haie d'arbustes comme s'il franchissait une porte, les bras le long du corps, l'œil aux aguets. À l'extrémité sud, un deuxième individu en costume clair longe une rangée de peupliers mal équarris. Derrière les branches l'horizon semble se noyer, la lumière orange et fongueuse de la ville flotte au-dessus des arbres et les deux hommes forment un jeu d'ombres contre le mur gris du petit bois. Ils se tiennent un moment à distance, puis se font un signe de la main et avancent vers l'hôtel. L'homme au chapeau hoche la tête pour les inviter à entrer.

Muriel sort de la voiture, lisse sa jupe, réajuste sa tenue et descend la rue, les bras croisés sur son sac. Elle s'arrête devant la lourde porte. L'homme au chapeau la dévisage et rigole. Sur la fenêtre condamnée, on a collé une affiche informant d'une descente de police, mais les bords sont arrachés, le mot « Police » est raturé et au-dessus quelqu'un a écrit « Raid aérien ». Dans le coin inférieur, d'une autre écriture, le mot « Abri ».

« Si tu le dis, chérie », dit l'homme en ouvrant la porte.

L'intérieur de l'hôtel est un peu vieillot mais décoré de couleurs élégantes – papier peint damassé rouge et or et lambris en noyer. Le hall est peu profond, large comme une salle de bal. Sous ses pieds le plancher est maculé de sable et de cendres. Derrière le bureau inoccupé de l'accueil, un ensemble de fauteuils avec une table au milieu et, plus loin, une guirlande lumineuse qui court le long d'une rampe menant à l'étage.

Le bar est déjà rempli de marins et d'autres jeunes en jean à revers et blouson rayé. Les fenêtres sont peintes en noir à l'intérieur aussi, l'air marin y est collant et gris de fumée. Le bar en cerisier laqué est très bas. Muriel ne repère pas d'autres femmes. Elle est assise au comptoir, dos à la porte, et quand le barman arrive il lui demande si elle sait où elle se trouve.

« J'attends quelqu'un, dit-elle.

– Ben voyons.

– Mais si.

– Et moi qui pensais qu'ici toutes les nuits se ressemblaient », dit-il.

Il tousse, tamponne sa bouche du bout de ses doigts pour mimer un geste de tendresse, puis secoue la tête. Il est grand et beau, habillé comme un portier. Elle commande un cognac à la crème de menthe. Quand il le lui apporte, elle le remercie. Il fait une petite révérence et lisse ses cheveux en arrière. Elle reste longtemps assise, les genoux collés au comptoir. Plusieurs fois la porte s'ouvre, un autre homme surgit dans le halo de lumière et ce n'est pas Gail. Le bar et la salle se remplissent progressivement d'hommes en vêtements sombres. L'un d'eux s'approche et lui demande si elle est perdue. Il se tient à une certaine distance, comme s'il craignait qu'elle fût un mirage. Elle lui demande s'il connaît quelqu'un du nom de Julius, ou de Rosie, et lorsqu'il fait non de la tête elle ajoute en pinçant les doigts : « Et un petit revolver, ça vous évoque quelque chose ? » L'homme éclate de rire : « Il y en a plein ici. »

Peu de temps après, les lumières se tamisent et les hommes se rapprochent. Quelqu'un met un disque. Il n'y a ni horloge ni fenêtre, elle ne peut donc pas deviner l'heure, mais elle a bu trois verres ; il ne doit pas être loin de vingt heures. Peut-être Gail a-t-elle attendu dehors, peut-être attend-elle toujours, mais selon toute probabilité elle n'est simplement jamais venue. Muriel a chaud malgré ses jambes nues, son cou est en plein courant d'air et elle aimerait que quelqu'un la prenne par la taille. Les clients commencent à danser, à chuchoter et à se serrer les uns contre les autres dans l'obscurité mouvante. Un gars en costume rayé monte la garde à la porte ; un autre se tient derrière le bureau de l'accueil, la main sur un téléphone. L'homme à côté d'elle lui tourne le dos. Il raconte une anecdote sur son père. Il fait si sombre que Muriel ignore s'il se parle à lui-même ou s'il s'adresse à quelqu'un. Ce pourrait être l'histoire de Lee ou de n'importe qui d'autre. C'est peut-être l'effet de l'obscurité : ici, chaque récit devient universel.

Sur le tourne-disque, « What a Fool I Was ». Les hommes sur la piste dansent en couples serrés. Elle aurait pu s'y attendre, elle n'est pas étonnée, pourtant le sentiment qu'elle éprouve ressemble à une forme de surprise face à cette candeur pure, et au fait que sa présence n'a rien empêché. Une petite bousculade traverse la salle et soudain tout s'allume. Des ampoules nues, suspendues assez bas en travers du plafond, surprennent les hommes dans leurs tendres poses ; puis les lumières s'éteignent à nouveau, s'allument, s'éteignent. Muriel regarde autour d'elle et voit l'homme derrière l'accueil appuyer sur l'interrupteur d'une main et tenir le téléphone contre son oreille de l'autre. Un instant, personne ne bouge. Un homme en chemise d'ouvrier et en grosses bottes rentre le menton en poussant de petits cris imprudents ; son partenaire esquisse un geste pour le faire taire et reçoit une tape sur la main. Le tourne-disque joue les dernières mesures chancelantes d'un air de country. Muriel songe à se lever mais la lumière n'est pas revenue. À l'étage elle entend des bruits de pas. Aucune porte ne s'ouvre. La chanson suivante est « How High the Moon » et les ciselures électriques de la guitare remettent la pièce en mouvement. Pourtant personne ne danse ; la chanson reste suspendue jusqu'à ce qu'un homme éclate de rire, puis un autre. Ce qui avait d'abord ressemblé à de la panique prend l'allure d'une simple convenance et tous se remettent à bouger.

Un jeune gars se tourne vers Muriel, lui tend la main et lance : « Si tu es à Rome, vis comme les Romains.

– Si on était à Rome, je serais quelqu'un d'autre, lui répond-elle, consciente des effets de l'alcool dans ses veines.

– Ce n'est pas comme ça que ça marche, dit l'homme en la guidant vers la piste.

– Peut-être que si j'étais quelqu'un d'autre, on serait à Rome. »

Le sourire de son cavalier est plein de pitié, doux, patient.

« Tout ce que je veux dire, c'est que je devrais être un homme, insiste-t-elle.

– Tu es parfaite comme tu es, chérie. »

Ils dansent sur cette chanson et la suivante. Muriel se demande où peut bien être Gail, et avec qui, et si elle la reverra un jour. Le jeune homme a les yeux sombres et des taches de rousseur qui paraissent presque noires dans l'obscurité. Ses joues sont encore rebondies et tendres. Elle pose le front sur son épaule. Il danse avec elle comme ces hommes qu'elle a vus se déhancher avec leurs petites cousines lors de mariages mais, en regardant sa tête inclinée et son cou, elle se dit que de loin ils ont sans doute l'air d'être amants. Elle pense à ce mot, « amant ». Elle pense à Julius sous sa fenêtre, ce Noël-là dans le Kansas. Elle laisse cette image se dilater jusqu'à ce que la solitude qu'elle ressent paraisse contaminer la musique même, dont la tonalité s'atténue et ralentit au point que chaque titre, et la nuit même qui s'étire, semblent se muer en élégie.

Le garçon écarte son visage : « Comment es-tu entrée ici, au fait ? »

Dans le noir, avec cet étranger, entourée de ces hommes différents, si fragiles dans l'obscurité, il semble possible de dire les choses exactement telles qu'elles sont.

« Je cherche quelqu'un, dit-elle.

– Comme nous tous, n'est-ce pas ?

– Quelqu'un de précis.

– Pas ton mari, j'espère.

– Non, pas lui.

– Tu as un nom ?

– Julius.

– Non, chérie, ton nom à toi. »

Elle tourne son visage vers lui.

« Et le tien ?

– Peter. »

Il n'a sans doute pas plus de dix-huit ans. Il desserre les bras, elle se détache de lui en tournant sur elle-même puis il la ramène vers lui d'une pirouette. La chanson suivante est rapide, entraînante, et la salle n'apprécie pas. Quelqu'un arrête le disque. S'ensuit un long moment de silence. Peter se détache de leur étreinte, allume une cigarette et la lui tend, mais elle l'écarte d'un geste.

« Muriel, dit-elle.

– Que crois-tu qu'il se passera ensuite, Muriel ? »

Il fume la tête penchée en arrière pour souffler la fumée au loin. Ce pourrait être un geste poli, mais sa façon de procéder le fait paraître fuyant, comme s'il ne voulait pas qu'on l'approche.

« J'étais censée retrouver quelqu'un, mais elle n'est pas venue.

– C'est la première fois qu'on te pose un lapin ?

– Ben oui.

– Un grand classique.

– Vraiment ?

– La plupart du temps, cet endroit n'existe même pas », dit Peter. Il montre du doigt la réception, de l'autre côté de la piste : « Ils ont un panneau, si tu veux laisser un petit mot. »

La musique reprend. Deux hommes dansent étroitement serrés, se rapprochent encore, l'un d'eux tourne son visage vers l'autre : « Il ne reste plus beaucoup de temps », et le deuxième se penche pour l'embrasser. Muriel voudrait fermer les yeux ou détourner le regard, pourtant elle n'en fait rien. La bouche du premier homme cherche celle de son partenaire qui s'abandonne, paupières grand ouvertes. Il voit Muriel les observer. Ses yeux s'illuminent et prennent la couleur du laiton. Il s'écarte, capte le regard de son compagnon et sourit très doucement. Muriel croit sentir le baiser sur ses propres lèvres, de manière oppressante. Elle n'a jamais vu deux hommes se toucher de cette façon. Quelque chose dans cette proximité, dans cette nouveauté même la blesse, lui paraît hors du monde. Elle pense à l'étreinte de Gail dans le coucher de soleil sur l'océan, à Julius sur la jument, aux longs après-midi à Del Mar et à l'odeur de gazon piétiné.

« Ils ont de la chance », commente Peter.

Il attire soudain Muriel à lui et la fait plonger en arrière. Il plie le genou pour soutenir son dos puis la relève doucement. Un autre homme appelle Peter, s'approche, touche son épaule, et Muriel souffre pour lui, pour eux deux.

« Je m'en vais maintenant, chérie », dit Peter en l'embrassant sur le front.

Elle se retrouve seule sur la piste. Autour d'elle de beaux hommes dansent. L'ombre de Julius plane sur chacun d'eux. Elle se demande ce qu'ils éprouvent. Le fait d'être entre soi, mais soustraits au monde. Elle a entendu des gens affirmer que l'amour pouvait être un baume autant qu'une malédiction. Sa mère disait que cela valait la peine d'être vécu, encore et encore. Elle avait vu les émotions de sa mère reflétées dans chaque recoin de l'univers : des hommes effleurant des femmes dans un bar, des couples en train de danser, un homme dans un film qui pousse un cri de désespoir sous la pluie ou sur un quai de gare. Comment nommer cet endroit et ces gens, comment qualifier sa propre présence parmi eux ? À l'époque où elle avait vu Julius allongé sous sa fenêtre, Muriel ne savait pas qui ni comment il aimait, ni si elle-même l'aimait, elle savait juste que son attention envers elle reflétait un amour instantané et franc, sans désir ni union charnelle, mais tout aussi ardent. Elle se demandait si sa mère avait déjà ressenti une telle chose, ou si même elle l'avait voulue, et si non, alors quoi ?

Le disque s'arrête, les lumières se rallument pour de bon et les danseurs sur la piste se dispersent. Aucune hésitation désormais. Elle voit Peter s'éloigner de son partenaire et tous deux se précipitent vers la rue. Quelques-uns s'échappent vers le fond de la salle et Muriel les suit par une porte dérobée. Dehors, le soir tombant est glacé. Elle aperçoit dans l'allée l'arrière d'une Continental mais personne autour. Elle tourne et se dirige vers la rue. Un pâté de maisons après Market Street, la voiture de patrouille est en vue. Elle passe devant l'hôtel sans s'arrêter. Les gyrophares sont éteints, les vitres baissées, le flic tient une cigarette à l'extérieur et son autre main est agrippée au volant.

Elle regagne la place où est garée la Ford. Une fois à l'intérieur, elle verrouille les portières et démarre le moteur sans allumer les phares. Ses mains tremblent, elle est sur le point de pleurer mais se sent alerte, exaltée. Elle essuie les vitres embuées et regarde autour d'elle, des hommes jouent encore et les lampadaires délabrés ressemblent à des dents grises dans la nuit. Une autre voiture de police passe, plus lentement, et s'arrête sur le trottoir en face de l'hôtel. À nouveau, elle songe au mot « amant ». Le terme lui-même semble avoir été pensé pour embrasser toutes sortes de significations qu'elle n'aurait pas imaginées. Sa mère devait savoir qu'il existait de tels endroits, même s'il n'y en avait pas dans la petite ville où toutes deux avaient vécu. Elle était allée à El Paso et à Galveston, et deux fois à Wichita. Elle avait connu des types qui restaient assis toute la nuit dans des bars, à jouer à la coinche ou au crapé-c'est-gagné en dépensant plus que le montant de leurs salaires. Grâce à eux, ou à des ouvriers d'usine, elle avait sûrement entendu parler de ces hommes qui se rencontraient discrètement, avec une prudence extrême. Et sa mère aurait peut-être été fière de savoir que Muriel avait cherché, qu'elle savait – ou peut-être aurait-elle éprouvé de la honte, comment le savoir maintenant ?

Il est plus de vingt et une heures. Lee travaille toujours. Elle se dirige vers la rivière en passant par les quartiers pauvres, puis emprunte la route du comté. La cuisine de la voisine est plongée dans le noir, le porche éteint. Muriel se gare derrière le cyprès, là où la voiture n'est pas visible. Le ciel s'est assombri, sa couleur évoque celle de la soie humide. La météo prévoyait du beau temps mais la pluie est revenue. Elle se dirige vers la porte, des gouttes froides perlent le long de son cou et de ses bras. Elle frappe à la porte, la cuisine s'éclaire et Sandra ouvre. Son regard est inquiet.

« Salut », dit-elle.

Elle tend les bras vers le chambranle. Les montants de la porte sont moites de pluie et les mains de Sandra font un bruit de brosse humide.

« Il pleut », dit Muriel.

La chemise de sa voisine est délavée au niveau des coudes et le long du col, son corps s'étire dans l'embrasure de la porte et une bande de peau se dévoile entre sa ceinture et le vêtement.

« C'est vrai », dit Sandra. Elle laisse retomber ses bras et s'avance.

Muriel peut sentir l'odeur humide, féconde, de la terre mouillée et celle de la pluie fraîche qui s'y mêle, et elle sent aussi le calme sec de la cuisine et l'odeur de feu de bois qui imprègne la maison.

« Ça va ? demande Sandra.

– Je pensais acheter des œufs. »

Le regard de Sandra est soucieux. « D'accord. Tu as soixante-quinze *cents* ? » dit-elle en reculant pour la laisser passer.

Il fait froid dans la cuisine, le feu dans le salon est réduit à des braises. Une seule tasse sur la table, maculée de vieux café, et la bouilloire retournée dans l'évier. Des pelures de clémentine sur le comptoir, un tas de plumes sur le seuil. Muriel se sent exposée, mal à l'aise face à ces tâches inachevées. La lumière grise à travers le rideau baigne la pièce, soulignant la table et l'embrasure de la porte ; leurs formes sont visibles mais pas leurs contours. Elle s'excuse pour l'heure. Au-dessus de l'évier, la fenêtre laisse filtrer le pâle clair de lune et les arbres se balancent au loin dans l'allée. Elle s'assied, étend ses jambes sous la table. Elle aimerait pouvoir enlever ses chaussures et se rend compte à quel point elle est fatiguée. Elle se souvient qu'elle a les jambes nues et qu'elle sent probablement la cigarette et l'eau de Cologne. Sandra met la bouilloire à chauffer pour le café. Sur le plan de travail, un petit poste de radio égrène les prix du foin et de l'essence. Quand arrive celui des poulets, Sandra hausse le volume pour écouter, puis éteint.

« Ces œufs viennent d'augmenter de trois *cents*, dit-elle.

– J'ai droit à une clause d'antériorité, non ?

– On s'est mises d'accord pour soixante-quinze. Le marché tient toujours. »

La bouilloire siffle, Sandra remplit deux tasses mais ne s'assied pas. Muriel ferme les yeux et voit les lumières qui clignotent, le doux visage de ce jeune homme, Peter. Puis les autres qui s'embrassent, la voiture de police. Sandra se tient dos au plan de travail. Elle a le regard vif et inquiet d'un pickpocket.

« Raconte-moi une histoire à propos de cet endroit », lui demande Muriel.

La lampe de la cuisine éclaire sa chevelure noire, se reflète en elle. Muriel parcourt des yeux l'arc de sa bouche, descend jusqu'à ses épaules étroites, tente d'imaginer ce qui pourrait se produire ensuite.

Sandra soutient son regard : « D'accord. Tu te souviens, je t'avais dit que ces terrains étaient des oliveraies, mais je ne crois pas t'avoir parlé du reste. Avant ça, c'était une mission espagnole. Encore avant, c'étaient les terres des Indiens, et avant ça qui sait. »

Elle baisse la tête, ses yeux semblent vouloir percer un effet de contre-jour. Elle est si belle. Muriel allume une nouvelle cigarette et tend le paquet à Sandra, qui en prend une. Muriel frotte l'allumette, Sandra se penche vers elle et laisse la flamme effleurer la cigarette un court instant avant de reculer.

« Tu vivais ici quand il y avait des oliveraies ? demande Muriel.

– Oh non, c'était à l'époque de mon père. »

Muriel soulève sa tasse et renverse du café sur son poignet. Elle la repose, secoue sa main, la lèche.

« Mais il les a vus, et son père avant lui a sans doute connu les franciscains, du moins les derniers. Mon père disait toujours qu'ils avaient ces grandes robes, comme des femmes ou des Arabes, et qu'ils allaient à la rivière le matin pour nourrir les poissons. Que les poissons les entendaient arriver en secouant les boîtes de nourriture, et qu'ils remontaient à la surface. Des centaines d'entre eux, comme des chiens dressés. L'endroit où ils s'agglutinaient ressemblait vu d'en haut à de l'eau qui bout. Bien sûr, il n'en avait pas été témoin lui-même, mais son propre père le lui avait raconté. »

Pendant un long moment aucune des deux ne parle. Muriel avale son café en deux gorgées et s'apprête à demander une autre tasse, se ravise, se prépare au geste qui va suivre. Elle peut entendre ce geste comme si c'était un bruit dans la pièce.

« C'est drôle, reprend finalement Sandra, j'ai parfois l'impression de m'en souvenir aussi. Mais ça aurait tout aussi bien pu être un rêve de mon grand-père, et peut-être que personne ne s'en souvient vraiment. » Elle regarde Muriel posément. Ce regard se prolonge. Muriel se lève, s'avance vers elle. Elle tend la main, effleure la taille de Sandra, constate qu'elle ne se dérobe pas à ce contact, se rapproche. Sandra se détache du plan de travail, s'abandonne à l'étreinte de Muriel. Elle passe un doigt sur l'ourlet de son chemisier. Muriel caresse le vermillon de sa lèvre inférieure avec le plat du pouce, l'embrasse. Le baiser dure jusqu'à ce que Sandra s'écarte et la dévisage avec ravissement. Muriel hausse les épaules, comme si tous ses gestes avaient été fortuits.

« Je n'étais pas sûre, pour toi, dit Sandra.

– Tu es sûre à présent ?

– Non.

– Qu'est-ce que tu veux savoir de plus ?

– Déjà, si l'Idaho c'est pas les Plaines, alors c'est quoi ces foutues Plaines ?

– Je vais te montrer sur une carte.

– Mais pas maintenant.

– Non, pas maintenant. »

Muriel l'embrasse à nouveau et le baiser s'interrompt au moment où Sandra se retourne pour jeter un œil par la fenêtre. Elle se déplace sur le côté et attire Muriel à elle. D'abord une série d'effleurements maladroits. La bouche de Muriel dans le cou de Sandra, la main de Sandra sur le sein de Muriel – autant de questions sur le consentement et la permission, auxquelles répondent d'autres caresses. Muriel s'interroge confusément sur les cuisines, sur la manière dont elles subtilisent sans bruit les secrets des gens sans leur laisser le moindre espace où s'allonger – ce qu'elle désire ardemment. Dans une entente tacite, Sandra s'agenouille et la regarde. Elle soulève l'ourlet de sa jupe, le retourne en maintenant le tissu contre la cuisse de Muriel. Elle embrasse ses genoux et ses tibias, puis l'intérieur de ses cuisses et Muriel plie une jambe sur le barreau de la chaise pour ouvrir son corps. Sandra enlève sa culotte et trouve Muriel avec ses lèvres et sa langue. Muriel presse ses mains sur le rebord du plan de travail pour garder l'équilibre. L'adorable raie qui sépare les cheveux de Sandra, vue d'en haut, et le petit rayon de lune qui s'y dépose comme un pochoir. Dehors, le murmure de la rivière, le vent dans les arbres et la pluie qui tombe. Muriel imagine son ombre à travers la fenêtre de la cuisine, sa tête penchée en arrière. Ce simple mouvement trahit son plaisir, sans laisser soupçonner que Sandra en est la source. Le ressentir et l'imaginer tout ensemble, c'est trop.

« Je ne peux pas…, dit Muriel.

– Tu ne peux pas ?

– Non. »

Sandra continue malgré tout. Les jambes de Muriel tremblent mais elle reste debout, et quand elle jouit enfin elle mord dans la chair tendre de sa lèvre et le sang dans sa bouche est un profond stimulant. Sandra se relève et l'embrasse. Elle goûte la blessure, s'écarte et tamponne délicatement la lèvre de Muriel. Leurs ébats s'achèvent ici, dans l'écho sanglant de leur commencement. Sandra s'éclipse aux toilettes et revient avec un morceau de gaze. Muriel le pose à l'intérieur de sa lèvre comme du tabac à priser.

« Tu es une pragmatique, toi », dit Muriel. La gaze étouffe sa voix.

« Pas toi ? »

Bien sûr que si. Mais elle a l'impression d'avoir inventé quelque chose à l'instant, d'avoir révélé un secret qui se trouve être aussi une pure invention. Elle a parié sur des chevaux, elle est allée là où des hommes dansent ensemble, et maintenant ceci. Elle regarde les pelures sur le comptoir, la bouilloire vide, l'eau de lavage en train de refroidir, sa tasse de café. Une scène qui ressemble à un tableau vivant de la conquête de l'Ouest : la peau chatoyante de la clémentine, les plumes de poulet éparpillées le long des plinthes, pas de lumière mais un ciel faiblement pluvieux et le feu mourant reflété sur les murs et le plafond, un intérieur calfeutré de fin de soirée. Dehors on est en 1957, pourtant. Au-dessus de sa tête, le sillon invisible d'un avion, l'arc dessiné par le satellite métallique, l'asphalte et l'huile de moteur, le caoutchouc, la fission nucléaire. Combien elle se sent délicate, hors du temps.

Bien avant tout ceci, lorsque Muriel était enfant, sa mère et elle étaient encore catholiques. Dans le jargon de l'époque on les appelait les « rustres », et on s'en méfiait peut-être moins à cause de leurs croyances qu'en raison de leur privation hebdomadaire de viande. Sa mère étant anticonformiste et timide, Muriel se sentait obligée de savourer ces insultes comme si elles attestaient une forme de noblesse. Son beau-père appartenait à l'Église méthodiste libre. Les jeudis soir et les dimanches matin, les hommes et les femmes de cette petite congrégation se réunissaient dans un temple maçonnique, sur des chaises pliantes. Leurs objectifs étaient vertueux mais ils chantaient sans grande conviction et, après y avoir assisté une fois, la mère de Muriel avait refusé d'y retourner. Si on voulait un piano droit, du jus de raisin et des éventails en papier, disait-elle, autant participer à un bal folklorique.

L'église qu'elles avaient choisi de fréquenter était grande et belle, située à la limite de la vieille ville. Dans une région aussi luthérienne, aussi probe, on jugeait ce bâtiment exubérant – plus troublant que détestable toutefois, comme si sa beauté reflétait le sens esthétique de Dieu lui-même. Les bancs étaient en cerisier, d'une teinte presque noire, l'autel doré était placé très haut et les bougies créaient des halos de lumière. Au-dessus de l'autel il y avait un vitrail rond et rouge, divisé en huit par des barres de fer. Pendant le sermon et la liturgie, Muriel s'asseyait et comptait les segments de la rosace d'abord dans le sens des aiguilles d'une montre, puis dans le sens inverse – un rituel pour passer le temps. L'édifice avait été construit avec l'abside orientée plein sud et le vitrail captait la lumière du soleil couchant, comme dans les anciens temples. Pour Muriel la fenêtre incarnait un œil, peut-être celui de Dieu, peut-être celui de l'architecte, peut-être aucun des deux. Souvent, elle appréciait les changements de couleur du verre au fur et à mesure de la messe. Les transepts et la nef étaient bordés de vitraux plus complexes et plus beaux, qui représentaient la mort et la résurrection du Christ. Sur l'un d'eux, Il était couché avec des animaux de toutes sortes, et sur un autre Jean-Baptiste tendait une main suppliante. Ces épisodes, elle les connaissait. Mais la rosace rouge racontait autre chose. Ce vitrail, par sa simplicité, captait admirablement les saisons. En automne, la faible lumière lui donnait une teinte grenat tandis que celle, crue et blanche, de l'été révélait la finesse du verre. En hiver il n'y avait souvent pas de soleil du tout et la rosace devenait presque violette dans l'éclat des bougies. Pourtant elle était toujours là, fragmentée et immobile. La lumière qui la traversait était changeante mais pas le vitrail lui-même. La jeune Muriel ne pouvait imaginer meilleure métaphore pour Dieu, même si elle n'aurait pu expliquer ça ni le partager avec sa mère, dont les croyances étaient fragiles, étranges, réfractaires à l'expression figurative.

Toute cette semaine-là, Muriel quitte le travail tôt et se gare derrière la ligne des cyprès. La lumière sur le plafond de la chambre de Sandra, l'après-midi, lui rappelle ces brèves années où sa mère était mariée et où elles se rendaient en ville pour la messe. Un après-midi, Muriel se tourne vers Sandra et lui raconte l'histoire de la rosace et de sa mère.

Sandra observe : « Tu étais une enfant perspicace.

– Pas vraiment. J'étais très souvent seule, c'est tout.

– Mais je suis plus intéressée par ta mère. »

Muriel rit.

« Que lui est-il arrivé ? demande Sandra.

– Crise cardiaque.

– Elle devait être jeune.

– Elle l'était.

– Toi aussi, tu étais jeune. Tu l'es toujours. »

Muriel approuve de la tête.

« Tu as pu la voir ?

– Seulement après. Elle était dans une autre ville, avec un homme.

– Elle te manque.

– C'est normal, que veux-tu. »

Elles font l'amour dans la lumière du jour, la seule dont elles disposent. Le soleil les enveloppe avec tendresse, ses rayons distendus et tronqués par les branches d'arbres, la commode, les rideaux et les objets posés sur la commode, leurs ombres étirées contre le mur et tordues au plafond. Muriel se sent à l'aise avec le corps de Sandra et avec le sien. Le plaisir de sa partenaire est insondable et salvateur. Elle ne ferme pas les yeux. Muriel aime le son et les sensations de tout ceci et elle s'y emploie consciencieusement, avec une attention parfaite. Après l'amour Sandra passe les doigts dans ses longs cheveux, démêle ses tresses, les renoue plus nettement une première fois, puis les défait à nouveau, insatisfaite de leur symétrie. Quand elle détache ses cheveux, Muriel sent les odeurs de l'eau du puits, du savon ordinaire qu'elle utilise, et celle de sa peau dans toute sa richesse. La nourriture des poulets, la poussière, la pluie et la sueur.

Sandra, un après-midi : « Ça ne devrait pas être aussi facile.

– Ça ne l'est pas », répond Muriel.

Sandra se lève, se dirige vers la cuisine sans se couvrir et revient avec un verre d'eau et le cendrier.

« Lee s'en sortira. Ça se voit, dit-elle.

– Lee n'est pas ton mari. »

Sandra pose le cendrier sur la table de nuit, vide le verre et s'abandonne dans les bras de Muriel, ses lèvres froides contre son cou.

« Et pour le reste ? » demande-t-elle. Muriel ne répond pas. Elles se caressent et rapprochent à nouveau leurs sexes. Muriel fait basculer leurs corps pour avoir Sandra sous elle. Sandra rit et se cambre de façon explicite.

« Cet endroit m'appartient. Tout a été payé », dit-elle. Elle embrasse les sourcils de Muriel et les coins de sa bouche, soulève ses hanches contre les siennes.

« On devra peut-être quitter cette maison un jour », dit Muriel.

Sandra lui embrasse le cou, glisse une main entre ses jambes, puis en elle.

« Alors n'en parlons plus, lâche Sandra dans un souffle.

– Pas maintenant, non », répond Muriel en amenant la bouche de Sandra jusqu'à la sienne.

Sandra, un autre après-midi : « Je t'ai vue.

– Quand ?

– Avant. »

Elle se tourne sur le côté et Muriel observe sa peau dans la lumière, sa colonne vertébrale discrète et la fente douce et sombre de ses fesses. Elle se retourne, s'adosse aux oreillers, allume une cigarette.

« Je savais que tu étais là avant de poursuivre la jument. J'ai vu quand ils ont livré le bois de charpente. Et puis une fois, vous deux dans la cour. J'ai vu votre voiture passer cent fois.

– Comment peux-tu voir quelque chose d'ici ? »

Sandra cale la cigarette sur le cendrier, enfile une chemise et en lance une autre à Muriel. Elles sortent ensemble à l'ombre de la grange, là où la cour bute sur une colline qui mène à une ancienne ferme laitière vendue aux enchères le mois précédent. De là-haut Muriel peut voir les lotissements, l'autoroute au nord et la surface brune de la cour de leur maison à l'est. Depuis ce poste d'observation, elle ressemble à un modèle réduit.

« Tu es restée là à regarder ? demande Muriel.

– Je bosse, ma chérie. C'est un pur hasard si je t'ai vue.

– Tu as déjà aperçu la jument d'ici ?

– Elle est partie pour de bon.

– Comment a-t-elle pu s'enfuir comme ça ?

– C'est un fait, les chevaux n'honorent pas les espoirs qu'on place en eux. »

Le soir tombe, l'air est frais. Muriel s'appuie contre le mur de la grange, et Sandra se presse contre elle.

Celle-ci s'interroge : « Et si tu étais allée chez García ce fameux jour ? » et elle l'embrasse, là, dehors, à découvert. Muriel tourne la tête. Elle pense aux courses et se souvient de cet étrange sentiment d'intrusion.

« Ça m'est déjà arrivé une fois, reprend Sandra.

– À moi aussi.

– Raconte. »

Muriel sait qu'elle devrait parler de Julius. Mais cela voudrait dire lui parler de la maison de sa mère, des turfistes et de Del Mar. Et lui confier ces choses reviendrait à lui faire une promesse.

« Ce n'était pas comme nous, dit Muriel.

– C'était comment ? »

Les ombres des cyprès sont de simples flaques grises sur le sol. Le soleil descend vite et bientôt Muriel devra partir.

« C'était comme si j'avais vu quelque chose dont personne ne m'avait jamais révélé l'existence », dit-elle.

Elle embrasse le bout du nez de Sandra pour atténuer le romantisme de ses paroles.

« Pourquoi tu n'es pas montée me voir avant ? demande Sandra.

– Pourquoi tu n'es pas descendue ?

– Je croyais que tu ne voulais pas.

– Je crois que je n'en savais rien.

– Vive cette jument, alors, finalement. »

Sandra prend sa main et la ramène à l'intérieur. Derrière elle, Muriel observe sa démarche énigmatique, ses jambes nues sous l'ourlet froissé de sa chemise.

Chaque nuit, en s'endormant à côté de Lee, la confiance qu'elle éprouve durant la journée se déchire comme une feuille de papier. Elle écoute sa respiration et le calme familier de leur chambre et pense à ce qu'elle a promis et à ce qu'elle pourrait faire désormais. Elle pense à cette journée dans la maison de sa mère, à la supplique de Lee : « Épouse-moi, et nous irons en Californie. » Le mot « Californie » comme une incantation. Elle s'entend dire oui, elle entend en bas le claquement des cartes que Julius dispose sur la table de la cuisine pour jouer au solitaire.

À la fin de cette semaine-là, en revenant du bar, Muriel trouve Lee dans l'allée de Sandra. Elle se gare sur le bas-côté et attend derrière le cyprès. Son cœur bat à tout rompre, elle se couvre la bouche et son visage est en feu. Elle voit Lee inspecter la noyeraie de l'autre côté de la route. Elle s'inquiète de le voir se retourner vers elle et essaie de réfléchir à ce qu'elle pourrait dire. Soudain Sandra sort de la maison, vêtue d'un tablier et de bottes en caoutchouc, un rouleau de corde dans les mains. En la voyant, Muriel sent sa poitrine se contracter. Sandra dépasse Lee, qui fronce les sourcils mais la suit et tous deux traversent la route pour entrer dans le verger. Muriel sort en laissant le moteur tourner. Elle appelle. Lee et Sandra se retournent pour la regarder.

« Elle est à nouveau dans le verger », dit Lee en tendant le bras. Muriel suit son doigt pointé vers les champs et aperçoit la jument derrière la petite plantation de luzerne censée attirer les nuisibles et drainer l'eau du verger au-dessus. Tout le long de la bordure est, l'eau de pluie submerge le champ et le verger à hauteur des chevilles. Le cheval s'arrête et semble les observer.

« Sandra ici présente a pensé qu'une corde pourrait être utile, dit Lee.

– Elle ne pourra pas avancer dans cette boue mais elle pourrait bien essayer malgré tout, déclare Sandra.

– C'est vous qui le dites », répond-il.

Lee s'éloigne de l'autre côté de la route. Sandra place la corde enroulée sur son épaule et le suit. Muriel observe depuis la chaussée. Le sol détrempé aspire leurs pieds et ils lèvent les genoux pour se dégager. Les voyant approcher, la jument baisse le museau et recule dans une allée du verger, les oreilles aplaties. Puis elle se retourne et s'éloigne en toute hâte, parallèlement au champ de luzerne. Sandra désigne l'ouest avec sa corde, Lee hoche la tête. La jument quitte le champ pour longer le bord de la tonnelle du côté de la rivière, dont les eaux arrivent au niveau des genoux. Lee entre dans le verger et Sandra dirige l'animal vers une berme d'argile noire qui sépare le verger du bois de frênes. En contrebas, la pente descend vers les nappes d'eau qui recouvrent les terrains à construire. Deux d'entre eux ont été vendus le mois précédent et Lee s'arrête, ne sachant pas s'il a le droit d'y pénétrer. Que la jument descende ou qu'elle accélère le pas, elle risque de s'enfoncer dans l'eau stagnante et la boue. Lee se dirige vers le nord, en direction de la rivière, pour couper court à cette éventualité, puis contourne les parcelles et s'engage dans une allée d'arbres. Leurs branches se croisent et se rejoignent au-dessus de sa tête en laissant perler l'eau de pluie de sorte que, vues d'en bas, elles ressemblent à de la dentelle ou à de la nacre. À cette distance Sandra apparaît petite et délicate, et la silhouette de Lee s'éloigne comme un bateau en partance. Voir ainsi sa maîtresse et son mari unir leurs forces fait peur à Muriel, mais la satisfait aussi d'une étrange manière.

Sandra a presque atteint la berme d'argile mais la jument trouve une voie de tracteur envahie de végétation qui émerge comme une île. Lee change de tactique et avance en parallèle de l'animal pour tenter de lui faire barrage au bout du chemin, mais l'eau le ralentit. Le soleil descend dans le ciel, les arbres se reflètent sur le sol inondé comme s'ils étaient dupliqués dans un miroir, à la fois divisés et démultipliés. La jument n'ayant pas encore été baptisée, dans l'espoir de l'amadouer ils ne peuvent l'appeler que par les noms qui leur viennent à l'esprit, tout en évoluant très lentement parmi les arbres.

« De-li-lah, hurle Lee.

– Peaches », crie Muriel depuis le bord de la route.

Et puis Lee la perd. Muriel ne voit plus ni l'animal ni Sandra ; même le bruit de leurs pas s'évanouit dans le vent. Lee fait demi-tour pour revenir vers sa femme en pataugeant à travers les fossés d'irrigation. Dans l'allée du verger il reprend son souffle. Muriel scrute les rangées d'arbres. Les branches sont habitées d'ombres furtives. En levant les yeux, elle aperçoit une douzaine de corps qui bougent et sautillent sous la tonnelle. Le mouvement cesse, puis d'autres formes sombres s'avancent. Muriel voit leur reflet dans l'eau : des pattes, des yeux et des queues de rats, des reflets beaucoup plus nets que les rongeurs eux-mêmes sautant à travers les branches dans le soleil couchant.

« Bon Dieu », s'exclame Lee.

Ils se détournent les uns des autres pour chercher, de tous les côtés, la fin de cette vague sombre. À l'autre bout du champ, Sandra crie : « Ils ne descendront pas, on a juste surpris… », mais la phrase se perd ou demeure inachevée.

Muriel s'égosille. Lee se retourne, alarmé par sa voix.

« Sandra », hurle-t-elle. Sandra ne répond pas. Elle l'appelle à nouveau.

« Ne bouge pas, ma chérie », répond Sandra dans un cri.

Lee entend le mot doux, se tourne vers Muriel. Son regard est déconcerté, étrange. Il lève les deux mains vers ses joues, comme s'il se souvenait de quelque chose qu'il ignorait savoir. Au-dessus d'eux le bruit des rats qui courent ressemble à des battements d'ailes rapides. En l'espace de cinq ou dix secondes, ils passent comme des poches d'eau noire lancées à travers les arbres, jusqu'à ce que le silence s'installe et que les branches s'apaisent. Muriel pense que Sandra l'a fait exprès ; elle oscille entre colère et soulagement. Lee ne sait quoi penser. Il prononce le nom de Muriel, très doucement.

« Tout va bien maintenant, Lee », dit-elle, montrant du doigt les arbres vides.

Il laisse tomber ses mains et regarde au loin. Son air égaré révèle le petit garçon qu'il était, bien des années auparavant. Les arbres sont immobiles, elle entend la rivière mais rien ne bouge dans le verger. Puis Sandra crie à nouveau, non pas un mot, mais une exclamation lente et confuse. Dans un moment de lassitude et de perplexité Muriel se dit que la jument et les rats sont de connivence, que la première a fait apparaître les rongeurs par un obscur tour de magie pour s'échapper et pour faire crier Sandra. La conspiration semble parfaitement logique dans ce monde altéré. Mais elle aperçoit soudain la silhouette de la jument qui traverse les arbres, guidée par Sandra à l'aide de la corde.

« J'y crois pas », lâche Muriel.

Sandra est essoufflée, le visage écarlate. Le regard de Lee va de l'une à l'autre.

« Ce n'est pas un mustang, dit-elle. Mais ce n'est pas une carne non plus.

– Je n'ai jamais cru qu'elle soit l'un ou l'autre », rétorque Lee. Son ton est brutal. Sandra la regarde d'un air contrit et Muriel sait qu'elle a raison.

Lee prend la corde et emmène la jument sur la route. Sandra et Muriel sont seules. Sandra est haletante, les paumes sur les genoux, sa peau rougie par l'effort et la bruine glacée. Muriel regarde Lee s'éloigner vers la maison. De dos, le cheval semble doux comme un agneau. Muriel entoure le cou de Sandra de ses mains et absorbe sa chaleur. Sandra soupire en se laissant soutenir. Lorsqu'elle se redresse, elle pleure, la mâchoire serrée.

« Je vais vendre cette maison et tout ce qu'elle contient et je t'accompagnerai où tu veux », dit-elle. Puis elle se détourne et traverse la chaussée.

Un moment plus tard Muriel s'éloigne à son tour. Elle n'est ni émue ni inquiète, mais se sent étrangement rebelle. Le moteur tourne toujours sur le bord de la route. Postée à côté de la voiture, elle regarde Sandra enlever ses bottes crottées sur le perron et entrer dans la maison. Dans sa tête elle l'entend répéter ce mot « chérie ». Elle en aime la sonorité mais n'est pas sûre d'en aimer le sens. Lee saute le dîner et passe la nuit à installer confortablement la jument, à la nourrir et à la caresser. Muriel s'endort seule dans leur chambre. À son réveil, Lee a fait du café et lui en apporte une tasse.

Sa gentillesse et son silence trahissent un immense chagrin. Il se penche pour l'embrasser et elle le laisse faire. Il a oublié, ou il est prêt à oublier, ou il n'a pas vraiment compris. Sandra est l'empreinte lumineuse que laisse le soleil derrière les paupières. Et comme tant de choses dans la vie de Muriel, elle est invisible. Cela lui confère une certaine dignité, mais cette invisibilité rend sa vie si immatérielle qu'elle pourrait être anéantie en un battement de cils.

Le lendemain, au bar, les turfistes sont fous d'impatience. Ils ont pris des paris sur des courses qui ont lieu quelque part en Inde, et l'un d'eux a un transistor branché sur une station qui diffuse la retransmission, moitié dans une langue que personne ne connaît, moitié dans un anglais caverneux, nasillard et lointain. Incapables de rester assis sans bouger, ils passent la matinée à se lever et à s'alpaguer les uns les autres. Ils se penchent sur la radio comme si elle pouvait leur confier dans un murmure, juste pour cette fois, les secrets de l'univers.

« C'est insensé », s'exclame l'homme à la moustache, mais les autres le font taire.

Il baisse la voix. « L'Inde », dit-il en levant son visage souriant.

Un autre demande : « C'est à quelle distance d'ici ?

– Treize mille kilomètres, répond la moustache.

– On dirait même pas des distances, on dirait du temps.

– C'est le cas, dit la moustache. Il est neuf heures du soir là-bas.

– Ils courent tard.

– Ils courent toute la journée.

– Au moins, on court quelque part, dit la moustache.

– Une bonne raison d'explorer le monde.

– Pas tout, juste les champs de courses. »

Le signal défaille. Rosie est debout sur une chaise et brandit une antenne de la taille d'un enjoliveur. Muriel l'observe ouvertement. Il ne fait pas attention à elle, pourtant elle l'apprécie depuis qu'elle l'a vu au bar avec Gail. Rosie capte le signal et s'immobilise un instant. Les hommes l'acclament mais l'antique ventilateur pousse l'antenne de côté en tournant. Rosie vacille sur la chaise sans tomber. Il appelle le patron, assis dans un coin à écouter. Celui-ci se lève, éteint le ventilateur puis s'attarde à la périphérie du groupe comme s'il était l'un d'eux. Muriel s'amuse de cette scène, de l'intérêt soudain des parieurs pour le monde extérieur maintenant qu'ils peuvent y investir leur argent. Rosie retrouve le signal et la voix britannique ressurgit, tonitruante.

« Il a dit quoi ? demande un des hommes.

– La reine d'Angleterre est là, répond un autre.

– Je ne pensais pas qu'elle serait la bienvenue.

– Elle a encore le droit d'aimer les chevaux, même si elle n'a plus d'empire.

– Et l'empire peut encore l'aimer.

– Le seul empire qui reste, c'est le nôtre. »

Ils ont mutualisé leurs paris sur une course en semi-nocturne, par l'intermédiaire d'un bookmaker dont personne ne prononce le nom. Deux courses se succèdent et le présentateur les annonce d'une voix qui semble taillée pour un autre événement, peut-être un sermon, ou une collecte de fonds. Bien qu'ils n'aient pas misé d'argent, les hommes écoutent avec beaucoup d'attention. L'argot des courses paraît incongru dans la bouche du commentateur britannique.

« Je n'aurais jamais imaginé qu'on puisse mettre un cheval en main de cette façon, dit Rosie toujours perché sur sa chaise.

– Sauf quand ce type en parle comme si c'était une variété de fleur.

– Sans blague, Rosie. Gagner à la main, tu sais même pas ce que ça veut dire. »

Quand leur course commence, ils font taire les gens au comptoir et les cuisiniers à l'arrière. L'endroit devient silencieux comme l'hiver.

« C'est parti », murmure la moustache.

La course démarre comme toutes les autres. Les chevaux, nerveux, sortent des boîtes de départ en rangs serrés. Le commentateur parle d'une voix calme. Les hommes ont parié sur un Arabe appelé Father of All. Il s'élance en tête. Le commentateur compare son allure à un arc tendu et précise qu'il court comme s'il se sentait poursuivi de très près. Les hommes secouent la tête en entendant cette image poétique mais Rosie a un mouvement d'approbation, comme si son intuition s'en trouvait confirmée.

Il dit : « J'aurais bien aimé voir ça. »

Father of All prend la tête du peloton. Le jockey aborde le tournant comme un enfant tournerait sur une bicyclette, courbé dans l'effort, allègre. Le commentateur décrit l'action d'un ton feutré. Les turfistes sont debout et lèvent les bras mais restent silencieux. Muriel peut deviner, sur leurs visages radieux, la course telle qu'ils l'imaginent. Ces chevaux-là sont comme ceux de leurs rêves, et l'existence même de ces animaux semble n'être qu'un rêve. Ils ont pour ainsi dire été ramenés à leur état originel. Rosie maintient l'antenne parfaitement immobile et les hommes restent parfaitement immobiles eux aussi, le cheval poursuit sa course, remonte admirablement, et le bar tout entier est emporté dans ce drame qui se joue à l'autre bout du monde.

La moustache dit : « On va y arriver. » Et tout le bar y croit. Le bruit des coureurs qui galopent et la voix du commentateur se superposent au vacarme du trafic à l'extérieur. Ce dernier marque une pause – la fin est proche. Puis, dans les derniers instants, le jockey se penche sur le col de Father, laisse tomber ses mains et détend son assise. Le cheval sent basculer le poids du cavalier et ralentit. Ils courent ainsi sur un demi-furlong, collés l'un à l'autre, perdant du terrain, et un autre cheval arrive par l'extérieur et les dépasse.

Les hommes crient.

« Qu'est-ce qu'il fabrique ?

– Pourquoi il se relâche maintenant ?

– Putains d'Indiens, ils ne savent donc pas monter ?

– Il veut juste continuer à courir indéfiniment ou quoi ? »

Leurs questions demeurent sans réponses. À des milliers de kilomètres de là, le même ramdam que dans n'importe quel hippodrome, des gens qui applaudissent, des verres qui s'entrechoquent et le claquement ralenti des sabots. Les turfistes sont assis, dépités. L'un d'eux tend la main pour tourner le bouton d'un coup sec. La radio grésille un moment, puis capte un jazz endiablé avant de s'abandonner au silence. Rosie se penche imprudemment sur le côté, un homme se lève et le soutient, puis un troisième intervient : « Laisse tomber ce putain de truc, mec. »

Rosie fait grincer l'antenne en la bougeant lentement, les yeux fermés, comme s'il cherchait quelque chose de tangible dans le noir. Muriel l'imagine faisant l'amour avec un homme beaucoup plus grand que lui ; elle imagine son délicieux sentiment de sujétion. Elle se demande si Gerald était vieux ou jeune et jusqu'à quel point Rosie l'a aimé. Puis le poste de radio revient à la vie. La voix de Frank Sinatra fait irruption, et d'un seul coup la mélodie s'impose d'elle-même.

Rosie s'écrie : « Hé, dites donc, ça c'est mieux », et renonce à chercher autre chose.

L'humeur change. Muriel se souvient de cette chanson vieille de plusieurs années qui se déploie dans l'assistance. Le passé se rappelle à leur bon souvenir. Ils ne recommenceront pas leur cirque avec la radio et le bookmaker du bout du monde, se dit Muriel. Rosie chante à tue-tête. La moustache augmente le volume. Puis tous les hommes s'y mettent : « *You can laugh when your dreams fall apart at the seams*[1]. » Les voix masculines transforment les paroles

1. Littéralement : « Tu peux rire quand les rêves se délitent », paroles extraites de la chanson « Young at Heart » de Frank Sinatra (1953).

en hymne et l'accablement qui était le leur semble se muer en quelque chose de plus doux : la permission de vivre leur échec sans amertume.

Un souvenir remonte. Un matin dans le Kansas, Muriel à la table de la cuisine et sa mère appuyée contre le plan de travail, attendant que le café finisse de couler. Un homme à l'étage, encore au lit, que sa mère avait rencontré la veille à un mariage. Muriel ne se souvient pas de son nom, c'était peut-être Jim – quelque chose de sec, d'ordinaire. La radio émettait à bas bruit ce titre de Sinatra que les hommes chantent maintenant, et la mélodie se réfracte dans sa mémoire du fait de la distance temporelle et de la présence de sa mère en elle.

« Ça faisait trop longtemps que je n'avais pas rencontré quelqu'un », avait-elle expliqué.

Vêtue d'une simple chemise de nuit, elle semblait sûre d'elle. Ses cheveux formaient une masse désordonnée. Elle n'avait pas toujours été comme ça. Parfois, elle pleurait. En y repensant, Muriel se rend compte à quel point sa mère était encore jeune, même pas quarante ans, peu s'en fallait. Dehors le matin estival prenait vie dans le vent chaud, avec les hannetons qui grattaient les moustiquaires. Les épaules de sa mère avaient pris un coup de soleil la veille ; dans la lumière de la cuisine elles semblaient tièdes et délicates, et Muriel aurait aimé y presser sa joue pour capter un peu de leur chaleur.

« Il ne faudrait pas que j'anticipe trop, cela dit. Tu sais comment ça se passe », avait ajouté sa mère. Une hanche calée contre le plan de travail et un bras posé sur l'autre, elle tenait à la verticale une cigarette allumée. Une posture aussi familière à Muriel que n'importe quelle sensation tactile.

« Voici une leçon pour toi, et peut-être qu'elle te semblera évidente, avait déclaré sa mère. Les gens amoureux veulent qu'on leur oppose un miroir, et il faut bien que quelqu'un soit ce miroir. C'est trop facile de réduire l'amour à deux personnes qui s'observent en essayant de se regarder elles-mêmes. Ce qu'il faut, c'est trouver la différence, savoir qui des deux est vraiment toi et qui ne l'est pas, qui n'est que le reflet de toi-même dans un autre. Tu sauras alors si c'est de l'amour ou pas. »

Le souvenir de ce matin-là a ressurgi sans crier gare. Les hommes chantent « *Love is either in your heart or on its way*[1]. » Le patron du bar les a rejoints. L'équilibre de Rosie devient précaire.

Plus tard au cours de cette même journée, alors que Jim et sa mère dormaient, Lee était arrivé, empestant le diesel et les relents du camion agricole qu'il conduisait. Il avait poliment frappé à la porte. Muriel s'était déjà levée au bruit sourd de ses bottes sur les marches de la véranda. Il s'était excusé pour l'odeur de fourrage et elle l'avait laissé lui embrasser la joue à la manière d'un cousin. À table, ils avaient bu un café et parlé de l'avenir. Lee partait le lendemain ou le surlendemain, il venait lui dire au revoir. Il avait apporté des fleurs et un gâteau qu'ils avaient mangé avec le café. Et soudain, par-dessus le bruit de la radio, ils avaient entendu les gémissements de sa mère à l'étage, puis le grognement sourd du plaisir de Jim, puis des rires et les grincements du lit. Lee était tétanisé. Son visage

1. « L'amour est soit dans votre cœur, soit en chemin », *ibid.*

s'était empourpré, il avait scruté la pièce à la recherche d'une échappatoire puis avait fermé les yeux en basculant sa tête vers le plafond. Une autre fille aurait pu se lever, honteuse. Une autre encore aurait peut-être soulagé ce pauvre fils de zélote en éclatant de rire. Elle savait qu'il était parti à Leavenworth puis en Asie et qu'il allait bientôt y retourner. Elle savait qu'il avait parcouru de nombreuses régions du monde, mais il était si jeune et il n'avait jamais eu de mère. Alors elle avait soutenu son regard, et son trouble avait atteint son inévitable paroxysme. Lorsque l'inconfort de Lee était devenu insupportable, Muriel avait posé ses coudes sur la table, le menton dans ses paumes, et avait attendu.

Que voulait-elle donc ? Venger la liberté de sa mère. Venger sa spontanéité et sa témérité, le pouvoir que ces qualités maternelles lui avaient conféré à elle, Muriel, mais aussi la solitude qui en découlait. Elle se vengeait du contentement que Lee lui offrait, et du monde des hommes dans lequel elle avait toujours vécu et vivrait toujours. Elle voulait de l'amour, mais pas comme sa mère. Elle voulait quelque chose dont elle n'avait jamais entendu parler.

À la fin de son service, Muriel prend la voiture pour aller au centre-ville et se gare près du Chester Hotel, à côté des anciennes voies de tramway. Elle repense à ce jeune homme, Peter, et à ce qu'il lui a dit. Les anciens rails ensevelis sous un tas de câbles ont jadis transporté des marchandises, puis des ouvriers, puis des hommes en uniforme amidonné vers les bases militaires situées juste au nord. Des mauvaises herbes et des flaques de pétrole recouvrent les sillons des rails métalliques, désormais enfouis sous l'asphalte. Un groupe de marins en tenue sombre fument sous la marquise d'un théâtre. La porte de l'hôtel est laissée sans surveillance.

Muriel coupe le moteur mais ne descend pas de voiture. La brise marine a poussé les nuages par-delà les rues étroites jusqu'aux montagnes et ceux-ci laissent filtrer la lumière déclinante du jour, mais le crépitement doux et sombre de la pluie s'élève déjà à l'ouest. Elle sort, s'avance sur le trottoir, entre dans l'hôtel. Le bar est vide, les tabourets retournés, toutes les lumières sont allumées. Derrière la réception se trouvent une lampe Art déco surmontée d'un large abat-jour en verre ainsi qu'un panneau de liège recouvert de petits mots et de photos. Elle s'approche et attend. Voyant que personne n'apparaît, elle se glisse derrière le bureau.

Le panneau s'étend des moulures du plafond jusqu'à ses hanches. Certaines photos montrent des hommes en uniforme ou en tenue universitaire, mais il y a surtout des messages avec des noms, des numéros de téléphone et des dates. « J. R. B. appelle à la maison », « Willie on a déménagé à Chico 8/57, tu peux nous trouver sur la route principale », « J'ai toujours ton Spot, Kenneth, il mange bien ». Les clichés semblent s'adresser à des personnes disparues à jamais. Sur l'un d'eux, un garçon d'à peine seize ans sourit de toutes ses dents ; sur le cadre blanc qui borde son visage, quelqu'un a écrit « Wm. Boyd, la dernière fois à la gare, novembre 57 ». Sur certaines photos, on lit des noms de femmes dans une écriture enfantine ornée de cœurs ou d'étoiles.

Un calendrier datant de 1956, toujours ouvert à la page de décembre, est accroché sous le panneau, à hauteur de genou. Une cloche d'appel en laiton est posée sur le bureau, amputée de son battant. Muriel se retourne et observe le hall d'entrée vide, les murs tapissés de photos encadrées du quartier tel qu'il était bien des années plus tôt, avant la guerre ou même avant celle qui l'avait précédée, avec des silhouettes d'hommes coiffés d'un chapeau à bord étroit, penchés en avant comme s'ils s'opposaient à une force invisible. Sous ces photographies se trouve le comptoir flanqué d'une barre d'appui en métal ; un crachoir doré près de la porte abrite un parapluie abandonné, pointe en bas. Ce n'est que maintenant qu'elle remarque, dans les planches fixées aux châssis des fenêtres, les trous qui permettent de scruter les rues au-dehors. Ils laissent passer les derniers rayons du jour en longs filets étroits, comme l'eau d'un tuyau.

Elle se tourne à nouveau et tente de donner un sens à tout cet assemblage. Vu sous un certain angle, il s'agit simplement de messages destinés à ceux qui n'ont pas le téléphone ou pas d'adresse fixe, peut-être à des demi-inconnus, ou à des gens de passage. Mais les photos, elles, témoignent d'un deuil plus profond – non pas celui d'une personne en particulier, mais celui du temps. Les visages de ces jeunes hommes sont rasés de frais, confiants. Chacun d'eux laisse deviner un changement radical entre le garçon sur la photo et l'homme recherché par ceux qui l'aiment ou qui lui sont redevables. Des garçons perdus qui se reconnaîtront sur le mur et rentreront chez eux, ou non. Elle cherche longtemps mais ne trouve pas Julius ni aucune mention d'un homme qui lui ressemblerait.

Dehors la pluie fait un bruit de crécelle, les gouttes tombant comme des clous dans une boîte de conserve.

Muriel entend une voiture passer, des pas au-dessus de sa tête, et la brève sensation de vie que ces bruits lui procurent ne fait que souligner encore un peu plus la vacuité du hall. En d'autres temps la disparition de Julius et son larcin auraient pu être considérés comme inévitables. Il n'y a pas si longtemps, les hommes étaient emportés par la guerre, ou par des quêtes diverses et variées. Le fait qu'on soit en 1957 est un tour de passe-passe de l'Histoire. Les hommes d'aujourd'hui devraient rester à la maison et se laisser aimer ; les femmes devraient rester à la maison et les aimer. S'il venait à passer par ici, elle veut qu'il sache : elle comprend.

Des pas sur le plancher. Muriel se retourne et voit un homme à la veste trop petite, dont le col et les coutures sont dorés. L'uniforme lui-même est d'une couleur difficile à nommer, mais si on l'y avait forcée elle aurait dit corail.

« Triste, n'est-ce pas », dit-il. Il se tient de l'autre côté du bureau mais déplace la cloche sur le côté et passe la main pour essuyer un peu de saleté. À la lumière de la lampe il apparaît plus âgé, encore beau malgré un front dégarni qui révèle une petite tache de naissance couleur lie-de-vin.

« Vous êtes la femme de l'un d'eux ? »

Muriel secoue la tête.

« Juste la copine, alors ?

– Belle-sœur, dit-elle, consciente de son imprécision.

– Eh bien, mettez-y quand même votre nom. »

L'homme se rapproche de quelques pas. Muriel jette un coup d'œil et constate que l'extrémité du bureau est fixée au mur. Il n'y a pas de papier, rien pour écrire, mais l'homme surprend son regard et ouvre un tiroir. Il trouve un crayon et le lui tend.

« Vous savez, dit-il en frottant ses cheveux fins et clairsemés de la pointe de son pouce. Cet endroit a été construit il y a un siècle. On serait forcément étonné du nombre d'hommes et d'autres personnes qui sont passés par ici, même s'il n'y a bien sûr aucun moyen de le savoir. C'est ça le truc, voyez : peu importe le mal qu'on nous fait, on est toujours plus nombreux. »

Muriel recule très légèrement, tend la main vers le mur derrière elle. Elle ne veut laisser aucune preuve de sa présence ici, mais elle sait ce qu'elle souhaite dire. Elle fouille dans son sac à main et trouve le bulletin de course sur lequel elle avait autrefois griffonné le nom de l'hôtel. Elle réfléchit à la suite des événements, au chagrin de Lee et à ce que cela pourrait signifier pour Julius.

Elle lisse le papier, le retourne. « Pardonne-moi », écrit-elle. Puis, en dessous : « Julius. » Elle épingle le mot dans un espace libre en bas du panneau et se tourne vers l'homme avec aplomb.

« Ça, c'est un acte de foi », dit-il. Il frotte à nouveau la naissance de ses cheveux, soupire. Muriel lève les yeux et aperçoit l'ourlet d'une sorte de rideau au-dessus du panneau, supposé le couvrir comme une vitrine après la fermeture.

« Ce que les gens veulent surtout, je pense, c'est savoir qu'il y en a d'autres, qu'il y a encore des êtres qui ne les ont pas oubliés, même si personne ne l'avoue », dit-il.

Il s'éloigne du bureau et Muriel aperçoit alors le tissu qui tire au niveau des boutons de la veste, faisant comme des petits plis autour de sa taille.

« Je suppose que vous n'avez besoin de rien de plus, ni d'une chambre ni d'un verre, mais si c'était le cas, nous pouvons vous proposer l'un ou l'autre, dit-il.

– Vous avez raison, je n'ai pas besoin de ces choses. »
L'homme croise une jambe derrière l'autre dans une sorte de révérence latérale. Puis il frotte à nouveau sa manche sur le bureau et en essuie la poussière de l'autre main. Muriel se dit qu'il va peut-être la remercier, mais pour quelle raison, elle ne saurait le dire. Au lieu de quoi il retourne dans le hall d'entrée, s'assied dans un des fauteuils, sort un paquet de cigarettes de sa poche, en saisit une et l'allume. Ensuite il se penche pour ramasser un magazine et croise les jambes. Son visage disparaît derrière la revue, la fumée s'enroule en volutes et se disperse dans la pénombre de la pièce.

Elle sort dans la rue. Sur le trottoir, elle s'allume elle aussi une cigarette et passe devant les fenêtres condamnées de l'hôtel pour rejoindre sa voiture. La surface de l'océan a commencé à disparaître dans les nuages. Elle s'installe, verrouille les portières et reste longtemps assise sans tourner la clé de contact. Dans la rue, des hirondelles par dizaines font des piqués en spirale comme si elles suivaient le cerclage d'un tonneau jusqu'au trottoir, avant de remonter au faîte des arbres. Lorsqu'elles plongent, frôlent le sol puis se redressent d'un coup de reins, la puissance du mouvement paraît si phénoménale que le monde s'en trouve désaxé.

Un autre souvenir surgit : le mariage où sa mère avait rencontré cet homme, Jim. La mariée était la cadette de la famille et portait une robe faite maison. Muriel avait dix-huit ans, presque dix-neuf. Depuis un coin de la salle elle observait les danseurs. Les ouvriers se détendaient après le travail, leurs femmes oubliaient un instant le rythme frénétique qu'imposait l'éducation des enfants, lesquels étaient autorisés à courir dans un champ de maïs déjà moissonné. Une ou deux fois, un des hommes s'était levé à contre-cœur pour aller chercher son bambin en pleurs, victime de sa propre turbulence. La plupart des épouses, rarement réunies, étaient assises dans leurs tenues du dimanche, chevilles croisées et genoux joints. Dans sa courte robe de mousseline et ses bas blancs, Muriel se sentait comme en visite dans un avenir où elle n'était pas la bienvenue. Jim se tenait au milieu des autres dans un costume blanc colonial, les manches de la veste remontées sur ses avant-bras et un pan de sa chemise sorti du pantalon. Muriel savait ce qui allait se passer ensuite et elle ne ressentait ni jalousie ni déplaisir, mais autre chose, une chose furieuse et solitaire, là, au beau milieu de la fête.

La nuit était tombée sur la réception, sur la maison de campagne et sur le paysage au loin. Une volée d'hirondelles avait plongé dans le champ, la chaleur relâchait son étau, et Muriel s'était demandé ce qu'elle aimerait faire, maintenant que sa vie avait commencé. Elle était devenue une femme, elle avait un travail, elle pouvait faire tout ce qu'elle voulait. Mais cette ambition, quelle qu'elle fût, elle n'en avait encore jamais perçu le moindre signe. Dans l'obscurité les chaises avaient été rassemblées, et quelqu'un avait balayé les ondes radio, passant sur les ballades de musique country et les services religieux du dimanche pour trouver une station de Kansas City qui diffusait Patti Page et Johnnie Ray, et la danse avait repris de plus belle. Un mois plus tard, ces mêmes femmes allaient se présenter chez sa mère avec du goulasch et du lait en bouteille, accompagnées de leurs fils et de leurs cousins lavés de frais. Ces mêmes hommes allaient traîner trop longtemps sur la véranda, puis s'avancer prudemment vers la porte. Comme si Muriel était devenue veuve et non orpheline.

Le jeune marié dansait collé-serré avec sa femme sous le regard des invités.

« Encore libre, avait dit sa mère. Encore un petit moment. »

Sur la gorge de la jeune mariée, dans le petit creux prisé par les hommes, pendait une croix en or, protestante et anodine. Celle-ci restait parfaitement immobile tandis qu'elle dansait. Muriel l'observait en songeant à la nuit qui s'annonçait, à la fille déposée sur un grand lit par son mari, un fermier maladroit, étranger à toute forme de contact humain, habitué aux arbres et aux ventres chauds des animaux mais pas aux femmes, s'attendant peut-être à retrouver l'odeur dense et impitoyable de sa mère, pas du tout préparé à la douceur de sa promise, à ses jambes offertes, enroulées autour de lui en un éclair. Elle pensait aussi à la jeune fille privée de point de comparaison, le torse nu de son époux au-dessus du sien, le seul autre qu'elle ait vu dans son enfance sombre et pieuse étant le torse écorché du Christ. Muriel visualisait avec une clarté choquante les lèvres du mari attrapant la petite croix puis l'écartant à l'aide de ses dents. Le cercle humide laissé par sa bouche. La sensation de sacrilège, l'émotion quasi orgasmique de la jeune épouse en retour. Le seul et unique acte de transgression qui leur ait été accordé, dans le lit conjugal. Quelle image ! Muriel y avait-elle pensé cet après-midi-là, avec sa mère à ses côtés, en regardant la fille danser ? Ou n'y pense-t-elle que maintenant, dans la voiture froide – maintenant qu'elle connaît le nom de tant de choses ?

Un mois après ce mariage, sa mère était morte. Muriel imagine la maison aujourd'hui ; elle a conscience qu'elle a peut-être été vandalisée – les rideaux arrachés, fenêtres brisées, le voisin extirpant les fils électriques pour les vendre à la décharge. Elle pense aux villes qui la séparent de cette maison, au désert, aux montagnes et à l'autoroute longue et plane. Elle compte les heures et le nombre de nuits qu'elle devrait passer sur la route. Elle se demande si le plat à gâteau dans le placard est recouvert de poussière, si l'hiver là-bas est ingrat ou s'il est doux. Elle imagine ce qu'elle pourrait demander à Sandra de laisser derrière elle, ce qu'elle dirait à Lee.

La pluie s'intensifie et les nuages tendus comme un arc en direction de l'est semblent l'appeler. Dans le rétroviseur une silhouette en jean et en bottes ; elle se retourne, s'attendant à voir Julius, mais ce n'est qu'un inconnu qui attend au bord de la route. Une nouvelle pensée surgit, elle peut presque en saisir la traîne. La douce scène pastorale de ce mariage, le plaisir de sa mère cette nuit-là et le jour suivant. L'intimité conférée par la cérémonie, les individus recomposés et purifiés par sa grâce, la façon dont elle recouvrait comme un manteau les plus larges fragments d'une vie, camouflant tout sauf sa propre réalité. La façon dont sa mère s'en était méfiée, comme si l'amour était une force hors de portée et ne pouvait donc être ni consommé ni revendiqué. Comme si l'amour était un élément tiers, convié pour être témoin de dévotions qui autrement demeureraient privées : la jeune mariée et ses attentes, des hommes jeunes et moins jeunes, spectateurs de son excitation, la gorge rougissante et les tresses sombres de Sandra, et tous les garçons perdus ou recherchés au Chester Hotel. Muriel elle-même, là-bas, occupée à chercher. L'amour était toujours quelque part hors de soi, il était toujours improbable. Il pouvait surprendre n'importe qui et pouvait naître mille fois, une seule fois ou jamais. Il fallait le chercher et il fallait l'autoriser, se laisser mettre à nu par la force de sa clairvoyance. À cette pensée, enfin, Muriel tourne la clé de contact et roule vers la pluie qui s'annonce, là où Sandra l'attendra, là où tout sera révélé.

10
Paradis

Tout l'hiver, Julius travaille parmi les *pescadores* ; il pêche au chalut, de la bonite à ventre rayé et de la limande à queue jaune dans la mer de Cortez. Il love du cordage et des boyaux en écoutant les hommes parler des femmes qu'ils ont quittées ou qu'ils pourraient rencontrer. Ils ne se soucient ni de son visage abîmé ni de sa tristesse, car ils en ont eu leur content.

Ils se déplacent de Guaymas à Colima dans un timonier en bois, par des nuits si noires que l'obscurité semble animée, comme les nuages dans les monochromes japonais. Le soir, sous le pont, les *pescadores* se demandent quel monde les attend à la fin de la saison. Certains sont jeunes mais pas tous, et les plus âgés se souviennent de l'époque où les mers étaient plus hautes et les villes moins nombreuses. Ils sont venus des terres arides et des forêts chaudes pour travailler au revêtement des autoroutes et à la pose de ciment, mais le Coahuila et le Durango leur manquent. Dans l'État de Durango, il y avait des tempêtes de vent et des petits *pacas* que l'on pouvait apprivoiser, et si on franchissait les limites de n'importe quel village on pouvait se retrouver seul dans le désert, et il n'y a rien de tel dans les grandes villes. Le monde est plus petit aujourd'hui mais les besoins sont plus grands et l'espoir que tout un chacun puisse y prospérer diminue avec la distance. Ils placent un ou deux mots en anglais quand il ne comprend pas, mais il comprend à peu près tout. Il leur parle souvent du Kansas, des champs lourds et de la sensation de vide, et ces similitudes avec leur propre nostalgie lui attirent leurs bonnes grâces. Pour ces raisons et à cause du beau temps sec, Julius passe six mois avec eux.

Il ne sait pas ce qu'il veut, ni ce qu'il a l'intention de faire ensuite. Il sait qu'il devra partir mais pour l'instant la mer lui suffit ; il a le sentiment d'être camouflé par l'eau et par le ciel. La blessure sur son front, qui commence à cicatriser, lui donne un air vulnérable. Ses côtes guérissent mal. Quand il rit ou quand il tousse, la pression dans sa poitrine semble se déplacer un peu, liquide et tolérable. À l'endroit où il a recousu la plaie, la cicatrice ressemble à une faufilure et le démange encore. Il garde le petit revolver dans le talon de sa botte, sous sa couchette ou dans la cale, et il se rend compte qu'il ne supporte pas de le voir.

Il se réveille parfois après avoir rêvé de la Corée et de montagnes bleues aussi pures que des dessins au trait sur l'horizon. Dans ces rêves, il n'est pas un marin, ni même un homme, mais une simple présence dans le paysage, comme un arbre, un toit, une brise, et sous lui défile la campagne verte, des hommes et des femmes en route pour le travail, des enfants qui jouent dans les champs, des oiseaux, des chiens et d'autres animaux qui dorment ou se tapissent dans l'ombre. Sa présence ne provoque aucun conflit : il n'est pas important, il n'influence en rien la scène qui se déroule sous lui. Ces rêves sont si calmes et si beaux qu'il en sort à contrecœur, dans le vacarme des *pescadores* et de leur travail sans fin. Il en ignore le sens mais, à chaque fois, il se réveille en ayant le sentiment de s'être réconcilié avec quelque chose. Comme si en disparaissant, en regardant sans intervenir, il se trouvait pardonné. Quand il se lève et monte sur le pont il oublie son rêve, occulté par les pêcheurs, le soleil et le manque d'ombre.

Un après-midi de la fin juin, ils sortent du golfe pour se rendre dans les îles Marietas qui abritent des dahlias de mer dans les rochers. Ils mouillent à midi sous une arche rocheuse. Du côté de la haute mer, un cumulonimbus flotte à quatre mille cinq cents mètres au-dessus de l'horizon. On lit le bulletin météo avec application. L'île est petite, inhabitée, et les trois autres derrière elle sont encore moins hospitalières. Julius soupçonne qu'ils ne vont pas rester, qu'ils vont poursuivre leur route sur cinquante milles jusqu'au continent. Mais la météo fait état de tempêtes au sud et à l'ouest ; les hommes remontent les filets et abordent le rivage.

Une base navale abandonnée est nichée dans la pointe rocheuse de la baie. Ils mouillent sous sa façade affaissée et Julius nage dans l'eau claire pendant que les hommes sortent les couvertures et les transportent en canot pneumatique pour les lancer sur le sable. Ils sont seuls. Le soleil commence à descendre sur l'horizon, l'eau tourne à l'encre et il n'y a pas d'autres bateaux en vue, ni de garde-côtes. Ils se préparent un dîner à base d'œufs durs et de cresson. Au loin, les lumières de Puerto Vallarta émaillent la côte. La base abandonnée les toise avec cet air inquisiteur et obstiné de celui qui attend un taxi. Quand la nuit tombe et que la marée monte, l'eau recouvre les pilotis en béton, atteint la passerelle en bois et luit sous les fenêtres. À ce moment-là, Julius et les autres sont ivres de vin, disséminés en petits groupes joyeux le long de la pointe.

Ils passent la nuit dans la baie, parmi les pétrels. La constellation de la Vierge, sur le point de disparaître, bascule d'est en ouest et la tempête passe à plusieurs kilomètres d'eux. Les hommes font un feu et chantent dans leur langue. Julius s'éloigne vers une plage sous le vent et s'y installe un lit. Il pense à l'homme de Tijuana, celui au cœur apparent, et se demande s'il a jamais vu une eau de cette couleur, s'il s'est déjà senti à ce point abandonné de tous. Il s'allonge sur le ventre mais ses côtes abîmées semblent se déboîter avec un bruit sourd et il déplace son poids sur ses coudes pour se relever. La lourdeur dans sa poitrine s'atténue. Il tousse, tourne la tête et crache dans le sable. Il se dit qu'il est peut-être temps de passer à autre chose.

Au-dessus de lui les nuages masquent par intermittence l'éclat de la lune. Pas de vent, pas de brise. Il se lève, se déshabille et s'avance dans la mer. L'eau est chaude, et lorsqu'il s'y glisse elle semble aussi épaisse que du lait. Il se laisse porter et flotte les bras tendus, mains posées à plat sur l'eau, jusqu'à ce que la marée descendante l'emporte trop loin. Il se redresse et regarde vers le fond. Juste sous la surface, des milliers de petites créatures lumineuses, crustacées et antédiluviennes. Il promène sa main dans l'eau et, quand il la soulève, ses doigts sont piquetés de minuscules lueurs vertes, comme des lucioles. Il serre le poing et elles retombent. Il songe à réveiller les autres mais ils ont probablement déjà observé le phénomène, ou n'en auront pas envie. Il est peut-être le seul romantique parmi eux et c'est très bien ainsi. Il descend jusqu'à ce que l'eau atteigne son menton. Les nuages passent, le clair de lune transperce l'onde et les petites créatures s'accrochent un moment à sa peau, puis flottent à la dérive.

Le lendemain le soleil brille, ils ont ferré la prise de la semaine et ils rentrent à Colima pour décharger. Les hommes enserrent ses bras et ses épaules et lui souhaitent bonne chance. Julius prend sa paie en pesos et en steaks de thon et marche vers la ville. Il fait du stop en direction du nord jusqu'à Hermosillo, à cent trente kilomètres à l'intérieur des terres, où il se fait raser la barbe et couper les cheveux et passe une nuit dans un hôtel chinois. Le matin il repart vers la côte dans un camion à bestiaux qui transporte des pintades. Là, il prend un bateau pour San Felipe et un autre camion pour Ensenada. Il y trouve un bateau de pêche-promenade qui se dirige vers le nord et abandonne la majeure partie de l'argent qu'il lui reste en échange d'une place à bord. Le bateau accoste à San Diego le lendemain après-midi ; on est à la mi-juillet, cela fait presque huit mois qu'il a quitté la maison de son frère et traversé la frontière. Il va au bureau de change pour troquer ses quelques pesos contre des dollars, paie cinquante *cents* pour les douches à la marina, s'habille et glisse son argent dans une botte, le revolver dans l'autre. Il adore ces moments où il porte sur lui tout ce qu'il possède.

Il sort de la marina et scrute l'horizon, les hauts bâtiments, la base navale et les conduites de vapeur au nord, les ponts qui s'élèvent à leur droite et qu'il suit pour rejoindre le centre-ville. Dans quelques heures il pourra prendre le bus de neuf heures trente pour Anaheim et à partir de là faire du stop jusqu'à L. A., ou encore plus au nord. Il attend sur une place où une demi-douzaine de gamins jouent aux dés. Il reste assis un moment à côté d'eux à regarder et à s'amuser de leur anglais. Il n'y a personne d'autre qu'eux ; une bourrasque venue de la mer vient heurter un nœud de câbles de tramway suspendu en hauteur. Des nuages s'avancent et couvrent les derniers instants d'une journée chaude et lumineuse. Les garçons changent de jeu : deux d'entre eux lancent les dés en même temps dans un cercle dessiné avec un mégot incandescent pendant qu'un troisième annonce des chiffres. Julius demande le nom du jeu et on lui répond : « L'homme sur la Lune. » Il ne parvient pas à en saisir le principe, malgré les cris et les poings levés des gamins. Il laisse errer son regard alentour. Au bout de la place, un unique bosquet d'arbres chétifs, avec des sacs en papier froissés au pied des troncs et des mouettes parmi les racines. Apercevant soudain de fines silhouettes, il comprend à quoi servent les arbres. Il observe les formes spectrales se déplacer à l'intérieur du bosquet. Leurs mouvements ressemblent à une pantomime ou à un théâtre d'ombres. Un autre pourrait les interpréter à tort, mais pas Julius. Il observe jusqu'à ce que les deux hommes émergent des arbres et, une fois qu'ils ont traversé la place, il se lève et les suit de l'autre côté de la rue. Les hommes font une pause devant un vieil hôtel. Les fenêtres sont condamnées avec des planches peintes en noir, et ce qui devait être une belle architrave s'est fendu au fil des décennies. Un individu, chapeau blanc enfoncé sur le visage, leur fait un signe de tête, ouvre la porte, et ils disparaissent à l'intérieur. Au-dessus du toit plat du bâtiment, Julius peut voir l'océan pressé contre l'horizon. Il se souvient de ce que disait Henry à propos de San Diego, il y a bien longtemps. Il se redresse, suit les deux hommes. Le type au chapeau le dévisage. Julius tourne lentement sur lui-même, bras écartés, sourit, et le type le fait entrer d'un geste sans lui rendre son sourire.

Il n'est que huit heures, pourtant le bar de l'hôtel est plein de marins, d'escrocs, de beaux garçons aux longs cous. Il n'est jamais venu ici mais il a connu des endroits similaires. Il commande un verre de whisky, laisse une pièce sur le comptoir et se retourne pour regarder les hommes danser. Il entend leurs pas traînants et le bruit des voitures à l'extérieur. Il tend les bras en étirant la couche de peau toute neuve sur ses côtes et ce geste fait mal. Il imagine sa cicatrice qui se déchire. Il se demande si son corps se sentira à nouveau bien un jour. Sur la piste de cet étrange hôtel, les hommes se serrent les uns contre les autres. Aucun d'eux ne regarde dans sa direction mais il découvre sur leurs visages une merveilleuse frayeur. Il se dit que cette peur intense est le premier constituant du désir. Que la terreur, comme la nostalgie, est une porte qu'on ouvre – notre passion demeurera quel que soit le verdict, désastre ou plaisir, et rien ne l'empêchera jamais de ressurgir, intacte, irrépressible. C'est là que réside tout le charme de l'amour et du hasard : ils déjouent toute velléité de rédemption.

Il commande un autre whisky, se lève une fois servi et se faufile parmi les danseurs pour atteindre l'accueil. Il se penche sur le bureau, décroche le téléphone. Il sait à quel point son frère est proche mais il ignore ce qu'il a pu s'imaginer pendant son absence. Lee croit peut-être que

Julius s'est acoquiné avec des voleurs, ou qu'il est mort. Et il aurait peut-être raison de le croire ; c'est peut-être vrai. Il se demande si Muriel a été démasquée et ce qu'elle a bien pu raconter à Lee. Il coupe la tonalité et attend encore un instant, le combiné en main. Derrière l'accueil il repère une trappe en aluminium qui ressemble à une porte de garage. La jupe du meuble est relevée de quelques centimètres. Julius raccroche le téléphone et fait le tour pour la soulever. Derrière la trappe, des messages, des photos et des cartes de visite sont collés sur un panneau de liège, et aussi quelques morceaux de ruban et des pochettes d'allumettes griffonnées de numéros et de noms. Il n'a jamais vu un tableau d'affichage de ce genre mais il sait de quoi il retourne. À l'armée ils avaient ce qu'on appelait des « murs de lettres mortes », sur lesquels on affichait le courrier égaré. Ils portaient tous des vestes en toile avec leurs noms et leurs grades, et chaque déplacement était consigné, mais il y en avait toujours qui disparaissaient en mer, ou dont les corps n'étaient jamais retrouvés. Combien de fois s'étaient-ils rassemblés, les jours de cafard, pour lire ces lettres d'amour à haute voix avec une solennité infinie. Pour lui, aujourd'hui comme alors, ces déclarations d'amour sont des cadeaux offerts aux disparus, et à eux seuls. Aucune épouse, aucune petite amie de sa connaissance, aucune mère, aucun père n'aurait prononcé à haute voix les mots écrits pour ces fils. Il avait été surpris de constater à quel point il était rare de tomber sur un courrier ou une photo envoyés par quelqu'un qui n'aurait pas dû, par exemple une maîtresse cachée ou un autre garçon du pays : les morts ou les disparus étaient pour la plupart des types simples et ordinaires. Ce que leurs proches voulaient désespérément leur dire n'était rien d'autre que ce que tout le monde veut entendre.

Il scrute encore un moment les jeunes visages, vide son verre. Il se demande combien de temps va durer la danse. Son œil est attiré par un jeton de poker, dans le coin inférieur. Il se penche et reconnaît les lettres sur le feutre imprimé – celles du casino Aces High de Boulder City, où ils avaient un jour mangé un steak avec Henry et s'étaient embrassés au-dessus du grand barrage. Il sourit, mais la vague impression de coïncidence ne dure qu'un instant, car il aperçoit alors sous le jeton un bout de papier marqué de son propre nom. Au-dessus, quelqu'un demande pardon. Il le regarde un moment, incrédule. Ce n'est pas lui qui l'a signé, évidemment, donc les excuses doivent lui être adressées, ou adressées à un autre Julius. Mais dans le coin de la feuille, il voit des mots écrits d'une autre main, comme s'ils avaient été ajoutés à même le panneau : « Moi aussi désolé. Reviens ici et retrouve-moi. » En dessous, la lettre H dessinée en grand et en biais, puis une flèche pointant vers le jeton, qui vaut cinq dollars.

Julius tape de la main sur le bureau. Son verre vide tressaille. Il sort, puis revient dans le hall d'entrée, observe la salle. La musique continue, personne ne le regarde. Il revient à l'accueil et examine à nouveau le panneau. Il allume sa dernière cigarette, jette le paquet vide et la pochette d'allumettes sur le bureau en fixant le morceau de papier. Une envie soudaine le prend de l'attraper et de le cacher. Il détache la feuille et le jeton, les glisse dans sa poche et quitte l'hôtel.

Il parcourt de nombreux pâtés de maisons sans s'en rendre compte et se retrouve dans un quartier de magnifiques demeures en bois agrémentées de petits jardins. Devant il y a des hommes avec des tuyaux d'arrosage, des femmes entourées d'enfants et une odeur d'eau de vaisselle. Il regarde ses vêtements sales et ses bottes déformées, conscient d'empester le whisky et la marée. Il tourne dans une rue transversale pour marcher vers le sud, là où les maisons cèdent la place à des terrains vagues et à des façades de briques. Il sort de sa poche la feuille et le jeton, les étudie. Posés dans sa main, ces objets semblent doués de sensibilité, et cette vision le galvanise. La première phrase d'excuse, il pourrait l'écarter comme une erreur, un mot pour un autre Julius, pour une autre absolution, auquel un autre H aurait répondu ou que Henry aurait mal interprétée. Mais le jeton du Aces est sans équivoque. Il retourne la feuille : au verso, un bulletin de courses daté de juin 1957. Il brandit le papier, le regarde à distance, le rapproche. Dans le coin supérieur gauche, le nom du Chester Hotel, celui de plusieurs hommes, et les mots « bord de mer ». Il se souvient de l'enveloppe de Muriel, pliée parmi les autres papiers. Toute l'histoire se met en place. Il n'arrive pas à y croire.

La nuit se profile, bleue et pesante. Il regarde les panneaux de signalisation, les toits qui semblent flotter sur l'horizon urbain, et il se rend compte qu'il est perdu. Il replie la feuille autour du jeton, remet le petit paquet dans sa botte. De l'autre côté de la rue, trois hommes sont assis devant un salon de coiffure, jambes écartées, et à plusieurs mètres de là, sur le trottoir, un chien solitaire les surveille. Julius observe le chien, puis les hommes. Un demi-pâté de maisons plus loin, un enfant erre seul au bord de la route. Il est blond comme les blés et il a un visage dur.

Il voit Julius le regarder ; la chose l'indiffère. Il se penche en arrière et jette une pierre dans la rue vide, la lance à bout de bras comme si la chaussée était un lac et qu'il essayait de faire passer la pierre de l'autre côté. Il a sept ou huit ans, d'après Julius, l'âge où une personnalité se dessine mais pas encore une volonté véritable. Le gamin bute sur un bout de trottoir descellé et se baisse pour l'arracher du sol. Julius traverse la rue. L'enfant l'observe, le morceau de ciment à la main. Julius lui fait un signe et engage la conversation bien qu'ils soient encore à dix mètres l'un de l'autre.

« Hé, tu peux me dire comment aller à la gare ? »

Le gamin hoche la tête et agite la main qui tient le ciment en direction du sud-est.

« On est au nord de la marina ou au sud ? demande Julius.

– Au nord », répond l'enfant. Il laisse tomber le morceau de ciment de la hauteur de son épaule. Le bloc se brise en petits fragments qu'il ramasse et qu'il examine dans sa paume. Il en choisit un, plie le coude, tend le bras vers l'arrière et le lance de l'autre côté de la rue. Julius tourne la tête pour regarder. Le projectile atterrit dans un nid-de-poule. Le garçon en prend un autre, le lance, et il ricoche trois fois sur toute la largeur de la route, et même une quatrième fois sur le trottoir, avant de rebondir haut à proximité du salon de coiffure.

« Sensass' !, s'écrie le gamin.

– Sensass' », répète Julius.

Le visage de l'enfant rougit de plaisir mais il se contrôle vite. Il jette un autre fragment de ciment qui rebondit et disparaît. Julius observe sa masse de cheveux blonds, ses yeux noirs. Il est troublé à l'idée que ce gamin va devenir un homme, un homme que quelqu'un pourrait aimer, et ce quelqu'un, dans son amour, imaginerait le petit garçon qu'il est aujourd'hui, comme le font souvent les amoureux. Cet érotisme singulier de l'amant propulsé dans un passé dont on se trouve exclu, de l'amant avant qu'il ne soit ravi par notre regard. Il se rappelle, lors de ces longs après-midi au Squaw Motel, sa vision de Henry enfant dans un pays chaud et poussiéreux alors que Julius lui-même était un enfant quelque part loin de lui, et les imaginer ainsi réunis dans le passé l'avait émerveillé. Comme si le passé n'était qu'une histoire qu'on se racontait pour créer du suspense.

Il n'y a qu'une explication. Elle est improbable, mais seul l'improbable peut donner du sens à l'ordinaire.

« Sois prudent, petit », dit Julius.

Le gamin lève les yeux sans répondre et Julius repart. Bientôt la rue s'incurve vers le sud, le ciel s'est teinté d'un violet profond, les lampes s'allument à l'intérieur des maisons. Les réverbères transpercent la brume marine en formant de petits disques lumineux. Il traverse une zone de triage, se faufile sous une clôture grillagée et atteint la gare par l'arrière. Il demande au guichetier le prix d'un billet pour Boulder City, et c'est bien plus qu'il ne peut se le permettre. Il demande alors s'il peut travailler pour payer le reste et l'homme éclate de rire en lui faisant signe de partir. Puis il s'enquiert du tarif pour rejoindre des villes à mi-chemin et l'homme égrène les prix jusqu'à Barstow, Needles et une demi-douzaine d'autres arrêts. Julius vide ses poches, s'assied par terre et compte l'argent. L'homme se penche sur le comptoir pour le regarder à travers la grille. Julius finit par lever les yeux et demande le prix du billet pour Los Angeles – là au moins il sait où se trouvent les salles de jeu et où il peut chaparder cinq dollars – mais il n'a pas assez pour ça non plus. Le bus du soir est déjà parti et il n'y en aura pas d'autre avant le lendemain après-midi. Il se demande combien de temps Henry va attendre, combien de temps il a déjà attendu. Il pense à la terrasse qui surplombe le barrage, à leur danse et au baiser qu'ils avaient échangé dans l'obscurité crue du désert. Le guichetier montre quelque chose du doigt, Julius se retourne et voit une famille derrière lui avec leurs valises bien alignées par taille. Il se lève, remercie l'homme et s'éloigne.

Il commence à marcher en direction du nord et tend le pouce. Pendant vingt minutes les voitures le dépassent sans ralentir. Soudain il comprend ce qu'il va devoir faire et secoue la tête de dépit. Il ne veut pas voir Muriel ni son frère de cette façon, il ne veut pas non plus de leur argent. Il a déjà volé à Lee les secrets de sa femme et son amour et il ne veut rien prendre de plus. Pourtant elle est allée là-bas, et maintenant elle sait ; cette pensée le stupéfie.

La nuit tombe. Il est presque arrivé en ville quand enfin un camion laitier s'arrête au bord du trottoir. Il regarde par la vitre. Le chauffeur est d'âge moyen, propret, avec une allure d'homme marié. Il annonce sa destination, l'autre lui répond qu'il a de la chance. Julius grimpe par-dessus la ridelle en bois du véhicule et s'installe parmi les casiers de bouteilles. Ils traversent des quartiers miteux, passent devant un grand parc où les arbres sont lourds et pâles, et parviennent enfin dans la vallée fluviale.

À la sortie de l'autoroute Julius tape sur le toit, saute à bas du camion et remercie d'un geste le chauffeur, qui repart dans l'autre direction. Il marche un bon kilomètre. Sa poitrine lui fait mal. Chez son frère il trouve un pick-up dans l'allée, mais ce n'est pas le sien, ce qui le surprend. Il est dix heures passées maintenant. Il s'arrête à l'entrée du chemin et regarde dans la cour. Il ne voit pas la jument, ni la remorque avec laquelle il l'avait amenée. L'herbe a poussé à l'endroit où se trouvait le tas de bois et la maison a l'air terminée, flambant neuve. L'allée a été recouverte de ciment blanc. Le long de la véranda, une rangée de bégonias chétifs. Il n'y a pas de rideaux aux fenêtres et il peut voir à l'intérieur. Un couple qu'il ne connaît pas est assis sur un sofa jaune, occupé à regarder la télévision. Julius entend les voix et le chahut causé par des enfants. Deux blondinets se mettent à hurler en traversant la pièce. L'homme les réprimande. La femme se retourne pour lui parler et, de toute évidence, ils sont en désaccord sur un problème qu'ils savent insoluble. En signe de réconciliation, l'homme touche la joue de la femme, qui s'esquive. Elle bâille, son mari la regarde bâiller et son visage s'assombrit. Il tend la main pour la poser sur sa bouche ouverte en se croyant drôle, mais elle y voit une menace. Ils s'écartent. Julius les observe un long moment. Les enfants ont arrêté de courir et bientôt le couple se lève, l'homme éteint la télévision, tous se dirigent vers le couloir et disparaissent.

Il est très tard maintenant. Julius se tient les bras en remontant la route. La lumière de la ville est délicatement suspendue à l'horizon. Plus haut il découvre une autre habitation, monte les marches du perron et frappe à la porte. Il imagine les coups retentir à travers la maison. Voyant que personne ne vient et qu'aucune lampe ne s'allume, il fait le tour, trouve une fenêtre latérale à travers laquelle il aperçoit une paire de bottes en caoutchouc et une boîte de clous, mais rien d'autre. Il gagne la porte arrière, qui est fermée à clé, et l'ouvre d'un coup d'épaule.

Il fait chaud dans la maison. Elle n'a pas été aérée depuis un certain temps et sent la poussière. Constatant que le salon est vide, il entre et presse l'interrupteur. Le plafonnier s'allume, il plisse les yeux, l'éteint à nouveau. Des cartons de déménagement s'entassent le long des murs, empilés par deux ou trois. Il en ouvre un et y découvre des pantalons de tous les jours en coton clair, tous pliés, des sous-vêtements austères et des t-shirts blancs. Dans un autre, des livres en espagnol et une bible marquée au nom de la famille Gutiérrez. Il entre dans la cuisine, ouvre les portes de chaque placard et passe la main sur les côtés, sous les étagères et sous les meubles eux-mêmes. Il trouve quelques pièces de monnaie, les prend. Sur le plan de travail, un petit tas de plumes de poulet collées autour d'une broche. Il fouille le garde-manger et glisse dans sa poche un paquet de biscuits, ouvre un bocal d'olives, en mange trois à la fois, le repose. Ne trouvant rien d'autre, il retourne tranquillement dans le salon puis dans la chambre. Il fait plus chaud ici et c'est encore meublé, même si le lit est nu et le matelas incliné vers le mur. Il ouvre les tiroirs du chevet et trouve des élastiques, un numéro du *Reader's Digest* et la photo d'une fille en jodhpurs dans un paysage beaucoup plus sec et plus ancien que celui-ci. Il se met à genoux pour passer la main derrière la commode, trouve une pièce de vingt-cinq *cents* et une pochette d'allumettes. Il empoche le tout.

Ensuite il entre dans la salle de bain, soulève la lunette des toilettes et baisse sa braguette. Il se demande où son frère est parti et comment le retrouver, si Henry l'attend toujours ou s'il est passé à autre chose, combien de temps il lui faudrait pour le rejoindre. Et ce qu'il fera une fois qu'il y sera parvenu. Quand il a fini, il jette un œil à l'armoire à pharmacie et y trouve un pot de vaseline, un tube de baume à lèvres et un petit flacon de parfum rose orné d'une étiquette étrangère. Dans sa paume le flacon semble réceptif, comme un muscle. Une petite vanité féminine. Il éprouve une tendresse soudaine pour sa propriétaire. En soulevant l'une des étagères, il trouve, collée au revers, une enveloppe adressée à une dénommée Sandra Gutiérrez par une femme de Cœur d'Alene, Idaho. À l'intérieur il y a un billet de vingt dollars et une vieille fleur séchée dont la couleur a viré au marron. Pas de lettre. Il sourit à sa chance, prend le billet et recolle l'enveloppe. Il traverse ensuite la maison, sort dans la cour puis revient fermer correctement la porte.

La nuit est fraîche sans être froide. Il suit la route de la vallée qui longe la rivière. Au sud-ouest, un étroit rayon de lumière signale la ville. Il a désormais vingt-cinq dollars et un peu de monnaie. Il est très tard, mais s'il prend le train du matin pour Barstow il trouvera une solution avant la tombée de la nuit. Il marche plus lentement et aperçoit de nouvelles allées gravillonnées sur les terrains à l'ouest de la maison de son frère. Entre elles, la silhouette d'une maison capte le clair de lune. Il en reconnaît la forme. Dans quelques semaines à peine elle aura des fenêtres, des portes et du plâtre aux murs, et une fois finie elle sera exactement la même que celle construite par son frère là-haut sur la route, celle où vit désormais la jeune famille.

Mais à la lisière de la cour, sur le remblai de terre tassée, Julius aperçoit la remorque dotée d'un auvent. Il secoue la tête. Entre elle et les arbres, son mustang doré. La porte de la remorque est ouverte, le sol à l'intérieur est recouvert de foin sec. Autour de cet abri de fortune se dresse une clôture à double lisse, abîmée, faite de poteaux en bois de haies de différentes largeurs. Il regarde à nouveau la charpente de la maison et comprend.

Il traverse la cour, pénètre à l'intérieur. Il lève les yeux vers les poutres croisées, attrape un poteau branlant et le secoue. De la poussière s'abat sur lui. La maison est belle, bien pensée. Il grimpe sur un pilier d'angle, monte dans les chevrons et s'assied pour regarder la rivière. De cette hauteur il peut voir les autres lotissements et les terres agricoles au nord. À des kilomètres de là un aérosol de nuages s'étend à travers la nuit grise, iridescente. Il pense à son frère assis au même endroit, observant les mêmes choses.

Il se souvient de cette nuit à Las Vegas, au début, quand il était monté sur le toit du Binion's pour regarder la bombe exploser dans le désert. Il s'était senti libre alors ; il avait échappé à la vigilance de son frère. Il se demande si Lee a lui aussi regardé cette rivière et ce bout de ciel, s'il s'est senti libre. Si au-delà de la rivière et du ciel il existait un avenir qu'ils pourraient partager d'une manière ou d'une autre. Après la butte et le cours d'eau, l'horizon s'élève de la terre en une bande de lumière jaune. Julius pense au secret de Muriel et se demande si Lee sait tout désormais, s'ils sont ensemble ou si elle est ailleurs. Elle doit être ailleurs. Il l'imagine entrant dans le Chester Hotel et se demande pourquoi elle est allée dans un endroit pareil et comment elle en a entendu parler. Il pense à ce qu'elle a pu y voir, à ce qu'elle a pu comprendre avant de lui laisser ce mot. À sa témérité. Elle avait eu beaucoup de chance mais ne s'était pas contentée de garder ce qui lui appartenait, l'argent et la maison dans le Kansas. Elle avait essayé de donner quelque chose à Lee, même si ce n'était pas la vérité. Julius l'avait dévalisée, pourtant c'était elle qui demandait pardon. Elle avait écrit son nom en lui offrant l'absolution qu'il ne pouvait s'accorder à lui-même, et peut-être l'amour n'est-il rien d'autre. Peut-être est-il fait de gestes impossibles, ignorés, involontaires.

Le train pour Barstow part à six heures quinze. L'heure approche sans doute. La route vers la ville est à plusieurs kilomètres et il n'a pas dormi depuis deux jours. Vu d'en haut, l'animal semble se balancer dans la brise. Julius défroisse son jean, le rentre dans ses bottes et descend de la maison inachevée. Il pose le pied sur la clôture, se hisse par-dessus. La jument hennit de l'autre côté. Il fait tomber la lisse du haut et donne un coup de pied dans celle du bas, formant ainsi une ouverture assez large pour passer au travers. Dans le van il trouve un sac de céréales et un baquet de pommes. Il prend le sac, rentre sa chemise dans son pantalon et fait tomber quelques pommes par le col, contre sa poitrine. Il s'approche de la jument et lui parle. Elle se presse contre la clôture, ses yeux sont pleins de fougue mais elle ne s'écarte pas. Pendant de longues minutes il reste debout à lui parler, à caresser sa robe et son museau. Lorsqu'il la sent calmée et conciliante, il met un pied sur la lisse, pose une main sur son garrot et prend son élan, mais le sac de grain vient heurter l'encolure de la jument. Elle le fait tomber et il atterrit douloureusement sur ses côtes meurtries. Elle recule un peu, le sol se soulève et se défait en poussière. La moitié des pommes sont écrasées par terre mais Julius soutient le regard de l'animal et lui dit : « Je n'ai pas l'intention d'être un voleur cette fois. Si tu veux bien attendre là sans bouger, ma grande, tu vas voir. » Et miraculeusement, c'est ce qu'elle fait.

Il reprend son souffle, s'approche à nouveau. Elle se faufile sur le côté mais il l'effleure doucement et elle le laisse faire. Puis il avance sa main et met un pied sur la clôture. La jument fait un écart mais il la tient par la crinière. Elle ne s'enfuit pas. Il saute de la barrière et lance son autre jambe. Il retombe trop loin, dérape sur le large garrot du cheval et doit enrouler ses bras autour de son encolure. Elle s'enfuit hors de l'enclos, vers la cour, et Julius se penche en avant en lui murmurant des bêtises jusqu'à ce qu'elle ralentisse. Sur la route, un nuage de poussière s'élève dans la faible lumière. Julius soulève le sac et lance une poignée de grains. Le cheval se penche et les mange. Cent mètres plus loin, sur la route, il attrape dans sa chemise mouillée une pomme qu'il lance également.

Tandis que le soleil se lève ils parcourent plusieurs kilomètres sur la vieille route du comté. De chaque côté les maisons sont à moitié terminées, ou dépourvues de murs, ou déjà habitées. Ils avancent vite. Bientôt la route débouche sur un lotissement vide, sans arbres ni occupants. Les rues s'étirent comme les aiguilles d'une horloge. Le changement de décor fait hésiter la jument. Julius se penche pour la calmer puis se redresse. Sur sa droite, à un kilomètre de distance, la nouvelle autoroute file d'est en ouest. Il fait avancer la jument. Elle se braque, veut faire demi-tour, alors il enfonce son talon dans l'espace mou entre sa hanche et son estomac. Il maintient la pression mais elle refuse d'aller plus loin. Elle doit avoir soif. Lui-même a soif. Il se baisse, écrase sa joue contre son encolure et l'appelle « chérie ». Puis il descend.

Il la prend par la bride et elle se tourne sans opposer de résistance. Il la conduit sur la route et la ramène du côté de la rivière, au milieu d'un bosquet. Il jette les derniers grains et les pommes fendues et elle s'approche joyeusement. Elle lève la tête, mange, se penche vers lui, retrousse ses lèvres noires. Julius prend son museau dans ses mains et la remercie. Entre les arbres, elle a la couleur du blé sous une averse d'après-midi. Il scrute le lit de la rivière de haut en bas et, ne percevant aucun danger, il repart. Après quelques centaines de mètres il se retourne pour la regarder. Elle continue à manger avec sa belle tête levée dans la brise matinale. Elle se déplace lentement parmi les pommes et, de là où il est, elle ressemble à un tréteau mal équarri. Ses chevilles de joueur de base-ball sont tordues et affaissées, elle se déplace lentement, mais avec beaucoup de détermination, et il s'avoue à lui-même qu'elle est vieille, qu'elle l'était avant même qu'il ne l'emmène vers la mer.

Il accélère sur le dernier kilomètre jusqu'à l'autoroute, avançant aussi vite que ses côtes douloureuses le lui permettent. Sur la route latérale, il s'arrête, plie les genoux pour reprendre son souffle, se redresse et regarde autour de lui. Le soleil s'est levé, la journée est chaude, sans nuages. Des files de voitures se dirigent déjà vers l'ouest. Il se souvient qu'on est dimanche. Les automobiles roulent doucement, et derrière les vitres il y a des hommes et des femmes tête nue qui s'éventent et des petits enfants dans leurs dentelles de messe.

Julius regarde la position du soleil dans le ciel pour évaluer l'heure. La jument lui a fait gagner du temps. Il pense au Squaw et au Aces High, il revoit Henry, se souvient de la bière, de la fumée de cigare et du vent sec, là-bas. Il marche jusqu'à la bretelle de sortie vers la ville et tend le pouce. Une douzaine de voitures le dépassent puis l'une d'elles s'arrête. Il observe la famille, leurs yeux bruns et leur plaisir manifeste, en se demandant combien de temps un tel plaisir pourra durer dans ce siècle de tous les dangers, et si lui aussi y a droit. Le père lui demande où il va. Il répond, l'homme fait un signe de tête, Julius se courbe pour entrer et s'installe lourdement sur le siège à côté des adorables enfants. Ils s'éloignent vers la baie, remontent la côte, franchissent le parc en direction du centre-ville. Le soleil est désormais haut dans le ciel, et les voitures laissent dans la lumière blanche de l'été une fine poussière de traîne qu'éclairent les feux arrière et ce grand soleil blanc, de sorte que traverser la ville donne l'impression de flotter, la mer dans la brume à l'ouest, la baie poudrée au sud, et les automobiles en orbite sur le bord infini du monde.

REMERCIEMENTS

Je tiens à remercier mes parents, Eric et Theresa, pour m'avoir offert la liberté, le respect et l'amour véritable ; ma sœur, Valerie, pour avoir complété mon univers ; et Shay O'Brien, pour m'avoir hébergée et pour avoir rendu ma vie plus belle que je ne l'aurais jamais rêvé.

Ce livre existe parce qu'il a été soutenu par des gens remarquables. Je remercie Eavan Boland, Tobias Wolff, Adam Johnson, mes camarades de la bourse Stegner et le programme de Création littéraire de l'université de Stanford. Je remercie tout particulièrement Elizabeth Tallent, qui a lu chaque mot et qui, à chaque fois, a élargi ma vision du possible. Je remercie également Helen Garnons-Williams et toute l'équipe de Fourth Estate pour leur enthousiasme et leur implication. La formidable équipe de Riverhead a donné vie à ce roman en créant un bel objet. Pour toutes ses idées sur le jeu, mes remerciements vont aussi au brillant James Jorasch. Le génial Cal Morgan et l'incomparable Joy Harris ont été les brillants chaperons de ce livre. Je les remercie.

Enfin, j'ai bénéficié dès les premiers instants de l'enseignement de femmes à la volonté inépuisable. Je remercie vivement mes nombreuses professeures, qui honorent leur magnifique mission avec diligence, sagesse et dignité.

« Terres d'Amérique »

Collection dirigée par Francis Geffard
(Extrait du catalogue)

NANA KWAME ADJEI-BRENYAH
Friday Black, nouvelles

CHRIS ADRIAN
Un ange meilleur, nouvelles

SHERMAN ALEXIE
Indian Blues, roman
Indian Killer, roman
Phoenix, Arizona, nouvelles
La Vie aux trousses, nouvelles
Dix Petits Indiens, nouvelles
Red Blues, poèmes
Flight, roman
Danses de guerre, nouvelles

TOM BARBASH
Les Lumières de Central Park, nouvelles
Beautiful Boy, roman

TOM BISSELL
Dieu vit à Saint-Pétersbourg, nouvelles

AMANDA BOYDEN
En attendant Babylone, roman

JOSEPH BOYDEN

Le Chemin des âmes, roman
Là-haut vers le nord, nouvelles
Les Saisons de la solitude, roman
Dans le grand cercle du monde, roman

TAYLOR BROWN

Les Dieux de Howl Mountain, roman
Le Fleuve des rois, roman

KEVIN CANTY

Une vraie lune de miel, nouvelles
Toutes les choses de la vie, roman
De l'autre côté des montagnes, roman

DAN CHAON

Parmi les disparus, nouvelles
Le Livre de Jonas, roman
Cette vie ou une autre, roman
Surtout rester éveillé, nouvelles
Une douce lueur de malveillance, roman

MICHAEL CHRISTIE

Le Jardin du mendiant, nouvelles
Lorsque le dernier arbre, roman

TOM COOPER

Les Maraudeurs, roman

CHARLES D'AMBROSIO

Le Musée des poissons morts, nouvelles
Orphelins, récits

CRAIG DAVIDSON

Un goût de rouille et d'os, nouvelles
Juste être un homme, nouvelles
Cataract City, roman
Les Bonnes Âmes de Sarah Court, roman

ANTHONY DOERR

Le Nom des coquillages, nouvelles
À propos de Grace, roman
Le Mur de mémoire, nouvelles

LOUISE ERDRICH

L'Épouse Antilope, roman
Dernier rapport sur les miracles à Little No Horse, roman
La Chorale des maîtres bouchers, roman
Ce qui a dévoré nos cœurs, roman
Love Medicine, roman
La Malédiction des colombes, roman
Le Jeu des ombres, roman
La Décapotable rouge, nouvelles
Dans le silence du vent, roman
Femme nue jouant Chopin, nouvelles
Le Pique-nique des orphelins, roman
LaRose, roman
L'Enfant de la prochaine aurore, roman
Celui qui veille, roman

BEN FOUNTAIN

Brèves rencontres avec Che Guevara, nouvelles
Fin de mi-temps pour le soldat Billy Lynn, roman

TOM FRANKLIN

Le Retour de Silas Jones, roman
Braconniers, nouvelles

TOM FRANKLIN & BETH ANN FENNELLY
Dans la colère du fleuve, roman

HOLLY GODDARD JONES
Une fille bien, nouvelles
Kentucky song, roman

KEVIN HARDCASTLE
Dans la cage, roman
Toutes les chances qu'on se donne, nouvelles

ALLAN HEATHCOCK
Volt, nouvelles

RICHARD HUGO
La Mort et la Belle Vie, roman
Si tu meurs à Milltown, récits

MARLON JAMES
Brève histoire de sept meurtres, roman

ADAM JOHNSON
La chance vous sourit, nouvelles

BRET ANTHONY JOHNSTON
Souviens-toi de moi comme ça, roman

THOM JONES
Le Pugiliste au repos, nouvelles
Coup de froid, nouvelles
Sonny Liston était mon ami, nouvelles

CHRISTIAN KIEFER
Les Animaux, roman
Fantômes, roman

THOMAS KING
Medicine River, roman
L'Herbe verte, l'eau vive, roman

SANA KRASIKOV
L'An prochain à Tbilissi, nouvelles
Les Patriotes, roman

RICHARD LANGE
Dead Boys, nouvelles
Ce monde cruel, roman
Angel Baby, roman
La Dernière Chance de Rowan Petty, roman

MATT LENNOX
Rédemption, roman

BRIAN LEUNG
Les Hommes perdus, roman
Seuls le ciel et la terre, roman

MAXIM LOSKUTOFF
Viens voir dans l'Ouest, nouvelles

ROBIN MACARTHUR
Le Cœur sauvage, nouvelles
Les Femmes de Heart Spring Mountain, roman

STEPHEN MARKLEY
Ohio, roman

DINAW MENGESTU
Les Belles Choses que porte le ciel, roman
Ce qu'on peut lire dans l'air, roman
Tous nos noms, roman

STEFAN MERRILL BLOCK
Le Noir entre les étoiles, roman

PHILIPP MEYER
Le Fils, roman
American Rust, roman

MATTHEW NEILL NULL
Le Miel du lion, roman
Allegheny River, nouvelles

TOMMY ORANGE
Ici n'est plus ici, roman

KEVIN PATTERSON
Dans la lumière du Nord, roman

BENJAMIN PERCY
Sous la bannière étoilée, nouvelles
Le Canyon, roman

DAVID JAMES POISSANT
Le Paradis des animaux, nouvelles

DONALD RAY POLLOCK
Le Diable, tout le temps, roman
Une mort qui en vaut la peine, roman

ERIC PUCHNER
La Musique des autres, nouvelles
Famille modèle, roman
Dernière journée sur terre, nouvelles

JON RAYMOND
Wendy & Lucy, nouvelles
La Vie idéale, roman

ELWOOD REID
Ce que savent les saumons, nouvelles
Midnight Sun, roman
La Seconde Vie de D.B. Cooper, roman

KAREN RUSSELL
Swamplandia, roman
Foyer Sainte-Lucie pour jeunes filles élevées par les loups, nouvelles
Des vampires dans la citronneraie, nouvelles
Le Lévrier de Madame Bovary et autres histoires, nouvelles

ANJALI SACHDEVA
Tous les noms qu'ils donnaient à Dieu, nouvelles

JON SEALY
Un seul parmi les vivants, roman

HUGH SHEEHY
Les Invisibles, nouvelles

WELLS TOWER
Tout piller, tout brûler, nouvelles

DAVID TREUER
Little, roman
Comme un frère, roman
Le Manuscrit du Dr Apelle, roman
Indian Roads, récit
Et la vie nous emportera, roman

BRADY UDALL
Lâchons les chiens, nouvelles
Le Destin miraculeux d'Edgar Mint, roman
Le Polygame solitaire, roman

GUY VANDERHAEGHE
La Dernière Traversée, roman
Comme des loups, roman
Comme des feux dans la plaine, roman

CLAIRE VAYE WATKINS
Les Sables de l'Amargosa, roman

KATHERENA VERMETTE
Les Femmes du North End, roman

SHAWN VESTAL
Goodbye, Loretta, roman

VENDELA VIDA
Se souvenir des jours heureux, roman
Les Habits du plongeur abandonnés sur le rivage, roman

JOHN VIGNA
Loin de la violence des hommes, nouvelles

WILLY VLAUTIN

Motel Life, roman
Plein nord, roman
Ballade pour Leroy, roman
La Route sauvage, roman
Devenir quelqu'un, roman

JAMES WELCH

L'Hiver dans le sang, roman
La Mort de Jim Loney, roman
Comme des ombres sur la terre, roman
L'Avocat indien, roman
À la grâce de Marseille, roman
Il y a des légendes silencieuses, poèmes

COLSON WHITEHEAD

Underground Railroad, roman
Nickel Boys, roman

CALLAN WINK

Courir au clair de lune avec un chien volé, nouvelles
August, roman

SCOTT WOLVEN

La Vie en flammes, nouvelles

JOHN WOODS

Lady Chevy, roman

Composition : Nord Compo
Impression : CPI Firmin-Didot en avril 2022
Éditions Albin Michel
22, rue Huyghens, 75014 Paris
www.albin-michel.fr
ISBN : 978-2-226-45588-8
ISSN : 1272-1085
N° d'édition : 24202/01 – N° d'impression : 169692
Dépôt légal : mai 2022
Imprimé en France